想不到的《西游记》

周岩壁 著

An Interpretation of Journey to the West

北京大学出版社
PEKING UNIVERSITY PRESS

一 书 一 世 界

S book

沙 发 图 书 馆

目 录

序 ...... 周岩森 001

人物与名物

1. 唐僧肉 003
2. 唐僧的婚姻 009
附：美丽的女妖为何要和唐僧成亲？......018
3. 唐僧取经成功的奥秘 020
4. 孙行者的子女 029
5. 八戒的学问 036
6. 八戒的厌女症 045
7. 八戒的饭量 053
8. 观音菩萨的性别 065
9. 妖怪的谱系学 074
10. 素酒与荤酒 081
11. 取经行李 090
12. 隐蔽的财产 097

13. 没有婚姻的天堂 108

14. 锦襕袈裟和禅宗 117

15. 取经：人性的救赎 127

学问与渊源

16. 《西游记》里的大诗人 137

17. 从"四泉"到"五谷轮回所" 150

18. 太宗朝廷上的辩论 160

19. 《西游记》里的法律问题 167

20. 《西游记》里的地理学 176

　　附：《水浒传》里的地理学 186

21. 《西游记》里的时间 191

22. 碑刻的特点及其在《西游记》里的别用 198

23. 《西游记》与王磐的《野菜谱》 209

24. 《西游记》与《棋经十三篇》和《事林广记》 216

25. 《西游记》和《封神演义》里的韵文雷同 222

26. 《西游记》与道教文献 248

27. 《西游记》里的成仙成佛 264

跋 279

序

岩壁让我给他这本新书写个序,我又高兴又忐忑。高兴的是,他几年来两耳不闻窗外事,一心只坐冷板凳,默默耕耘,几度辛劳,眼睛越来越近视,终于完成此书;忐忑的是,作为他的姐姐来写序言,实在有些尴尬:说好吧,岩壁不让;说不好吧,好像没有这样作序的——而做学术性的评价,本人又没有相应的能力。只好写些文本之外的东西,也许,可以帮助读者从其他角度了解一下作者本人吧。

我和岩壁从小就被父母送到乡下的外婆家。在豫西南那个普通的小村子里度过我们的童年,直到该上初中才回到父母身边。小时候,岩壁就异常沉静,不喜欢嬉笑打闹。记得夏天的时候,外婆总要在门前的空场上晒粮食,"看场"的任务一般都交给岩壁,虽然是个五六岁的孩子,但他却很能坐得住。即使是炎热的中午,大家都去午睡了,他却依然目不转睛地坚守着粮食,手里握着一根竹竿儿,有鸡鸭之类的走来,早早被他撵去了;他能一坐大半天,几乎不动,外边的热闹和纷扰也影响不了。村子里的人都感到奇怪,当成一景,纷纷传说。舅舅为此很骄傲,我听见他和村民聊天:"这娃能沉住气,办事牢靠,你请看了,大了肯定能成个大事!"

上小学以后,岩壁喜欢看书的特点就开始表现出来,但农村几乎没有什么书可读,偶尔有一本《儿童时代》或《儿童文学》,岩壁见了,一定要把它全部看完方才罢休。记得有一次,我从学校拿回一本《小贝流浪记》,第二天就要还给人家,岩壁看到后,爱不释手,晚上也不睡觉,点着煤油灯看。表姐害怕费油,不让点,结果发生争执,打了起来。结果怎么样,现在已经记不得了,但那个在煤油灯下读书的小小背影却深深地留在我的记忆里。后来岩壁又开始听收音机里的评书,什么《岳飞传》《大明英烈传》《百年风云》《三国演义》,他每天中午一放学就往家里跑,回家顾不上放书包、顾不上吃饭,先去开收音机!记得那是一个红色的小收音机,因为信号不好,需要不停地调整天线方向,声音呜呜啦啦,很不清晰,以致于我们都认为收音机就应该是这样的。

上初中以后,岩壁回到县城父母身边。换了个地方,离开自小生活的外婆家,离开那片田野,他很不适应,再加上青春期的叛逆,使得岩壁更显得个性乖张、行为怪异。在家里,他有一间小屋,不管他在不在,房门始终紧锁着,谁也不能进去,我恍惚记得,自己也许就进过他的小屋一两次,屋里到处都是书,没有下脚的地方;他的衣服脏了,都是临出门的时候往他房门外一扔,自己锁了房门,扬长而去。妈一边给他收拾,一边很是伤心:"你说这娃,衣服脏了,就不会说句人话:妈,你给洗洗?"听说他的班主任对他也很头疼,初二那年,他把语文课本什么的重新编排了一下,把那些政治性强的、他认为写得差的课文直接撕掉,再加上几篇自己欣赏的。班主任大受刺激,找到父亲反映,说你十四五岁的儿子,竟然敢这样对待教科书?!后来发展到评上三好学生还是什么先进,校长在全校大会上给获奖学生发奖,喊到周岩壁,念了好几遍名字,他怎么也不上去,班主任跑过来问他咋回事,他当面顶撞说:"我不想要,不稀罕这些。"岩壁的特立独行在学校越来越出名,也让父母越来越无奈。那一年,家里新做了一些书柜,父亲也是个读书人,很爱书,想把那些书都放进新书柜里,有不少书原来在岩壁的房间里放,需要都搬出来。但岩壁不让,父亲搬出来,他一声不吭,又搬回去,父亲很生气,自己又去搬出来,岩壁又给搬回去……父亲本来脾气就不好,打了他两巴掌,中午饭都没吃。父亲把这件事情写进当天的日记里,很多年后,岩壁已经工作了,父亲重病,预感到自己不久于人世,他翻看过去的日记,特别找到这一天,让我拿去给岩壁看,也许是想让儿子过来谈谈这件事情,和他说点什么,但这家伙,当我将日记拿给他的时候,他说:"我不看!"

上大学、工作、读研究生、工作、读博士、工作,岩壁的求学治学之路可谓一波三折。在苏州读本科，学的是外语，毕业后到家乡的市级党报做记者，但他的个性，干这个很苦恼很排斥，出去采访，尤其是时政活动的采访，简直就是上刑场。他开始考研究生，学的是外语，却要报古代文学专业，因为他最佩服的人是钱锺书，他要学习钱锺书贯通古今、打通中西的做学问方式。好在他从小喜欢古书，有较厚的古文根底，经过几年准备，考上陕西师范大学古代文学专业的研究生，专攻先秦文学。毕业后，没有找到合适的地方，加上父母的劝说，他就又回到了先前的党报。还是先前的那份工作，还是那样的节奏和要求，依然不能融合进去。于是，再次出发，几次三番地备战，2009年，考上华东师大中文系胡晓明教授的博士。2012年博士毕业后，终于找到一份较为适合自己性情和爱好的工作：在一所大学里从事研究和教学工作。

岩壁从小喜欢看书、写作。早年，他也曾小有收获。刚大学毕业，没几年，就集结了一本随笔《读书眼》，后来又一本《情书指南》。书名不伦不类，似乎是指导写情书的，但其实也是一本随笔，学术性较强，加上引证庞杂，语言文白相杂。那时候，他大约三十来岁，但看过那书的人，都以为作者是个五十多岁的老学究；又曾以王鹿车为笔名发表过几篇小说，我记得有《一夜无眠》《瓦解》两个短篇，南阳文学界的小圈子里反应还不错——后来就没下文了。他初二时写的一篇散文《系在风筝上的……》，在《中国教育报》发表后，被选入上海市的小学语文课本。

岩壁生活简朴，不慕虚荣，不受社会上各种横流物欲的影响，过着简直和时代脱节的生活。常年就那几件衣服，那些样式，早就没人穿了，我偶尔给他买一件新的，他总是交代："别买了，我姐夫不穿的那些给我就行。"2012年以来，他一直住在学校的办公室里，在学生食堂吃饭，他甚至也没有家庭生活，爱人、孩子都在老家，他只身一人，没有娱乐、没有朋友，只是读书和做学问。我们姐弟虽然在一个城市，但他很少来我家，偶尔来一次，刚吃过饭，就开始准备走，前后最多两个小时，有时候，我连碗筷还没洗好，就听他站在门口说："姐，我回去了。"别人都忙着挣钱、买车、买房、当官、评职称，而这些都无法影响他，他总能心无旁骛、心志笃定，过着自己的生活，把所有的时间和心思都用在看书、研究、教学和写作上。对了，还有每天坚持做他自己发明的一套静坐练习。

　　从小跟着外婆，岩壁和外婆的感情最深厚，受外婆影响也最大，比如，外婆喜欢吃软烂的食物，他也喜欢；外婆喜欢铺褥子，即使是夏天，岩壁也是这样；外婆的质朴善良也影响了他。虽然不善言谈，不喜交际，但他也在默默地做着一些有益的事情。走在街上，看到乱扔的垃圾，他会随手捡起来，放进垃圾箱内；和人谈话，他会简短地提醒正在发牢骚的朋友："不要把别人想成坏人，要以爱心对人。"碰到抱怨政府、抱怨社会的人，他也会劝上两句："有什么样的人民，就会有什么样的政府，从自己做起，先管好自己。"

　　作为姐姐，我对他的了解也不是很多，因为从小，他都是那么倔强、孤独、坚守自我，几十年来，几乎没有什么改变。我一方面怜惜他的坚持，给他弱小的自我平添了多少寂寞和荒凉；但另一方面，也感到欣慰——在这个轰轰烈烈的时代，能够守住那份冷清，给自己一个空灵之境，认清自己的目标和方向，并为之努力，持之以恒，始终不放弃自己追求的人，实在是太少了。我为自己有一个如此"不合时宜"的弟弟而感到骄傲。

　　虽然没有和他深谈过，但我知道，岩壁心灵的深处，一定有一点星火，一直在燃烧。这星火，照亮他孤寂的内心，使他不惮于前行；这星火，温暖他冷清的旅程，给他独有的快乐。老弟，祝福你！

周岩森

2014年10月4日 于郑州

人物与名物

1. 唐僧肉

食唐僧肉可致长生是一个谣言，
它的流布揭示了人性的弱点

在《西游记》中，唐僧肉具有神奇的功能，就是能够使吃此肉者（即使是那么一小块儿）长生不老。其实，这是一个彻头彻尾的谣言，而不少觊觎者，为此殚精竭虑，费尽心血，在所不惜，无怨无悔，甚至最终把性命都搭上了！就局外人看来，可怜可叹，引人深思。

> 唐僧肉可致长生是一个彻头彻尾的谣言。

一

唐僧肉并不是一开始就能使人长生不老，此处《西游记》中的"人"是一个宽泛的概念，包括各种妖魔精怪，这些妖魔精怪也往往自称为人，我们入乡随俗，尊重他们的意愿，也以人来称呼他们。离开长安没多久，在大唐边界上取经僧三人全部落入白虎精寅将军设置的陷阱（第十三回）。寅将军决定拿唐僧的两名随从设宴招待特处士、熊山君，并没有动唐僧一根毫毛。这有点奇怪：唐僧的体貌特征非常明显，是个蜘蛛精所谓的白胖和尚（第七十三回），站在寅将军们的立场上看，唐僧肉比两个随从的应该肥嫩鲜美一些。但他为何不先从唐僧下口？也许他有着《围城》里所谓的吃东西老是先吃不太好的而把好的留在后面的生活习惯。仅此而已。就是说，寅将军们并不认为唐僧肉和两个随从的肉有什么本质区别；他们并不认为唐僧肉具有使人长生不老的功能。否则，舍唐僧而不取的做法就没法解释。

在黄风岭，唐僧被巡山的虎先锋擒入黄风洞，献给黄风怪，聊表一餐之敬。黄风怪说："我闻得前者有人传说：三藏法师乃大唐奉旨意取经的神僧"；后来，因为孙悟空找上门来，黄风怪又抱怨虎先锋：我教你去巡山,只该拿些山牛、野彘、肥鹿、胡羊,怎么拿那唐僧来,却惹他那徒弟来此闹吵,怎生区处(第二十回)?可见,大王和先锋也只是把唐僧当做寻常的猎物看待,唐僧肉并没有长生不老的功能。要知道,黄风怪对此是比较有发言权的。他本是灵山脚下的得道老鼠,因为偷了琉璃盏内的清油,灯火昏暗,恐怕金刚拿他,故此走了,没想到却在此处成精作怪(第二十一回)。而唐僧本是如来佛的二徒弟,这个得道老鼠整天在灵山脚下混,是西漂一族的,对西天上层人事,如唐僧的底细应该有所了解。所以,我们可以说,唐僧肉一开始根本没有使人长生不老的功能,而且也没有任何人相信。

但到五庄观之后,情况就变得复杂了。因为唐僧在这里参加人参果会,吃了一颗人参果,这果子,吃一个活四万七千年。书中说得很明白:与会者"自今会服人参果,尽是长生不老仙";唐僧则"有缘吃得草还丹,长寿苦捱妖怪难"(第二十六回)。就是说,唐僧此后就长生不老了,精确地说,应该能活四万七千岁!但这不是说唐僧肉具有长生不老的功效。因为,参加这次人参果会的,除唐僧外,还有观音菩萨、福寿禄三星、悟空、八戒、沙僧和主人镇元大仙,他们都各吃了一个人参果,而且悟空、八戒、沙僧以前还各偷吃过一个。五庄观里的众弟子则分吃了一个人参果;清风、明月两个道童曾一家吃过一个。如果说,唐僧肉因此具有长生功效,那么,所有吃过人参果的人都应该具有这个功效。其实不然,所以,唐僧吃了人参果后,自己虽长生不老,但唐僧肉并无使别人长生不老的功效。

唐僧虽得长生,却并未超凡脱俗。悟空说他师父未超三界外,现在五行中,一身都是父母浊骨(第七十七回)!所以在镇海寺投宿,唐僧半夜起来解手,不曾戴得帽子,次日就不免头悬眼胀,浑身皮骨皆疼,身上有些发热,病了三天;大领导自说是伤风重疾,今日出了汗,才略好些(第八十一、八十二回)。真是身体虚弱。唐僧最后历尽艰难,踏上灵山,坐着无底船,从凌云渡过去,只见上溜头泱下一个死尸。长老见了大惊,行者笑道:"师父莫怕,那个原来是你!"那撑船的佛祖打着号子也说:"那是你!可贺可贺!"至此,唐僧才蜕却胎胞骨肉身,脱了凡胎。这样一个漂去的死尸、骨肉身、凡胎，岂有长生功效（第九十八回）？！明人黄星周在唐僧吃人参果一回，批云："唐僧长生从此始，然西方妖魔想吃唐僧亦从此始。"① 他这个说法还是准确的。

为什么从五庄观之后众妖开始相信唐僧肉的神奇效力呢？

二

第一个认为唐僧肉具有长生不老功效，千方百计要吃唐僧肉的是白骨精。她自言自语："几年家人都讲东土的唐和尚取大乘，他本是金蝉子化身，十世修行的原体。有人吃他一块肉，长寿长生"（第二十七回）。唐僧是金蝉子化身，观音菩萨在往长安选取取经人时曾说过（第十二回）。镇元大仙也对徒弟们说，那和尚乃金蝉子转生，西方圣老如佛第二个徒弟（第二十四回）。观音菩萨是佛家系统内的重要人物，知道唐僧是金蝉子化身，自然应该；镇元大仙是道家重镇，和佛家上层有密切交往，了解唐僧身世，也不奇怪。由此，唐僧是金蝉子化身的说法传布人间，白骨精知道了，也很正常；奇怪的是，她知道唐僧是十世修行的原体！个体生命从生到死这一过程，谓之一世；十世修行，就是一个生灵或精神，在人世间——准确说是六道，即天道、阿修罗道、人道、畜生道、饿鬼道、地狱道——经历了十次生死。唐僧不但是十世修行，而且是原体。所谓原体，就是金角大王说的一点元阳未泄（第三十二回）！说白了就是从来未遗精。关于唐僧的个人档案方面的情报，可谓细如发丝，精密入微！

原体，就是金角大王说的一点元阳未泄！说白了就是从来未遗精。

这个情报是白骨精听说的。先不管她是听谁说的。我们先来分析，这样精微的情报有谁知道？西方极乐世界的领导层知道，就是如来佛知道，观音菩萨也知道。在《西游记》中，唐僧是如来佛的二弟子，大弟子是谁，书中没有明说，但应该就是观音菩萨。唐僧被贬下凡，正是观音菩萨亲自引送投胎的（第十二回）。所以，我认为，唐僧肉具有使人

唐僧肉具有使人长生不老效能的说法，实际上是观音菩萨那里流传出来的。

---
① 黄星周点评本：《西游记》，中华书局，2009年，第129页。

长生不老效能的说法，实际上是观音菩萨那里流传出来的。因为，白骨精所住的白骨岭和唐僧吃人参果的五庄观毗连——唐僧离开五庄观西行，当日中午就遇见白骨精——而观音菩萨是人参果会上的贵宾之一，所以白骨精才能率先得到这一情报。

把这样一个说法，实际上是一个谣言，归咎于观音菩萨，是否无中生有，过于鲁莽灭裂？并不！还有更多更有力的证据：唐僧到平顶山，住在这里的金角大王、银角大王一心要吃唐僧肉，最终被孙悟空打败，他们原来是太上老君的两个童儿。太上老君适时地来找悟空要人，悟空指责他纵容家奴为邪，老君说出真相："此乃海上菩萨问我借了三次，送他在此托化妖魔，看你师徒可有真心往西去也"（第三十五回）。而金角大王自己说："我当年出天界，尝闻得人言：唐僧乃金蝉长老临凡，十世修行的好人，一点元阳未泄，有人吃他肉，延寿长生哩。"可见，金角大王当年在天界所闻的人言，就是观音菩萨在太上老君那里借人下界设置魔难时，故意泄露给后来的金角大王的。

> 观音散布此谣言的又一证据。

三

既然唐僧肉能够使人长生这个谣言是观音菩萨精心炮制出来的，那其目的何在？要知道唐僧师徒往西天取经，是如来佛交给观音菩萨的一项政治任务，由观音菩萨在幕后具体负责，全程操控。唐僧取到真经，由西天返回东土，观音菩萨察看取经的受难簿子，说："佛门中九九归真，圣僧受过八十难，还少一难，不得完成此数。"即令揭谛，赶上金刚，还生一难者（第九十九回）。可见取经路上千辛万苦的八十一难都是观音菩萨导演的。而由要吃唐僧肉求长生引起的有二十一难，占八十一难的25%强。就是说，这一谣言是观音菩萨为完成那项艰巨的政治任务推出的一个举措。

由它在八十一难中所占的比例，可以看出，其效果非常好。而且观音菩萨从这一谣言中直接获益，公私两利。住在六百里钻头号山，炼成三昧真火，神通广大的圣婴大王，即红孩儿，就是一心要吃唐僧肉而被

> 可见取经路上千辛万苦的八十一难都是观音菩萨导演的。而由要吃唐僧肉求长生引起的有二十一难。

观音菩萨收服，做了菩萨的善财童子（第四十回）。通天河里的灵感大王，当地百姓每年用一双童男女向之献祭，可谓作威作福，一手遮天，他本是观音菩萨莲花池里养大的金鱼。因为要吃唐僧肉，这金鱼才重新被观音菩萨用鱼篮盛了回去，失而复得，继续做菩萨豢养的宠物（第四十九回）。

这个谣言所以能成效显著，因为它成功地利用了人性的弱点，那种投机取巧的心理。银角大王知道唐僧肉可以长生后，说得痛快，一语破的："若是吃了他肉就可以延寿长生，我们打什么坐，立什么功，炼什么龙与虎，配什么雌与雄？只该吃他去了。等我去拿他来"（第三十二回）！银角大王雷厉风行；其效果可谓立竿见影！

而这些一心要吃唐僧肉的妖怪，还有一个共同特点，就是轻信。像红孩儿、金角大王、银角大王之类，是些未成年人，心智发育尚不完全，需要有监护人！自然无法识破这个精心编织的谣言。像黑水河里的鼍龙（第四十三回），金兜山的独角兕大王——本是太上老君西出关时骑的青牛（五十回），盘丝洞里的蜘蛛精（第七十二回），黄花观里的蜈蚣精（第七十三回），狮驼岭的青毛狮子——文殊菩萨坐骑、黄牙白象——普贤菩萨坐骑、大鹏金翅鹊（第七十七回），比丘国的国丈——寿星的坐骑白鹿（第七十九回），南山大王——艾叶花皮豹子精（第八十五回），这些都是修得人身的禽兽，按照进修等级，虽然能力超人，甚至能翻江倒海、偷天换日、呼风唤雨，但智能低下，理性极度缺乏，恐怕比未成年人高出不了多少。所以，他们也无从识破谣言！或者说，他们都没有启蒙思想家康德所提倡的自觉地运用理性的习惯。①

这些谣言的轻信者，为此付出了沉重的代价，失去了自由，开始成为或重新沦为奴隶，甚至失去了生命，从人生的地平线上给抹掉，永远地消失了。

> 这个谣言成功地利用了人性的弱点，那种投机取巧的心理。

---

① 康德在《什么是启蒙？》中明确、积极地提倡公众自觉运用理性。（"What is Enlightenment?": freedom to make public use of one's reason in all matters.）中国政法大学出版社，影印本，2003年，第54—60页。

由此，我们可以说：由观音菩萨所主导的取经事业，就性质上看，是一项伟大正义的事业；但在实现这一鸿图的过程中，却采取了一些不那么光明正大的策略，手段有点说不出口的卑劣。那些具有人性弱点、缺少智识或理性者有意无意地成为取经事业的牺牲品。观音菩萨这些行为和救苦救难的形象显得很不协调。正因为这样，《西游记》中才没有任何地方对此予以明白地揭示。唐僧肉的谣言对于菩萨而言，就好比是玫瑰下的刺，是大慈大悲者永远的心痛，是尽量绕开的暗礁，是有意躲闪、避免碰触的软肋！

2. 唐僧的婚姻
女性追求男性美色的悲剧

一

《西游记》中有一个普遍的说法，唐僧乃金蝉长老临凡，十世修行的好人，一点元阳未泄，所以，有人吃他肉，延寿长生（第三十二回），拿他去配合——性交，能成太乙金仙（第八十回）！唐僧肉是否可以使人长生不老，此处不论，可参看前一篇《唐僧肉》。我们来看看后一种说法。

《汉语大词典》解释元阳是男子的精气。唐僧元阳未泄，是说他精气从来没有流失过，连遗精的事儿都没有发生过。所以，他的元阳才有那么非常的功效，不可思议。唐僧从来没有和女人发生过性关系，我们知道。但说他元阳未泄，恐怕未必！唐僧无意中喝了子母河水，肚子大了，用手摸时，似有血肉块，不住的骨冗骨冗乱动。当地的老婆子给出的诊断是，唐僧吃了子母河水，以此成了胎气，不日要生孩子。后来，唐僧喝了落胎泉水，方才解得胎气，化了那血团肉块。就是八戒所谓的左右只是个小产（第五十三回）。此前还可以说唐僧元阳未泄，此后这个说法就很难让人认同。所以，毒敌山琵琶洞的蝎子精美女驳斥一本正经的唐僧："你出家人不敢破荤，怎么前日在子母河边吃水高"（第五十五回）?！饮食上有荤素，有些是佛教修行者入不得口的。在传统社会中，女人也是一种物（property），尤物；常说秀色可餐，修行者和女人发生性关系，那就大犯禁忌，算是破荤！一落千丈，再难超生。玉通禅师和妓女红莲的故事，就是个典型的例子。（《喻世明言》卷二十九）蝎子精美女的话暗示，唐僧已破荤，也丧了元阳。而非常吊诡的是，唐僧纠缠

自从在女儿国怀过胎，不能说唐僧一点元阳未泄了。

不清的亲事,大交桃花运,恰恰是在他元阳已泄之后接踵而至!

这时候,唐僧的取经事业进入瓶颈时期,从贞观十三年九月望的前三日,离开长安,已过去七八个年头,而十万八千里的路程刚好走了一半。在通天河边,唐僧对着他的团队自我检讨说,"我当年蒙圣恩赐了旨意,摆大驾亲送出关,唐王御手擎杯奉饯,问道几时可回?贫僧不知有山川之险,顺口回奏,只消三年,可取经回国。自别后,今已七八个年头,还未见佛面"(第四十八回)!而一路上跋山涉水,栉风沐雨,非常艰辛,和在家人大不相同:在家人,这时候温床暖被,怀中抱子,脚后蹬妻,自自在在睡觉;我等出家人,那里能够!便是要带月披星,餐风宿水,有路且行,无路方住(第四十七回)。也就是说,唐僧面临抉择:是把似乎遥遥无期的取经事业继续下去呢,还是留泊于安谧的港湾,投入一个女人的怀抱,过世俗的温馨生活,接受肉体的润泽与情感的抚慰?这可是个大问题。

在婚姻方面,唐僧具备有利条件:传统族长制社会,以家族为中心,所谓男权社会,个人出身,家庭的社会地位,是首先要考虑的。唐僧是唐太宗的御弟,用女儿国驿丞的话说,唐僧诚是天朝上国之男儿,南赡中华之人物。另外,这个御弟相貌堂堂,丰姿英俊。唐僧这时三十七八岁,经过世事历练,岁月打磨,犹如中秋节的苹果,青鲜尚在,去了艮涩,如霜降前的枝头红柿,尚未烂软,不文不火,不急不躁,最是男人一生的黄金时代。所以,唐僧在女儿国出现,女王一下子就黏糊上他!明诏大号:寡人以一国之富,愿招御弟为王,我愿为后,与他阴阳配合,生子生孙,永传帝业(第五十四回)。女王条件怎样呢?首先,她的社会地位与唐僧很般配。其举止相貌,有过曲折情爱经历、对女人始终怀有浓厚兴趣的八戒,已代我们饧眼观看了:

> 眉如翠羽,肌似羊脂。脸衬桃花瓣,鬓堆金凤丝。秋波湛湛妖娆态,春笋纤纤妖媚姿。斜軃红绡飘彩艳,高簪珠翠显光辉。说什么昭君美貌,果然是赛过西施。柳腰微展鸣金珮,莲步轻移动玉肢。月里嫦娥难到此,九天仙子怎如斯。宫妆巧样非凡类,诚然王母降瑶池。

那呆子看到好处，忍不住口嘴流涎，心头撞鹿，一时间骨软筋麻，好似雪狮子向火，不觉的都化去也（第五十四回）。真美艳无瑕，无可挑剔！但为了取经事业，唐僧毫不犹豫，义无反顾，拒绝了这样一场理想的婚姻，一点儿都没有贪图富贵，绝不沉溺美色！

这可以说是唐僧在婚姻问题上经受的第一个、也是最大的考验。在主动追求唐僧的女性中，女儿国王是惟一有生老病死的凡人。即，那种让八戒看得骨软筋酥的美丽，是经不起时间的几度风霜，很快就会像春花一样失去芳香和鲜嫩，像秋叶一样变黄，枯萎，凋零。所谓美就是肤浅（Beauty is but skin-deep）！别的女性则不同，她们不但美丽，而且长生，用美女蝎子精的话说，和唐僧可以百岁和谐也——决非夸张；但她们仍然无法打动唐僧的心！

> 在主动追求唐僧的女性中，女儿国王是惟一有生老病死的凡人。

二

女儿国之后，最先把唐僧弄到手的蝎子精，是个非常有能力的美女，不但八戒、悟空对之感到头疼棘手，就是如来佛当年也吃过她的苦哩。她在雷音寺听佛谈经，如来见了，不合用手推她一把，她就转过钩子，把如来左手拇指扎了一下，如来也疼痛难禁（第五十五回）。蝎子精不但能力强，手段毒辣，对敌老能占上风，而且目光敏锐，不为假象所惑，能够看到实质。前边说到她调侃唐僧已经破荤失元阳，就是一例。她千方百计要和唐僧做好夫妻，并不是像孙悟空说的希图唐僧的元阳、元精——因为她清清楚楚地知道唐僧元阳已破！蝎子精和手下小妖说起悟空和八戒，一再称作那两个丑男人！当面骂他俩是泼猴、野彘！透露出蝎子精美女对男人的相貌是非常看重的。而唐僧是个美男子，她贪图的其实是唐僧的美色！

> 蝎子精爱唐僧不是因为唐僧肉的功效而是因为他的美色。

蝎子精美女代表着那种在男性社会中能力超强，令男人感到眩晕害怕的女人，专横、冷酷。男人在她们心目中，只是玩偶，可以随心所欲地把玩、拆散、组装、摆置。在木仙庵谈诗的杏仙，则是才女的典范。这位作得唐诗的仙女：

> 青姿妆翡翠，丹脸赛胭脂。星眼光还彩，蛾眉秀又齐。下衬一条五色梅浅红裙子，上穿一件烟里火比甲轻衣。弓鞋弯凤嘴，绫袜锦绣泥。妖娆娇似天台女，不亚当年俏妲己（六十四回）。

用她同伴的话说，杏仙人材俊雅，玉质娇姿，不必说那女工针指，只这一段诗才，也配得过你唐僧。杏仙所以中意唐僧，和蝎子精又不同了：是因为唐僧才气很好，其诗真盛唐之作，锦心绣口。但唐僧并不领情。杏仙虽有才情，却没有什么能力，不要说和蝎子精比较起来在追求爱情时行动软弱，实际上是根本没有什么行动！但她的下场和蝎子精一样凄惨：孙悟空在恐日后成了大怪，害人不浅的堂皇借口下，嗾使八戒一顿钉钯，三五长嘴，连拱带筑，把杏仙（杏树）挥倒在地，根下俱鲜血淋漓。才女就这样香消玉殒了。

蝎子精和杏仙优缺点都非常明显。而把她们的优点结合在一起，显得非常理想的一个仙女则是住在陷空山无底洞的金鼻白毛老鼠精。她能力强，性格温柔细腻，生活也很有情趣；居住环境，可说是世外桃源，别开天地，远离尘嚣，与世无争。悟空初到无底洞这个洞天福地，发现她越发打扮得俊了：

> 发盘云髻似堆鸦，身着绿绒花比甲。一对金莲刚半折，十指如同春笋发。团团粉面若银盆，朱唇一似樱桃滑。端端正正美人姿，月里嫦娥还喜恰。

这个又称半截观音、地涌夫人的老鼠精，坚信那唐僧乃童身修行，一点元阳未泄，正欲拿他去配合，成太乙金仙（第八十回）。似乎还不知道唐僧在子母河边破了荤，失了元阳。情报陈旧，跟不上世界前进的步伐。这和她居所偏僻，很少和世间有交际大有关系，却害苦了她。她后来和悟空、八戒等在拖拖拉拉的打打杀杀中，是否知道唐僧并不具备使自己成就太乙金仙的能力，我们不好臆断；但她后来对唐僧的态度确有微妙的变化。由那种追求一夜风流，露水姻缘，野合苟交，急功近利，转而希望耳鬓厮磨，白头到老，消消停停，在人生的征途上相濡以

杏仙所以中意唐僧，是因为唐僧有才华。

蝎子精和杏仙的优点结合在一起，是住在陷空山无底洞的金鼻白毛老鼠精。

沫，卿卿我我，海枯石烂，生死相守，苦乐与共。这个变化是在春天的花园里发生的，美女摘了一颗青桃，唐僧摘了一颗红桃：

> 三藏躬身将红桃奉与妖怪道："娘子，你爱色，请吃这个红桃，拿青的来我吃。"妖精真个换了，且暗喜道："好和尚啊！果是个真人！一日夫妻未做，却就有这般恩爱也。"那妖精喜喜欢欢的，把唐僧亲敬（八十二回）。

最后，她被孙悟空挟制，不得不放弃唐僧，曾安慰自己："留得五湖明月在，何愁没处下金钩！把这厮送出去，等我别寻一个头儿罢！"就是说，天下好男儿多了，唐僧不行，也可以和别人喜结良缘。表明她在思想上还清醒，没像痴情的女子一样，在爱情的蛛网里只有挣扎的份儿，没有摆脱的希望。所谓"女之耽兮，不可说（脱）也"！（《诗经·氓》）然而可惜知行不能合一：此后的行为表明，她实际上无法摆脱爱情的网罗，要么是无，要么是全部（all or nothing!）；或鱼死，或网破！最终她也是两手空空，不但失去了唐僧，而且失去了她曾拥有的一切，也失去了自由！

唐僧的最末一场婚姻，出现在他四十五岁。这时，虽然青春正在离他而去，但离目的地却是最近的，他明白自己的事业马上就要完满（completion）。这个不合时宜的爱情追求者，是月中捣药的玉兔化身的天竺国公主，年登二十青春，在十字街头，高结彩楼，抛打绣球，撞天婚招驸马。唐僧就被彩球有意打中；这位冒牌公主有自己的如意算盘，招唐僧为偶，采取元阳真气，以成太乙上仙（第九十三回）。玉兔的这个想法，显得信息闭塞，少不更事！对她而言，就是青春期的噩梦。对唐僧，完全是一场闹剧，是他对俗家生活的怀念——"我想着我俗家先母也是抛打绣球遇旧姻缘，结了夫妇"——是对即将流逝的青春的无力的挽留与感伤的缅怀。玛丽·白恩士去世后，恩格斯四十三岁，他给马克思的信中说："我感到，我仅余的一点青春已经同她一起埋葬掉了。"①

> 玉兔的这个想法，对她而言，就是青春期的噩梦。对唐僧，完全是一场闹剧。

---

① 《马克思恩格斯全集》，第30卷，人民出版社，1974年，第314页。

这正是四十多岁男人的共有情绪与怅惘。

三

> 这些热烈追求唐僧，甚至不择手段的女性，有一个共同特点：痴迷于唐僧的美色。

由此，可以看出，这些热烈追求唐僧，甚至不择手段的女性，有一个共同特点：痴迷于唐僧的美色。唐僧到底如何俊美，我们不得而知；单知道他白白胖胖——蜘蛛精说他是个白胖和尚（第七十三回），养尊处优——八戒曾抱怨唐僧：原说只做和尚，如今拿做奴才，日间挑包袱牵马，夜间提尿瓶务脚（第三十七回）！悟空透露，师父平日好吃葡萄做的素酒（第八十二回）。唐僧，是那种四体不勤五谷不分、劳心者流！大领导嘛，这样作威作福，可以理解。所以，唐僧的美丽，也就是那种纤巧的花瓶式的美丽，是一种病态的脆弱（delicacy）。

《西游记》里的女妖为何与男权社会有此共同嗜好？因为她们是一类非常特别的女人。像女儿国女王、天竺国公主，一个拥有绝对权力，一个和绝对权力非常近——天竺国王听说公主抛绣球打中一个和尚，心甚不喜，意欲赶退，又不知公主之意何如，只得含情宣入；国王完全听宝贝女儿的，百依百顺。权力会使一个人的欲望充分暴露出来，甚至被渲染放大。武则天就是一个范例。《旧唐书》卷七十八：天后令选美少年为左右奉宸供奉，右补阙朱敬则谏曰："陛下内宠，已有薛怀义、张易之、昌宗，固应足矣。近闻尚舍奉御柳模自言子良宾洁白美须眉，左监门卫长史侯祥云阳道壮伟，过于薛怀义，专欲自进堪奉宸内供奉。无礼无仪，溢于朝听。臣愚职在谏诤，不敢不奏。"因为阳道壮伟，① 床上功夫厉害，朝野上下议论纷纷，以至于大臣一本正经地谏阻！

公主，可以举山阴公主为例。她是刘宋皇帝刘子业的妹子，嫌同为先帝子女，皇帝六宫妃嫔多到上万人，而自己只有驸马一人。真是太不公平了！山阴公主对她的皇帝哥哥大大抱怨了一番。于是皇帝体恤妹情，为她配备面首三十人，专门提供性服务。公主胃口挺大，又特意跟

---

① 这是文雅的说法，指男性阳具大。

哥哥要貌美的吏部郎褚渊，希望把他收编到自己的美男队伍之中。(《宋书》卷七)

像蝎子精、金鼻白毛老鼠精等，有翻江倒海彻地通天之能力、神通。所以，在婚姻问题上，她们自然要居上风。林黛玉说得好："但凡家庭之事，不是东风压了西风，就是西风压了东风！"(《红楼梦》八十二回)。孔子说："吾未见好德如好色者也。"(《论语·子罕》)本来对色并未限定性别。只是后人附会说是孔子见卫灵公与夫人南子同车而发此慨；(《孔子家语》卷九，《史记》卷四十七)于是，好色成了男人的特权。其实，对异性采取一种审美的眼光和态度，在先秦是没有什么区别的，男女皆可好色。《左传》桓公元年，宋华父督见孔父之妻，说，美而艳；而文公十六年：襄夫人见公子鲍，说这男人美而艳，动了芳心，要和他通奸。所以，钱锺书说："古之男女均得被目为'美艳'也。"①

强势的女人追求美丽的男人，本没有什么奇怪的地方；只是秦汉以来长期的男权社会不断地通过国家机器、导向明确的意识形态、有厌女症（misogyny）倾向的文化，对女性加以束缚和规训；到明代，极端专制政权与被僵化的程朱理学相得益彰，沆瀣一气，终于在婚姻问题上取得辉煌成果，女人不但没有主动追求美男的现实行动，而且泛漾这样的想法，都是一种罪，要受到精神上的谴责与良心上的折磨，甚至当下的体罚！②现实中的女人，完全被物化，失去了主体性、能动性。③

---

① 钱锺书：《管锥编》，三联书店，2007年，第285页。
② 赵南星：《笑赞》：郡人赵世杰半夜睡醒，语其妻曰："我梦中与他家妇女交接，不知妇女亦有此梦否？"其妻曰："男子妇人，有甚差别？"世杰遂将其妻打了一顿。至今留下俗语云："赵世杰半夜起来打差别。"赞曰："道学家守不妄语为良知。此人夫妻半夜论心，似非妄语。然在夫则可，在妻则不可！何也？！"（王利器：《中国笑话大观》，北京出版社，2001年，第300页）
③ 李敖在《夫妻同体主义下的宋代婚姻的无效撤销消及其效力与手续》中说，"妇人在结婚以后所处的地位是异常不平等的，她们没有权力，没有意志，没有职业，没有名位，没有财产，乃至没有知识，没有法律上的平等权利，完全居于附属的地位。换句话说，结婚后的妇人，是没有人格（personality）的。"（李敖：《历史与人像》，中国友谊出版公司，2000年，第86—87页）

而正是这些主动追求唐僧的女妖身上，还保留着爱异性之美的原初的鲜活和强大的生命力。在成熟到有点腐烂的男权社会中，这种行为无法存活。所以，这些追求唐僧的女妖，无不落了个悲惨的下场，在舆论上没有得到一丝一毫的同情。唐代女道士鱼玄机说："易求无价宝，难得有心郎！"（《太平广记》卷二七一）具有讽刺意味的是，按照社会批判理论，唐僧应该是男权社会中酋长式人物，悟空、八戒等是他手下服服帖帖的奴隶——悟空曾对唐僧说："你要吃斋，我自去化，俗语云：一日为师，终身为父！"（七十二回）。唐僧生病的时候，悟空又对唐僧说："我等与你做徒弟，就是儿子一般。"又说："养儿不用阿（屙）金溺银，只是见景生情便好。"（八十一回）。——由于这样一个立场，唐僧自然本能地维护那种男性占绝对主导地位的婚姻制度，所以对那些向他开展的热烈追求，一概冷冰冰地毫无响应！也就不难理解了。同时，这一向唐僧示爱的行为，显得非常吊诡。简直和林之洋在女儿国被迫缠足被女儿国王作为妃子纳入后宫异曲同工。（《镜花缘》三十三回）。无意中，有点以牙还牙的恶毒，针锋相对的认真。这正是处于萌芽状态的女性主义者（feminism）的行为特点。

> 这些追求唐僧的女魔头可说是女性主义者的前身。

说这些追求唐僧的女魔头是女性主义者的前身，并不过分。因为明代中晚期，出现资本主义的萌芽，出现了李贽那样的异端，对传统的婚姻制度质疑、挑战、破坏，都是不可避免的。当人成为独立的主体（subject）时，把异性的两个人联结在一起的婚姻，不但要考虑和满足自己的欲望、利益，而且要照顾到对方的欲望和利益。这是一个难题，叔本华用两只刺猬的困境（hedgehog's dilemma）做了说明：他们为了取暖而相互靠近，为了不刺痛对方而保持距离！①

马克思、恩格斯在1848年发表的《共产党宣言》中旗帜鲜明地要求："消灭家庭！"（abolition of the family!）并断定"资产阶级的婚姻实际上

---

① 鲁迅在《一点比喻》中说"叔本华将绅士们比作豪猪"，见叔本华的杂文集《副业与补遗》。（《华盖集续编》，《鲁迅全集》第三卷，人民文学出版社，1989年，第218页）

是公妻制；最终将会消失。"[①] 但这样一个危机四伏、漏洞百出的婚姻制度，其核心是一夫一妻制（monogamy），并且受法律的保护——这也是我们今天实行的婚姻制度；而我们的传统社会，承认的是一夫多妻制（polygamy）。在这样的环境下，要求有心郎，自然是镜花水月！

在现今男女平等的社会里，越来越多的离婚固然显示出一夫一妻制的弊端，像马克思、恩格斯所抨击的那样，但它同时也表明婚姻中的双方都成为名副其实的主体。（参看后文《观音菩萨的性别》。）男人不但可以自由地追求和欣赏异性美，女人也有这种权利，不必像在传统社会中女性大多数只能是被处置的对象（object），或者像追求唐僧的女魔头那样劳而无功，下场凄惨。在婚姻中，现在的问题是如何做好两个独立主体的协调；就好比在钢丝上行走，要保持平衡，其难度可想而知。所以鱼玄机的"易求无价宝，难得有心郎"还要长期存在。只不过，这个"有心郎"的"郎"字，不光是李隆基《好时光》里的"莫倚倾国貌，嫁取个，有情郎"，也是女郎之"郎"！

---

① 马克思、恩格斯：《共产党宣言》（英文版），外语教学与研究出版社，1999年，第32—34页。

附：美丽的女妖为何要和唐僧成亲？①

《西游记》中的女妖精都迫不及待要和唐僧成亲，其中的原因非常微妙。

你可能会说，因为我们的唐御弟是一位有着非凡魅力的男人，迷得那些女妖精神魂颠倒，非要嫁给他不可。这种说法，也许适合于西梁女国的女王；因为，当地男人奇缺，准确地说是根本没有，而八戒之流又太过丑陋，不适合作"人种"。但是，女国国王并非妖精，实是红尘凡胎。如果贪恋唐僧的美色，那唐僧这样的美男世间有的是。而且在美丽的女妖精的感召下，那些愿意拜倒在她的石榴裙下的男人难以计数。再说，唐僧的手下，都是神通广大的人物，惯于和妖精为敌。她们为什么要舍易而取难，甚至往往有性命之虞。所以，此种解释是不通的。杏仙好像被唐僧的美貌迷倒了，劝唐僧趁此良宵，人生几何，共赴温柔乡的话，只是一种借口！

那你会说，因为唐僧是十世修行的圣僧，元阳未泄，如果女妖精和他交欢，能得长生不老。这种说法仍然似是而非！因为，唐僧只是生来未近女色，也就是是个处男；但未曾把精液走漏一滴，未免过于夸张。《西游记》社会中的人所以都形成这么一种观念，实在和唐僧不动声色的自我宣传有关；唐僧借此非常微妙地抬高自己的身价，提升自己的地位。女妖精们当然是不信的，但她们表面上承认这一点，作为要和唐僧成亲的一种方便理由。

因为，这些女妖精，比如住在悬空山无底洞的金鼻白毛老鼠精，还有广寒宫中的玉兔，她们本来就是仙体，本来就是长生不死的，不需要借助于唐僧的精液。

> 真正的原因是，唐僧是如来佛的二徒弟。

真正的原因是，唐僧是如来佛的二徒弟。在《西游记》社会中，如来佛是最高权威，这是不争的事实。而最高权威的二徒弟，其社会地位

---

① 此是2006年的一篇随笔，是笔者最早的关于《西游记》的文字，算是有感而发；可和《唐僧的婚姻》比勘。

之高，就可想而知了。

这些女妖精，不论是自己在人间修炼成功的杏仙、蝎子精，还是从更高空间，比如天庭逃逸人间的玉兔，从西天迁居地下洞府的老鼠精，她们都有一个共同的缺憾，就是缺乏合法的社会地位。虽然能呼风唤雨，神通广大，但未被上流社会，如天庭、西天佛土所承认，这就使她们处于一种草野状态：尴尬地漂浮着，没有名分。她们急于加入上流社会，却没有途径。

而唐僧在《西游记》社会中的崇高地位，为她们提供了一个捷径，如果真能够和唐僧结亲的话。这种事今天也非常多，那些傍大款的美女多是层次低的。像陈纳德与陈香梅、梁实秋和韩菁清，则非同寻常，他／她们层次非常高；双方都坚称，他／她们的关系出于纯真的爱情、共同的理想和对高尚事业的追求！我们当然相信这种美丽、热烈的宣言，但它表面上实在像是一种唐僧和美丽的女妖精的关系，模式一样。这种模式将永远存在于世间，直到世界大同的那一天！这当然很好，使世界显得别样热闹，为我们增加茶余饭后的谈资。

> 她们都有一个共同的缺憾，就是缺乏合法的社会地位。她们急于加入上流社会，却没有途径。唐僧为她们提供了一个捷径。

3. 唐僧取经成功的奥秘

看似娇弱、怯懦、偏信的唐僧竟然能取到真经，简直是个奇迹。但实际上他具备了创造奇迹的四个品质：坚韧，谦卑，团结，仁爱

　　如果说《西游记》是一部神话（myth），唐僧居然取经成功，那简直就是神话中的神话，传奇中的传奇；正像镇海禅林寺的喇嘛僧邂逅唐僧所质疑的："那东土到西天，有多少路程！路上有山，山中有洞，洞内有精。像你这个单身，又生得娇嫩，那里像个取经的"（第八十回）！唐僧固然不像个取经的，然而他确实是个取经的！不过，不是单身；居然取经成功，因为唐僧实有过人之处。

一

　　魏征、萧瑀和张道源三位大臣奉唐太宗之名，在全国选出一名有德行的高僧，就是三十一岁的唐三藏，这是在贞观十三年。三人引他去见皇帝，唐僧显得礼仪娴熟，毫不瑟缩，能扬尘舞蹈，跪拜如仪（第十一回）。唐王问他可是陈光蕊之子，唐僧也是先叩头，然后答是；太宗喜他礼仪周全，封他天下大阐都僧纲，唐僧再次顿首谢恩；离开朝廷，也是再拜领旨而出。这是唐僧第一次公开露面，[①] 表现出对世俗政权的无条件崇敬，对国家意识形态不假考虑的认同，对政治权威五体投地的膜拜。要知道，渊源甚久、争论不休的"沙门不敬王者"的争论，当时尚余波荡漾。[②]

[①] 唐僧在玄英洞向妖怪自报履历，说："自幼在金山寺为僧，后蒙唐皇敕赐在长安洪福寺为僧官"（第九十一回）。则此前似乎也曾面圣过。

[②] 薛元升：《唐明律合编》卷九："凡僧尼道士女冠，并令拜父母、祭祀祖先，丧服等第皆与常人同。违者杖一百，还俗。"这是明代法律。但唐玄宗在开元二年，曾敕："自今已后，并听（道士女冠僧尼）拜父母。"云云。（《唐明律合编》引《读礼通考》）

道远曾说：

> 凡在出家，皆遁世以求其志，变俗以达其道。变俗则服章不得与世典同礼，遁世则宜高尚其迹。……内乖天属之重而不违其孝，外阙奉主之恭而不失其敬。……岂与夫顺化之民，尸禄之贤，同其孝敬者哉？！（《弘明集》卷五）

就是说，出家当和尚后，不当像世俗之人那样，礼敬王者，跪拜父母，打个问讯就够了；出家人一专心修道，追求真如，研究学术为唯一目的，与世俗社会划清界限。唐僧却大不然，他对世俗政权的礼拜，超乎寻常。那法师正聚众登坛，讽经诵偈，一闻有旨，随下坛整衣，雷厉风行，急忙随魏征同往见驾（第十二回）。可见，讲经修道这样和尚的分内之事，和世俗政权的召唤相比，在唐僧眼里无足轻重，只能靠边站，往后放！就此而言，唐僧是个高度世俗化的，有点诌媚到甜腻的和尚。

不光是对唐太宗磕头无数，通过灵活的肢体动作和谦卑的言语，致敬世俗政权，而且，唐僧对西天路上所经过的世俗王国政权，无不一一顶礼。在宝象国，把三藏宣至金阶，唐僧照例舞蹈山呼礼毕。国王问道："长老，你到我国中何事？"三藏道："小僧是唐朝释子，承我天子敕旨，前往西方取经。原领有文牒，到陛下上国，理合倒换。故此不识进退，惊动龙颜。"国王道："既有唐天子文牒，取上来看。"三藏双手捧上去，展开放在御案上。国王见了，取本国玉宝，用了花押，仍旧递与三藏。三藏谢了恩，最后才收了文牒（第二十九回）。在祭赛国，朝廷文也不贤，武也不良，国君也不是有道明君，就这，唐僧见了国王，也毫不怠慢：

> 长老在阶前舞蹈山呼的行拜，大圣叉着手，斜立在旁，公然不动。长老启奏道："臣僧乃南赡部洲东土大唐国差来拜西方天竺国大雷音寺佛求取真经者，路经宝方，不敢擅过，有随身关文，乞倒验方行。"那国王闻言大喜。传旨教宣唐朝圣僧上金銮殿，安绣墩赐坐。长老独自上殿，先将关文捧上，然后谢恩敢坐。那国王将

唐僧是个高度世俗化的，有点诌媚到甜腻的和尚。

关文看了一遍，心中喜悦道："似你大唐王有疾，能选高僧，不避路途遥远，拜我佛取经；寡人这里和尚，专心只是做贼，败国倾君！"三藏闻言合掌道："怎见得败国倾君"（第六十二回）？

唐僧谦卑的言语，必伴着表示崇敬的肢体动作，和对国王毫不为礼的齐天大圣形成鲜明对比。它直接的好处就是得了一个绣墩坐！

在朱紫国，唐僧把致敬王者的礼仪又搬演一遍（第六十八回）。它直接的好处就是吃了一顿御宴，国王也屈尊奉陪，光彩得很。

就是对他背后骂为昏君的比丘国国王，唐僧朝见时，也毫不失礼；刚倒换完关文，那个要取一千一百一十一个小儿心肝的罪魁，妖人国丈，来了；唐僧也是主动先打招呼："三藏起一步，躬身施礼道：'国丈大人，贫僧问讯了'"（第七十八回）。唐僧到天竺外郡玉华县倒换关文，玉华王子因他礼貌周全，特别留他赐宴，又叫三个徒弟来共享，却惹得王子不快。玉华王子抱怨那三个徒弟"见我不行大礼"，只打个问讯（第八十八回）！可见，唐僧礼貌周到，大得当权者欢心，被青目相加，招待优渥。

> 唐僧的礼貌周到，大得当权者欢心。

因为唐僧毫无保留地向世俗政权致敬，使他在经过的人间王国能顺利地倒换关文，获得种种方便，大多不受阻难。所以，憺漪子说："计三藏八十一难，大抵属魔祸者多，属人祸者少。"①

二

孙行者教训师弟猪八戒："温柔天下去得，刚强寸步难行；人将礼乐为先"（第八十二回）！可见，他对唐僧致敬世俗政权也是认同的，虽然他自己不属于那样低三下四。不光对世俗政权是这样，唐僧对神佛也是极尽礼貌，感恩戴德。观音菩萨向唐僧传授紧箍咒，化道金光往东去了。三藏毫不偷工，急忙撮土焚香，望东悬悬礼拜（第十四回）。听

> 不光对世俗政权是这样，唐僧对神佛也是极尽礼貌，感恩戴德。

---

① 黄周星点评本：《西游记》，中华书局，2009年，第452页。

说是菩萨来收服龙马,三藏急问菩萨何在,悟空告诉他菩萨这时已到南海了。三藏并不罢休,犹且撮土焚香,望南礼拜(第十五回)。菩萨出面,才收伏了黑熊怪,取回锦襕袈裟,三藏闻言,遂设香案,朝南礼拜(第十八回)。菩萨收了红孩儿,唐僧才得解放,即忙跪下,朝南礼拜(第四十三回)。他对菩萨五体投地,顶礼膜拜,固然有致敬权威的成分,但更多的是感恩。

不光对取经的监控者、顶头上司观音菩萨礼貌备至,即使是菩萨派来送鞍辔的落伽山山神、土地,唐僧"慌得个三藏滚鞍下马,望空礼拜道:'弟子肉眼凡胎,不识尊神尊面,望乞恕罪;烦转达菩萨,深蒙恩佑。'你看他只管朝天磕头,也不计其数"(第十五回)。众神——四大金刚、金头揭谛、六甲六丁、护教伽蓝与哪吒三太子、托塔李天王等——降服牛魔王,三藏听说,换了毗卢帽,穿了袈裟,郑重其事,拜迎众神圣,称谢不已(第六十一回)。弥勒佛收服黄眉怪,行者把先请祖师龟、蛇,后请大圣(泗州大圣国师王菩萨)借太子,细陈了一遍。三藏闻言,谢之不尽,顶礼了诸天;见了众神,三藏不惮其烦,郑重其事,披了袈裟,朝上一一拜谢(第六十六回)。

神佛和世俗政权,唐僧需要与之搞好关系,因为它对取经顺利与否至关重要。现象地看,唐僧过于媚俗与势利(snobbish);因为八戒对世俗的掌权者失礼,唐僧曾大骂他"夯货!"教训八戒物有几等物,人有几等人,如何不分个贵贱(第八十八回)!有点看人下菜碟的嫌疑,但我们还不能就此断定唐僧是个势利小人;还需要更多的证据。

三

我们看唐僧对普通人的态度:孙悟空从隐雾山的折岳连环洞里,解救唐僧时,连带把本地一个樵夫给解救了。樵夫母子甚是感激唐僧师徒的救命之恩,备了顿斋供,招待四人,也是应该的。樵夫送了师徒一程,临别,唐僧翻身下马道:"有劳远涉!请樵哥回府,多多拜上令堂老安人;适间厚扰盛斋,贫僧无甚相谢,只是早晚诵经,保佑你母子平安，百年长寿"（第八十六回）。对一个无权无势的弱者，唐僧能平等相待，温语相煦，足见唐僧本心良善。他对前往借宿的平头百姓家老妇，也要躬身施礼，呼为老婆婆（第五十七回）。向老头子请教，要起身，先说"敢问公公"（第五十九回）。对要投宿的老主人，三藏合掌当胸，躬身施礼，称"老施主，贫僧乃东土差往西天取经者；适到贵地，天晚特造尊府假宿一宵，万望方便方便"（第六十七回）。到馆驿投宿，唐僧对驿吏也不急忽，合掌道："贫僧乃东土大唐驾下，差往西天取经者，今到宝方，不敢私过，有关文欲倒验放行，权借高衙暂歇"（第六十八回）。进道观，见道士，称对方是老神仙，上殿，推开门，见有三清圣像，供桌有炉有香，唐僧主动拈香注炉，礼拜三匝，方与道士行礼（第七十三回）。邂逅年轻女人，必称作"女菩萨"（第二十三、二十七、二十九、七十二、八十、八十一回）！见拦路抢劫的强盗，称作"大王"（第五十六回）。就是见那要吃他肉的妖怪，唐僧也是跪在下面，只叫"大王，饶命，饶命"（第九十一回）！

整个看，唐僧待人接物的行为表明，他并不是个势利的人，而是个礼貌细致周全到繁琐的人，最多也只能说，他在社会交际上采用一种实用主义式的态度罢了。作为一种社会交际的礼节，唐僧能自觉地用身体动作、姿态和谦卑的言语，向对方发出友善的信号，承认对方的强势、权威，默认现状的合理合法，以换取或报答对方的支持、同意、帮助。

唐僧为什么会采取这样的策略？主要因为他是弱者，形格势禁。西天路上，唐僧连一顿斋饭都化不来（第七十二回）！听得前途有妖魔，他惊得"扑的跌下马来，挣挫不动，睡在草里哼哩"，"止不住眼中流泪"，连徒弟们都说他"脓包"（第七十四回）！被妖怪捉了，绳捆索绑，唐僧"止不住腮边流泪"，听任宰割，一筹莫展（第八十五回）。他除了磕头之外，又能如何呢？

晚清官场，老官僚说："多碰头，少说话，是做官的秘诀。"（《官场现形记》第二十六回）。乍一看，和唐僧细致入微的礼仪半斤八两。其实不然，因为他们背后的目的有云泥之别。官僚们多磕头少说话，是为自保禄位，经营私利，形同仗马不言，①尸位素餐。唐三藏则不然；他以为自己必死无疑，曾对同病相怜的樵夫吐露心曲：

> 我本是东土往西天取经去的，奉唐朝太宗皇帝御旨拜活佛，取真经，要超度那幽冥无主的孤魂。今若丧了性命，可不盼杀那君王，孤负那臣子？那柱死城中，无限的冤魂，却不大失所望，永世不得超生，一场功果，尽化作风尘，这却怎么得干净也？（第八十五回）。

正因为唐僧这种崇高的襟怀、大乘中慈悲仁悯精神，普照之下，他那近乎谄媚的多礼，显得妩媚，打动人心，所谓目的定性手段。②

四

礼貌周全，尊重对方，承认世俗政权，膜拜神佛，感谢他人施舍、帮忙，这是唐僧在日常社会交际中最鲜明的个人风格，这为顺利西行铺平了道路，尤其是在经过人间王国时；但它并不能解决所有问题，保证畅通无阻。如，在山间遇盗时，唐僧双管齐下，跪拜和大呼"大王饶命！"就丝毫没有效果；（第五十六回）。在乌鸡国的宝林寺，唐僧"礼乐为先"的礼貌，只换得僧官"你游方和尚"、"油嘴滑舌"的贬斥和去廊下蹲着过夜的待遇，还有行者"你不济事！"的直言触忤（第三十六回）！而且礼貌周全也不是唐僧取经成功的最重要因素。唐僧那种咬定青山不放松的坚强意志，才是最重要，最可贵，最让人敬佩的。

唐僧是肉眼凡胎，他自己承认（第十五、九十一回），徒弟们也知道（第二十二回），叙事者也反复挑明（第四十四、五十三、七十六、

---

① "仗马"一典出自《新唐书》卷二百三十三上。李林甫威迫谏臣作不说话的仗马，堵塞言路。
② 赵州从谂和尚云："正人说邪法，邪法亦随正；邪人说正法，正法亦随邪。"（瞿汝稷：《指月录》卷十一）

八十、八十五、九十九回）。所以唐僧才能力薄弱，遇见危险，我们只见他惊得心胆俱裂，泪流满面，任人宰割。这和他百折不回的坚强意志不是矛盾吗？其实不然。传统心理学认为，人有志（reason, will）、情（emotion, feeling）、欲（desire, craving）三个部分，分别对应生理学上的头（head）、心（mind）、腹（belly）三个部位。像食欲、色欲，都是腹部器官发动的；像所谓的七情，如喜、怒、哀、惧，都是心的功能；头为众阳之首，具理智。斯宾诺莎说，人的自然需要是意志所控制不了的。就是说，唐僧遇见灾难，情感上恐惧，胆小，体态上表现为瑟瑟发抖，流泪——他的意志无法制约这种生理、心理反应；反之，情感也没有力量动摇其意志。佛教认为，情、欲是人的痛苦之因，克服情、欲则可导向极乐、涅槃，而唐僧在西天路上不向情、欲屈服，力图用意志去克服、消灭情、欲，也正是对佛教教义的踏实躬行。

> 唐僧的意志无法控制情、欲上的脆弱，而他的情、欲也无法撼动他的意志。

　　唐僧对取经事业无怨无悔，毫不动摇，这是人所共知的。最典型的体现是他不贪恋富贵，不留恋女色；特别是不近女色，更是难能。要知道唐僧那些送上门的艳遇，都是发生在他三十一到四十五岁之间，这是一个男人生理上成熟、心理上健全的时期，也是对女性，观念上最具想法、行动上最多作为的年龄段。然而，唐僧真是"取次花丛懒回顾"！（元稹《离思五首》之四）说到自己不为女色所动，唐僧剖白："一向西来，那个时辰动辇？那一日子有甚歪意"（第八十二回）？叙事者也忍不住跳出来，赞唐僧是好和尚：

　　　　他在这绮罗队里无他故，锦绣丛中作哑聋；若不是这铁打的心肠朝佛去，第二个酒色凡夫也取不得经！

　　面对天竺国皇宫的富贵荣华、美女笙歌，唐僧全不动念，以致孙悟空暗自里哑嘴夸称："好和尚，好和尚！身居锦绣心无爱，足步琼瑶意不迷"（第九十五回）。可以说，唐僧对于取经事业的执著，使他成为取经队伍的灵魂，乃取经事业开展下去的必要条件。

> 唐僧对于取经事业的执著，使他成为取经队伍的灵魂。

五

但光有唐僧的坚强意志、礼貌周全，对于取经成功还是不够的。还需要团队精神，我们在后文《取经行李》中会谈到这一点。唐僧对团队精神也是有明确认识和实际贡献的。这主要表现在他对孙悟空的态度上。

在车迟国斗法，都以为孙悟空被油炸死了，唐僧失了依靠，国王无所忌惮，要治取经僧的罪。在此危急时刻，三藏高叫："陛下，赦贫僧一时。我那个徒弟，自从归教，历历有功，今日冲撞国师，死在油锅之内，奈何！先死者为神，我贫僧怎敢贪生！只望宽恩，赐我半盏凉浆水饭，三张纸马，容到油锅边，烧此一陌纸，也表我师徒一念，那时再领罪也。"三藏祝曰："徒弟孙悟空：自从受戒拜禅林，护我西来恩爱深。指望同时成大道，何期今日你归阴！生前只为求经意，死后还存念佛心。万里英魂须等候，幽冥做鬼上雷音"（第四十六回）！这样的祭诗，即使不能感动天地，足可让人泪眼婆娑。孙行者和妖精斗法回来，无意中听到师父私下里合掌朝天祝祷神佛："愿保贤徒孙行者，神通广大法无边"（第七十五回）。大圣听得这般言语，怎能不更加黾勉尽心，为取经竭力？八戒与狮驼岭的二魔头打斗，不济，被捉去，孙悟空袖手旁观，毫不援救。三藏看见，又恼行者。行者抱怨："师父也忒护短，忒偏心！罢了，像老孙拿去时，你略不挂念，左右是舍命之材；这呆子才自遭擒，你就怪我！"三藏语重心长地解释道："徒弟啊，你去，我岂不挂念？想着你会变化，断然不至伤身。那呆子生得狠犺，又不会腾挪，这一去，少吉多凶，你还去救他一救"（第七十六回）。唐僧的这些作为，对维护团队精神，大有好处。

假猴王告诉沙僧，自己去西天取经；沙僧说：光有你齐天大圣，若不得唐僧去，哪个佛祖肯传经与你！菩萨则把被唐僧驱逐的孙悟空送回取经队伍，明白对唐僧说："你今须是收留悟空，一路上魔障未消，须得他保护你，才得到灵山，见佛取经"（第五十八回）。人所共知，在取经事业中，唐僧、孙悟空是双核，不可或缺！取经僧来到西天，登上灵山，取经大业即将完满。孙悟空说："我等亏师父解脱，借门路修功，幸成了正果；师父也赖我等保护，秉教伽持，喜脱了凡胎"（第九十八回）。对取经事业中的团队精神、师徒作用做了自我总结。二人对取经成功的贡献，没有高低大小之别；所以如来在表彰取经人的时候，加升唐僧为旃檀功德佛，孙悟空为斗战胜佛（第一百回）。——唐僧在前，悟空在后，只是因为师徒关系的名分限定，其实一样。

《西游记》里的世界，又是一个和传统中国类似的社会，注重"人情"。所以，唐僧是如来佛的二徒弟（第二十四、八十一、一百回），此身份对取经事业的成功，也有帮助，但并不具备本质性作用。

总之，唐僧能够取经成功，主要是因为：第一，他有坚强的毫不动摇的意志，能克制情、欲，战胜自我；第二，他在社会交际中礼貌备至——对现世政权、权威的认同、礼貌、感恩，对他人的尊重；① 第三，积极地维护、发扬团队精神。另外还有一个不待言说的前提，这个事业、理想、追求必须是正义的，事业的实现有利于增加最大多数人的福祉。取经成功，唐僧所具有的必要品质，我们可以将之简炼为四个词：坚韧，谦卑，团结，仁爱。

---

① 但一味强调对权威的服从，与意识形态的合作，对现世政权的认同，是有偏颇的，也是危险的。子曰："文质彬彬，然后君子。"（《论语·雍也》）光有唐僧的"文"、谦卑，是不够的；必须有"质"，就是实力、能力，这体现在孙悟空身上。我们知道，把取经者合为一身的话，唐僧是头脑，行者是心。唐僧自然明白这一点。他也多次向人称赞徒弟的能力。这也是唐僧不遗余力维护取经队伍、自觉提倡团队精神的动力来源。

4. 孙行者的子女

通过前后相关文献比照,知道孙行者有子女且好色,
《西游记》对其进行了纯化和"绝育"

德里达说,文本外无物。我们一般把《西游记》文本的出现看做孙悟空的定形,而在此以前,就已经有多个《西游记》版本存在,也有许多孙悟空形象。这些形象并不完全相同。从谱系学来说,他们算是一个家族有着或远或近的血缘关系的子侄兄弟。

一

《西游记》开头就宣称,孙悟空是石头缝里蹦出来的,没有父母,更别说什么兄弟亲戚了。元代杨景贤《西游记杂剧》,孙悟空自称"一自开天辟地,两仪便有吾身",并说自家弟兄姊妹五人,大姊骊山老母,二妹巫枝祇圣母,大哥齐天大圣,我小圣号称通天大圣,三弟耍耍三郎(第三本第九出)而在明代《二郎神锁齐天大圣》中,孙悟空的说法和以前有不同。虽自称"与天地同生,日月并长",也是姊妹五个,但是"大哥哥通天大圣,吾神乃齐天大圣,姐姐是龟山水母,妹子铁色猕猴,兄弟是耍耍三郎。"(头折)元代,孙悟空是"通天大圣",到明代则自称"齐天大圣",在《西游记》中沿袭不改。他的兄弟姊妹虽称号有异,但数量不变;而且,孙悟空始终是老三,前有兄姊,后有弟妹,非常完美、对称。而且最近在福建省顺昌县的宝山主峰上发现一通建于元末明初时期的"齐天大圣"石碑,浙江天台山有"通天大圣仁济真君碑"![1]

---

[1] 蔡铁鹰:《西游记资料汇编》,中华书局,2010年,第494—495页。

> 孙悟空既然有兄弟姊妹，那就是说，他是有父母的。

孙悟空既然有兄弟姊妹，那就是说，他是有父母的。那为什么《西游记》的作者却坚称孙悟空是"花果山有一仙石，石产一卵，见风化一石猴"（第一回），把他的亲戚一扫帚打扫得一干二净呢？

我们认为，这和孙悟空早年犯下的罪有关。他当时大闹天宫，那是十恶不赦之罪。九曜星官说他是"造反"，一点都不错（第五回）。阿Q都知道"造反，那是杀头的罪名"。实际上，岂止是杀头！所有参与谋反者，都是斩刑；与谋反者有父子关系，年纪十六以上一律处绞刑，有父子关系，但在十五岁以下以及谋反者的母、女、妻、妾、祖、孙、兄、弟、姊、妹，都被剥夺平民身份，成为官奴；谋反者的部曲①、资财、田宅，全部没收，充公；谋反者的伯父、叔父、侄子全部流放三千里外，不论其户籍与谋反者是否在一起。（《唐明律合编》卷十七）如果，孙悟空有父母兄弟姊妹，岂不跟着倒霉？何况明代还有瓜蔓抄！方孝孺被朱棣灭了十族，九族亲戚之外，加上师友。所以，孙悟空虽曾跟随须菩提祖师学艺，但离开师门后，为避免撞祸后株连恩师，"决不敢提起师父一字，只说是我自家会的便罢"（第二回）。

如果孙悟空像常人一样，有亲戚，在大反天宫时，必然要瞻前顾后，畏首畏尾。作者出于对孙悟空的包庇，也出于行文上顺流之下，不节外生枝，才横下心来，斩断葛藤，只说孙悟空是石头缝里蹦出来的！然而，谎话总像狐狸尾巴一样，一不小心，就会露出：叙事者曾慨叹孙悟空"一般同父母，他便骨头轻"（第八十四回）！已分明道破！

二

孙悟空也有特性、行为一贯的地方，就是偷窃。

他在《西游记》中"当年偷蟠桃、盗御酒、窃灵丹"（悟空语，第二十四回），远在方丈山的东方朔说他是老贼（第二十六回），他毫不讳

---

① 和主人有人身依附关系的下属。比如家将、家丁、仆人、佃户等。

饰，向五庄观的土地自夸，老孙是普天下有名的贼头（第二十四回）！元代《大唐三藏取经诗话》中，孙悟空尚是白衣秀才，有点儒雅，却已偷过西王母池的蟠桃（第十一）《西游记杂剧》中，孙悟空这方面的成绩也很突出：不但"玉皇殿琼浆咱得饮"，而且盗了太上老君炼就的金丹，偷得王母仙桃百颗，仙衣一套（第三本第九出）铁扇公主也说孙悟空："那厮有神通难摸，艺高强名扬播。偷灵丹老子怎近他？盗蟠桃玉皇难奈何。那厮上天宫将神威挫，下人间兴祸多"（第五本第十九折）明代《二郎神锁齐天大圣》杂剧中，孙悟空狡诈多智，摇身一变，化作一个看药炉的仙童，扳倒药炉，先偷去金丹数颗；后去天厨御酒局中，再盗仙酒数十瓶。（头折）

《西游记》说，孙悟空因在太上老君八卦炉中锻炼了四十九日，成为火眼金睛（第七回）！他的相貌，在《西游记杂剧》中已经如此："我盗了太上老君炼就金丹九转，炼得铜筋铁骨，火眼金睛，鍮石屁眼，摆锡鸡巴。"似乎是金丹吃多了，好像药物中毒，直接就变形，怪模怪样，不需要受八卦炉中烟熏火燎的闷气；而且，一个筋斗，就是十万八千里路程（第三本第九出）

在偷窃行为中，孙悟空的态度始终是积极的，仰不愧天，俯不怍地；在《西游记》中，对自己的作为，更是不失时机地大加赞赏，到处炫耀；而叙事者也似乎持一种赞赏和认同的态度——不是有点奇怪吗？

要知道孙悟空的偷窃行为，其实质是对财富进行重新分配。能吃到蟠桃、饮上御酒的，当然是天上神仙；像孙悟空这样的"太乙散仙"（第六回），尚且无法染指——玉帝解释说孙悟空是无禄人员，不曾请得，理由显得牵强。因为玉帝让悟空代管蟠桃园，他有执掌，这是板上钉钉的事儿。太上老君向玉帝汇报工作，说炼了些九转金丹，伺候陛下做丹元大会；（第五回）。想来，有资格参加丹元大会者也都是上层神仙。蟠桃会就是这种不合理的财富分配的表现形式，孙悟空去肆意搅乱它，在道义上得到大多数人的支持，感觉解恨。

孙悟空出身底层，对于财富，有种自发的平均意识；所以，他会对

> 要知道孙悟空的偷窃行为，其实质是对财富进行重新分配。

> 蟠桃会就是这种不合理的财富分配的表现形式。

> 孙悟空出身底层，对于财富，有种自发的平均意识。

五庄观的土地理直气壮地说：这人参果是树上结的，空中飞鸟也该有分（第二十四回）！他虽晋天庭，"有无穷的本事"（第五回），朝里无人，不得重用，却也责任心未泯，曾自说：也要炼些金丹济人（第五回）。可见，他有一种朴素的自发意识，与下层众生有割不断的血脉葛藤，自然会认为金丹、仙桃这些东西，不应该仅仅是天国上层寻欢作乐的奢侈品，不应该是天国歌舞升平的点缀物，不应该是天国醉生梦死的醒脾剂。所以，为花果山的猴子们，他会毫不犹豫地冒险重返天庭，将琼浆玉液，再去偷他几瓶回来，大家各饮半杯。小范围地实现了财富的重新分配。

三

《西游记》中，孙悟空也有一些特性，与以前截然不同，判若两人，特别是对待女色上。

《西游记杂剧》中，孙悟空将火轮金鼎国王之女，摄在花果山中紫云罗洞里为妻。也正是为取悦美人，铤而走险，天宫内盗仙衣、仙帽、仙桃、仙酒。因此惹祸，被菩萨压在山下，孙悟空尚不忘旧情，恻恻地唱："金鼎国女娇姿，放还乡到家时。他想我须臾害，我因他厮勾死。他寄得言词，抵多少草草三行字。我害相思，好重山呵，担不起沉沉一担儿"（第三本第九出）跟随唐僧做徒弟去取经，菩萨特赠孙悟空"铁戒箍戒你凡性""戒刀豁你之恩爱"（第三本第十出）！

但他好色之心难泯，如得春风雨露拥抱的草木，难扼生机，蓬勃开展。在女儿国，国王要招赘唐僧，行者一再表示愿意替师父完成使命，替做新郎！后离开女儿国，悟空对唐僧自述遭际：

> 小行被一个婆娘按倒，凡心却待起。不想头上金箍儿紧将起来，浑身上下骨节疼痛，疼出几般儿蔬菜名来：头疼得发蓬如韭菜，面色青似蓼牙，汗珠一似酱透的茄子，鸡巴一似腌软的黄瓜。他见我恰似烧葱，恰甫能忍住了胡麻"（第五本第十七出）

如此疲软，和他"摆锡鸡巴"的吹嘘大相矛盾，如此东倒西歪，犹色心不死。去找铁扇公主借芭蕉扇，孙悟空先问山神，铁扇公主有丈夫没丈夫，肯招我做女婿么？（第五本第十八出）见了公主，忍不住秽语直冒："弟子不浅，娘子不深；我与你大家各出一件，凑成一对妖精"（第五本第十九出）拐着弯儿找便宜！刘邦死后，匈奴冒顿曾遗吕后书："陛下独立，孤偾独居，两主不乐，无以自虞；愿以所有，易其所无。"（《全汉文》卷六十三）正和孙悟空调戏铁扇公主的话同意。再明白点儿说就是"你无男子我无妻"（《水浒传》第六回），建议和合。铁扇公主是聪明人，明白这色狼的意思，恼羞成怒，不借扇子，以致闹出后来的大动干戈。这都是孙悟空好色惹的祸。①

到《西游记》中，孙悟空摇身一变，本性大变，旧习被除，女色如过眼烟云，全不留心。为借芭蕉扇，化作牛魔王，和铁扇公主卿卿我我，"酒至数巡，罗刹觉有半酣，色情微动，就和孙大圣挨挨擦擦，搭搭拈拈，携着手，俏语温存，并着肩，低声俯就。将一杯酒，你喝一口，我喝一口，却又哺果。大圣假意虚情，相陪相笑，没奈何，也与他相倚相偎"（第六十回）。孙悟空简直是坐怀不乱的柳下惠！所以，钱锺书说，《西游记》里的孙悟空"革胡孙习性，情田鞠草，欲海扬尘"，和以前相比，简直是异类变种了。②

孙悟空在《西游记》里势必要做孤家寡人，无儿无女。但有一点非

---

① 孙悟空好色，有深刻的谱系学根蒂。猴子一向被认为好色。《焦氏易林·剥》："南山大玃，盗我媚妾。"张华《博物志》卷三："蜀山南高山上，有物如猕猴，长七尺，能人行，健走，名曰猴玃。一名化，或曰猳玃。同行道妇女有好者，辄盗之以去，人不得知。……取去为室家，其年少者终身不得还。产子皆如人；及长，与人不异。"唐代《补江总白猿传》（《太平广记》卷四百四十四）更是人所共知。所以，钱锺书说："猿猴好人间女色，此吾国古来流传俗说。"（《管锥编》，三联书店，2007年，第828页）西方也是如此。"在基督教象征学里，猿猴带贬义，被看做是对人类形象的一种滑稽模仿，象征由虚荣心导致的如贪婪、淫荡（好色）等种种罪恶。"（汉斯·比德曼：《世界文化象征辞典》，漓江出版社，2000年，第435页）孙悟空这个猴精，好色正是本等。

② 钱锺书：《管锥编》，三联书店，2007年，第829页。

常奇怪,他好自称是"外公",全书大概共有26处!《续西游记》中,妖怪质问他是"哪里外公?"行者打油道:"老孙不做假,名分岂虚充。自小多男女,人间活祖宗"(第四十三回)。在《西游记》中,又好称花果山的猴子是"孩儿们"(第二回)。我们知道,"孩儿"在《西游记》中,多是父亲称呼儿子,或儿子对父母自称。所以,"孩儿"和"外公"在《西游记》中像收割后的麦田里的遗穗,等着手脚勤快的人去收拾。①

四

民间社会当然不会轻易相信《西游记》里孙悟空不好色,或者说,没有子女。明代余象斗《南游记》第十七回,华光化作猢狲去蟠桃园偷桃,玉帝认为是孙悟空故伎重演。这时孙悟空已取经归来,在花果山和儿子奇都、罗侯、女儿月孛共享天伦之乐;不料却飞来横祸,不得不带父子兵,去捉拿真凶。但孙悟空竟然被华光打败,多亏他女儿月孛,虽然丑陋,目大腰宽,口阔手粗,脚长头歪,喊声一似天崩地开,遇着要死七八人。她"拷动骷髅头",竟将华光弄得头痛眼昏,几乎丧命!

一方面,民间相信孙悟空是有儿女的;另一方面,他成佛作祖,成了名人,所以,有名人效应,不少人一心想投靠他,千方百计和他拉关系。如《西游补》第十五回里的波罗蜜王自说:

> 我蜜王与我家父行者,原是不相识的父子。家父行者初起在水帘洞里妖精出身,结义一个牛魔王家伯。家伯有一个不同床之元配罗刹女住在芭蕉洞里者,此即家母也。……一日撞着了火焰危山,径到芭蕉洞里,初时变作牛魔王家伯,骗我家母;后来又变作小虫儿钻入家母腹中,住了半日,无限搅抄。当时家母忍痛不过,只得将芭蕉扇递与家父行者。到明年五月,家母忽然产下我蜜王。想将

---

① 道教修仙者对此也有解释,认为"元神""元气",被"识神"排挤在外,故云外公。(魏元之:《大道真传》,宗教文化出版社,2013年,第28页)

起来，家母腹中一番，便生了我，其为家父行者之嫡系正派，不言而可知也。

如此攀亲，真寡廉鲜耻；不过也是人情常态。

《西游记》作者立意要把孙悟空塑造成完美的反抗型英雄，为了十全十美，对得起他"天生圣人"的称号（第二回），不能容忍这猴子有好色的毛病，进而矫枉过正，连他的儿女一并割舍；为了让孙悟空随心所欲，无所顾忌，大胆反叛，怕牵连到九族、十族，不得不制造出石头缝里蹦出来的神话。可谓用心良苦，然而事实难掩，"是真难灭"（第五十七回）！以致有意无意间走漏消息，自相矛盾。

5. 八戒的学问

在知识的辩难上的优越和由此获得的精神上的愉悦，
会大大抵消挑行李担子时的辛劳

一

唐人说，"天上无愚懵仙人！"（《太平广记》卷五十一）到宋代，这个说法就变成了"天上无不识字的神仙"（朱熹《答潘叔昌》）。"天上仙人亦读书。"① 所谓识字（literacy），就是能读能写至少一种语言文字。在古代，识字的人很少；退而求其次，只要能写读自己的名字，就算识字，不然，只好做文盲。北齐的斛律金，不识文字，本名敦。既然是当官的，难免要签署文件，苦其难写，改名为金，从其便易，犹以为难。司马子如教为金字，作屋况之，其字乃就。（《北史》卷五十四）别人告诉斛律金，金字像房屋的架构，他才学会签或画自己的名字。像打死镇关西的鲁提辖，逃亡到渭州的十字路口，扎在人丛里，大瞪着眼看那张通缉他的告示，却不识字，不认得自家名字，只能支楞着耳朵听旁人读。（《水浒传》第三回）。识字，就是有文化的象征。文盲大有人在。1675年，苏格兰男性成人的识字率是33%。② 康熙二十四年（1685年），六月十四日，吏部议，汉军官员笔帖式及候补官员、监生、俟秀内，曳白卷八百人，俱应革职。（《康熙起居注》）这些出来做官的或准备做官的人，交白卷的达八百人之多！何况其他人。所以，我国的识字率，在所谓的康熙盛世，也不会比苏格兰高。当然，原因之一是，汉字难学难

---

① 蔡松年：《浣溪沙》，唐圭璋：《全金元词》，中华书局，2000年，第17页。清代诗人舒位有句："由来富贵原如梦，未有神仙不读书！"

② *Oxford Concise Companion to the English Language*, edited by Tom McArthur, 1998: 358.

认。这样看来，识字对我们古人显得尤其难得。

朱熹所提到的这个无不识字神仙的命题，是个归纳性的，要证明它正确，就必须对所有的神仙都做一个康熙皇帝所做的类似考试，拉网式的，考生没有一人交白卷，才能证明它是真的。此一方案，缺乏可操作性。这一命题也就无从证明真伪。但我们从《西游记》里知道，取经四众中，唐僧是俗人，幼曾讲过儒书，文理皆通，识字（第三十六回）。三个徒弟，都是神仙——因为犯了错，才皈依佛教，走向救赎之路。孙悟空在灵台方寸山跟随须菩提祖师修道时，"习字焚香，每日如此"（第二回），不光识字而已；沙僧的履历，我们不太清楚，但看他能和唐僧、悟空唱念简帖儿上的八句颂子（第二十三回），当然也识字。

就剩下猪八戒，被直接领导唐僧考评为两个耳朵盖着眼，愚拙之人也（第三十二回），一生是个鲁夯的人（第二十九回）。又被大师兄时时处处骂为呆根（第二十七回），呆子（第二十八回），馕糠的夯货（第三十一回），好打的夯货（第三十一回），馕糟的（第三十二回），云云。但必须明确地说，八戒是识字的——岂止是识字，还颇有些学问哩！

二

孙悟空赶到福陵山云栈洞，八戒的洞府，一顿铁棍，把两扇门打得粉碎，八戒异常恼怒，力图拿明代的法律捍卫他唐代妖怪的权益，道："你把我大门打破——你且去看看律条，打进大门而入，该个杂犯死罪哩"（第十九回）！所谓杂犯死罪，明代雷梦麟《读律琐言》中说与徒、流、笞、杖罪不同，杂犯死罪，准赎。"凡弃毁人器物，计赃，准窃盗论。"雷梦麟解释说："弃毁人器物，有意于害人，故计其器物所值价钱为赃，盗窃罪论。"就是说，悟空虽打破八戒的大门，但也不是什么大罪，如果打官司的话，无非是责令其赔偿受害人损失，嫌犯最终以盗窃罪予以惩处而已。可见，八戒虽然愤怒，却也甚有理智，对法律条文颇为在行；仓促之间，犹能斟酌轻重，处置得宜。

半夜三更，悟空、八戒偷进乌鸡国的御花园。悟空大呼小叫，唬得

> 八戒力图拿明代的法律捍卫他唐代妖怪的权益。

八戒上前扯住道："哪见做贼的乱嚷！似这般吆喝，惊醒了人，把我们拿住，送入官司，就不该死罪，也要解回原籍充军"（第三十八回）。八戒不光知道法律条文，而且自觉地规避自己的行为，以免身陷法网。而且，八戒还会把法律作为一种手段，去达到他个人的目的，即，积极地利用法律。在白虎岭，悟空接连打倒白骨夫人的两个化身，白骨精不甘心，又化作一个老头儿，来寻其妻女。八戒趁机向唐僧进谗："行者打杀他的女儿，又打杀他的婆子，这个正是他的老儿寻来了。我们若撞在他的怀里呵，师父，你便偿命，该个死罪；老猪为从，问个充军；沙僧喝令，问个摆站；那行者使个遁法走了，却不苦了我们三个顶缸？"八戒这个断案合情合理。唐僧是取经集团的负责人，按照明律，若家人共犯，止坐家长。（《读律琐言》卷一）就是说，虽然是徒弟打死人，但师父要承担责罚，要偿命，是死罪。为从者，无非是流放：最多发三千里外去服苦役，要么在附近驿站做些杂务。八戒这样灵活地运用法律知识，最终实现他预期的目的，把那个碍事的猴子给赶回花果山了！

八戒听说悟空要告托塔李天王的御状，赶忙提醒："告人死罪得死罪，须是理顺，方可为之。况御状又岂是可轻易告的？"按明律，"凡诬告人笞罪者，加所诬罪二等；流、徒、杖罪，加所诬罪三等。""凡军民词讼，皆须自下而上陈告。若迎车驾及击登闻鼓申诉，而不实者，杖一百；事重者，从重论；得实者，免罪。"（《读律琐言》卷二十二）可见，如果告状不实，成了诬告，责罚甚重；而告御状，更是风险极大，凶多吉少。所以八戒粗中有细地特别提醒行者；及听了悟空的状词，八戒十分欢喜，认为告的有理，预言必得上风（第八十三回）。至此，八戒简直成了取经集团的法律顾问。八戒依照理法处理四只贻害地方的犀牛精："这两个索性推下此城，与官员人等看看，也认得我们是圣是神，左右累四位星官收云下地，同到府堂，将这怪的决。已此情真罪当，再有甚讲！"四星即是前来协助的天神，其中有和八戒在碗子山交过手的奎木狼——也不禁赞扬天蓬元帅近来知得明律，却好呀！大有士别三日当刮目相看的景慕与器重。八戒谦虚地回应：因做了这几年和尚，也略学得些儿(第九十二回)。可见八戒学问上的进步是显著的。

八戒不光熟悉法律条文,能活用;他还有相当老练的医药知识。听说悟空给朱紫国王配的药里有巴豆,八戒道:"巴豆味辛,性热有毒,削坚积,荡肺腑之沉寒,通闭塞,利水谷之道路,乃斩关夺门之将,不可轻用"(第六十九回)。这么多专门术语,非得老中医才能明白八戒的确切意思哩。

八戒还有相当老练的医药知识。

三

除了这些专业领域的知识,八戒在理学家所谓的格物上,也有一套。

八戒在理学家所谓的格物上,也有一套。

八戒说:鬼乃阴灵也,一日至晚,交申酉戌亥时方出。今日还在巳时,那里有鬼敢出来?就是鬼,也不会驾云。纵会弄风,也只是一阵旋风耳(第六十九回)。八戒这么文绉绉的,意思是说,鬼这东西见不得阳气,只在黄昏以后到半夜以前敢出来活动。八戒被狮驼岭的二大王捉进洞,四马攒蹄捆住,扛扛抬抬,送至池塘边,四肢朝上,撅着嘴,半浮半沉,倒像八九月经霜落了子儿的一个大黑莲蓬。悟空变成勾司人来诈他。八戒见对方手中拿根绳子,身处绝境,不忘格物,道:"我晓得你这绳儿叫做追命绳,索上就要断气"(第七十六回)。八戒这两条信心十足的格物,我们处在《西游记》的围墙之外,难以断定其真伪。但另有一些知识,却是我们现实世界中也有效的。师徒来到通天河边,八戒说可以试试水的深浅,三藏道:"悟能,你休乱谈,水之浅深,如何试得?"八戒道:"寻一个鹅卵石,抛在当中。若是溅起水泡来是浅,若是骨都都沉下有声是深。"在路旁摸了一块顽石,往水中抛去,只听得骨都都泛起鱼津,沉下水底。他道:"深,深,深!去不得"(第四十七回)!四人要从通天河的冰面上过去,马蹄打滑。八戒叫取一束稻草,将草包裹马足,然后踏冰而行。又把九环锡杖递与唐僧,关照师父横此在马上。又解释说:"你不曾走过冰凌,不晓得。凡是冰冻之上,必有冷眼,倘或踩着冷眼,脱将下去,若没横担之物,骨都的落水,就如一个大锅盖盖住,如何钻得上来!须是如此架住方可。"果然都依了他:悟空横着金箍棒,沙僧横着禅杖(第四十八回)。他的学问,具有实用性。取经队伍采纳八戒的建议,实际上是对他学问价值的充分肯定,承认他在特定的领域内是权威。

八戒这些有用的格物知识,很明显,来源于日常生活,切身体验,所谓处处留心皆学问。像冷眼之说,试河水深浅的方法,大概得益于八戒统帅八万水军、在天河里任天蓬元帅时的水上阅历,野外作业。八戒在陈家庄大谈斋事分类学(taxology),列举什么青苗斋、平安斋、了场斋、预修寄库斋、预修填还斋。连大师兄闻言,都替这位活宝师弟高兴:这呆子乖了些也(第四十七回)。可见,八戒的学问,在十四年、十万八千里的取经途中逐渐增长。

四

另外,八戒识字,这就好比一把金钥匙,打开了通向知识的有效途径,他也读点书。他曾说:"古人云:识得时务者,呼为俊杰"(第四十一回)。——借以嘲笑行者不达时务!这是司马徽对刘备说的话。(《资治通鉴》卷六十五)八戒引"古人云:夜行以烛,无烛则止"(第六十七回)。这是《礼记·内则》上的话。八戒向菩萨忏悔,掉书袋似的说:"我欲从正,奈何获罪于天,无所祷也"(第八回)!这是孔子的话,见于《论语·八佾》;又"古书云:有事弟子服其劳"(第七十二回)。这也是《论语·学而》的话。就是说,八戒具有传统的四部分类法中经、史上的知识。

传统上,经史之学最为古人看重。康熙皇帝回忆说:朕八岁登极,而知黾勉好学。彼时教我句读者,有张、林二内侍,俱系明时多读书人——其教学惟以经史为要。(玄烨《庭训格言》)康熙皇帝的学问,也是首重经史,他教训子孙说:"古圣人所道之言,即经,所行之事,即史。尔等平日诵读及教子弟,惟以经史为要。夫吟诗作赋,虽文人之事,然熟读经史,自然次第能之。"(玄烨《庭训格言》)不光是关起门

在家里说说罢了,在朝廷训谕大臣,也是这样主张:明体达用之资,莫切于经史。(《康熙起居注》二十四年二月二十一日)

所以,八戒的学问构成,正切合古人的修业路径。当悟空说上官这个姓少见时,八戒忍不住笑话大哥不曾读书,指出《百家姓》后有一句上官欧阳(第八十七回)。一箭上垛,证据确凿。一下就驳倒了处处争强好胜的齐天大圣!关于读书的好处,康熙皇帝体会得细腻,说得很妙:

> 多读书则嗜欲淡,嗜欲淡则费用省,费用省则营求少,营求少则立品高。凡事可论贵贱老少,惟读书不问贵贱老少;读一卷书,则有一卷之益;读一日书,则有一日之益。(玄烨《庭训格言》)

八戒从读书里得的益处,也很明显。取经快成正果时,八戒的饭量也明显地减下来了,说是"气满"的缘故(第九十九回)。这和他读书也有一定的关系。八戒学问增长,精神面貌就不一样,敢笑话行者不曾读书,倒不是自大,所谓气盛言宜;在学问上,他和大师兄真有点难分上下,不像在武功上那么有距离,相形见绌。孙悟空一个筋斗有十万八千里,来来回回,西天是没少去。师徒四人走到火焰山附近时,天气大热。八戒说:"西方路上有个斯哈哩国,乃日落之处,俗呼为天尽头。若到申酉时,国王差人上城,擂鼓吹角,混杂海沸之声。日乃太阳真火,落于西海之间,如火淬水,接声滚沸,若无鼓角之声混耳,即振杀城中小儿。此地热气蒸人,想必到日落之处也。"行者说八戒是乱谈!但他这个过来人也提不出合理的解释(第五十九回)。憺漪子在此处忍不住称赞八戒:"如此多见多闻,可称博物君子。"① 八戒的这段见闻,不知是何来源。我们知道宋人赵汝适《诸蕃志》卷上有茶弼沙国,与八戒所言内容相符。元人周致中《异域志》卷上茶弼沙

---

① 黄周星点评本:《西游记》,中华书局,2009年,第276页。

国亦同[1]，难道是他拾了博物君子猪悟能的牙后慧，抑或是八戒发挥他三十六变的神通，预先看了几百年后才面世的书？那我们就不好轻易断定了。

五

> 八戒有一个致命的地方，就是随意附会。

八戒虽然不无学问，但他有一个致命的地方，就是随意附会，有时失于牵强。前引斯哈哩国就是个例子。我们只见其议论风生的博物，却不合事理，经不起推敲。又如：听说比丘国现在改称小子城了。八戒解释说："想是比丘王崩了，新立王位的是个小子，故名小子城"（第七十八回）。

不过，话又说回来，想当然的毛病，信口雌黄，是中国文人的通病，源远流长。曹操的儿子曹丕私纳袁熙妻甄氏，孔融乃与操书，称武王伐纣，以妲己赐周公。曹操认真了，后来问出何经典。这个老名士对曰："以今度之，想当然耳。"（《后汉书》卷七十）《老学庵笔记》卷八记苏轼亦有附会之事：

> 东坡先生《省试刑赏忠厚之至论》有云："皋陶为士，将杀人，皋陶曰杀之三，尧曰宥之三。"梅圣俞为小试官，得之以示欧阳公。公曰："此出何书？"圣俞曰："何须出处！"及揭榜，见东坡姓名，始谓圣俞曰："此郎必有所据，更恨吾辈不能记耳。"及谒谢，首问之，东坡亦对曰："何须出处！"

大才子苏东坡伪造典故，公然见于考卷，问他出处，不以为非是，反以为得意。陆游叙述此事，以为前辈行事豪迈，字里行间，叹赏备

---

[1] 《西游记》对"茶弼沙国"的知识，极可能来于陈元靓的《事林广记》。《事林广记·前集》卷五："其国系太阳没入之地。至晚日入，其声极洪于雷霆。国王每于城上用千人吹角，及鸣锣打鼓，杂混日声；不然，则小儿惊死也。"参看《〈西游记〉与〈棋经十三篇〉和〈事林广记〉》

至。龚颐正《芥隐笔记》则云：梅圣俞后来问苏轼，苏云：想当然耳。它比陆游的说法更客观近真实些。陆游在行文中的情感倾向，表明作为诗人，对于学问的客观性重视不够。徐渭在《路史》里，不忘效尤，为千里送鹅毛这个俗语伪造出处，在钱锺书那里才受到抨击："徐氏逞狡狯，追造故实。"①所以，八戒的这个毛病，也不值得特别追究。

在学问方面，八戒还具有一个优点，就是不自以为是，乐于纠正自己的错误见解，随时接受新知识。比如，当悟空说他的斯哈哩国的说法是乱谈，八戒也不像一般文人那样觉得扫兴，悻悻然，恼羞成怒，不，他是虚心请教："哥啊，据你说，不是日落之处，为何这等酷热"（第五十九回）？这是传统文人的胸怀肚量所做不到的。他们思想僵化，固步自封，两豆塞耳，不闻雷霆，既固且陋。比如，孟子说心之官则思（《孟子·告子上》），一千多年后，提倡格物的宋儒也没有意见，白睁着眼附会，认为我们都是用胸膛里怦怦跳动的心思考着的！这在中国，不证自明（self-evident），当然，是常识！康熙二十二年（1683年），十一月十四日，翰林院处理南怀仁关于使用西洋历法的奏请，议不准行。

> 上曰："此书内文辞甚悖谬不通。"大学士明珠等奏曰："其所云人之知识记忆，皆系于头脑等语，于理实为舛谬。"上曰："部复本不必发南怀仁，所撰书着发还。"（《康熙起居注》）

号称甚通西学、集道统政统于一身、天纵英明的康熙皇帝，也是默认明珠对洋鬼子的批判，认为知识记忆是头脑的功能是天大的悖谬！连论证驳斥的必要都没有，直接干脆地封杀就够了。但此类书，在社会上仍有流传，俞正燮（1775—1840）就曾看过，不过这位算得上朴学大师的知识精英写的读后感，却令人失望。《癸巳类稿》卷十四有《书〈人体图说〉后》，谓西洋人身构造与中国人异，其脏腑经络不全，知觉以脑不以心。钱锺书批评他"既未近察诸身，而亦不善读书矣"。②钱锺书对

---

① 钱锺书：《管锥编》，三联书店，2007年，第605—606页。
② 钱锺书：《管锥编》，三联书店，2007年，第170页。

这位思想僵化的老前辈也算温和了。俞正燮已呼吸着鸦片战争前夕的空气了，犹且如此！在这样的学术僵化背景下，再看八戒，作为一个行脚僧，挑行李担子干重活的人，他自己所谓的长工（第三十九回），不时冒出那种汲汲寻求新知的热切，实在让人赞叹。

八戒和行者曾争论山是否高得接天，质问行者："山若不接天，如何把昆仑山号为天柱？"沙僧插不上嘴，就对行者道："好话儿莫与他说，他听了去，又降别人"（第六十五回）。由此我们可以知道，八戒不光在往西天的路上和悟空于学问上相互辩难，而且还经常拿自己的学问去问难只会牵马、鞍前镫后服侍大领导的沙和尚。想来，这种在知识的辩难上的优越和由此获得的精神上的愉悦，会大大抵消挑行李担子时的辛劳，有助于八戒忘掉肉体的疲惫吧。

6. 八戒的厌女症

八戒体现了厌女症的两个阶段：对女人贪婪，
然后又对女人施虐

一

张锦池在《〈西游记〉考论》中说，"八戒虽一路'色情未泯'，却始终没有破过'色戒'"。[①] 此自是长者居心，隐恶扬善。但实际情况是，八戒已经"破（色）戒"！佛教中，"八戒"的第三戒是，无淫意，不念房事，修治梵行，不为邪欲。（《法苑珠林》卷一百〇六）这就是所谓的色戒。和异性发生性的交合，并不是破色戒的必要条件。《四十二章经》第三十一章："有人患淫不止，欲自断阴。佛谓之曰：'若断其阴，不如断心。心如功曹，功曹若止，从者都息。邪心不止，断阴何益？'"《新约·马太福音》中，耶稣说："凡看见妇女就动淫念的，这人心里已经与她犯奸淫了。"可见，宗教对于色戒，多是诛心之论。

我们看在濯垢泉八戒与七个妖精共浴一段：

> 呆子不容说，丢了钉钯，脱了皂锦直裰，扑的跳下水来，那怪心中烦恼，一齐上前要打。不知八戒水势极熟，到水里摇身一变，变做一个鲇鱼精。那怪就都摸鱼，赶上拿他不住。东边摸，忽的又渍了西去；西边摸，忽的又渍了东去；滑抹虀的，只在那腿裆里乱钻。原来那水有挣胸之深，水上盘了一会，又盘在水底，都盘倒了，喘嘘嘘的，精神倦怠（第七十二回）。

从宗教的角度看，八戒已破色戒矣。即使就文学上说，如果细析文

---

① 张锦池：《〈西游记〉考论》，黑龙江教育出版社，2003年，第195页。

本，我们同样不能说八戒是守身如玉。

八戒在濯垢泉得意忘形，与七个女妖鱼水相戏，此事发生在朱紫国降妖之后。因为取经僧帮国王救回被妖王赛太岁抢去的爱妃，国王对之感激不尽，屡屡待以盛宴，八戒叨光填饱"长忍半肚饥"（第二十回）的肠胃，精神饱满地上路西行，这时是春天。明朝志明和尚《牛山四十屁》之一曰："春叫猫儿猫叫春，听他越叫越精神。老僧也有猫儿意，不敢人前叫一声。"①它对这个万物发生、氤氲春情的季节已阐释得淋漓尽致。像栊翠庵冰清玉洁的妙玉，见了贾宝玉这样如花似玉的男人尚且凛若冰霜，俨然无动于衷。就是因为半夜三更打坐，听房上两个猫儿一递一声厮叫，神不守舍，走火入魔！②（《红楼梦》第八十七回）。猫叫尚可逃避，再不行，可以像我家戛剑生那样主动出击。谁家的猫来屋上骚扰，戛剑生往往大怒而起，拿一枝竹竿去攻击，痛打，把它们打散。但据其令弟回忆，那也不能长治久安，往往过一会儿又回来了。③仇猫的原因，是"它们配合时候的嗥叫，手续竟有这么繁重，闹得别人心烦，尤其是夜间要看书，睡觉的时候。"④对于春天，除了拔着自家头发可以出离地球的超人，我们就只能听之任之了。所以，有猫叫的春天，是个坏人名节的季节。多少善男信女，在抵御严冬的敦厚臃肿棉衣下，本来是男可坐怀不乱，女可立得贞节牌坊的。闲话休提！

有饱满的肠胃和动情的春光明媚预作铺垫，八戒"抖擞精神，欢天喜地，拽开步，径直到"濯垢泉来，对七朵风情万种的出水芙蓉哀求："天气炎热，没奈何，将就容我洗洗儿罢"（第七十二回）。要知道，气

_{有猫叫的春天，是个坏人名节的季节。}

---

① 周作人：《牛山诗》，《谈虎集》，岳麓书社，1988年，第188页。
② 曹去晶的《姑妄言》就比较直露，粗放，有自然主义倾向。《姑妄言》第十八回有《小曲三调弯儿》："俏冤家，偶来到园中观眺。猛见那花茵上了一对狸猫，那狸猫不住猫猫乱叫。公猫咬住母猫的颈，母猫回头望公猫。左眼儿观，右眼儿瞧，观定狸猫鸾凤交。狸猫调情人心动，不好了，再看再看一会狸猫。俏冤家，你的银红裤儿湿透了。"（转引自周玉波、陈书录：《明代民歌集》，南京师范大学出版社，2009年，第386—387页）
③ 周遐寿：《鲁迅的故家》，人民文学出版社，1981年，第202页。
④ 鲁迅：《狗·猫·鼠》，《鲁迅选集》第一卷，人民文学出版社，1991年，第386页。

候上是乍暖还寒的春日，所谓天气炎热，那只是八戒乍见美人，目击道存，身体火烧火燎的生理反应罢了①；况且，此是温泉，欲求清凉，岂不是愈洗愈热，扬汤止沸？八戒的如鱼得水，有一个现代文本可以比照（correspondance）。唐达天小说《一把手》，其中写，西川市代市长苏一玮到海滨市招商引资，趁机和带去的电视台女记者周小哭在宾馆洗浴后偷情，活色生香。这和八戒在妖精的两腿之间忙碌，完全一样。《西游记》的文本虽没有直接的描写，但它已用鱼的意象暗示出来了。在《说鱼》中，闻一多征用民俗、民谣和古诗，考释鱼这一隐语，指出《诗经》和民歌中，鱼为配偶、情侣之意，打鱼、钓鱼隐指求偶，烹鱼、吃鱼喻合欢或结配。②像汉乐府民歌中"莲叶何田田，鱼戏莲叶间"（《乐府诗集》卷二十六），就是男欢女爱的表示。八戒的鲇鱼在水里盘上盘下，也是如此——放在传统文化背景下，够清楚了。

但是，七个妖精事后逃到她师兄百眼魔君的黄花观里告状："那个长嘴大耳朵的和尚把我们拦在濯垢泉里，先抢了衣服，后弄本事，强要同我等洗浴，也止他不住。他就跳下水，变作一个鲇鱼，在我们腿裆里钻来钻去，欲行奸骗之事，果有十分惫懒"（第七十三回）！据当事人描述，好像八戒是强奸未遂。这是一面之词，避重就轻，而且失实。抢走衣服的，不是长嘴大耳朵的和尚，是悟空变成的鹰，她们当时骂它是匾毛畜生。对师兄，她们却直说是八戒先抢了衣服。虽然由于她们视听上的局限而于情可恕，却也动摇了后来叙事的可信度。就效果上说，强奸是否得手，并不重要，重要的是，这些话已足以激怒师兄，能达到为其报仇的目的。撒谎本是男女之事中的必要成分。还举《一把手》为例：苏一玮和情人钟晶晶上过床后，钟晶晶问他，除了自己和他老婆，你还和别的女人上过床吗？苏一玮不假思索，一口否定——实际上，他至少还和电视台记者周小哭、模特出身的叶瑶上过床，而且是多次！想想黑泽明的经典电影《罗生门》吧。蜘蛛精的话，不需我们再费唇舌。

---

① 张鷟：《游仙窟》写见到崔十娘后，情欲勃发，"未曾饮炭，肠热如烧"。
② 闻一多：《回望故园》，北京大学出版社，2010年，第134—148页。

女儿国的太师到馆驿来，要为女王招赘唐僧牵线。八戒上来，毛遂自荐："太师，你去上复国王——我师父乃久修得道的罗汉，决不爱你托国之富，也不爱你倾国之容，快些儿倒换关文，打发他往西去，留我在此招赘"（第五十四回）！听大师兄说，唐僧被天竺国公主的招婚绣球打中，将做驸马，八戒懊悔自己没有上街，说："我径奔彩楼之下，一绣球打着我老猪，那公主招了我，却不美哉，妙哉！俊刮，标致，停当，大家造化，要子儿，何等有趣！"悟空说要去保护师傅，八戒说："师父做了驸马，到宫中与皇帝的女儿交欢，又不是爬山撞路，遇怪逢魔，要你保护他怎的！——他那样一把子年纪，岂不知被窝里之事，要你去扶掇？"惹得行者抡拳就打，骂他是"淫心不断的蠢货"（第九十三回）！悟空实在没有冤枉这个师弟。算得上民主评议的典范！

　　赫拉克勒斯，半人半神的古希腊头号大英雄，他一晚上"拿下"五十名处女，使之全部怀孕，被称为赫拉克勒斯的第十三项劳绩。① 八戒也是神仙，光他的钉钯就重五千零四十八斤（第八十八回）！再者，八戒曾向有三个女儿的准丈母娘毛遂自荐，说："哪个没有三房四妾？就再多几个，你女婿也笑纳了。我幼年间，也曾学得个熬战之法，管情一个个伏侍得他欢喜"（第二十三回）！至于八戒到底是如何"拿下"七个妖精的，我们也不好代筹强说，总之是拿下了！

二

　　上面说的是八戒厌女症第一阶段的特征。元结《浯亭铭》云：

---

① 　偶翻旧书，见伏尔泰对Hercules的第十三项功绩（miracle）很感兴趣。在《天真汉》（*Ingenuous*）中曾谈到他"一夜之间把五十个少女都变了妇人。"（伏尔泰：《老实人》傅雷译，安徽文艺出版社，1992年，第150页）Voltaire：*Candide*，*Zadig*，*and Selected Stories*，translated by Daniel M.Frame, Signet Classics, 2009:278.在《哲学辞典》中说："他在一夜之间跟五十个姑娘睡觉的行为。"（伏尔泰：《哲学辞典》王燕生译，商务印书馆，1997年，第713页）又，拉伯雷《巨人传》第三部第二十七章也提到此事。（拉伯雷：《巨人传》，成钰亭译，人民文学出版社，1991年，第545页）

"厌,不厌也,厌犹爱也。"(《次山集》卷十二)钱锺书解释说:"'厌犹爱也',即饜饫。而不厌之厌,犹憎也,即厌饕。"① 这一阶段,八戒厌女症的厌,是爱、饜饫,愿望达成,情欲满足。也就是傻大姐所谓的妖精打架式的亲密无间。(《红楼梦》第七十三回)。接着,急转直下,是八戒厌女症的第二阶段,厌就成了厌恶、厌憎之厌!这时的厌女症就完全与 misogyny 对等。落魄道人《常言道》第九回,说得更凶险嶙岩:"拔出卵袋就不认得人了么!"

八戒穿上衣服,扭过头来,就变了脸,倒打一钯,要置七个妖精于死地!却被七个妖精用丝困住。

缚住八戒的是什么丝?在悟空、八戒扫除七个蜘蛛精和百眼魔君后,叙事者说他们"打开欲网,跳出情牢"(第七十四回)。可见七个妖精缚八戒的是情丝、欲网。也是《后西游记》中不老婆婆所谓的情丝:"看不见,摸不着,粗如绳,紧如索。可短复可长,能厚又能薄。今古有情人,谁不遭其缚?虽非蚕口出,缠绵蚕不若;虽非藕心生,比藕牵连恶。千里未为远,万里不为阔。一紫方寸中,要死不要活。洵为多欲媒,实是有情药。铁汉与木人,谅也难摆脱!"(《后西游记》第三十三回)。但八戒有悟空——菲勒斯中心主义式的(phallocentrism)的威力无比的金箍棒撑腰,②终将这七个危害不大的美丽女妖,尽情打烂,却似七个劙肉布袋儿,脓血淋淋(第七十三回)。

> 七个妖精缚八戒的是情丝、欲网。

---

① 钱锺书:《管锥编》,三联书店,2007年,第712页。
② 不需要弗洛伊德的精神分析来破解,我们古人已知道金箍棒"性而上"含义。《后西游记》第三十三回,写小行者用金箍棒和用玉夹钳的不老婆婆打斗:"将铁棒攥紧了,凝一凝先点心窝,次钻骨髓,直拨得那老婆婆意乱心迷,直随着铁棒上下高低乱滚。小行者初时用棒,还恐怕落入玉钳套中,被他夹住,但远远侵掠。使到后来,情生兴发,偏弄精神,越逞本事,将一条铁棒,就如蜻蜓点水,燕子穿帘一般,专在他玉钳口边忽起忽落,乍来乍去,引得玉钳不得不吞,不能不吐。老婆婆战了二十余合,只觉铁棒与玉钳针锋相对,眼也瞬不得一瞬,手也停不得一停,精心照应,只仅可支持,那里敢一毫怠惰。又杀了几合,只杀得老婆婆香汗如雨,喘息有声。小行者看见光景,知道婆婆又乐又苦。"简直和《金瓶梅》第二十七回"潘金莲醉闹葡萄架"中男欢女爱场面难分彼此。

八戒的厌女症在这两回中，展现得最为鲜明，症状突出。他这个病症，一遇时机，就要发作。未做和尚时，八戒住在云栈洞，那本是卵二姐的产业。据八戒回忆：她见我有些武艺，招我做了家长；不上一年，二姐死了，将一洞的家当，尽归我受用（第八回）。后来，到高老庄当上门女婿，也就三年时间，八戒把一个娇生惯养、正在妙龄的高翠兰小姐锁在黑屋里，玩弄于股掌之上，不准她和家人见面，以致被悟空解放出来，一见她爹，不由抱头痛哭。这个小家碧玉被八戒蹂躏得："云鬓乱堆无掠，玉容未洗尘缁。一片兰心依旧，十分娇态倾颓。樱唇全无气血，腰肢屈屈偎偎。愁蹙蹙，蛾眉淡，瘦怯怯，语声低"（第十八回）。若不是被悟空救出，怕不久就要步卵二姐后尘！

八戒一见美女，就动凡心。白骨夫人化成送饭村姑，走过来，八戒见她生得俊俏，就动了凡心，忍不住胡言乱语，上来搭腔（第二十七回）。半截观音化成被捆绑的落难美人，也是八戒动手解救的（第八十回），似乎很有点怜香惜玉的意思。但八戒有个性格或人格上的特点，好落井下石，用他自己的话说，就是："我老猪一生好打死蛇"（第六十七回）！蝎子精已经死了，八戒还要一顿钉钯，捣作一团烂酱（第五十五回）。牛魔王的妾，玉面公主，除了和铁扇公主在家里争风吃醋，吵吵闹闹，并未害人，也被八戒一钯筑死（第六十一回）。乱石山碧波潭老龙王的女儿万圣公主，百伶百俐，被八戒着肩一钯，筑倒在地（第六十三回）。有才女风范的杏仙，也被八戒不分好歹筑倒（第六十四回）。做了比丘国国王宠妃的白面狐狸，同样是被八戒筑死的（第七十九回）。看来，美女要遭遇八戒，很少不香消玉殒的。

好在八戒不过是个挑行李的苦行僧，整天在荒山野岭里出没，又被《西游记》的围墙圈着，不能泛滥成灾，兴风作浪，实际的危害不是太大。在一个长期的家长制（patriarchy）男权社会里，几乎所有的男性都是厌女症患者，他们即使没有八戒所表现出的第一阶段病征，鲜明地，第二阶段的病征则是必定有的。孔子说："唯女子与小人为难养也。"（《论语·阳货》）听上去一肚子委屈、一副无可奈何的样子，有苦难言。孔子后来厌女症犯了，虽然那么不温不火地有修养，还是把老婆——伯鱼的母亲休掉了。到了孔子的孙子子思，重蹈覆辙，也把老婆——子上的母亲休掉了。①孟子据说是子思的学生，尽得孔子真传。所以，他的厌女症也不轻。孟子看见老婆独自在家，叉开两腿坐着，急忙告诉孟母：妇无礼，请去之。孟母不同意，这时候站在儿媳一边，可能是性别认同发挥作用了。孟子才没有休妻。(《韩诗外传》卷九)把妻子休了，还是厌女症的文明作风——离开夫家的女子，她从夫权的枷锁里摆脱出来，获得自由，按理说，可以重新选择生存的峰顶。比如，子思的老婆就重新嫁了人，以至她死时，子思不准其子子上给生母带孝服丧！当然这种自由和选择，实际上都是非常有限的：在男权的天空下，容不得女人飘扬的旗帜——女人就像风筝一样，飞得再高，随时都可能被拉下来！

厌女症危害最大的，是黑格尔所谓的在东方式的专制国家中"一个人"②——具有生杀予夺权力的皇帝。我们看看多情的李三郎，如果不是杨贵妃死得及时，玄宗皇帝尚处在厌女症的第一阶段，她很可能脱不了同类江妃、梅妃的悲惨下场，被贬入冷宫，抑郁而死！玄宗后宫设置品类繁多，有：皇后，一名；惠妃、丽妃、华妃等三位，为正一品；芳仪六人，为正二品；美人四人，为正三品；才人七人，为正四品；尚宫、尚仪、尚服各二人，为正五品；自六品至九品，即诸司诸典职员品第而序之。(《旧唐书》卷五十一)都按朝廷官制来比拟，实在荒谬！因为朝廷官制是为九州四海事务而设置，后宫这些女官，却只是为皇帝的性欲预设、服务而已。开元、天宝中，长安大内、大明、兴庆三宫，皇子十宅院，皇孙百孙院，东都大内、上阳两宫，大率宫女四万人。(《旧唐书》卷一百八十四)这些宫女，虽然有干粗活、供役使的，但绝大

---

① 孙希旦：《礼记集解》，中华书局，1989年，第165—166页。
② 黑格尔说："东方各国只知道一个人是自由的。这个人的自由，只是放纵粗野，热情的兽性冲动，或者是热情的一种柔和驯服；而这种柔和驯服自身只是自然界的一种偶然现象或者一种放纵恣肆。所以，这一个人，只是专制君主，而不是一个自由人。"(黑格尔：《历史哲学》，王造时译，上海书店，1999年，第18—19页)这虽然有为雅利安人撑腰的嫌疑，但大致不差。

数是妙龄少女、如花似玉、心灵手巧、才思过人。有人胆敢私共宫人言语，比如亲为通传书信及衣物者，绞刑。（《唐律》卷二卫禁律）她们都是玄宗厌女症的隐性受害者，就像被连根拔起的植株，在开放的状态下，失去水分、养料，恹恹待毙。

明代皇帝的厌女症同样有过而无不及。康熙四十八年十一月，玄烨谕大学士等，带点忆苦思甜的味儿，说："明代宫中脂粉钱四十万两，宫女九千人，内监至十万人。饭食恒不能及，日有饿死者。——今则宫中不过四五百人而已！"（《蒋良骐《东华录》卷二十一）玄烨，和前代帝王相比，并无质的区别，只是五十步笑百步。比较彻底地摆脱厌女症，那要耐心等到作养脂粉的贾宝玉出场了。（《红楼梦》第四十四回）。

> 八戒是个厌女症患者，临床表现出施虐症（sadism）倾向。

总结一下，八戒是个厌女症患者，临床表现出施虐症（sadism）倾向。这在传统社会中，具有普遍性与典型性。记得有一西洋漫画，一对情人在床上先是面对面亲热，完事后，就成了背靠背的自行其是。由面对面而成背靠背，算是普遍日常的轻微厌女症征候体现。据说，多数女性愿意嫁给很有福相的八戒。① 实在让人大跌眼镜！恩格斯在《德国的革命和反革命》中说，"主人是什么样的，仆人也是什么样"！② 在《路德维希·费尔巴哈和德国古典哲学的终结》中，恩格斯为解释黑格尔的命题"凡是现实的都是合理的，凡是合理的都是现实的"，说，"政府的恶劣，就可以用臣民的相应的恶劣来辩解和说明。当时普鲁士人有他们所应该有的政府！"③ 所以，八戒的厌女症不光是八戒一个人，或男性社会中男性的责任，作为受害者的女性，同样有责任——只是责任有主次、轻重而已。

---

① 2007年一次网上民意调查显示，《西游记》师徒四人中，最受女性青睐的是猪八戒；参与调查的98名女性，有74人选择嫁给八戒。（链接：http://www.xzbu.com/7/view-3012448.htm）
② 《马克思恩格斯选集》，第一卷，人民出版社，1975年，第505页。
③ 《马克思恩格斯选集》，第四卷，人民出版社，1975年，第211页。

7. 八戒的饭量

取经途中,八戒最为辛劳,但却没吃过几顿饱饭,这也是唐僧颇感歉疚的隐痛。取得真经后,八戒终于得到了一个以饕餮为公务的职分

既然今之日月山川大地天空,犹是古之日月山川大地天空,那么饭量,也就大同小异。司马迁说,廉颇一饭斗米,肉十斤。(《史记》卷八十一)《太平广记》卷二百三十四引《前秦录》说,苻坚的将军乞活夏默等三人,都是身长一丈三尺,多力善射。每餐吃饭一石,肉三十斤。这三个家伙,比巨毋霸还高三尺![1] 当属超人。欧阳修说,张仆射齐贤体质丰大,饮食过人,尤嗜肥猪肉,每食数斤。曾经与宾客会食,厨吏置一金漆大桶于厅侧,看他所食,如其数量投入桶中,到晚上,酒浆浸渍,涨溢满桶。(《归田录》卷一)张齐贤饭量,大概和廉颇差不多,已经让人惊骇。也就是说,现实中的人,饭量再大,也不过吃得下十斗米。有了这个铺垫,我们再来看贬谪人间的神仙猪八戒的饭量。

一

据他高老庄的前岳父说,八戒食肠甚大,一顿要吃三五斗米饭,早间点心,也得百十个烧饼才够。喜得还吃斋素,若再吃荤酒,便是老拙这些家业田产之类,不上半年,就吃个罄净(第十八回)!也就是说,八戒一天大概吃十五斗米——一升米,重1.25斤——共约200斤。明代《奏行时估例》:粳糯米,每石二十五贯;银一两,八十贯。[2] 八戒

---

① 参见笔者博士学位论文《唐宋诗里的孔子研究》,华东师范大学,2012年,第181页,脚注1。
② [明]雷梦麟:《读律琐言》,法律出版社,1999年,第539、542页。

一天光吃米饭得用钱37.5贯，合七钱银子。八戒曾攒过四钱六分银子的私房钱（第七十六回），这还不够他一天的饭钱！高太公悔亲，根本原因是怕这个上门女婿把他那一点儿产业吃净光，须知"喉咙深似海"！八戒出家，实是为口腹所累，得找个吃饭的行当，并没有什么高远的理想。当然也没有什么丢人的；像朱元璋走上革命事业，也是因为年荒米贵，无处栖身，权且为僧，混碗饭吃。（《英烈传》第五回）。

> 八戒出家，实是为口腹所累，得找个吃饭的行当。

取经路上，八戒的饭量，并不是一成不变。在黄风岭东三十里的老王家，那呆子真个食肠大，看他不抬头，一连就吃有十数碗。一顿，把他一家子饭都吃得罄尽，还只说才得半饱！（第二十回）。王家有两个儿子、三个孙子，加上两儿媳、老伴，九个人。就是说，八戒的饭量，抵平常人二十来个。四众在宝林寺挂搭，有一个胆量大的和尚，近前问："老爷既然吃素，煮多少米的饭方够吃？"八戒教训他："小家子和尚！问什么！一家煮上一石米"（第三十六回）。则八戒一顿至少能吃一石米。在通天河边的陈家庄，陈清、陈澄蒸得一石面饭、五斗米饭与几桌素食，招待师徒四人。八戒没吃饱，为让他出力降妖，悟空吩咐老陈："你快去蒸上五斗米的饭，整治些好素菜，与我那长嘴师父吃"（第四十七回）。则八戒的饭量，是两三石米面。在祭赛国的国宴上，八戒放开食嗓，真个是虎咽狼吞，将一席果菜之类，吃得罄尽。少顷间，添换汤饭，又来，又吃得一毫不剩；巡酒的来，又杯杯不辞。这场筵席，直乐到午后方散（第六十二回）。在驼罗庄，为让八戒开拓八百里稀柿衕，悟空要众人办得两石米的干饭，再做些蒸饼馍馍来，好叫八戒吃饱了出力拱开路（第六十七回）。朝夕相处的悟空，认为八戒的饭量是两石米。拱了两日，进展到中途，八戒正在饥饿中，众人赶来送饭，送来的，何止有七八石饭食，他也不论米饭、面饭，收积来一捞用之；饱餐一顿，却又上前拱路。就是说，八戒在劳作后的饥饿里，一顿饭要吃七八石米面。

> 八戒在劳作后的饥饿里，一顿饭要吃七八石米面。

车迟国三清观斋醮，供品丰盛。八戒、沙僧、悟空半夜去享用：先吃了大馒头，后吃簇盘、衬饭、点心、拖炉、饼锭、油煠、蒸酥，哪里管什么冷热，任情吃起。原来孙行者不大吃烟火食，只吃几个果子，陪

他两个。那一顿如流星赶月,风卷残云,吃得罄尽(第四十四回)。自然多是八戒的功劳。女儿国的国宴上:

> 那八戒那管好歹,放开肚子,只情吃起。也不管什么玉屑米饭、蒸饼、糖糕、蘑菇、香蕈、笋芽、木耳、黄花菜、石花菜、紫菜、蔓菁、芋头、萝蓢、山药、黄精,一骨辣噇了个罄尽,喝了五七杯酒。口里嚷道:"看添换来!拿大觥来!再吃几觥,各人干事去。"近侍官连忙取几个鹦鹉杯、鸬鹚杓、金叵罗、银凿落、玻璃盏、水晶盆、蓬莱碗、琥珀锺,满斟玉液,连注琼浆,果然都各饮一巡(第五十四回)。

镇海禅寺做完饭招待四众:淘米,煮饭,擀面,烙饼,蒸馍馍,做粉汤,抬了四五桌。唐僧只吃得半碗儿米汤;行者、沙僧止用了一席,其余的都是八戒一肚餐之(第八十一回)。在天竺国布金禅寺,好耍子爱看热闹的都围观八戒吃饭(第九十三回)。八戒吃饭,是《西游记》中最有意思,最风趣的场面,让人百看不厌,回味无穷。在陈家庄:

> 唐长老举起箸来,先念一卷《启斋经》。那呆子一则有些急吞,二来有些饿了,那里等唐僧经完,拿过红漆木碗来,把一碗白米饭,扑的丢下口去,就了了。旁边小的道:"这位老爷忒没算计,不笼馒头,怎的把饭笼了,却不污了衣服?"八戒笑道:"不曾笼,吃了。"小的道:"你不曾举口,怎么就吃了?"八戒道:"儿子们便说谎!分明吃了。不信,再吃与你看。"那小的们,又端了碗,盛一碗递与八戒。呆子幌一幌,又丢下口去就了了。众僮仆见了道:"爷爷呀!你是磨砖砌的喉咙,着实又光又溜!"那唐僧一卷经还未完,他已五六碗过手了(第四十七回)。

真是摇曳多姿,妙笔生花。妄人却板着脸在此批云:"凡形容八戒饮食处,都俗且重复,可厌。"[①] 实在不懂,吃饱肚子是天之生民的第

八戒吃饭,是《西游记》中最有意思,最风趣的场面。

---

① 李卓吾批评本:《西游记》,齐鲁书社,1991年,第649页。

一需要。《西游记》所以老写八戒吃饭，而且津津有味，实在是因为中国历史上，吃不饱饭、饿着肚子、饥肠辘辘的人、时、地太多了！明代土地兼并严重，剥削沉重，农民失去土地，而赋税日增，徭役加重，民命不堪。① 只看徐光启辑的六十卷《农政全书》，荒政占十八卷，其中，前三卷为备荒，中十四卷为救荒本草，末一卷为野菜谱。（《四库全书总目》卷一百〇二）因为民间没有粮食吃，教人植物学知识，学习如何识别田野里哪些植物是可吃的，哪些有毒不能吃！《西游记》就是在这样的背景下，写就的。因为无法大快朵颐，只好说食——虽不得饱，聊取口快耳。

二

司马迁两次引管子的话："仓廪实而知礼节，衣食足而知荣辱。"（《史记》卷六十二、一百〇九）非常中肯，务实。因为饿，死去的先是理性、廉耻，这时的人，只有生存的本能还顽强地活着，挣扎着，人性奄奄一息，或者已失去知觉。不食嗟来之食的毕竟是凤毛麟角。张巡在围城中，罗雀掘鼠；雀鼠又尽，张巡没有办法，献出爱妾，杀以食

---

① 明代农民起义自始至终，没有断绝过，真是《中国通史》所谓的"前仆后继"！（蔡美彪、李燕光、杨余练、刘德鸿：《中国通史》第八册，人民出版社，1994年，第457页，142—149页，225—234页，312—313页，457—463页）《中国通史》第九册，第92—123页）朱元璋时，解缙已说："多贫下之家，不免抛荒之咎。今日之土地，无前日之生植；而今日之征聚，有前日之税粮。或卖产以供税，产去而税存；或赔办以当役，役重而民困。土田之高下不均，起科之轻重无别。"（《明史》卷一百四十七）不妨举后以明前吕坤任刑部左侍郎时，上疏说，他久历外任，熟知民艰。所见山东、山西、陕西各地农村状况：民十室九空，冬无破絮者有一半，一天只吃一餐者也有一半。破屋颓墙，风雨不蔽！吏部尚书李戴上疏言：陕西、山西农民吃土块求生，河南农民吃雁粪过活。老弱填委沟壑，壮者展转就食。（《中国通史》第八册，第458—459页）崇祯二年（1629年）四月，路经延安的官员马懋才上《备陈灾变疏》："如安塞城西，有粪场一处，每晨必弃二三婴儿于其中。有涕泣者，有叫号者，有呼其父母者。""更可异者，童稚辈及独行者，一出城外，便无踪影。后见门外之人，炊人骨以为薪，煮人肉以为食，始知前之人皆为其所食！"（《中国通史》第九册，第95—96页）

士,许远亦杀其奴;然后搜罗城中妇人食之;女人都吃尽,继以男子老弱。(《资治通鉴》卷二百二十)列宁格勒保卫战中,围城中吃人之事时有发生。

这样看来,八戒在吃食上有选择、节制,也难能可贵。八戒回忆说:当年我做好汉,专一吃人度日,受用腥膻,其实快活(第三十七回)。唐僧也知道底细,猪八戒自幼伤生作孽吃人(第三十九回)。但自观音菩萨劝化,八戒从此吃斋把素,再没有动过荤腥,更别说吃人了。"八戒",这是唐僧起的,可谓实副其名!八戒,不是佛教中通常的八戒,① 而是唐僧给猪悟能量体定制的:"你既是不吃五荤三厌,我再与你起个别名,唤为八戒"(第十九回)。八戒,戒的是荤腥,即五荤、三厌。五荤、三厌,还有一点微妙的区别。五荤,即五辛。五种带有辛味的蔬菜,即大蒜、茖葱、慈葱、兰葱、兴渠。学佛人要戒食五辛,因五辛中含有刺激性成分,据说熟吃能使人淫火焚身,生啖又易使人增高嗔恚,学佛人一有了欲念和嗔恚,便会蒙蔽智慧,增长愚痴,妄动无明,造诸恶业。② 可见五荤是佛教所戒。三厌则不然。《事林广记·道教类》:"三厌:天厌雁,地厌犬,水厌乌鲤鱼。"③ 《汉语大词典》引朱国祯《涌幢小品》:"俗语有五荤三厌之说,厌字殊不解。后读《孙真人

---

① 据丁福保《佛学大词典》:八戒,是八种要克服的行为:一杀生,杀有情之生命也。二不与取,取他不与之物也。三非梵行,男女之媾合也。四虚诳语,与心相违之言说也。五饮诸酒,饮酒也。六涂饰鬘舞歌观听,身涂香饰花鬘,观舞蹈,听歌曲。七眠坐高广严丽床上。八食非时食,午后之食也。食肉,虽不在八戒之列,但也是要戒除的。《楞伽经义疏》第三十九《断食肉门》有详细解说。遵守不食肉的戒律是汉传佛教的特点之一,其它流支就未必。(《愚修录》二,顾颉刚:《顾颉刚读书笔记》卷十二,中华书局,2011年,第86页)

② 食五辛有五失:一生过,二天远,三鬼近,四福消,五魔集。一,生过,五种辛,熟食发淫,生啖增恚。二,天远,食辛之人,纵能宣说十二部经,十方天仙,嫌其臭秽,咸皆远离。三,诸饿鬼等,因彼食次,舐其唇吻,常与鬼住。四,福消,福德日消,长无利益。五,魔集,食辛人,修三摩地,菩萨天仙十方善神,不来守护。大力魔王得其方便,现作佛身来为说法,非毁禁戒,赞淫怒痴,命终自为魔王眷属,受魔福尽,堕无间狱。(莲池大师:《自知录》下;丁福保:《佛学大辞典》"五辛"条)

③ 陈元靓:《事林广记》影印本,中华书局,第五册,1963年,第23页。

歌》，谓天厌雁，地厌狗，水厌乌鱼。雁有夫妇之伦，狗有护主之谊，乌鱼有君臣忠敬之心，故不忍食。"三厌是道教的规矩，不食雁、狗和乌鱼。① 唐僧对他二徒弟的命名，看来是充分考虑了八戒以前的道教出身，来了一个佛道合璧。

> 唐僧的命名，充分考虑了八戒以前的道教出身，来了一个佛道合璧。

八戒在取经路上，没有吃饱过，"长忍半肚饥"（第二十回）。取经重担，多是八戒担负，还要服侍唐僧，所谓日间挑包袱牵马，夜间提尿瓶务脚（第三十七回），非常辛苦。连从头到尾称八戒是呆子、自以为超越于当事人纠纷之外的叙述者，也承认八戒是走路辛苦的人，往往一躺下，就直赴梦乡（第二十八回）。那呆子丢倒头，鼾声大作，只情打呼，那里叫得醒？（第三十八回）。劳动强度大，所以八戒饭量大，"食肠大""食肠甚大""食肠宽大"——在《西游记》中共出现了十三次！——直接的生理反应，八戒只是想着吃食（第四十回），只思量捯嘴（第八十八回），甚至睡梦里听见说吃好东西就醒了（第四十四回）。但他从来没有抵挡不住诱惑，破了五荤三厌的"八戒"！对于一个时时受着饥饿煎熬的人，需要怎样的自制力，才能克服"馋虫拱动"（第二十四回）！

E. T. 霍尔提出高环境文化（high context culture）和低环境文化（low context culture）的说法。他认为，中华文化是高环境文化。在此系统中，有权势的人要亲自实实在在地，不仅仅在理论上，为下属的行动负责。② 取经集团，正处于这样一个高环境文化。孙悟空偷吃人参果又推倒果树，镇元大仙捉住四众，要替人参果树报仇，一上来就要鞭打唐僧，说他做大不尊（第二十五回）。此是唐僧在取经事业中要负全责的表示。八戒既然是取经队伍中的成员，唐僧自然要对他负责。就好比一个资本家雇佣工人，他要保证劳动力再生产，就必须为工人提供维持生

---

① 可是《云笈七签》卷二十三，说修炼要"常食鸿脯"。鸿者，月胎之羽鸟也，包括鹄、雁、鹅、鸥。又引古歌曰："鸿鹭十年鸟，为肴致天真。"可见，雁是道士修炼非吃不可的。

② E. T. 霍尔：《超越文化》，韩海深译，重庆出版社，1990年，第134页。

存的消费资料，也就是最低工资；否则，工人饿得一丝两气，有气无力，资本的再生产就无法实现。① 同样，让八戒填饱肚子，是唐僧的责任。然而，唐僧并没有积极地采取有效措施，解决八戒的吃饭问题；师徒四人往西天的路上，唐僧只化过一回斋，结果被当成送上门的肥肉，险些让蒸吃掉（第七十二回）！

因为八戒和唐僧之间存在这样一层未曾捅破、却始终存在的矛盾，八戒成了取经队伍中意志动摇的成员，一到危机关头，他就要散伙、分行李。黄袍怪在宝象国朝廷上把唐僧变成老虎，悟空被逐，沙僧被捉，八戒并没有要想办法救唐僧，只是反问小龙："不趁此散火，还等什么"（第三十回）？尚未见着妖怪，唐僧好端端地坐在马上，八戒听说平顶山妖怪厉害，马上要分行李，计划往高老庄上盼盼浑家，算计把白马卖了，买口棺木，与还活着的师父送终，大家散火（第三十二回）。唐僧在镇海禅寺受凉，生点小病，八戒就迫不及待地要趁早商量，先卖了马，典了行囊，买棺木、送终、散火（第八十一回）。八戒这些无情的话语、粗暴的行为，都是当着老领导的面，毫不避讳，不怕尴尬、戗碴儿。有一回，以为行者死了，八戒对沙僧道："分开了，各人散火。你往流沙河，还去吃人；我往高老庄，看看我浑家。将白马卖了，与师父买个寿器送终！"长老气呼呼的，闻得此言，叫皇天，放声大哭（第七十五回）。可见，唐僧对此是一点办法都没有，只能听之任之。所以如此，在于唐僧没有尽到领导者的责任，也就没有权力要求

---

① 还是请马克思出来做点教导："劳动力价值的最低限度或最小限度，是劳动力的承担者即人每天得不到就不能更新他的生命过程的那个商品量的价值，也就是维持身体所必不少的生活资料的价值。假如劳动力的价格降到这个最低限度，那就降到劳动力的价值以下，因为这样一来，劳动力就只能在萎缩的状态下维持和发挥。……谁谈劳动能力，谁就不会撇开维持劳动力所必需的生活资料。"（马克思《资本论》第一卷，人民出版社，1975年，第196页）在第628页，马克思又说："用于交换劳动力的资本转化为生活资料，这种生活资料的消费是为了再生产现有工人的肌肉、神经、骨骼、脑髓和生出新的工人。……虽然工人实现自己的个人消费是为自己而不是为资本家，但事情并不因此有任何变化。役畜的消费并不因为役畜自己享受食物而不成为生产过程的必要因素。工人阶级的不断维持和再生产，始终是资本再生产的条件。"

下属对他效忠尽力!

唐僧在潜意识里是明白这一点的。因为这种歉疚感，唐僧才对八戒在平时有点特别优待。不光悟空多次抱怨唐僧"护短"（第三十二、三十八回），忒护短，忒偏心（第七十六回），说八戒是唐僧"得意的好徒弟"；（第三十一回）。就是八戒自己也有体会，承认唐僧"常时疼我爱我，念我蠢夯护我；哥要打时，他又劝解"（第九十二回）。

因为这种半饥饿状态，八戒不由时时回忆起高老庄的幸福日子、无忧无虑的岁月。他在高老庄虽然不为舆论所喜，但别人也无可奈何他。那里至少解决了他的食、色问题。就好像在《旧约》里，以色列人在旷野中抱怨摩西，怀念他们在埃及的肉锅旁的日子。虽然八戒不断流露出要看看浑家（第七十五回），欲去高老庄探亲（第八十二回），这样的念头，也只是想想说说，意淫一下罢了。八戒最终还是把取经事业坚持下去，将取经担子挑到西天，正是他所谓的恨苦修行（第二十回）！

三

既然把取经事业进行下去，是不可动摇的原则，那就不得不接受领导无能的状况，面对饥饿，八戒也摸索出一套对付饥饿的办法。就像沙漠中的骆驼学会储藏养料，仙人掌知道保存水分；八戒遇到能吃饱饭的日子，尽量吃饱，甚至带点干粮。四众到达凤仙郡，郡侯即命看茶摆斋；斋至，那八戒放量吞餐，如同饿虎。唬得那些捧盘的心惊胆战，一往一来，添汤添饭，就如走马灯儿一般，刚刚供上，八戒直吃得饱满方休（第八十七回）。四众在隐雾山山间行走，行者告诉八戒，前面村上人家好善，蒸的白米干饭、白面馍馍，斋僧哩；并说，自己吃不多儿，因那菜蔬太咸了些，不喜多吃。八戒道：凭它怎么咸，我也尽肚吃他一饱！十分作渴，便回来吃水（第八十五回）。在天竺国，国王感谢取经僧灭妖并找回真公主，不肯放他们西行，大设佳宴，一连吃了五六日，着实好了呆子，八戒得以尽力放开肚量受用（第九十五回）。

在地灵县寇员外家吃得饱满的日子有半个月，又要上路西行；在最后一席盛宴上，八戒留恋不已地劝告沙僧师弟：放怀放量多吃些儿——离了寇家，再没这好丰盛的东西了！又说："我这一顿尽饱吃了，就是三日也急忙不饿。"临走，拿过添饭来，一口一碗，又吃够有五六碗，把那馒头、卷儿、饼子、烧果，没好没歹的，满满笼了两袖，才跟师父起身（第九十六回）。

这样看来，取经路上，也有不少吃饱饭的机会。八戒加入取经队伍在唐僧从长安出发后五六个月，残春过半的时节（第十八回）。在西牛贺洲五庄观，因行者与镇元子结为兄弟，大仙安排管待，一连住了五六日（第二十七回）。想来，八戒也沾光，能顿顿饱餐。碗子山灭黄袍怪，救出百花羞公主，宝象国设宴感谢四众；（第三十一回）。在乌鸡国帮助国王复辟，国王设宴款待；（第四十回）。车迟国灭道兴佛，国王设宴款待；（第四十七回）。在通天河边被阻，四众在陈清、陈澄家停了两天，因为救其子女的重恩，八戒饱餐自是当然；（第四十八回）。女儿国招唐僧做婿，设宴招待徒弟三人；（第五十四回）。祭赛国设宴答谢四众夺回佛宝；（第六十三回）。朱紫国答谢悟空治愈国王痼疾、灭妖、救回金圣宫娘娘，设宴款待四众；（第六十九回）。在比丘国灭妖，并拯救一千一百一十一名小儿，国王设宴招待，而且被救小儿各家，这家也开宴，那家也设席，如此盘桓，将有一个月，才得离城；（第七十九回）。灭法国改称钦法国，国王答谢四众，设宴款待（第八十五回）。

就《西游记》的地理学上说，八戒吃饱饭的这些地方都是在西牛贺洲：过了流沙河（第二十二回），取经师徒人马已齐，始由南赡部洲进入西牛贺洲。上来就是"四圣试禅心"（第二十三回），算是对取经师徒做了一个思想上的洗礼，认识上的统一，行动上的总动员。然后，就是五庄观，四人都吃了人参果，获得长生，为取经事业打下体格上的坚实基础。这是有阶段性意义的停顿，时间上表现为停了五六天，就八戒而言是前所未有的几顿饱饭，生活上的改善，身心安逸。到通天河边的陈家庄，取经事业已进行了七八个年头，走过了五万四千里路，无论从时间上还是空间距离上度量，都是取经事业的中点。四众在此停了两天，八戒也敞开肚皮大吃大喝，随心所欲，暂时的放松与狂欢。随后八戒能吃一段时间饱饭的地方，是比丘国。通过下页的图，可以看出，它们以通天河为中轴，呈蝶翅式严格对称。

再往前走，取经队伍就进入天竺国。唐僧在挨着凤仙郡的玉华县说，"在路，已经过一十四遍寒暑矣"（第八十八回）。我们要知道唐僧的纪年法，是传统的虚岁纪年，就是十三周年刚满，往前就是十四年；它和我们现在的纪年实际要少一年。即是师徒们进入天竺国，取经事业已满十三年。因为，悟空的帮助，凤仙郡大降甘霖，解除旱灾，郡侯答谢取经僧，大开佳宴，同本郡大小官员部臣把杯献馔，细吹细打，款待了一日；百姓一日筵，二日宴，今日酬，明日谢，扳留师徒们将近有半月（第八十七回）。接下来是玉华县，悟空、八戒、沙僧收玉华王的三个儿子为徒弟，传授武艺，八戒以师父之尊，大有享用，但也只住了几天（第九十回）。路上走了五六天，就是金平府。因为出力除去危害当地的三只犀牛精，有自在酒饭，八戒自说是"才吃了三十几顿饱斋"（第九十二回）。这一上路，就到天竺国都城，因为唐僧要当驸马，八戒也受用了五六日，酒足饭饱，乱起哄，大叫"好自在，好快活"（第九十四回）。离开天竺国都，向西是地灵县，在斋僧的寇员外家，八戒吃现成茶饭，住清凉瓦屋，四众在此盘桓了半个月。

八戒饱餐地点图如下页。

进入天竺国，直到如来所在的灵山，为时只有四五个月光景，是取经西行的最后阶段。这时八戒吃饱饭的密度与长度，较前明显增加，真如他所谓的："不要扯，等我一家家吃将来"（第八十五回）！八戒可谓渐入佳境，大得甜头。

而这时，唐僧对八戒的态度就明显地变化，往往是对八戒大为光火，大发脾气。如：在玉华县，八戒说，"施了恩惠与万万之人，就该住上半年，带挈我吃几顿自在饱饭，却只管催趱行路！"长老闻言，喝道："这个呆子，怎么只思量搊嘴！快走路！"八戒不敢回言，掬掬嘴，挑起行囊（第八十八回）。在金华府，八戒发牢骚："又是这长老没正经！二百四十家大户都请，才吃了有三十几顿饱斋，怎么又弄老猪忍饿！"

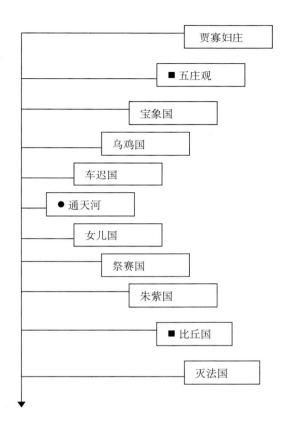

《西游记》的情节以通天河为中轴，呈蝶翅式严格对称。

不料唐僧听到了，骂八戒是馕糟的夯货，斥他莫胡说，快早起来走路！威胁再若强嘴，要叫悟空拿金箍棒打牙！那呆子听见说打，慌了手脚（第九十二回）。在寇员外家，八戒忍不住高叫道：

"师父忒也不从人愿！不近人情！老员外大家巨富，许下这等斋僧之愿，今已圆满，又况留得至诚，须住年把，也不妨事，只管要去怎的？放了这等现成好斋不吃，却往人家化募！前头有你甚老爷、老娘家哩？"长老咄的喝了一声道："你这夯货，只知要吃，更不管回向之因，正是那槽里吃食，胃里擦痒的畜生！汝等既要贪此嗔痴，明日等我自家去罢。"行者见师父变了脸，即揪住八戒，着头打一顿拳，骂道："呆子不知好歹，惹得师父连我们都怪了！"沙僧笑道："打得好，打得好！只这等不说话，还惹人嫌，且又插嘴！"那呆子气呼呼的立在旁边，再不敢言（第九十六回）。

唐僧所以生八戒的气，是因为作为取经集团负责人，这时使八戒酒足饭饱，丰衣足食，自谓完全尽了领导责任。相应地，有权要求员工尽职尽责，胜任回报。八戒却贪图口腹享受，推三阻四，回避重担，推迟上路。行者道："师父怪你为嘴误了路程"（第九十二回）。可谓一针见血。

八戒所以在路上有机会能吃上饱饭，风风光光地被各地的头头脑脑奉为上宾，甚至由多位皇帝出来安席敬酒，揖让樽俎。唐僧一个人是办不到的，那是取经集体同心同力，特别是孙悟空，上天入地，不辞辛劳，除霸安良，扶正祛邪，才取得这些荣誉与实惠。当然，其中八戒也功不可没。

> 唐僧没有能力彻底解决八戒的吃饭问题。取经终成正果，八戒的吃饭问题像皮球一样踢到如来面前。

唐僧对女儿国王说八戒生得食肠宽大，志向是一生要图口肥（第五十四回）！但他没有能力彻底解决八戒的吃饭问题。取经终成正果，八戒的吃饭问题像皮球一样踢到如来面前。如来加封八戒做净坛使者，解释说："因汝口壮身慵，食肠宽大。盖天下四大部洲，瞻仰吾教者甚多，凡诸佛事，教汝净坛，乃是个有受用的品级"（第一百回）！实在是量体裁衣，因人设岗，知能善任。八戒从此不再担心吃不饱肚子。N年以后，土地老儿说起八戒，近日好神佛的人家多，供献朝夕不断，净坛使者日日在外面吃白食，忙个不了。（《后西游记》第十一回）。——似乎很有点不以为然。但要知道，净坛使者吃白食，那可是在忙公务，尽心本职工作！和以前取经路上为嘴耽搁行路被老领导喝骂、师兄弟笑话有本质区别。

8. 观音菩萨的性别

观音菩萨其第二性征上表现出女性特征，因为传
统地看，女性是优美的；而其自我认同于男性，
因为男性是壮美的

一

我们知道，在佛教的发源地，观音菩萨的性别本来是没有问题的。但自进入中土，其性别却渐渐发生了变化。

晋义熙十一年（415年），梁州刺史杨收敬以罪下吏，其友郭宣及父处茂同被桎梏，念《观世音经》十日，夜梦一菩萨，慰以大命无忧，俄而枷锁自脱。张兴妻系狱，昼夜念观音经；一沙门蹴之曰："起起！"俄而枷脱；然户闭无由出，又梦向沙门曰："门已开矣！"果得出。王球在狱，念《观音经》，梦一沙门以一卷经与之，又见一车轮；沙门曰："此五道门也。"既觉，锁皆断脱。毕览随慕容垂北征，陷敌入深山失路，念《观音经》；见一道人法服持锡，示以途径，遂至家。沙门法义得病，念《观音经》，梦一道人为刳出肠胃，洗毕还纳之，遂愈。又一仕宦妻为神摄去，因作观音像虔奉之，梦一僧救之得苏。（《陔余丛考》卷三十四）

此书总共列举了晋南北朝时的五件事，观音菩萨现身，当时梦见者或沙门，或道人（和尚），都是男性。就是说早期，中土因袭印度习俗，大多将观音塑为男相，但南北朝时，观音也有以女相出现的。赵翼引《北史》言："'齐武成帝酒色过度，病发，自云初见空中有五色物，稍近成一美妇人，食顷变为观世音，徐之才疗之而愈。'——由美妇人而渐变为观世音，则观音之为女像可知。"又云："《南史》陈后主皇后沈氏，陈亡后入隋，隋亡后过江至毗陵天静寺为尼，名观音皇后。——为尼不以他名，而以观音为名，则观音之为女像益可知。此皆见于正史

者,则六朝时观音已作女像。"

"隋初出现一种'非男非女相',面为女容,唇有小髭。至唐时,观音形象如当时的贵妇,基本定型;此后以'送子观音'形象传世,更富女性特征。"① 到宋代观音菩萨简直成了美女的典型。

南宋甄龙友题观世音像云:"巧笑倩兮,美目盼兮。彼美人兮,西方之人兮。"《夷坚志》:童性之母素持《观音终门品经》,忽病死,其魂呼救苦观世音,恍若有妇人璎珞被体,相好端严,以右手把其臂,挈之偕行,遂瘳。许洄妻孙氏临产,危苦万状,默祷观世音,恍惚见白氅妇人,抱一金色木龙与之,遂生男。又寿涯禅师《咏鱼篮观音词》,有"窈窕丰姿都没赛,提鱼卖,堪笑马郎来纳败。"(《陔余丛考》卷三十四)

就是说,观音菩萨从唐宋开始,性别已完全是女性,毫无疑问。

二

那么在《西游记》中观音菩萨的性别应该没有什么问题。孙悟空就是这么认为的;他曾对着太上老君幸灾乐祸地说观音菩萨"老大悫懒","该他一世无夫"(第三十五回)! 沙和尚在通天河边见到前来搭救唐僧的观音菩萨,曾说,师兄性急,把一个未梳妆的菩萨逼将来也(第四十九回)。说明他认为观音菩萨日常是和多数美人一样,在闺房里描眉画黛,涂脂抹粉,梳妆打扮,纳西索斯式地(narcissistic)孤芳自赏。

可见,个中人对观音菩萨的性别并无异议。而且《西游记》的叙事者似乎对这一点也是赞同的。他曾多次用诗词赞颂观音菩萨,细加描画:

缨络垂珠翠,香环结宝明。乌云巧迭盘龙髻,绣带轻飘彩凤翎。碧玉纽,素罗袍,祥光笼罩;锦绒裙,金落索,瑞气遮迎。眉

---

① 任继愈主编:《佛教大辞典》,凤凰出版社,2011年,第583页。

如小月，眼似双星。玉面天生喜，朱唇一点红。……兰心欣紫竹，蕙性爱香藤（第八回）。

远观救苦尊，盘坐衬残筈。懒散怕梳妆，容颜多绰约。散挽一窝丝，未曾戴缨络。不挂素蓝袍，贴身小袄缚。漫腰束锦裙，赤了一双脚。披肩绣带无，精光两臂膊。玉手执钢刀，正把竹皮削（第四十九回）。

观音菩萨，那是活脱脱的美人胚子。别人一致认为菩萨是美女，但其本人却并不认同这一点。在天宫，对众仙和玉帝，观音菩萨自称"贫僧"（第六回），如来则自称"老僧"（第七回）。对如来，观音菩萨自称"弟子"，如来则称菩萨是"尊者"（第八、五十八回）。据丁福保《佛学大词典》，尊者，梵语是阿梨耶arya，也译作圣者，谓智德俱尊者，是罗汉之尊称，年高德劭，为人所尊。可见，观音菩萨自己是认同男性身份，如来也承认其男性身份。

仔细想来，观音菩萨的性别，非常吊诡，显得匪夷所思。在日常行为和装束上，观音菩萨是女性，自我身份却认同男性。好像具有某种精神人格分裂症倾向。为弄清这一点，我们需要先知道性别划分的依据是什么。

三

凯特·伯恩斯坦说，性别是根据人的第一性征，即人的生殖器给指派的，它发生在人生伊始。"有小鸡鸡的是男孩，没有的，是女孩。"[①] 此外，还有第二性征，比如乳房、腰臀、胡须、喉结、声音等。第二性征一般是看得见的，感受得到，第一性征则是掩藏的；二者有联系，但并不是那么必然和绝对。

《西游记》中，我们不知道观音菩萨的第一性征是什么，只好搁

---

① 凯特·伯恩斯坦：《性别是条毛毛虫》，新星出版社，2013年，第31页。

置。其第二性征具有通常认为是女性的特点、习性、倾向。悟空、沙僧等正是通过观音菩萨的外在特性来定义其性别。观音菩萨自己并不这么认为,就是说菩萨不以自己女性化的行为和第二性征来定义自家性别。

菩萨非同常人,常人是被性别所选择,在这方面没有一点主观能动性,而且一锤定音。观音菩萨则选择自家的性别,完全自主!孙悟空也是这样的超人。琵琶精骂他是"丑男人"(第五十五回),他也自认为是一个汉子(第七十二回)。孙悟空的第一性征,我们也并不晓得。不过他认同其第二性征,和观音菩萨大异。当然,他也能够自由选择性别。他曾摇身一变,成了八戒的浑家,八戒走进房,一把搂住,就要亲嘴(第十八回)。"行者登时把身子一摇,仍前变做美人模样,竟上高阁,袖中取出一尺冰罗,不住的掩泪,单单露出半面,望着项羽,似怨似怒。项羽大惊,慌忙跪下;行者背转,项羽又飞趋跪在行者面前跪下。"(《西游补》第三回)。在自家老婆身上,八戒和楚霸王都看不出什么不对劲的地方。就是说,孙悟空自由选择性别,并且为社会认可。

历史上,能够自由选择性别——社会性别(gender)的人,并不是没有。东阳女子娄逞穿上男人衣服,作男人举止,会下围棋,能识文断句,遍游公卿,结交士绅,后来做官,升为扬州议曹从事。(《南史》卷四十五)

> 王蜀有伪相周庠者,初在邛南幕中,留司府事。时有黄崇嘏,称乡贡进士,年三十许,祗对详敏。周极奇之,召于学院与诸生侄相伴。善棋琴,妙书画。翌日,荐摄府司户参军。颇有三语之称,胥吏畏伏,案牍丽明。周既重其英聪,又美其风采。在任将逾一载,遂欲以女妻之。(《太平广记》卷三百六十七)

花木兰更是人所共知。实际上,历代都有自主选择性别的人在。[①]像观音菩萨、孙悟空、娄逞、黄崇嘏这样,自由选择性别的行为与现象,表明我们传统上的性别二分法是文化的建构,是人为的,强制的,

---

① 也有男性选择女性身份者。参看钱锺书《管锥编》,三联书店,2007年,第1273—1274页。

虽然有所谓的生理、器质性为基础。凯特·伯恩斯坦的行为可以证明这一点。陆西星言："盖情欲之感亦非本有，介然而生于男女之交；人因托此而有身。"① 就是说，情欲是在男女性生活中培养起来的，是次生的。

> 情欲是在男女性生活中培养起来的，是次生的。

四

凯特·伯恩斯坦是个走在时代前面的家伙。他1948年生，有男人的第一性征和第二性征，性别选择他。1986年，就是38岁的时候，他却选择性别，在科罗拉多的一家医院里通过手术，把天生的第一性征割除，换成女性的第一性征和第二性征。如今，她和别的女人没有什么不同，从外观到生理。②

这表明，不光是观音菩萨这样的超人能够自由选择性别，一个普通的人同样可以！这就使得传统的把人划为界限分明的男性、女性的做法，失去意义。

传统的性别区分，本质上，是以后代延续、家庭建制为目标、目的、指向，其历史功绩巍巍高哉，但其弊端也很多。比如，由此导致的性别压迫与性别战争、色情泛滥。古人认为"饮食男女，人之大欲存焉"（《礼记·天运》），把性欲上升为本能。但孔子说，"吾未见好色如好德者也"。（《论语·卫灵公》）表明他并不认为性欲是本能，而是和德性一样，是可以培养的、人工的、文化的（cultural），而孔子出妻，③ 表明性欲如果真是一种本能的话，也是可以克服的，至少可以冷处理。不但东方的圣人身体力行，而且西方的圣人，释迦牟尼，也在这方面义无反顾，更加决绝。当有玉女来诱惑时，佛言："革囊众秽，尔来何为？去，吾不用尔！"（《四十二章经》）把美女看做盛肮脏东西的皮袋！东西二圣

---

① 陆西星：《南华经副墨》，中华书局，2012年，第86页。
② 凯特·伯恩斯坦：《性别是条毛毛虫》，新星出版社，2013年，第25—29页。
③ 孙希旦：《礼记集解》，中华书局，2010年，第167、185页。

虽为我们立下这样的行为标杆，但能循行不逾规矩的实在是寥若晨星。

"未知牝牡之合而朘作。"（《老子》第五十五章）是说婴幼儿在不识男女交合时，却会生殖器勃起！这当然是我们承认的，但它也只是生理现象罢了。即使承认性欲是本能，在人类社会中，它和猪狗的发情、猫的叫春也是有本质的区别，这就是马克思一再强调的社会性。我们不需扯得太远，单举两个例子。

一个是李安的经典电影《饮食男女》。其中最漂亮的是老朱的二女儿，朱家倩，她在一家航空公司做行政，有不错的业绩，和一个叫雷蒙的画家有性关系，就是说，这个美人对那个男人是有情欲的。当雷蒙在酒吧里告诉家倩，他和叫Sophie的女人要结婚了，同时希望和家倩保持"朋友关系"，告诉家倩"后面还有个办公室"——意思是，他们在那个办公室里可以维持性关系，性交。朱家倩于是转身走了，在花园的小径边忍不住呕吐起来。请问，她对雷蒙旧有的情欲到哪里去了？雷蒙还是雷蒙，他卑鄙无耻的行为，引发的生理反应是倒胃呕吐！再有，朱家倩和从美国来的谈判专家李凯共事，可说是一对璧人，相互也有好感。在朱家倩的办公室，俩人喝红酒威士忌，很快两厢情愿地黏糊到一块，但朱家倩猜疑李凯九年前是自己大姐的热恋对象，朱家倩的情欲，像穿了孔的气球，一下就没有了，他们的游戏也就停止。后来虽然澄清李凯和大姐家珍并无纠葛，但两人由此获得了情欲上的免疫，成为纯粹的超越性别的朋友。

另一个是《坎特伯雷故事》中磨坊主讲的那个故事。阿伯沙龙（Absolom）这个年轻人爱上木匠年轻漂亮的老婆阿丽生（Alison），老是在阿丽生的窗口唱情歌表白自己的爱情。阿丽生却不为所动。有一天，阿伯沙龙天不亮就在窗下唱开了，希望能够吻一下美女的红唇，阿丽生满足他这个愿望。但阿伯沙龙很快发现他吻的不是美人的双唇，而是"毛松松的"屁股（a thing all rough and longish haired）！他那一腔热爱从此熄灭；对于爱情的事儿，他只有厌恶，他的相思病竟然彻底痊愈！[①]

[①] 乔叟：《坎特伯雷故事》，方重译，人民文学出版社，2008年，51—62页。

由情欲之爱到羞辱厌憎，感情上180度的转身，在瞬间完成了。所以，我们不应该过于强调本能，更不能以此为借口，在情感、行为、道德上沉溺、沦丧与放纵。人固然有追求幸福的权利，但它绝不是人生的全部，尤其是进入社会之后。个人幸福即使是正当的，当它和社会发生冲突时，也应该自觉地边缘化，到角落里呆着。

希腊、希伯来文化下的西方，在这方面更甚。声称夏娃是亚当的一根肋骨造就的，俩人发生性关系，叫认识（knew）①。就是说，欧美有这么一种文化偏见，只有和她性交，才是充分地全面地认识她了。这恐怕也是西方现代文学中性交场面连篇累牍的原因之一。钱锺书1979年访美，一个美国女讲师对他说："假如你们把《金瓶梅》当成淫书（porn），那么我们现代小说十之八九都会遭到你们的怒目而视（frown upon）了！"②——这句话无意中也表达了美国以及整个西方的社会风尚。

> 欧美有这么一种文化偏见，只有和她性交，才是充分地全面地认识她了。

五

恩格斯对建立在两性基础上的婚姻一直是旗帜鲜明地反对，因为它造成了性别的不平等，造成男性对女性的压迫。他说："只要妇女仍然被排除于社会的生产劳动之外，而只限于从事家庭的私人劳动，那么妇女的解放，妇女同男子的平等，现在和将来都是不可能的。妇女的解放，只有在妇女可以大量地、社会规模地参加生产，而家务劳动只占她们极少的工夫的时候，才有可能。"③虽然他坚持传统的性别二元论，但并不认为一切都是一成不变的。他说："如果说只有以爱情为基础的婚姻

---

① Adam knew Eve his wife; and she conceived. (Genesis: 4) 亚当认识了夏娃，而她就怀孕了。由怀孕可以推断"认识"是性交之意。
② 钱锺书：《美国学者对中国文学的研究简况》，《人生边上的边上》，三联书店，2009年，第185页。
③ 恩格斯：《家庭、私有制和国家的起源》，《马克思恩格斯文集》，第四卷，人民出版社，2011年，第181页。

才是合乎道德的,那么也只有继续保持爱情的婚姻才合乎道德。不过,个人性爱的持久性在不同的个人中间,尤其是在男子中间,是很不相同的。如果感情确实已经消失或者已经被新的热烈爱情所排挤,那就会使离婚无论对于双方或对于社会都成为幸事。"[1] 据统计,2002年,美国头婚的离婚率是50%,离婚者多数在45岁以下。离婚原因是缺少交流,经济问题,对婚姻缺乏责任感,不忠。二婚的离婚率超过50%。[2] 可见传统婚姻制度越来越难以适应社会进化,跟不上时代发展的步伐。恩格斯对未来社会有天才式的伟大设想:

> 我们现在关于资本主义生产行将消失以后的两性关系的秩序所能推想的,主要是否定性质的,大都限于将要消失的东西。但是,取而代之的将是什么呢?这要在新的一代成长起来的时候才能确定:这一代男子一生中将永远不会用金钱或其他社会权力手段去买得妇女的献身;而这一代妇女除了真正的爱情以外,也永远不会再出于其他考虑而委身于男子,或者由于担心经济后果而拒绝委身于她所爱的男子。[3]

随着科学技术的发展,生物技术的进步将使人类自身的生产可以不通过传统自然的方式,即性交怀孕来产生后代。它必将使两性的划分变得毫无意义,届时,人都可以自主地选择性别。也就是说,最终将不再有性别的概念,都是一个个独立的个体,实现自由、充分、全面发展,像马克思、恩格斯长久期待、终生努力的那样。只有这样,才能彻底克服好色,至少不会像纳博科夫《洛丽塔》中的老家伙亨伯特那样,把一

---

[1] 恩格斯:《家庭、私有制和国家的起源》,《马克思恩格斯文集》,第四卷,人民出版社,2011年,第96页。
[2] 《文学:阅读 反应 写作》英文影印版,北京大学出版社,2006年,第289页。
[3] 恩格斯:《家庭、私有制和国家的起源》,《马克思恩格斯文集》,第四卷,人民出版社,2011年,第96—97页。

生的精力和心机都花在美人身上。① 因为眼前有更广阔的世界，有更有价值的事情在召唤。

最后，我们要解释一下，观音菩萨为什么以女人的姿态认同男性身份。荣启期告诉孔子："天生万物，唯人为贵；而吾得为人，是一乐也。男女之别，男尊女卑，故以男为贵；吾既得为男矣，是二乐也。"（《列子·天瑞》）观音菩萨既然有通天彻地之能，处于一种庄子所羡慕的逍遥游的精神境界与状态，选择何种性别都没有任何障碍。所以，其第二性征上表现出女性特征，因为传统地看，女性是优美的（beautiful），其自我认同于男性，因为直到今天男性都是能力的体现，是壮美的（sublime）。这二者在其身上的有机完美结合，正是我们未来个人理想的超前展示。

---

① 我们传统文化中也有这种人，比如《金瓶梅》中的西门庆。现实生活中，如二十世纪初，那个叫Walter的家伙写的《我的秘密生活》（*My Secret Life*），彻头彻尾是对他的猎艳生活的津津乐道。

9. 妖怪的谱系学

《西游记》中的妖精各有来历，大体上有草根和神仙门第之别，因为这个差别，最后的下场也大相径庭。这映射的还是一个人情社会。

一

钱锺书有一个观点，认为"《西游记》唐僧所遇魔头，皆妖精也，物之怪而非人之鬼也""《西游记》中捉唐僧者莫非物"。钱锺书说："'物'盖指妖魅精怪，虽能通'神'，而与鬼神异类。"[①] 就是说，那些捉唐僧的妖怪，从谱系学（genealogy）上看，是动物、植物变成的精怪，而非人或人死后化成的鬼，或变成的神怪。这个观点，是否正确？需要我们先对牵扯到的妖怪做一考察。

唐僧所遇魔头，或捉唐僧的妖怪中，第一类是要吃唐僧的：

1. 寅将军，特处士，熊山君（第十三回）。他们把唐僧的从者吃掉了，只是把唐僧捆绑起来，没来得及吃他。这三位分别是成精的老虎、牛、熊。

2. 黄风岭的黄风大王和虎先锋（第二十回）。捉住唐僧，意欲食肉。这二位是貂鼠、老虎成精。

3. 化为美女、老婆子、老头子，为吃唐僧肉，在白虎岭阻住取经僧，"三戏唐三藏"的白骨夫人，即白骨精，它是潜灵作怪的僵尸（第二十七回）。它本来是不知何时留下一具无名的死尸，在岁月的消磨下，仅剩一副骨架。正合于庄子所谓"圣人生也天行，其死也物化"。（《庄子·刻意》）不可思议的是，这副无识无知的骨架，却能自强不息，圣灵重生，成精了！

---

① 钱锺书：《管锥编》，三联书店，2007年，第1971、471页。

4. 天上二十八宿之一的奎木狼下凡，即黄袍怪，在碗子山波月洞和逃离天界的披香殿玉女，即，今生今世的宝象国百花羞公主，夫唱妇随，生了两儿子，安乐无边（第三十一回）。不料，却因为唐僧这个自己"送上门的买卖"，看上那白白嫩嫩的一身肉，黄袍怪动了饕餮的念头。《太平御览》卷六引《乐汁图》云："奎，天豕也。"《晋书》卷十一："奎，十六星，天之武库也。一曰天豕，亦曰封豕。主以兵禁暴，又主沟渎。"可见，奎宿大概是动物，猪或狼，成精而升天星位。

5. 平顶山的金角大王、银角大王，从兜率宫偷出五件宝贝，用尽心机，捉拿取经僧（第三十二回）。他们是太上老君的看炉童子，是"家属"。（第三十五回）。我们都知道太上老君是人，他虽然搬到三十三天去炼丹了，其家属应该在本质上和他同类。所以，两个烧火的童子，是人。至于他俩在人世间的倒行逆施，又把压龙山压龙洞的九尾狐认作母亲（第三十四回），那是个人的怪癖，侜张为怪。此二位是人而禽兽行者，决非物。

6. 号山枯松涧火云洞的牛圣婴，即红孩儿，号圣婴大王（第四十回），是牛魔王和罗刹女，即铁扇公主的儿子。在五百年前，牛魔王、孙悟空等曾结为七兄弟，牛魔王是老大，悟空是老七（第三回）。就是说，牛魔王当时已得道成仙。号山的山神土地曾透露，红孩儿曾在火焰山修行了三百年（第四十回）。红孩儿自云，他父亲现今活够有一千余岁（第四十二回）。可见，红孩儿是在牛魔王成仙之后出生的。"妻者，齐也，与夫齐体。"（《白虎通义》卷九）所以，罗刹女也是仙人。而按照《西游记》里的修仙阶次看，修得人身是成仙的必要条件。所以，红孩儿应该是人。如果因为他爹本是牛修炼成仙，一定要顺藤摸瓜，咬定红孩儿是物，就不免失了易经所表彰的"随时之义大矣哉"！（《易·上经·随》）

7. 黑水河里前身唤做小鼍龙的妖怪（第四十三回），是泾河龙王和西海龙王的妹妹所生。所谓龙生九子之一，是条鳄鱼。龙在中华本土文化中是鳞虫之长，（王充《论衡·龙虚篇》）自然属物。在佛教中，龙（Nāga）是蛇首人身，亦能变化为人，在天龙八部中居第二位，在广目天王领导下守护佛法。虽有人所没有的神力，但要成人尚困难重重。《西游记》中龙的地位更低。所以，小鼍是物怪。

8. 通天河里盘踞、被当地奉为灵感大王的妖怪（第四十七回），是观音菩萨莲花池里的金鱼成精。

9. 金兜山的独角兕大王（第五十回），本是太上老君当年出关时骑的青牛，如今从太上老君的牛栏里逃到人间作怪（第五十二回）。

10. 在小西天，假设小雷音寺的黄眉大王，是弥勒佛的司磬童子。孙悟空怨弥勒佛家法不谨，放走了这童儿，弥勒自认走失人口（第六十六回）。可见黄眉大王也是人。

11. 盘丝洞里的七个蜘蛛精（第七十二回），黄花观里的百眼魔君，多目怪，即蜈蚣精，都是物怪。

12. 狮驼岭狮驼洞中的三个魔头：老魔是青狮，二魔是白象——分别是文殊、普贤菩萨的坐骑，三魔是麾下小妖所谓"云程万里鹏"（第七十四回），即大鹏金翅雕。三者联手要猎取唐僧（第七十七回）。

13. 要取唐僧心肝的比丘国国丈，是南极老人星，即寿星头角丫杈的坐骑白鹿（第七十八回）。

14. 隐雾山折岳连环洞的南山大王，是艾叶花皮豹子精。听他的前部先锋用分瓣梅花计把唐僧捉入洞中，先锋本是铁背苍狼（第八十六回）。

15. 青龙山玄英洞的三个妖怪：辟寒大王、辟暑大王、辟尘大王，是三只犀牛成精（第九十一回）。

第二类妖怪，是几个女妖，纠缠不休，要和唐僧成亲——可参看前文《唐僧的婚姻》：

1. 毒敌山琵琶洞的蝎子精（第五十五回）。

2. 木仙庵里的杏仙，是杏树成精（第六十四回）。

3. 陷空山无底洞的地涌夫人，是只金鼻白毛老鼠精（第八十一回）。

4. 天竺国假公主，本是月中捣药的玉兔临凡（第九十三回）。

女儿国国王虽欲与唐御弟成亲，与他"阴阳配合"（第五十四回），

从而阻碍唐僧西行。但她"却不是怪物妖精,还是人身"(第五十四回),其他和取经僧发生冲突的有:

1. 住在黑风山黑风洞里的黑熊精,从观音禅院把唐僧的锦襕袈裟偷走了(第十六回)。

2. 乌鸡国的假国王,是文殊菩萨的坐骑青毛狮子,是唐僧师徒积极干预,为死了三年的国王搞复辟(第三十七回)。

3. 车迟国的鹿力大仙、羊力大仙、虎力大仙,和唐僧师徒斗法,是佛、道的教派斗争(第四十四回)。

4. 六耳猕猴成精,能力和孙悟空不相上下,他也要去西方取经。却不被当权者所许可,与取经僧发生冲突,死在孙悟空的棒下(第五十八回)。

5. 欲借芭蕉扇过火焰山,因为与牛魔王、铁扇公主的宿仇,大费周章(第六十回)。牛魔王本是老牛成精,铁扇公主,是罗刹女(第六十回)。"罗刹者,此云恶鬼也,食人血肉,或飞空或地行,捷疾可畏也。"(《一切经音义》卷二十五)《大唐西域记》卷十一有僧伽罗传说,罗刹能与商人为婚,生子。罗刹女容貌"淑美",长得漂亮,又楚楚可怜,故善于妖媚,蛊惑人,却难改其食人之性。所以,就谱系学而言,牛魔王、罗刹女,本来皆是物妖。

6. 乱石山碧波潭的万圣龙王、其婿九头虫、其女万圣公主,因盗窃祭赛国金光寺塔上的舍利子,惹得取经僧路见不平,大动干戈(第六十二回)。万圣龙王、万圣公主,都属物。九头虫,是有九个头的怪鸟,也是物怪(第六十三回)。

7. 孤直公、拂云叟、凌空子、十八公,只是爱好风雅,趁月白风清夜,把唐僧摄去,在木仙庵饮茶谈诗,极尽风雅清淑(第六十四回)。四位分别是柏、竹、桧、松成精。

8. 危害驼罗庄的大蟒,悟空说他"还不会说话,未归人道,阴气还重"(第六十七回)。

9. 把朱紫国金圣宫娘娘摄走的赛太岁,是观音菩萨的坐骑金毛犼(第七十一回)。

10. 竹节山九曲盘桓洞的九头狮子，因他的徒孙黄狮精偷了取经僧的兵器，引得两下鏖兵。这个九头狮子是太乙救苦天尊的坐骑（第九十回）。

这些妖怪中，只有金角大王、银角大王、牛圣婴、黄眉大王，严格说来，不能划入钱锺书所谓的"物"，这四位在罗列的29条中，占3条，是10.34%。所以，钱锺书关于《西游记》的论点，笼统地说是成立的，但他必须去掉"皆"、"莫非"这样的限定！据我们考察，《管锥编》征引《西游记》，至少有33次，可见钱锺书对这部经典非常熟悉，重视，喜爱，能够随手拈来，妙趣横生，多数征引，都是精确的直接引语，不确的地方很少。但也有失察的地方，如，那个陷空山无底洞的老鼠精，据她的义兄哪吒说叫"金鼻白毛老鼠精"（第八十三回），但钱锺书两次说是"金毛白鼠精"。① "金毛"，如何能是"白鼠"？在这方面，钱锺书自然没有老鼠精的义兄权威了，不能不说是智者一失。② 文化昆仑尚犹如此，况阘茸不学如我者乎？

二

这些要吃唐僧肉的妖怪，或者要和唐僧交媾的女妖，或者意想不到沾惹到取经僧的妖怪，从谱系学上看，来历各异，光怪陆离；但他们有一个共同的特点，多是自我主义者（egoist），为了个人的蝇头小利，

> 但他们有一个共同的特点，多是自我主义者，为了个人的蝇头小利，不惜牺牲天下人，断送整个世界。

---

① 钱锺书：《管锥编》，三联书店，2007年，第408、1108页。
② 据《重排后记》说，"订正了三联书店初版中少量的文字和标点讹误"（《管锥编》，三联书店，2007年，第2425页）。我们所见的版本是2008年第二版第3次印刷的。但其中的错误，仍然不少，随手记下的，有54处。当然多数是校对的错误。不过，有些，可能是作者本人的疏忽。如，该书第1436页引蒋捷《燕归梁·风莲》，第一句作："我梦唐宫春曳裾时。"（中华书局版《管锥编》亦如是）原词作："我梦唐宫春昼迟，正舞到，曳裾时。"（唐圭璋：《全宋词》简体增订本，中华书局，2013年，第4359页）掉了五个字，意思晦涩难解。

不惜牺牲天下人，断送整个世界。它还不是杨朱主张的"拔一毛而利天下，不为也"，(《孟子·尽心上》)或孙悟空那样"一毛也不拔"。(菩萨语，第四十二回)。不是消极地不作为，而是积极踏实勤勤恳恳不折不扣地实践人不为己、天诛地灭的人生观。

像狮驼国的大鹏金翅雕，为口腹之欲，竟然在狮驼国吃了这城国王及文武官僚，满城大小男女也尽被吃了个干净（第七十四回）！比丘国的国丈为求长生，竟然要用一千一百一十一个小儿的心肝作药引子（第七十八回）。通天河里的灵感大王，每年要当地奉献一对童男女作牺牲，为害九年，至少背负有十八条鲜活的人命（第四十七回）！可说是其中罪大恶极的代表。

另外，有一些行为并不是那么恶劣的妖精。像木仙庵谈诗和唐僧作诗唱和的杏仙最后虽有点挨挨擦擦，色心蠢动的骚扰（第六十四回），但也决不至于受拔本伤生的处分吧。最惨的是乱石山碧波潭的万圣龙王。二郎神都知道万圣老龙却不生事，名声不错（第六十三回）。因为他的女婿九头虫偷了祭赛国的佛宝，真是株连九族，祸从天降。憺漪子代抱不平：

> 万圣老龙之在碧波潭，与取经之行者何与？乃顷者摩云洞畔，才一作牛魔王主人，不旋踵而遭此奇祸。虽血雨孽由自作，而发踪实出九头。行者于此，但当歼渠追宝，治老龙以胁从之罪足矣。而乃杀其身，潴其宫，俘其妻，殄灭其子女及孙，不已甚乎？至于元恶大憝之九头，反得翱翔远逝，流毒至今，令人不胜遗恨！①

憺漪子又以为，通天河里的金鱼，"罪重而罚轻"！妖怪的结局，为其行为付出的代价，明显不同。同是妖怪，罪行有轻重，但本质上没有差别，即使如此，也应该罚当其罪，不当上下其手！

那些逃脱罪责，逍遥法外的妖怪，从谱系学上看，多是有后台的。像大鹏金翅雕，和如来佛有亲，如来还是妖精的外甥哩。如来最后把它

---

① 黄周星点评本：《西游记》，中华书局，2009年，第295页。

带回西方极乐世界去受用，许诺："我管四大部洲，无数众生瞻仰，凡做好事，我教他先祭汝口"（第七十七回）。通天河里的金鱼，也让观音菩萨用竹篮带回南海落伽山，重新去装点荷花池了，一点事都没有。而它的手下，那些助纣为虐的水怪鱼精，尽皆死烂，无一幸免（第四十九回）。比丘国国丈，是寿星老儿的坐骑，仍回去做它的本职工作，那个倾国倾城千般笑的白面狐狸，是胁从作恶，却被猪八戒一钯筑死（第七十九回）！——美貌竟然没有在关键时刻产生一点儿实际的效果和利益。

特别是文殊菩萨的坐骑，那个青毛狮子，它是《西游记》中唯一两次从主人那里出走，来人世间纵横为恶的妖精。先是在乌鸡国，篡了王位，高高在上，作威作福三年（第三十九回）。后来，成了狮驼洞的大大王，为恶也变本加厉（第七十四回）。憺漪子对这个狮子精的观感是："在乌鸡国时，略不闻其有砍人之手，有吞人之口；而至此忽咆哮猖獗，不可向迩！"① 就这么阶段性地肆虐人间，残害生灵，事后又回去庄严道场，服务菩萨；劳逸结合，换换频道，新鲜新鲜，轻松得像是虢国夫人游春一样！这些畸轻畸重的处置，大家都恬然不以为意，视若平常，正是《西游记》人情社会的具体体现。

我们除了对一辈子谨小慎微的万圣龙王，风雅自命与人无争的孤直公、拂云叟、凌空子、十八公、杏仙等不幸遭际表示同情外，同时意识到其招来横祸，是因为他们堕入邪魔，走上外道，游离正经，和邪恶势力没有划清界限，有骑墙的嫌疑。如万圣龙王竟然招作恶多端的九头虫做驸马，杏仙动了亲近禁脔的念头。这在关键时刻，往往会引火上身，弄得玉石俱焚，百口莫辩。所以，我们必须坚定地和正义站在一起，对邪恶不可有丝毫的假借、暧昧、纠缠，不要有任何侥幸心理。

---

① 黄周星点评本：《西游记》，中华书局，2009年，第348页。

10. 素酒与荤酒

素酒与荤酒，实质上并无差别，关键是在喝酒的人是否乱性，是否违反佛旨

一

戒酒是佛教中的五戒之一。《西游记》中唐僧曾屡次说酒是僧家第一戒。《水浒传》中五台山的智真长老也对鲁智深说，出家人第一不可贪杯。五台山的门子引用库局里贴的晓示，教训鲁智深："但凡和尚破戒饮酒，决打四十竹篦，赶出寺去！"（《水浒传》第四回）。那么，为什么出家僧尼不能饮酒？

《法苑珠林》卷九十三引《沙弥尼戒经》言，饮酒有三十六失：失道破家，危身丧命，皆由饮酒。牵东引西，持南著北，不能讽经，不敬佛法僧，轻易师友，不孝父母，心闭意塞，世世痴愚，不值大道，其心无识，种种恶行，都由此物引起——所以不准饮酒！欲离五阴、五欲、五盖，得五神通，得度五道，① 不再入生死流转、轮回之苦——所以自觉地戒酒。和尚们说话，喜欢这么疙里疙瘩，东拉西扯。其实就是说，饮酒给个人身心造成了种种伤害，不利于静修和禅定。戒酒是一条印度传统法则，在后世影响非常深远，直到二十世纪，甘地还说："喝酒损坏

> 饮酒给个人身心造成了种种伤害，不利于静修和禅定。

---

① 五阴，即五蕴。阴有遮蔽义，蕴有积聚义，五蕴即：色、受、想、行、识。色，是物质现象界；受、想、行、识，是精神意识方面。五欲，指由色、声、香、味、触引发的欲求，或指财、色、食、名、睡眠。五盖，指贪欲、嗔恚、睡眠、掉悔、疑法，五者盖覆心识，不明善道，不生善法。五神通：不可思议为神，自在无碍为通，大概是佛、菩萨具有的五种能力，天眼通，天耳通，他心通，宿命通，缘觉通。五道，为有情往来之所，即地狱道、饿鬼道、畜生道、人道、天道。

人的身体，摧毁人的道德，降低人的智力，浪费人的钱财。"① 《广弘明集》卷二十六收有梁武帝萧衍《断酒肉文》，则是以行政的强制推行佛教的戒律：

> 若白衣人甘此狂药，出家人犹当诃止，云："某甲，汝就我受五戒，不应如是。"若非受戒者，亦应云："檀越，酒是恶本，酒是魔事，檀越今日幸可不饮。"云何出家人而应自饮！

由此可以看出，五戒，包括酒戒，不但是出家的僧尼所需遵守的条例，而且也是在家居士，即佛教信徒所应遵守的。② 所以，杜甫《饮中八仙歌》说："苏晋长斋绣佛前，醉中往往爱逃禅。"苏晋虽然信奉佛教，却老是为酒所累，破其禅定，影响修为，道行不高，进步不大。

然而，戒酒，真是谈何容易！佛教自身有权实二法，佛经中不少地方提到，在特定场合饮酒，不但无罪，而且有功德；此外因病需用酒作药或药引，也不算破戒。这为佛教徒破除酒戒开了一个方便之门。中国传统文化，对酒也有类似的看法。相传禹恶旨酒，认为国君沉酗于酒，不理政事，可能导致亡国。《尚书》亦有《酒诰》，③ 和大禹持论正同。但另外一种截然相反的观点则认为，酒是有益的。《汉书·食货志》云："酒者，天之美禄，帝王所以颐养天下，享祀祈福，扶衰养病，百福之会，非酒不行也。"说白了就是，有酒喝那是一种福气，酒自身也是借以敬神祈福、开展社交的工具、手段。《西游记》第六十回说："钓诗钩，扫愁帚，破除万事无过酒。男儿立节放襟怀，女子忘情开笑口。"对酒大唱赞歌。总之，积极的看法认为，饮酒适量，有宜于身心健康。这又是中庸哲学的体现了。所以，在中国，佛教徒严格戒酒的并不很多。

---

① 甘地：《圣雄修身录》，新星出版社，2006年，第26页。
② "佛为在家弟子制定不杀生、不偷盗、不邪淫、不妄语、不饮酒之戒法，谓之五戒。"（《辞海》1936年版，影印本，中华书局，1994年，第140页）可见，不饮酒也非唐僧口口声声说的"僧家头一戒"，它排在最后。
③ 蒋伯潜以为是周武王训导其弟康叔而作。（蒋伯潜：《十三经概论》，上海古籍出版社，2010年，第101—2页）

二

《西游记》写菩萨往赴蟠桃宴。因为此前孙悟空偷桃偷酒，弄得荒荒凉凉，席面残乱，菩萨与众仙见毕，很不满意，云："既无盛会，又不传杯"（第六回）！李卓吾在此有旁批："原来上界神佛都不戒酒！"①然而，一般佛教徒到底还是俗人，不能像仙佛那样饮起酒来肆无忌惮，胸胆开张，至少他在表面上还要遵守这条有名无实的戒律。唐太宗给启程往西天取经的三藏饯行，着宫人执壶酌酒，亲自执爵，三藏接了御酒告诉皇帝："酒乃僧家头一戒，贫僧自为人，不会饮酒！"太宗道："此乃素酒，只饮此一杯，以尽朕奉饯之意。"三藏不敢不受，只好勉为其难（第十二回）。这里可以看出，唐僧恪守酒戒，是酒乃有害的这个观念的严格实践者。但太宗持另一种同样源远流长的观点，就是无酒不成礼仪。这两个观点发生冲突，一时好像不可调和。太宗却轻描淡写地用素酒的说法，消解矛盾，使饯行之礼圆满，也使三藏酒戒不破，教义、礼俗并行不悖。世人大抵做如是思想，奢望既能东食，又可西宿，既做淫妇，又立牌坊。却只是镜花水月的白日梦，过屠门而大嚼罢了。但太宗就不一样，像国际间自由穿梭的老练外交家，游刃有余，行若无事，何也？因为绝对优越的权力！一言而为天下法，可谓占尽便宜，出足风头，无往不利！

酒还是原来的酒，但把它叫做素酒，就不是酒了，饮了算不得破戒！

西班牙一主教于星期五斋日出行，打尖客舍中，觅鱼不得而获双鸡，乃命庖烹以为馔。庖大惊怪。主教笑曰："吾以鸡当作鱼而啖之耳。吾乃教士，领圣餐时，使面包为耶稣圣体，则使鸡为鱼，尚是小显神通也。"②

---

① 李卓吾批评本：《西游记》，齐鲁书社，1991年，第72页。李卓吾其实是叶昼假托，不过李贽倒可能看过《西游记》。
② 钱锺书：《管锥编》，三联书店，2007年，第2144页。

太宗皇帝中把酒称为素酒，正和教士赐鸡以鱼名具有同样的功效。不过，素酒，在《西游记》中又有特定的内涵。高老庄上，老高答谢悟空救出自己小女，唐僧收了八戒：

> 高老把素酒开樽，满斟一杯，奠了天地，然后奉与三藏。三藏道："不瞒太公说，贫僧是胎里素，自幼儿不吃荤。"老高道："因知老师清素，不曾敢动荤。此酒也是素的，请一杯不妨。"三藏道："也不敢用酒，酒是我僧家第一戒者。"悟能慌了道："师父，我自持斋，却不曾断酒。"悟空道："老孙虽量窄，吃不上坛把，却也不曾断酒。"三藏道："既如此，你兄弟们吃些素酒也罢，只是不许醉饮误事。"遂而他两个接了头锺。各人俱照旧坐下，摆下素斋（第十九回）。

唐僧在这里认同素酒的说法，明确表示，悟空和八戒不必戒酒，但不可以吃醉误事。唐僧的所谓误事，具体就是对整个取经大业造成不好的影响，或阻碍取经事业开展。就是说，作为佛教徒，唐僧认为，适量饮酒，不算破酒戒。这实际上是在对针锋相对的两种饮酒观进行调和。素酒，在这里是从它产生的实际反应、效果来界定的，吃的酒未使当事人沉醉，未使其身心失去自制力，这样的酒是素酒。

八戒在自报家门时，说到当年饮酒乱性，准确地说是他借酒显出本性，云：

> 只因王母会蟠桃，开宴瑶池邀众客。那时酒醉意昏沉，东倒西歪乱撒泼。逞雄撞入广寒宫，风流仙子来相接。见他容貌挟人魂，旧日凡心难得灭。全无上下失尊卑，扯住嫦娥要陪歇。再三再四不依从，东躲西藏心不悦。色胆如天叫似雷，险些震倒天关阙。纠察灵官奏玉皇，那日吾当命运拙。广寒围困不通风，进退无门难得脱。却被诸神拿住我，酒在心头还不怯（第十九回）。

八戒饮酒沉醉，忘乎所以，以至乱了伦常，失了尊卑。正是一个饮酒误事的典型，他饮的酒就不能称为素酒。从效果上说，与素酒相对

（吃的酒未使当事人沉醉，未使其身心失去自制力，这样的酒是素酒。）

的是荤酒。半截美人把唐僧捉去，整治酒席，露尖尖之玉指，捧晃晃之金杯，满斟美酒，递与唐僧，口里叫道："长老哥哥妙人，请一杯交欢酒儿。"三藏羞答答接了酒，望空浇奠，暗祝："今在途中，被妖精拿住，强逼成亲，将这一杯酒递与我吃。此酒果是素酒，勉强吃了，还得见佛成功。若是荤酒，破了戒，永堕轮回之苦！"孙悟空暗中监护，知师父平日好吃葡萄做的素酒，叫他不妨吃一锺。唐僧也就干杯了（第八十二回）。

这里，荤酒、素酒就是从效果上说的。唐僧深怕自己没有多大酒量，酒的劲道过大，饮了，会使自己乱了性，听任美人摆布，身不由己地破了色戒，那样后果将不堪设想——须知，色和酒的严重性在佛教里是不可同日而语的！天蓬元帅就是前车之鉴。悟空却知此酒劲道不大，师父虽酒量甚浅，饮一杯也不至于沉醉，猖狂乱行，所以放心地劝他吃。这一段另外还透露出一个信息，就是唐僧平日好吃葡萄酒。

唐僧师徒取经一共用了14年时间，朝夕相处，彼此日常作为、习性，相互都是知道的。唐僧半夜梦醒，呼叫徒弟，徒弟！八戒懵懵懂懂地，抱怨道："什么土地土地！当时我做好汉，专一吃人度日，受用腥膻，其实快活。偏你出家，教我们保护你跑路！原说只做和尚，如今拿做奴才，日间挑包袱牵马，夜间提尿瓶务脚"（第三十七回）！八戒是牢骚话，说明唐僧的私生活，徒弟们都了如指掌。那么，唐僧何以吃酒？首先，是因为在观念上，他把适量饮酒看作是正当的，不算破戒。其次，唐僧长年远离乡国，路途辛劳，处境险恶，动不动就被妖精捉去，随意摆布他，或要吃掉，不但处于焦虑之中，而且担惊受怕，可说是身心交瘁。而酒能解忧，不是被叫做扫愁帚吗？所以，唐僧在生理上是需要这个酒来滋润的。第三，他的三个徒弟都是饮酒的，在这样的环境中，难免会受濡染。可见，悟空说唐僧平日好吃葡萄酒，是可信的。那么唐僧从什么时候开始吃点酒了呢？宝象国国王要八戒去解救被黄袍怪掳去的百花羞公主：

> 即命九嫔妃子："将朕亲用的御酒，整瓶取来，权与长老送行。"遂满斟一爵，奉与八戒道："长老，这杯酒聊引奉劳之意。

唐僧因为平时压力太大，所以喝酒。

待救回小女,自有重谢。"那呆子接杯在手,人物虽是粗鲁,行事倒也斯文,对三藏唱个大喏道:"师父,这酒本该从你饮起,但君王赐我,不敢违背,让老猪先吃了,助助兴头,好捉妖怪。"那呆子一饮而干,才斟一爵,递与师父。三藏道:"我不饮酒,你兄弟们吃罢。"沙僧近前接了(第二十九回)。

八戒必然是因为唐僧平时也吃点酒,所以才斟一爵奉予唐僧。而唐僧却否认自己饮酒,为什么?须知,这是庄严的公开场合。公开场合与私下场景是不同的:唐僧是取经事业的负责人,决不愿给人以酒戒都不守的印象。那样可真是唐僧说的饮酒误事了!所以,通天河边,老陈和唐僧师徒赏玩雪景:老陈问四人,可饮酒么?三藏道:"贫僧不饮,小徒略饮几杯素酒"(第四十八回)。

但《西游记》中,却有一处,唐僧明确自言未曾戒酒。当时,西梁女国国王要与唐僧成亲,八戒嚷着要喜酒吃,女王赶紧让光禄寺安排筵宴,又问御弟哥哥,你吃荤吃素?三藏道:"贫僧吃素,但是未曾戒酒。须得几杯素酒,与我二徒弟吃些"(第五十四回)。在这回的酒席上,唐僧还给女王敬了酒。为什么唐僧在女王面前说出未曾戒酒的实话呢?按照寻常心理,美貌的女王对自己一往情深,以身相许,唐僧内心深处不可能古井不波。但他考虑到自家的取经事业,不能不舍弃恩爱。此前,他和悟空商量好,假作要和女王成亲,待手续办妥,启行之后,再由悟空用定身法定住女王及其随从——由此让唐僧脱身西行,赶上取经队伍。女王此时深陷阴谋而不知,尚在预期着将来的甜蜜。唐僧本来心软性善,在女王身边,见此情景,焉能不黯然神伤,怎能在饮酒之类小问题上再撒谎!所以,唐僧此时自言未曾戒酒,正是当然,必然,深合于心理学上所谓补偿心理(complement)。

接下来,八戒吃了五七杯酒,口里嚷道:"看添换来!拿大觥来!再吃几觥,各人干事去。"女王闻说,即命取大杯来。近侍官连忙取几个鹦鹉杯、鸬鹚杓、金叵罗、银凿落、玻璃盏、水晶盆、蓬莱碗、琥珀锺,满斟玉液,连注琼浆,果然都各饮一巡。八戒虽然豪饮,但并未饮酒误事。在唐僧眼里，八戒仍然是吃的素酒。悟空没有八戒那么大酒量，非常谨慎，饮酒时遵循教诫，不敢破荤。他假扮牛魔王，来见罗刹女。美人整治酒席为他接风，他让罗刹女饮了头杯，然后斟满酒，回敬美女。两人谦谦让让，然后方才坐下巡酒。悟空不敢破荤，只吃几个果子。酒至数巡，罗刹女吃得半酣，色情微动，和孙大圣挨挨擦擦，搭搭拈拈，携着手，俏语温存，并着肩，低声俯就。将一杯酒，你喝一口，我喝一口，却又哺果①。大圣假意虚情，相陪相笑，没奈何，也与她相倚相偎（第六十回）。

这里破荤的荤，是指罗刹女整治的菜肴中的肉类和五辛类食物，另外也有如果过量饮酒以至乱性，面对美女攻势，将会破了色戒。俩人虽有身体接触，但未发生性关系，所以孙大圣并未破荤。大圣虽像《金瓶梅》里的嫖客在丽春院吃花酒一样，却算不得荤酒，仍是素酒。后来，悟空被狮子精吞下肚去，老魔欲要吃几锺药酒，药杀悟空；于是让斟了一锺酒：

> 老魔接在手中，大圣在肚里就闻得酒香，道："不要与他吃！"好大圣，把头一扭，变做个喇叭口子，张在他喉咙之下。那怪咽的咽下，被行者咽的接吃了。……一连咽了七八锺，都是他接吃了。原来这大圣吃不多酒，接了他七八锺吃了，在肚里撒起酒风来（第七十五回）。

悟空在此饮酒，有点像《水浒传》里鲁智深说的不管什么浑清白酒（第五回）！而且他喝到撒酒疯，就是说，从生理反应上看，已经醉了。前面唐僧曾给徒弟们规定：饮酒，可以，但不许醉饮误事。悟空虽然醉饮，大发酒疯，却未误事。甚至可以说，正因为他发酒疯，闹腾得厉害，老魔被折腾得受不了了，才不得不答应用轿子抬唐老爷，给师徒四人送行。即，悟空醉酒而能成事，合于佛经所说的酒戒权法，大有功

---

① 哺果，是男女间一种带点色情味道的游戏。一方把含在口中的果子，不用手，而用唇舌直接传移到对方的口里，实际上是变相的接吻。

德！所以，唐僧听到大徒弟的汇报后，非常赞许、感激，反而对悟空躬身致谢、慰劳。

从以上两个例子，可以看出，僧家吃的所谓素酒，和世俗所吃的酒无本质差异，仅是名义上的强生分别，巧立名目。其目的在调和酒戒与世俗关系，同时既能满足佛教徒的口腹之欲，又能不违佛旨。当然，从效果上说，素酒就是不会使饮者沉醉乱性的酒；从品性上说，就是酒精度较低，没有过强刺激性味道。具有这样品性的酒，往往是甜酒，比如米酒或葡萄酒。所以，前面悟空说唐僧好吃葡萄做的素酒，又有香糯酒（第二十三、八十八回）。就是说，从滋味上讲，葡萄酒和糯米酒，都属素酒，这一般不会引出什么乱子。

三

《水浒传》中也有几处提到素酒、荤酒。这和《西游记》里素酒、荤酒内涵不甚相似。鲁智深到桃花庄借宿：太公问师父吃不吃荤腥？鲁智深道："洒家不忌荤、酒，遮莫甚么浑清白酒都不拣选；牛肉狗肉，但有便吃。"太公便道："既然师父不忌荤、酒，先叫庄客取酒肉来"（第四回）。

这里说的荤酒，是两个词：荤，是指肉类食物，酒则浑清白酒都是。《水浒传》里素酒，大多也是两个词：素，指肉类、五辛以外的蔬食，酒则不拘种类。李逵随戴宗到蓟州，戴宗以神行法为由，要这黑厮沿途吃素。在客店打尖，李逵搬了一碗素饭，并一碗菜汤，来房里与戴宗吃，自己躲到门外，讨了两角酒，一盘牛肉，立在那里乱吃——戴宗看在眼里。次日，路上李逵受到戴宗耍弄，受了教训，此后沿途，只是素酒素饭（第五十二回）。

从上下文可以看出，戴宗追究的是李逵背地吃肉，而非饮酒，所以李逵偷吃的两角酒，按《西游记》的定义法，也算是素的。这里似乎产生了一个矛盾：五台山的和尚是禁止饮酒的，不讲什么荤素，凡酒皆是违禁品！戴宗却不在意酒，只不准吃肉！须知戴宗的神行法，是道教法术，故他不理会佛教戒律也。何况，《水浒传》中的和尚，不守酒戒的正多，甚至有自家酿酒的！裴如海阇梨在报恩寺招待情人潘巧云和其父：先是两盘日常里藏下的希奇果子，异样菜蔬并诸般素馔之物，排一春台。阇梨道："干爷多时不来，试尝这酒。"老儿饮罢，赞道：好酒，端的味重！阇梨道：这酒，是前日一个施主家传得此法，做了三五石米，明日给干爷送几瓶去（第四十五回）。

裴如海虽未动腥荤，但他破了色戒，哪还在乎酒戒；一不做，二不休，懒得用素酒的说法来文饰。他和鲁智深虽人品有邪正之分，都是和尚，却都非皈依三宝的虔诚教徒。这也正是他们和《西游记》里的唐僧师徒的区别：唐僧师徒是不折不扣的佛门弟子。这也是素酒、荤酒用法差异、内涵不太一样的根本原因。

而且，酒戒到后世，越来越丧失了它的威力。《儒林外史》写甘露寺的老僧，答谢左邻右舍帮助处置牛布衣丧事，煮了一顿粥，打了一二十斤酒，买些面筋豆腐干青菜之类，请大家吃饭（第二十回）。按五台山门子对鲁智深的判决：纵容醉的僧人入寺，得吃十下竹篦！这老僧恐怕也有许多竹篦吃哩——所幸他在水浒传的围墙外活动。况且，时代也不同了，所以老僧不把饮酒当回事儿，也不需要素酒、荤酒这样的词儿，牵强附会，遮饰门面，与人阋阋置辩！

11. 取经行李

> 取经行李中的物品可以看到唐僧的生活格调，挑行
> 李的任务分配可以看出取经团队的个体关系

《西游记》中，取经的行李自唐僧从长安出发就出现了（第十三回），直到取得真经，这个行李又从西天被挑回东土（第九十八回）。可以说，行李贯穿取经的整个进程。而且取经行李始终和取经人形影不离——比如，在灭法国，为躲避搜捕，隐藏身份，四众躲入寡妇客栈的一个大柜子里睡觉，天气炎热，地方拥挤，又不透风，尚且要把行李拖入（第八十四回）。取经行李的重要性显然可见。回程中，四众功行圆满，由八大金刚护送，取经行李由沙僧挑着，没费什么事儿就径回东土。但去时就没那么顺利，行李问题也复杂得多。

一

出长安时，取经行李只是两个包袱，由唐僧的两个从者背着。他们离开大唐山河边界的福原寺后，两个从者被熊山君等妖怪吃掉，唐僧只好将包袱捎在马上（第十三回）。在两界山，唐僧收孙悟空做徒弟，行者请师父上马，自己在前边，背着行李，拐步而行（第十四回）。孙行者背的就是唐僧离开长安时带的那两个包袱。很快，这两个包袱就变成一担行李，行者挑着行囊，或者说，担着行李（第十五回）。就是，取经行李作为担子，要用肩挑，是由孙悟空开始的，而且此后再也未变，虽然挑担人换了。离开高老庄，猪八戒加入取经队伍，就此收拾了一担行李，由这位新进徒弟担着（第十九回）。此后，这副行李担子，主要就是八戒用肩挑着。

按常理，在流沙河，收服了沙和尚，八戒也成了二师兄，这个行

李担子自然而然地要由沙和尚负责。利益攸关,猪八戒当然迫不及待,也提出这个问题,旁敲侧击地。他抱怨说:"自过了流沙河,这一向爬山过岭,身挑着重担,老大难挨也!"八戒对行者道:"哥哥,你看这担行李多重?"行者道:"兄弟,自从有了你与沙僧,我又不曾挑着,哪知多重?"并吩咐他与沙僧,专管行李、马匹。八戒对行者说:"我晓得你尊性高傲,定不肯挑行李,但师父骑的马,那般高大肥盛,只驮着老和尚一个,叫它带几件儿,也是弟兄之情。"行者明确告诉八戒,你莫攀它!拒绝了这个建议(第二十三回)。从大师兄的话里,我们知道,沙僧加入取经队伍后,担负行李、照看马匹是八戒和沙僧的共同任务。那为什么后来担负行李主要成了八戒的责任呢?

因为八戒接下来的表现起了决定作用。这就是"四圣试禅心"一回,八戒妄想那个有三个女儿的富裕寡妇把自己招为上门女婿,而沙僧则凡心未动,经受考验,有德无俗。所以,取经队伍的最高领导唐僧明确表态:"那呆子虽是心性愚顽,却只是一味蒙直,倒也有些膂力,挑得行李,还看当日菩萨之念,救他随我们去罢"(第二十三回)。八戒自己也表示忏悔,服从上级安排:"从今后,再也不敢妄为。就是累折骨头,也只是摩肩压担,随师父西域去也"(第二十四回)。事情非常明白:不论当事人,还是最高领导都认为,把取经行李担到西天,是猪悟能的责任!

八戒虽这样说,但他实际上还是想摆脱这个负担,而这只有把孙悟空从取经队伍中排除出去,实现取经职责重新分划,八戒才有可能摆脱负担。所以在"尸魔三戏唐三藏"一回,八戒不断进谗言,就毫不奇怪了。唐僧终于一纸贬书,把这碍事的猴子赶走了(第二十七回)。八戒后来也承认:前者在白虎岭上,打杀了那白骨夫人,大师兄怪我撺掇师父念紧箍儿咒(第三十回)。行者被撵走,八戒自然而然接替行者的职责,西行时前边开路,相应地挑行李的任务就落在沙师弟的肩头(第二十八回)。

八戒虽然不用挑行李,但更大的问题也接踵而至。首先得给师父化斋,八戒办不到,哀叹:"当年行者在日,老和尚要的就有;今日轮到我的身上，诚所谓当家才知柴米价，养子方晓爹娘恩——公道没去化处"（第二十八回）！这还是小事，更严重的是他和沙僧都没有降妖伏魔的本事，没有孙悟空，取经队伍寸步难行，危在旦夕。八戒自然也认识到情况严重，不得不心悦诚服、低三下四地去把大师兄请回来。师徒们一心同体，共诣西方（第三十二回）。经过这番波折，八戒只好服服帖帖接受挑担的任务，像沙僧劝他的那样且只捱肩磨担（第四十三回）！再无异议。当行者在宝林寺救活乌鸡国王，吩咐八戒："你把那一担儿分为两担，将一担儿你挑着，将一担儿与这皇帝挑。"八戒欢喜得很，就弄玄虚，将行李分开，问寺中取条扁担，轻些的自己挑，重些的叫那皇帝挑着。接下来知道皇帝进城就不挑担了，八戒大为泄气，道："这等说，他只挑四十里路，我老猪还是长工"（第三十九回）！行者也对外人说："那个长嘴的，是我雇的长工，只会挑担"（第九十七回）。可见，西天路上，挑担的任务实际上就是由八戒承担着，毫无疑问。这一点在如来佛给取经人的表彰总结中说得毫不含糊："因汝挑担，有功，加升汝职，正果，做净坛使者"（第一百回）。

> 西天路上，挑担的任务实际上就是由八戒承担着。

二

那么，取经的行李中到底有什么？八戒对之有总结："四片黄藤篾，长短八条绳。又要防阴雨，毡包三四层。扁担还愁滑，两头钉上钉。铜镶铁打九环杖，篾丝藤缠大斗篷"（第二十三回）。八戒把唐僧的九环锡杖也算在行李内，并不是胡搅蛮缠！从通天河冰面上走的时候，八戒出于好意，把九环锡杖递与唐僧，叫师父将之横担在马上。反而惹得行者喝骂："这呆子奸诈！锡杖原是你挑的，如何又叫师父拿着"（第四十八回）？九环锡杖是挂杖，长物，不能打包，犹且被算作行李，由八戒挑，其它那些可以打包的物件当然更得由八戒挑了。九环锡杖，属于唐僧的个人用品，另外还有锦襕袈裟，是件宝物，也是唐僧参加正式场合——如上朝倒换关文——的礼服，平时不用，是用两层油纸裹定，放在包袱里的（第十七回）。唐僧置在行李中的个人物品，还有八戒所

> 锦襕袈裟。

谓的篾丝藤缠大斗篷,防备日晒雨淋而戴的斗笠(第二十八回)。公用物品则有铺盖(第二十一回),就是晚上休息盖的被子、铺的褥子。"四圣试禅心"一回,早上醒来,他们发现夜里原来露宿在外,由沙尚卷起铺盖,收拾担子——因为昨夜八戒欢天喜地地去撞天婚,不和大伙在一处。西天取经,多在荒山野岭间出没,师徒们晚上不一定能找到住宿的地方,这样的时候并不少;所以铺盖必须带着。唐太宗所赐予三藏的紫金钵盂(第十二回),是路上化斋、取水所必需,甚至行者去南山摘桃子,也要取了钵盂,摘几个桃子,放里面,再托着钵盂回来(第二十七回)。行李中还有各人的衣物。唐僧驱逐悟空,八戒劝唐僧把那包袱内的什么旧褊衫、破帽子,分两件与他罢(第二十七回)。祭赛国国王感谢唐三藏师徒获宝擒怪,赠与颇丰,但所赠金玉,他们分毫不受。没办法,国王命当驾官照依四位常穿的衣服,各做两套,鞋袜各做两双,绦环各做两条,外备干粮烘炒(第六十四回)。比丘国百姓感激取经僧救护小儿,纷纷做僧帽、僧鞋、褊衫、布袜,里里外外,大小衣裳,都来馈送(第七十九回)。在天竺国玉华府,王子命针工,照依色样,取青锦、红锦、茶褐锦各数匹,与新拜的三位师父行者、八戒、沙僧各做一件衣服。三兄弟欣然领受,各穿起锦布直裰,收拾了行装起程(第九十回)。当然,他们是行脚僧,衣服并不多。

行李中还有钱钞。他们坐筏子过了鹰愁涧,三藏叫行者解开包袱,取出大唐的几文钱钞,送与老渔翁,表示酬谢(第十五回)。在女儿国,摆渡过河,身登西岸,长老教沙僧解开包,取几文钱钞与艄婆,算是过渡费(第五十三回)。收服红孩儿后,在火云洞,行者叫沙僧将洞内宝物收了(第四十三回)。天竺国国王取黄金十锭,白金二十锭,八戒也不客气,即去接了(第九十四回)。在青龙山玄英洞,除掉犀牛怪,八戒与沙僧将他洞内细软宝贝,搜出一石,搬在外面(第九十二回)。这些宝贝、金银都成为取经行李中的物品,但有些很快就被支散出去,连曾经攒了四钱六分银子私房钱的猪八戒(第七十六回),也把战利品——洞内搜来的宝贝,每样各笼些须在袖,以为各家斋筵之赏(第九十二回)。

行李中还有八戒所谓的日销货。女儿国国王赐给师徒御米三升,八戒就接了，捎在包袱之间。行者问八戒，行李现今沉重，且倒有气力挑米？八戒笑道："你那里知道，米好的是个日消货，只消一顿饭，就了帐也"（第五十四回）。在五庄观，唐僧吩咐八戒解包袱，取些米粮，借观里的锅灶，做顿饭吃，待临行，送道士们几文柴钱便罢了（第二十四回）。都表明行李中有时候有粮食，另外可能还有干粮。唐僧对行者说："我那包袱里，还有些干粮""你去拿钵盂寻些水来，等我吃些儿走路罢。"行者去解开包袱，见其中有几个粗面烧饼（第十四回）。

> 行李中还有一些文化用品。带有佛经、通关文牒。

而且，行李中还有一些文化用品。唐僧坚执要逐退行者，叫沙僧包袱内取出纸笔，现场办公，即于涧下取水，石上磨墨，写了一纸贬书（第二十七回）。纸、笔、墨都是打包在行李中，随身带着的。三个徒弟都睡了，三藏坐于宝林寺禅堂中，在灯下念一会《梁皇水忏》，看一会《孔雀真经》，一直坐到三更时候，却才把经本包在囊里（第三十七回）。可见，唐僧虽然是去西天取经，但路上还带有佛经，随时温习！行李中还有一件非常重要的东西，就是所谓的通关文牒，放在引袋儿内——大概类似于文件夹——这张文牒上面有各国的宝印花押（第九十七回）。那是西行经过各国的书面证明。回答二十八宿之一的亢金龙对自己重物轻人的指责时，行者道："人固要紧，衣钵尤要紧——包袱中有通关文牒、锦襕袈裟、紫金钵盂，俱是佛门至宝，如何不要"（第六十五回）！唐僧在西天雷音寺大雄宝殿前拜见佛祖，将通关文牒奉上，如来一一看了，还递与三藏（第九十八回）。显得郑重其事。

这样看起来，八戒所担的行李也不是很重。但要知道，上西天的路程有十万八千里。在高老庄的前一站，观音禅院，三藏说：出长安边界，有五千余里，过两界山，收了一个小徒，一路来，行过西番哈咇国，经两个月，又有五六千里，才到此处（第十六回）。又行了五七日荒路，到高老庄（第十八回）。五七日，也就走得千把里地。就是说，唐僧在遇见八戒时，西天之路只走了一万里多点儿，剩下的近十万里，取经行李主要由八戒来负担！用八戒自己的话说，就是远路没轻担（第八十回）！从时间上说，唐僧是贞观十三年九月望前三日开始西行（第十三回），到高老庄是春过半（第十八回），就是二月中旬。可知共用了五个月时间。而西天取经，总共用了十四年时间（第一百回），就是说，在此后的十三年七个月的时间里，取经行李基本上就是八戒负担着！

三

当然，有不少时候，取经行李由沙僧挑。第一种情况是，悟空不在取经队伍中。前面悟空被唐僧一纸贬书逐走，就是这样；后来，悟空又不听劝说，打杀强盗，再被逐出取经队伍，唐僧对徒弟进行重新分工，叫八戒引马，沙僧挑担，连马四口，奔西走（第五十七回）。在金兜山，悟空去化斋未回，八戒怂恿下，三个人出了悟空用金箍棒划的圈子，八戒牵马，沙僧挑担，那长老顺路步行前进（第五十回）。就是说，孙悟空即使暂时不在，取经队伍要行动，担负行李的任务也相应地转移到沙僧身上。

第二种情况是，取经四众俱在，八戒另有差使，则行李由沙僧负责。如，过八百里稀柿衕，八戒受命用他的莲蓬嘴拱路前行，行者叫沙僧好生挑担，请师父稳坐雕鞍（第六十七回）。在隐雾山，八戒同意充当先锋，去打杀那三四十个喷风嗳雾的小妖，行者喜欢，即忙备了马，请师父骑上，沙僧挑着行李相随（第八十五回）。在天竺国铜台府地灵县，行者打跑强盗，将那些赃物，收拾了，驮在马上，又教八戒挑了一担金银，沙僧挑着取经行李，唐僧也步行（第九十七回）。而取经功德圆满，行李所以由沙僧挑回东土，也是因为八戒受命担取回的佛经。佛经有五千零四十八卷，乃一藏之数——收拾齐整驮在马上，剩下的还装了一担，八戒挑着；取经行囊，就是行李，沙僧挑着（第九十八回）。

这两种情况下，沙僧负担行李，可以说都是出于取经事业的需要。还有第三种情况，则是八戒个人造成的。在黑水河，八戒和唐僧被鼍怪捉到水底，赤条条都捆在那里，灭了妖怪之后，沙僧即忙解了师父，河神亦随解了八戒，一家背着一个出水面，径至岸边。在这种状况下，八戒体力不济，西行，就只能暂时由沙和尚挑行李了（第四十三回）。在女儿国，八戒因喝了子母河水而怀孕，肚子痛，用落胎泉水打胎，次日西行，身体尚弱，所以只能由沙和尚挑着行囊（第五十三回）！端午节前后，四人行到一段平阳之地，猪八戒卖弄精神，教沙和尚挑着担子，他双手举钯，上前赶马（第五十六回）。这让我们感到，八戒和沙僧在行李担运上，配合默契，合作愉快；其实，在担负行李上，行者对八戒也是体谅的。如，唐僧坐轿过狮驼岭，行者即命八戒将行李捎在马上（第七十六回）。

可见，取经队伍在对待行李的问题上，并非不顾实际地一味责成八戒。行者因沙僧和八戒的疏忽，使金鼻白毛老鼠精趁机摄走唐僧，发怒要打杀二人，自己去救师父，沙僧说："无我两个，真是单丝不线，孤掌难鸣。哥啊，这行囊马匹，谁与看顾？宁学管鲍分金，休仿孙庞斗智。自古道，打虎还得亲兄弟，上阵须教父子兵，望兄长且饶打，待天明和你同心戮力，寻师去也"（第八十一回）。沙僧主动地把行李马匹看作自己和八戒的共同责任，这是非常可贵的协作精神的表现。可以说，就行李问题，取经人在认识上和利益上具有一致性，在实际开展中，具有机动性、灵活性，因时制宜，相互协助，表现出良好的团队精神。这也正是经受万千磨难，取经终得正果的根本原因。

12. 隐蔽的财产

取经团队在漫长的路途中积累了一笔隐秘的财富，
这财富有着更为深远的用处

一

唐僧师徒往西天取经，在六百里钻头号山，被圣婴大王将唐僧和八戒捉进枯松涧火云洞。悟空请得观音菩萨来，将圣婴大王收去做善财童子。行者和沙僧，举兵器齐打入洞里，剿净了群妖，救下唐僧、八戒。悟空叫沙僧将洞内宝物收了，且寻米粮，安排斋饭。然后，笃志投西（第四十三回）。要知道，圣婴大王聚敛的宝物，数量相当可观。

圣婴大王所霸占的号山，十里一山神，十里一土地，共该三十名山神，三十名土地。他们来见孙悟空，是一伙穷神，都披一片，挂一片，裙无裆，裤无口的。众神告诉行者，此山只有得一个妖精，把我们头也摩光了，弄得我们少香没纸，血食全无，一个个衣不充身，食不充口！妖精神通广大，常常把我们山神土地拿了去，烧火顶门，黑夜与他提铃喝号，小妖儿又讨甚么常例钱。没钱与他，只得捉几个山獐野鹿，早晚间打点群精；若是没物相送，就要来拆庙宇，剥衣裳，搅得我等不得安生（第四十回）！圣婴大王，可谓是不遗余力，拼命敛财。司马迁说，"廉吏久，久更富"；（《史记》卷一百二十九）钱锺书解释，"吏廉则不至以贪墨败而能久于其位，久于其位则虽廉而亦自能富"。[①] 它在民间有一个更通俗、更流行的说法，"三年清知府，十万雪花银"（《儒林外史》第八回）。"一任扬州府，十万雪花银"（《绘芳录》第五十五回）。"三年穷知府，十万雪花银"（《雅观楼》第十二回）。准此惯例，火云洞中的

---

① 钱锺书：《管锥编》，三联书店，2007年，第614页。

宝物有多少，我们自可意会。取经集团把它全部收走，竟然连一分一厘都没有用于救济那些穷得令人发窘的土地、山神！严格说来，其中有些就是这些穷神被剥削去的血汗钱。

在豹头山虎口洞，孙悟空打败黄狮精，将他洞里细软物件，通通带出（第八十九回）。在竹节山九曲盘桓洞，九灵元圣——九头狮子精被收服，悟空、八戒共搜他洞里物件（第九十回）。这两宗财宝，也都取回。在二十八宿的四木星帮助下，孙悟空把那三只犀牛精杀掉，将六只犀角解下来。其中四只犀角，悟空让四星拿上界去进贡玉帝，回缴圣旨，留一只在金平府堂镇库，带一只去献灵山佛祖（第九十二回）。八戒与沙僧将玄英洞内细软宝贝——有许多珊瑚、玛瑙、珍珠、琥珀、砗磲、宝贝、美玉、良金，搜出一石。当地有二百四十家灯油大户，因悟空灭了犀牛精，各家不用年年贡酥合油，对取经僧非常感激：这家酬，那家请，略无虚刻。八戒遂心满意受用，把洞里搜来的宝物，每样各笼些在袖中，以为各家斋筵之赏。起身西行时，唐僧吩咐悟空，将余剩的宝物，尽送慈云寺僧，以为酬礼。就算是把玄英洞的宝物用尽了（第九十二回）。只怕未必。

唐僧留在天竺国做驸马，三个徒弟启程西行，国王打发他们：取黄金十锭，白金二十锭，聊达亲礼。八戒原来财色心重，即去接了（第九十四回）。锭就是民间所谓的元宝。赵翼说："各省解部正课银每锭五十两，名曰元宝"，并引《辍耕录》载：至元十三年，元师平宋，回至扬州，伯颜令搜检将士所得撒花银子，销铸作锭，每锭重五十两，其字号曰扬州元宝。就是说，八戒收下的是五百两黄金、一千两白银。关于金银的比价：我们看《金瓶梅》中黄四拿三十两金子，抵他欠西门庆的一百五十两银子，（《金瓶梅》第四十三回）。可知金银兑换是一比五。就是说，八戒受的礼，相当于三千五百两白银。我们再看这些银子的购买力：黄狮精要开钉钯宴，让刁钻古怪、古怪刁钻两个狼头精拿二十两银子去集上买猪羊。悟空、沙僧化作二精，赶着八口猪、七腔羊，回来，告诉老板，还欠人家五两银子。就是说，八口猪、七腔羊的价值是二十五两银子（第八十九回）。换算一下，三千五百两银子，可以买得九百六十只猪和八百四十只羊。① 可见，天竺国的礼也挺重的！

可见，师徒四人手头是有不少财宝的。那么，为什么到了灵山，见了如来，取得真经，阿难、伽叶索要人事时，唐僧一口回绝？只说："来路迢遥，不曾备得"（第九十八回）。连那只许诺要送给如来的犀角也一字不提！唐僧回东土后，还向唐太宗诉苦：那尊者需索人事，因未曾备得，不曾送他，他遂以经与了，后发现是无字经本，再返灵山，只得将钦赐紫金钵盂送他，方传了有字真经（第一百回）。这些财宝，可能真不在取经行李内。师徒们从铜台府地灵县的寇员外家启程，路遇一伙强盗，八戒曾说悟空身上又无钱财，包袱里又无金银（第九十七回）。当师徒四人被当成强盗关进铜台府的牢狱，禁子们又来乱打：

> 三藏苦痛难禁，只叫："悟空！怎的好，怎的好！"行者道："他打是要钱哩。常言道好处安身，苦处用钱。如今与他些钱，便罢了。"三藏道："我的钱自何来？"行者道："若没钱，衣物也是，把那袈裟与了他罢。"三藏听说就如刀刺其心，一时间见他打不过，只得开言道："悟空，随你罢。"行者便叫："列位长官，不必打了。我们担进来的那两个包袱中，有一件锦襕袈裟，价值千金。你们解开拿了去罢。"众禁子听言，一齐动手，把两个包袱解看。虽有几件布衣，虽有个引袋，俱不值钱（第九十七回）。

---

① 此文写就后，偶见[明]雷梦麟《读律琐言》后有《奏行时估例》云："金一两，四百贯；银一两，八十贯。"则金银比价正是一比五。又，"大猪一口，八十贯；羊一只，四十贯。"（[明]雷梦麟《读律琐言》，法律出版社，1999年，第539—544页）那么，准此，八只猪、七只羊，价值是十一两八钱银子。假刁钻古怪、古怪刁钻比真古怪刁钻、刁钻古怪，还要刁钻——两个小妖，当时商量，拿老板批下的二十两银子，"先吃几壶酒儿，把东西开个花帐儿，落他二三两银子，买件绵衣过寒"。（《西游记》第八十九回）。结果到行者、沙僧手里，价格竟翻了一倍多！额外加了十三两八钱银子，而黄狮精竟然毫不怀疑——可能是新得了美人，又得了钉钯等宝物，"十分快活"，不屑于计较这些鸡毛蒜皮。如此看来，行者倒是报虚帐的高手哩。简单一点说，按这里的市价，3500两银子，能买3500只大猪，或7千只羊。天竺国的礼比原先估算的购买力加强了一倍多！

看来，这些财宝的确没有随身带着，所以到西天，需要送礼，被人索要人事时，他们只拿得出那个紫金钵盂。那么这些财宝到哪里去了？

二

我们先来看西天路上，取经集团是怎么和财物打交道的。在高老庄，为感谢悟空降服他的妖怪女婿，师徒临出发时，老高将一红漆丹盘，拿出二百两散碎金银，奉三位长老为途中之费。三藏道："我们是行脚僧，遇庄化饭，逢处求斋，怎敢受金银财帛"（第十九回）？拒收。乌鸡国王因为悟空帮助，才得死而复生，重登王位，他将镇国的宝贝、金银、缎帛，献与师父酬恩，那三藏分毫不受（第四十回）。陈家庄的陈澄、陈清，感谢行者、八戒救了儿女，捧出一盘银子，行者用指尖儿捻了一小块而已（第四十八回）。

师徒设计骗女儿国王，唐僧留下和女王成亲，三个徒弟往西天取经，女王又赐出碎金碎银一盘，下龙床递与行者，行者都未受（第五十四回）。

在悟空、八戒帮助下，金光寺塔上宝贝失而复得，重放光明，祭赛国国王十分感激，送唐僧师徒，赐金玉酬答，师徒们坚辞，一毫不受（第六十三回）。

在驼罗庄，行者同意为他们除掉危害当地的蟒精。众人问：拿住妖精，你要多少谢礼？行者道："我等乃积德的和尚，决不要钱。出家人，但只是一茶一饭，便是谢了"（第六十七回）。比丘国国王，感谢行者灭掉妖精，搭救了1111个小儿，使自己迷途重返，拿出两盘散金碎银，奉为路费，唐僧坚辞，分文不受（第七十九回）。凤仙郡在悟空帮助下，天降澍雨，解除干旱，那一郡人民，知久留不住，各备贶仪。师徒们分文不受（第八十七回）！悟空灭妖后，找回天竺国真公主，国王取金银二百锭，宝贝各一盘奉谢，师徒们一毫不受（第九十五回）。

西行路上，对于钱财，取经集团基本上是分文不取

可见，西行路上，对于钱财，取经集团基本上是分文不取。唐僧说，不敢取，也不敢拿出来花！悟空说是，我们是积德的和尚。不取钱

财，唐僧、悟空的动机是有微妙差别的：唐僧是严守佛教戒律，唯恐取之会破戒；悟空则是一味好胜，要留个好的名声。他见七个蜘蛛精脱了衣服下水，要打她们，怕低了名头，是以不曾动棍（第七十二回）。此种例子很多。

蓄积财宝，实乃佛教之大忌。我们看《金刚经》开头：

> 如是我闻：一时佛在舍卫国祇树给孤独园，与大比丘众千二百五十人俱。尔时，世尊食时，著衣持钵，入舍卫大城乞食。于其城中，次第乞已，还至本处，饭食讫，收衣钵，洗足已，敷座而坐。

佛祖尚犹托钵乞食，唐僧正走在救赎罪愆的路上，敢蓄积财宝，随意花销？！唐僧所以有今天的磨难，大家都知道是因为作佛二弟子时，"不听佛祖谈经"（沙僧语，第五十七回），如来当面训诰唐僧："因为汝不听说法，轻慢我之大教，故贬汝之真灵，转生东土"（第一百回）。可见佛法非常严厉，唐僧切肤身受，哪敢再掉以轻心？所以，始终循规蹈矩，不敢越雷池半步。正因为，唐僧和悟空在对待财宝上的清廉作风，取经集团才连酬金都一概拒收。

三

但我们要知道，唐僧是个生活品位相当高的人。观音禅院的老院主招待唐僧喝茶：

> 一个小幸童，拿出一个羊脂玉的盘儿，有三个法蓝镶金的茶锺；又一童，提一把白铜壶儿，斟了三杯香茶。真个是色欺榴蕊艳，味胜桂花香。三藏见了，夸爱不尽道："好物件，好物件！真是美食美器"（第十六回）！

一个行脚僧，在生活中，长途跋涉打尖时，注意到美食美器，当然是养尊处优，讲究享受。蜘蛛精说唐僧是"白胖和尚"（第七十三回），孙悟空说师父是个"白脸的胖和尚"（第五十回）。碗子山波月洞吃人的小妖眼里，唐僧是团头大面，两耳垂肩，嫩刮刮的一身肉，细娇娇的一张皮（第二十八回）。《续西游记》第八十九回倒是注意到这一点：取经回东土的路上，有老头子说取经僧众"黄皮寡瘦"，悟空解释，我们万里程途，辛苦劳碌，憔悴是本等。这是对《西游记》文本尚未吃透，就率尔操觚，急来续貂！不免大错特错，痴人说梦。孙悟空又知师父平日好吃葡萄做的素酒（第八十二回）。唐僧自知酒是五戒之一，他也处处告诉人自己不饮酒。由此，我们不得不说，唐僧在公开场合与私下里，作为是不一样的：众人眼里，他是苦行僧，私下里，他养尊处优，生活上档次。要维护这样高档次的生活，是需要钱的。但因此需要的钱，相对于那笔隐藏的财宝自然是很小一部分。

> 唐僧在公开场合与私下里，作为是不一样的：众人眼里，他是苦行僧，私下里，他养尊处优，生活上档次。

取经四众中，唐僧虽是御弟，被唐太宗封为天下大阐都僧纲之职（第十一回），但他并没有什么产业。八戒虽有福陵山云栈洞，但他加入取经队伍时，一把火，将那云栈洞烧得像个破瓦窑（第十九回），成为无产者。沙僧的流沙河，鹅毛飘不起，芦花定底沉（第二十二回），那样荒凉，谁敢问津！只有悟空例外，他有座花果山。八戒初到花果山，感慨："且是好受用，且是好受用！怪道他不肯做和尚，只要来家哩！原来有这些好处，许大的家业，又有这多的小猴伏侍！若是老猪有这一座山场，也不做什么和尚了"（第三十回）。悟空重返取经队伍，吩咐花果山的群猴，"你们都要仔细看守家业，依时插柳栽松，毋得废坠，待我功成之后，仍回来与你们共乐天真"（第三十一回）。说明，悟空对经营自家产业是用心的，有算计的。

由此，他们对钱财的态度就有区别。唐僧自己曾说："世间事惟名利最重。似他为利的，舍死忘生，我弟子奉旨全忠，也只是为名，与他能差几何"（第四十八回）！名、利，相关相生。唐僧也不是不要钱。完全没钱，取经队伍寸步难移，更别说维护高标准的生活。比如：他们坐筏子过了鹰愁涧，三藏叫行者解开包袱，取出大唐的几文钱钞，送与老渔（第十五回）。在女儿国，摆渡过河，身登西岸，长老叫沙僧解开包，取几文钱钞与艄婆（第五十三回）。算是摆渡费。

八戒曾攒过四钱六分银子的私房钱（第七十六回），动不动分行李散火，看见大师兄被狮驼岭的老魔吞下肚，以为这猴子必死无疑，急忙跑回去，与沙僧解了包袱，将行李搭分儿，在那里分（第七十六回）。唐僧说八戒、沙僧"爱小"（第五十回），贪小便宜，殊中肯綮，所谓知徒莫如师也！

总之，对取经集团来说，这笔隐蔽的财产并非不义之财，但数量太大，不免有些扎手，因为它违背佛教不蓄财的教条，有"贪"的嫌疑。但它又为取经集团功成之后所必需。为解释清楚这一点，我们不得不绕远些。

> 对取经集团来说，这笔隐蔽的财产违背佛教不蓄财的教条，但它又为取经集团功成之后所必需。

四

《西游记》围墙之内，佛、菩萨都是有道场的。如来的道场在西方灵鹫山上，非常宏大。取经僧到雷音寺山门之外，要进去见如来，如来在大雄宝殿上，有三道山门。四大金刚在第一道山门，把唐僧师徒到来的消息，报与二门上四大金刚，二门上又传入三门上，三山门内原是打供的神僧，闻得唐僧到时，急至大雄殿下，报与如来。佛爷爷大喜，即召聚八菩萨、四金刚、五百阿罗、三千揭谛、十一大曜、十八伽蓝，两行排列，却传金旨，召唐僧进去（第九十八回）。整个建筑群也非同寻常：

> 那黄森森金瓦迭鸳鸯，明幌幌花砖铺玛瑙。东一行，西一行，尽都是蕊宫珠阙；南一带，北一带，看不了宝阁珍楼。天王殿上放霞光，护法堂前喷紫焰。浮屠塔显，优钵花香。

据说陈涉当王之后，昔日的老伙计来看他，入宫，见殿屋帷帐，惊叹其深宅大院，"夥颐！涉之为王沈沈者！"（《史记》卷四十八）和我佛如来的道场比，不可以道里计！倒是万恶的市侩西门庆一针见血，说："咱闻那佛祖西天，也止不过要黄金铺地。"（《金瓶梅》第五十七回）。而且，如来还有宝库，曾让十八尊罗汉开宝库取十八粒金丹沙，助悟空去降服兕大王（第五十二回）。道场的摊子拉得这么大，要维持它正常运转，日常开支自然需要不少钱。所以，唐僧取得经后，阿难、伽叶索要人事，佛祖明知，却替二人开脱，道：此经成就之时，有比丘圣僧将下山与舍卫国赵长者家看诵了一遍，保佑他家生者安全，亡者超脱，止讨了他三斗三升米粒黄金，意思还嫌卖贱了，后来子孙没钱使用。如来也有如来的苦处，没钱不行。而取经集团却没有理解如来的苦心。唯恐稍背如来戒律，将受严罚，甚至取经正果也会泡汤。所以，不但不献钱财，甚至那个犀角，也不敢拿出奉献。——因为，悟空在如来面前一棒打死六耳猕猴时，如来颇为不满，惹得这猴子征引了六七百年后才实行的大明律来给自己辩护（第五十八回）！——这时你拿出一只犀角，真赃实据，那不是杀生破戒的明证嘛——敢顶风做案！

　　观音菩萨的道场在南海落伽山，产业也不小：山峰高耸，顶透虚空。中间有千样奇花，百般瑞草。风摇宝树，日映金莲。观音殿瓦盖琉璃，潮音洞门铺玳瑁。绿杨影里语鹦哥，紫竹林中啼孔雀。罗纹石上，护法威严，玛瑙滩前，木叉雄壮（第十七回）。菩萨又有女性的细腻，经营产业，一草一木都照顾到。她借着救助取经事业，还收了熊黑怪做守山大神，看管落伽山；（第十七回）。收了红孩儿，做善财童子（第四十二回）。公私两济，双赢！菩萨的坐骑金毛犼逃出来，贻害朱紫国，被行者降服。菩萨适时来领回坐骑，又望项下一看，不见那三个金铃。执意要悟空还她（第七十一回）。——金铃虽微，也是菩萨的财产嘛。再如，弥勒佛收服私自逃脱的黄眉童子，问他拐带的金铙何在。童子说，金铙被孙悟空打破了。弥勒佛道："铙破，还我金来。"要悟空和他一道找回那些碎金子（第六十六回）。有人忍不住慨叹："佛祖也只要金！"①

---

① 李卓吾批评本《西游记》，齐鲁书社，1991年，第908页。不但佛要金装，想要成仙，没有钱财也是不行的。薛道光引阴真君《六五精微论》云："欲学此道，须假资财；如无资财，金丹即不成也。"（薛道光：《悟真篇注》，《南宗仙籍》，宗教文化出版社，2014年，第15页）陈致虚：《金丹大要》："夫财，可以创鼎，可以惠人，可以成道。希夷老仙云：'若贪天上宝，须用世间财。'《百章集》云：'凡俗欲求天上事，寻时须用世间珍。'——故知世财，可求天上之宝！"（《金丹秘要》，宗教文化出版社，2013年，第44页）

佛、菩萨都有自己的道场，唐僧师徒是知道的，甚至身临其境。看到小雷音寺，唐僧说："就是小雷音寺，必定也有个佛祖在内。经上言三千诸佛，想是不在一方。似观音在南海，普贤在峨眉，文殊在五台。这不知是那一位佛祖的道场"（第六十五回）？而佛、菩萨悉心经营自家道场的这些行为，取经集团成员自然看在眼里，记在心里，身教胜于言传啊。唐僧听说菩萨降了红孩儿，即忙跪下磕头，行者道："不消谢她，转是我们与她作福，收了一个童子"（第四十三回）。取经僧，都是有罪要救赎的，他们并不知道取经成功后，地位、待遇将如何。直到孙悟空被唐僧再次驱逐，悟空请求如来把紧箍从头上去掉，"放我还俗去罢"。如来不同意，专门派观音送悟空重回取经队伍，并说，"那时功成归极乐，汝亦坐莲台"（第五十八回）！这是如来亲口说的。悟空由此得知取经成功后，自己也要成佛作祖，作为师父的唐僧届时位置更上，自不必说。既然如此，他们自然要考虑，成佛作祖后，建立道场的事。说到底，他们需要一大笔钱财。这个隐蔽的财产由此显得必须保有。

五

这笔隐蔽的财产，刚开始应该就在行李内。女儿国国王见他们不收钱帛，教："取御米三升，在路权为一饭。"八戒听说个饭字，便就接了，捎在包袱之间。行者道："兄弟，行李见今沉重，且倒有气力挑米"（第五十四回）？！西行至此，行李中都是日常用品，只有在火云洞收集的那批宝物会造成"见今沉重"。唐僧遇见拦路强盗，说，行者腰里有盘缠，行者也解下包袱，说，"有马蹄金二十来锭，粉面银二三十锭，散碎的未曾见数"（第五十六回）。可能是骗强盗的缓兵之计，不过马蹄金、粉面银倒极可能就是隐蔽财产的一部分——因为即使是谎话，它也只有在包含有相当的真实成分时才可能被取信。取经的行李，曾被六耳猕猴化成的假行者抢走，放在花果山水帘洞内，又为八戒，趁真、假悟空都不在，取回，"当时查点，一物不少"（第五十八回）。由于悟空打死强盗，唐僧第二次把他逐出取经队伍，八戒、沙僧都在眼前，一句劝谏唐僧、挽留行者的话都没有！显得很奇怪。我们回想一下，当年在白虎岭，假扮的村姑送饭斋僧，蒙骗唐僧、八戒，适值悟空去摘桃未回。八戒抱怨唐僧，"现成的饭三分儿倒不吃，只等那猴子来，做四分才吃"（第二十七回）！所以，悟空被开除，对八戒、沙僧是有好处的。都以为悟空被老魔吃掉了，唐僧哭得满地打滚，八戒、沙僧竟然无动于衷，在那里迫不及待地分行李（第七十六回）！

二人分的行李中极有可能部分地包含那笔隐蔽的财物，但此后不久，它就转移了。在镇海禅林寺，唐僧生病了，哭哭啼啼地对悟空道："我要修一封书，并关文封在一处，你替我送上长安驾下，见太宗皇帝一面。"行者向师父保证："这个容易，我老孙别事无能，若说送书，人间第一。你把书收拾停当取与我，我一筋斗送到长安，递与唐王，再一筋斗转将回来，你的笔砚还不干哩。"此时八戒上前插话："师兄，我们趁早商量，先卖了马，典了行囊，买棺木送终散火"（第八十一回）。八戒这么迫不及待，心直口快，表明那笔财物已不在行李内。唐僧突然要悟空往长安送信，空穴来风，枳句来巢——可能是受他不久前成功转移财宝的启发。这里距离天竺非常近了，为了不惹是非，再受谴责、惩罚，他们必须慎之又慎——取经集团及时地转移那笔财物，正是谨慎的表现。为取经集团的将来、为唐僧和自己的成佛作祖，自然要妥善安置这笔隐蔽的财宝。

这笔财产极有可能是悟空转移到水帘洞去了。

我们推测，这笔财产极有可能是悟空——也只有悟空具此能力，把它转移到水帘洞去了。五百年前，悟空大闹蟠桃宴，回到花果山，为了让猴子们尝尝仙酒，他又返回天宫，偷了几瓶，"大的从左右胁下挟了两个，两手提了两个"，在家里做个仙酒会（第五回）。花果山也是最理想的地方，水帘洞很隐蔽——沙僧头一回去，竟不知水帘洞门开在何处（第五十八回），适合藏宝，而四健将和群猴可以看守，保证财宝的安全。

取经集团对隐蔽的财物处理得可谓滴水不漏。那么如来就不知道吗？如来当然是知道的，"能普阅周天之事，遍识周天之物"（第五十八回），何必说破？康熙皇帝说：

子曰："吾非斯人之徒而谁与？"人生斯世，自少而壮，自壮而老，孰能一日不与斯世斯人相周旋耶？顾应之得其道，我与世相安，应之不得其道，则我与世相违。庄子曰："人能虚己以游世，其孰能害之？"此言善矣。（玄烨：《庭训格言》）

康熙五十四年，面谕将去上任的陈瑸："尔为巡抚，与司道等官不同。若贪财好利，诚为非理，但应得之物，亦宜取为赏兵之需。身为封疆大吏，而室中萧然无一物可以与人，亦非大臣所宜。夫第谓一介不以与人，一介不以取诸人——岂真一无所取？不过不肯与人，到后日仍是自肥耳。"（章梫：《康熙政要》卷十三）那么一个制造文字狱的康熙皇帝尚知宽容，况慈悲众生如我佛如来乎？无非睁眼闭眼，得放手时且放手，能饶人处就饶人。犹海纳百川，不免藏污纳垢，道大能容，自然来者不拒！

我们总结一下，取经集团沿途能够严守佛教戒律，拒绝财产馈赠、酬谢，保持清廉，有良好的声誉。但他们还是有一笔隐蔽的财宝，其中一小部分，花费在取经首脑高品位的生活上，剩余财宝，为万无一失，避免旁生枝节，在取经队伍接近西天时，被转移到安全的地方。所以如此处心积虑，是因为，取经成功，成佛作祖后，建立自家道场需要大量资金。佛祖对此行为未予追究，其实是默认了。

由此我们得出一条教训：凡从事正义的、造福民生的事业，你只需埋头苦干，摩顶放踵，舍生忘死，像追求心爱的女人那样全身心地投入，像咬定青山的翠竹一样不放松，乐此不疲，问心无愧，最终必成正果。不问名利，却名利双收——此所以为善最乐也。

13. 没有婚姻的天堂

仙界是否存在爱欲，房中术能否助人成仙？在《西游记》
中能看到正统道教和民间崇拜的糅合

一

说到民间信仰的全无根据，听风就是雨，只是意为当然，赵翼引了几个著名的例子：

> 杜氏《通典》：汾阴后土祠，为妇人塑像，武后移河西梁山神塑像以配之。开元十一年，有司始迁梁山神像于别室。欧阳公《归田录》：小孤山日久讹为小姑，而对江有彭郎矶，土人遂为"小姑嫁彭郎"之谣。《蓼花洲闲录》：临海有杜拾遗庙，年久讹为杜十姨，塑为女像；又有伍子胥庙，讹为伍髭须，遂塑长髯者为伍髭须神，以配十姨。《张南轩集》：舜庙中有武后像即日投之江中。祠庙之神，以讹传讹，而又为之配合，此里俗之最可笑者也。（《陔余丛考》卷四十二）

我们可以再补充一个，就是民间十有八九相信王母娘娘是玉皇大帝的老婆！[①] 王母娘娘，本来是历史上传说久远的西王母。郎瑛《七修类稿》卷二十二有西王母考：

---

① 褚人穫：《坚瓠集·秘集》卷一引《客窗涉笔》：明末，河南有白牛庙，最灵异。其神牛首，双角峥嵘，努目侈唇，狰狞可畏。后掘地得古碑，有"先贤冉伯牛墓"字样。始悟白牛者，伯牛之讹。我们宛南有白牛镇，塑一大白牛，大概此镇名字由此而来。宛南方言，伯读为bai。——只是山东人冉伯牛，其墓如何在宛南？

贾谊《新书·修政语》言，尧西见王母，训及大夏渠叟，北中幽都。汉贰师将军西伐宛，斩王母寡之头。观此，则王母乃西方昏荒之国，犹国名女真，人姓胡母，其实无此妇人也。不然，则尧之所见，贰师所伐，亦可谓之妇人乎？又尝考之《山海经》：西王母梯几而戴胜杖，其南有三青鸟，为西王母取食，又有三足鸟主给使，在昆仑墟。郭璞注《穆天子传》曰：西王母如人虎齿，蓬发戴胜，善啸。盖荒裔之国，多与鸟兽游处，而奇形怪状，恐或有是。未闻有所谓仙桃瑶觞，美人侍女，绰约流盼之态也。

《四库全书总目》卷一百四十二，也断言：西王母，不过是西方一国君而已。马书田说："在人们心目中，王母是位气派雍容，无比尊贵的天界第一夫人——玉皇大帝的夫人。这在《西游记》等神魔小说和娘娘庙的王母塑像中都有反映。"[①] 其他的我们不知道，但可以明确断言，《西游记》中，王母娘娘并不是玉皇大帝的老婆。

在天上，王母娘娘是女仙的首领，职责之一是，负责N年一度的蟠桃宴开设事宜。所以，她会让七衣仙女各顶花篮，去蟠桃园摘桃。大开宝阁瑶池，做蟠桃盛会（第五回）。玉皇大帝也是她邀请的贵宾之一——意想不到的是，玉皇位次靠后，不但在西天佛老、菩萨、圣僧、罗汉、南方南极观音、东方崇恩圣帝、十洲三岛仙翁、北方北极玄灵、中央黄极黄角大仙所谓的五方五老之后，而且五斗星君、上八洞三清、四帝、太乙天仙等众仙，也在玉皇前面！如果玉帝和王母娘娘是夫妻，那他实际上就是宴会的主人，不当在贵客的名单里。

《西游记》虽然没有明确说玉皇大帝和王母娘娘不是夫妇关系，为什么会影影绰绰地给人以是夫妇的误信呢？因为它受到民间文化、世俗信仰的影响、浸润。《西游记》中，天庭是一个没有婚姻的地方。奎木狼化身黄袍怪，下凡度过十三年的夫妻生活后，被收回天庭，玉皇

① 马书田：《中国道教诸神》，团结出版社，2002年，第50—51页。

大帝好奇地问:"上界有无边的胜景,你不受用,却私走一方,何也?"奎宿叩头奏道:"那宝象国王公主,非凡人也。他本是披香殿侍香的玉女,因欲与臣私通。臣恐点污了天宫胜境,他思凡先下界去,托生于皇宫内院,是臣不负前期,变作妖魔,占了名山,摄他到洞府,与他配了一十三年夫妻"(第三十一回)。可见,天堂是没有夫妻生活的空间。"天仙未必相思!"(苏轼《临江仙》)王丹桂《炼丹砂》小序:"无偎妻抱子神仙,没在家蓬岛公。"① 像天蓬元帅喝醉了酒,戏弄嫦娥,扯住美人要求陪歇,做他的性伴侣,就凡尘看,是无伤大雅的风流小罪过,——无非阿Q似的跪在吴妈面前,可怜巴巴地说"我要和你困觉!"——结果很严重,依律问成该处决(第十九回),亏了太白金星说情,从轻发落,天蓬元帅竟然被打了二千锤,贬下尘凡,沦落人间(第八回)!谁敢在天上动动色心,惩罚极为严厉,与人间径庭。所以,二十八宿之一的奎星,明智地选择了下凡。

> 谁敢在天上动动色心,惩罚极为严厉,与人间径庭。

玉皇大帝作为天界的行政首长,自然要一体凛遵这一规则。就个人成长史而言,他也年龄高大。如来佛对孙悟空说:"玉皇上帝,自幼修持,苦历过一千七百五十劫。每劫该十二万九千六百年。你算,他该多少年数,方能享受此无极大道"(第七回)?我们替这猴子做一下如来布置给的算术题,答案是226,700,000年。如来的话,可能是要蒙骗这个成精的猴子,"初世为人的畜生"!(如来佛语)其中有不少水分,但玉帝年纪异常高大,却是不争的事实。② 如此年纪,做个把春梦都困难,哪里有什么花心、色心,也就没有配置一个第一夫人的内在动力和实际需求。其实,正派的神仙都是没有性欲的。顾颉刚在《纂史随笔》中说:"有欲者为邪神,如五通。此鬼神程度增高处,亦即人格进

> 其实,正派的神仙都是没有性欲的。

---

① 《全金元词》,中华书局,2000年,第497页。
② 据《道藏》所收《高上玉皇本行经》,玉皇大帝修道行三千二百劫,始证金仙,号曰清净自然觉王如来,教诸菩萨悟大乘正宗,又经亿劫,始证玉帝!(转引自,马书田《中国道教诸神》,团结出版社,2002年,第40页)所以,如来对玉帝的岁数还是大打折扣的!

步之表现。"①

二

天堂既然没有婚姻,那神仙们都过着什么样的日常生活?

我们知道《西游记》中,天堂有无形的围墙,有四座天门,由四大天王领兵将把守,轻易不放人进去。孙悟空第一次上天,不明就里,直接要从南天门进去,被增长天王领着庞、刘、苟、毕、邓、辛、张、陶,一路大力天丁,枪刀剑戟,挡住天门,不肯放这野猴子进去(第四回)。天堂里面,金碧辉煌:

> 金光万道滚红霓,瑞气千条喷紫雾。只见那南天门,碧沉沉琉璃造就,明幌幌宝玉妆成。外厢犹可,入内惊人:里壁厢有几根大柱,柱上缠绕着金鳞耀日赤须龙;又有几座长桥,桥上盘旋着彩羽凌空丹顶凤。明霞幌幌映天光,碧雾蒙蒙遮斗口。这天上有三十三座天宫,乃遣云宫、毗沙宫、五明宫、太阳宫、化乐宫……一宫宫脊吞金稳兽;又有七十二重宝殿,乃朝会殿、凌虚殿、宝光殿、天王殿、灵官殿……一殿殿柱列玉麒麟。寿星台上,有千千年不卸的名花;炼药炉边,有万万载常青的瑞草。又至那朝圣楼前,绛纱衣星辰灿烂,芙蓉冠金璧辉煌。玉簪珠履,紫绶金章。金钟撞动,三曹神表进丹墀;天鼓鸣时,万圣朝王参玉帝。又至那灵霄宝殿,金钉攒玉户,彩凤舞朱门。复道回廊,处处玲珑剔透;三檐四簇,层层龙凤翱翔。上面有个紫巍巍,明幌幌,圆丢丢,亮灼灼,大金葫芦顶;下面有天妃悬掌扇,玉女捧仙巾。恶狠狠掌朝的天将,气昂昂护驾的仙卿。正中间,琉璃盘内,放许多重重迭迭太乙丹;玛瑙瓶中,插几枝弯弯曲曲珊瑚树。

---

① 《顾颉刚读书笔记》,卷一,中华书局,2011年,第380页。顾氏所谓的"人格进步",就是钱锺书说的:"神犹人然,齿爵渐尊,德望与以俱高,……位愈尊而行亦遂端矣。"(《管锥编》,三联书店,2007年,第1228页)

正是：天宫异物般般有，世上如他件件无。金阙银銮并紫府，琪花瑶草暨琼葩。朝王玉兔坛边过，参圣金乌着底飞。

饮食也极为珍美精致。蟠桃宴上，有龙肝和凤髓，熊掌与猩唇，珍馐百味般般美，异果嘉肴色色新（第五回）。孙悟空被如来佛镇压五行山，玉帝设"安天大会"庆贺天上太平，安排龙肝凤髓，玉液蟠桃（第七回）。可见，天上饮食决不吃素，招待如来佛，也要龙肝凤髓。注意：龙肝凤髓，不光是修辞学意义（rhetoric meaning），也是字面义（literal meaning）。因为，天上神仙，本是道教体系，不忌讳肉食的。陶谷《清异录》卷上引道家的说法，认为獐、鹿、麂是玉署三牲，神仙所享，道士们不忌讳，这是盘中餐。顾颉刚在《纂史随笔》（二）中，曾说到1920年代的苏州风习："道士承认吃荤，到人家作法事，如有三牲（鸡鱼肉），须留之饭，或折吃，又承认娶妻。盖饮食男女，与俗家一切无异也。"① 至于如来佛是否入乡随俗，我们不好拟议。

> 天上饮食决不吃素，天上神仙，本是道教体系，不忌讳肉食的。

在天上享用无比的珍味，大吃特吃，而且还不用排泄，没有肠胃问题。所以，天上也就没有厕所，孙悟空所谓的五谷轮回之所（第四十四回）。黄生《义府》卷下："宋人《海陵三仙传》：'独处一室，卧起方丈间，食酒肉如平时，而无更衣之处。'盖言得道者虽饮食而无漏也。"葛洪《神仙传》中说，刘安成仙后，曾因过失，被罚去管理打扫都厕达三年。钱锺书认为，天上出现厕所，那是葛洪的"败笔"！②

> 天上也就没有厕所，孙悟空所谓的五谷轮回之所。

这样的神仙日子怎么样？玉皇大帝所谓的无边的胜景，一般人会觉得沉闷得很。孙悟空在当齐天大圣，没有职掌的时候，东游西荡，想必对此深有体会。为排遣饱食终日无所用心，他在东天门与增长天王猜枚耍子，赢瞌睡虫玩（第二十五回）。天堂正是滋生瞌睡虫的地方。

就是说，天堂是个衣食无忧，饮食精美，天衣无缝的场所。 看起

---

① 《顾颉刚读书笔记》卷一，中华书局，2011年，第406页。
② 钱锺书：《管锥编》，三联书店，2007年，第992页。

来，和皇帝的后宫极为相似。但在天堂，没有婚姻，不允许大小便！在后宫，只有皇帝一人是美丽年轻的宫女们许可的感情寄托对象——等于说这些青春洋溢、活力四射的女人必须守活寡，或活守寡！

所以有不少宫女为了自身的幸福，借机私奔，逃离了那个宁国府的大小姐元春提起来就伤心流泪——所谓的不得见人的去处。（《红楼梦》第十八回）。① 比较了解下情的唐文宗，初即位，下诏，宫女闲散的、非有职掌者都可放出，一下就有三千余人获得自由。（《资治通鉴》卷二百四十三）一时以为明君善举。玉皇大帝对天堂的胜景，自然是非常满意，人间帝王对日复一日的皇宫生活，就未必全满意。景龙三年二月，唐中宗感到无聊，想找乐子，别出心裁，遣宫女为市肆，像民间街市交易，鬻卖众物，命令宰臣及公卿假装为商贾，与宫女们交易，故意在货物斤两和价格上，相互忿争，言辞猥亵。皇帝与皇后旁观，以为笑乐，很开心。（《旧唐书》卷七）

对于一般人，天堂生活除了沉闷无聊，还有极大风险。像卷帘大将，那是玉皇大帝的贴身侍卫，地位尊贵，他自己对观音菩萨说：只因在蟠桃会上，失手打碎了玻璃盏，玉帝把我打了八百，贬下界来，变得这般模样。又教七日一次，将飞剑来穿我胸胁百余下方回（第八回）。天蓬元帅酒醉调戏嫦娥，按天堂的法律，是死罪！"依律问成该处决"（第十九回）。所以，才不断有思凡的仙女，下凡占山为王的天人，他们都希望在有血有肉有泪有笑有鲜花有狗屎有蛇蝎有龙凤有奸淫掳掠有冰清玉洁……的尘世，过有滋有味，活色生香，感到心跳，把握脉搏，真切着实自我存在的生活。

天堂如此沉闷，使人不得不逃离。如来佛的西方极乐世界——按照佛经，西方极乐世界是阿弥陀佛掌管的，但《西游记》说如来佛所在

> 天堂如此沉闷，使人不得不逃离。

---

① 《坚瓠集·壬集》卷二：宋太宗时，一宫女逾垣潜出，捕获。太宗迟违不欲杀之，然恐无所惩。皇城使刘承规会其意，奏曰："法不可容，臣须是活取心肝进呈。"即时领出，潜纳尼寺中，远嫁之。旋取猪心肝一具，盒子贮来，六宫围而哭之。可知，宫女逃离皇宫，那是死罪！

此为十二或十三世纪法国的一部歌谣，讲述了一个爱情故事，Aucasin 和 Nicolette 是其中的男女主角。

的灵山就是极乐世界——有唵嘛呢叭咪吽式的念经，也只是使人终日昏沉，独于催眠颇具功效。所以，Aucasin et Nicolette 中，男主角曰："宁与所欢同入地狱，不乐随老僧辈升天。地狱中皆才子英雄及美妇之多外遇者，得为伴侣！"名言传诵，以为中世纪末，自由精神之宣示者。① 阿拉伯诗人在《鲁拜集》（Rubaiyat）中说，只要有酒，有诗歌，有美人在身边唱歌，身处荒野，犹胜天堂！② 然则，天堂全由心造，人间胜似天堂。

三

有规则，就有例外，例外使规则更清晰地呈现。《西游记》里天堂没有婚姻，就是这样一条有例外的规则。这个例外就是托塔李天王。③ 孙悟空告御状，说李天王的女儿在下界为妖，成精害众，摄陷唐僧。玉帝让金星和悟空到李天王住处云楼宫辨明是非。李天王自己交代：止有三个儿子，一个女儿。大小儿名金吒，侍奉如来，做前部护法。二小儿名木叉，在南海随观世音做徒弟。三小儿得名哪吒，在身边，早晚随朝护驾。一女年方七岁，名贞英，人事尚未省得，如何会做妖精！不信，抱出来你看（第八十七回）。观音菩萨要木叉去天上找其父借天罡刀。木叉借得刀，对哪吒说："兄弟，你回去多拜上母亲：我事紧急，等送刀来再磕头罢"（第四十二回）。说明，在云楼宫常住的有李天王夫妇，三

---

① 钱锺书：《管锥编》，三联书店，2007年，第1068页。
② *The Norton Anthology of English Literature*, 7th edition, volum 2:1307:A Book of Verses underneath the Bough, \A Jug of Wine, a Loaf of Bread—and Thou \Beside me Singing in the Wilderness—Oh, Wilderness were Paradise enow!
③ 托塔天王本是佛教中的毗沙门天王，即北方多闻天王（Vaisravana），是四大天王之一。因其以掌托古佛舍利塔，俗名"托塔天王"。他在中国汉化程度很快。天宝七年（768年），安西守城将奏有毗沙门天王现形助守，于是玄宗命各道节镇，在州府城西北角各立天王像。后来军营内大都设有。像林冲，发配沧州牢城营，就是去看守天王堂，"早晚只是烧香扫地"。（《水浒传》第八回）。其中供奉的就是托塔天王。到《西游记》、《封神演义》中，托塔天王进一步汉化，成了中国人李靖，出四天王之列，位居其上。

子哪吒，小女贞英。

我们知道，托塔李天王是天上的最高军事统帅。孙悟空大闹蟠桃宴后，玉帝大怒：差四大天王，协同李天王并哪吒太子，点二十八宿、九曜星官、十二元辰、五方揭谛、四值功曹、东西星斗、南北二神、五岳四渎、普天星相，共十万天兵，布一十八架天罗地网，下界去花果山围困，下定决心，定捉获那厮处治（第五回）。结果，不曾捉得花果山的半个妖猴（第六回）。李天王的冗阘无能，由此可见。军事上的无能（impotent）和生理上的多产（fertile），适成鲜明对照。① 没有人敢说李天王夫妇"玷污"天堂，李天王虽然无能，但瘸子里面挑将军，他和哪吒还算是玉帝的左膀右臂，得力干将。玉帝只好睁只眼闭只眼，听任他夫妇在云楼宫里颠鸾倒凤，朝云暮雨。好在门户深沉，"宫中行乐秘，少有外人知！"（杜甫《宿昔》）

所以留有这么天堂里的幸福一家人，也有文化史上的渊源。道教修仙之法，本有房中术一项。《后汉书》卷三十下，注引《太平经·兴帝王篇》曰："问曰：'今何故其生子少也？'天师曰：'善哉子之言也，但施不得其意耳。如今施其人欲生也，开其玉户，施种于中，比若春种于地也，十十相应和而生。其施不以其时，比若十月种物于地也，十十尽死，固无生者。真人欲重知其审，今无子之女，虽日百施其中，犹无所生也。'"探讨的是男女媾精的细节、性交的步骤！葛洪《抱朴子·释滞》："房中之术，近有百余事焉。……房中之法十余家，或以补救伤损，或以攻治众病，或以采阴益阳，或以增年延寿，其大要在于还精补脑之一事耳。"《抱朴子·微旨》：

---

① 马克思在1851年2月3日的信中曾向恩格斯抱怨："土壤肥力和人的生殖能力成反比。这不免使像我这样多子女的父亲非常狼狈。尤其是，我的婚姻比我的工作更多产。"（《马克思恩格斯全集》，第二十七卷，人民出版社，1972年，第192页）我们知道，马克思和燕妮生的，有三个女儿活下来，另外他还和家里的女仆有个私生子——恩格斯在病危时才将此事的真相托出！就是说，马克思也正好有四个孩子。但李天王，似乎并没有马克思那种精神上的敏感和反省，也就没有远征异域、穿越未来去解嘲的必要。

或曰:"闻房中之事,能尽其道者,可单行致神仙,并可以移灾解罪,转祸为福,居官高迁,商贾倍利,信乎?"抱朴子曰:"此皆巫书妖妄过差之言……夫阴阳之术,高可以治小疾,次可以免虚耗而已。其理自有极,安能致神仙而却祸致福乎?"

可见,葛洪基本上是否定通过房中术,专和美女性交而成仙这一传统说法。既能满足好色,又得长生,真是妄想!到南北朝时,寇谦之"清整道教,除去三张伪法,租米钱税,及男女合气之术。——大道清虚,岂有斯事。专以礼度为首,而加之以服食闭练。"(《魏书》卷一百一十四)正因为葛洪对房中术理论上的驳斥、否定,到寇谦之才有行动上的相应明确禁止,剪裁、断然摒弃。正统道教对此可谓步步为营,层层推进。但通过房中术致仙的信仰与做法,仍在民间暗潮涌动。《太平御览》卷八百二十八引《列仙传》:"女凡(或作几)者,陈留酤酒妇也。作酒甚美,遇仙人过饮,以《素书》五卷为质。久,开书,乃养性交接之术。闭房与诸少年饮酒,与宿止,行文书法,颜色更好,如二十时。"女人求仙,要通过和尽量多的美男不断性交、作爱。一方面说明房中术影响扩大蔓延,另一方面也是女人扇在男性社会脸上的一记漂亮、响亮耳光——以眼还眼,以牙还牙!李天王的幸福一家人,正是此一信仰与实践袪除未尽,在天堂的残留耳。

14. 锦襕袈裟和禅宗

锦斓袈裟和历史上真实的禅门传法袈裟有关系,漫长
艰险的取经历程也可看作是追求禅定的写照

一

《西游记》中唐僧披的锦襕袈裟是个重要物件。它的出场也非同凡响,由观音菩萨当着太宗和满朝重臣,用传统的赋体文来不厌其烦地介绍:

> 这袈裟,龙披一缕,免大鹏吞噬之灾;鹤挂一丝,得超凡入圣之妙。但坐处,有万神朝礼;凡举动,有七佛随身。这袈裟是冰蚕造练抽丝,巧匠翻腾为线。仙娥织就,神女机成。……

然后,用一首七律收尾:

> 诗曰:三宝巍巍道可尊,四生六道尽评论。明心解养人天法,见性能传智慧灯。护体庄严金世界,身心清净玉壶冰。自从佛制袈裟后,万劫谁能敢断僧?(第十二回)。[1]

---

[1] 《西游记》中,先赋后诗的手法,实本于宋元话本的"歌头曲尾"。如《柳耆卿诗酒玩江楼记》开头的"歌头曲尾":歌曰:十里荷花九里红,中间一朵白松松。白莲刚好摸藕吃,红莲则好结莲蓬。 结莲蓬,结莲蓬,莲蓬好吃藕玲珑。开花须结子,也是一场空。一时乘酒兴,空肚里吃三钟。翻身落水寻不见,则听得采莲船上,鼓打扑冬冬。(《清平山堂话本》卷一)所谓的歌头,其实,是一首竹枝词式的七绝——所以歌头的歌,是诗歌的歌,大概可以唱的;曲尾,则有元曲小令或民间时调的味道。所以,《西游记》中这类先赋后诗的描摹手法,归根结底是民间智慧的表现。另见第四回对天堂的描绘,亦是。

郑重其事！据观音菩萨说，它价值五千两白银！看上面嵌满珠宝，这个价怕也没有虚头。值钱，固然是其价值之一端。但它所以重要则别有缘故。它是如来佛所赐：当时如来把锦襕袈裟交给观音菩萨，让菩萨去东土寻访取经人，叮嘱"交与取经人亲用"（第八回）。

但观音菩萨并没有亲自把它交予取经人，而是作为佛门之宝，卖给太宗，太宗声言要将之赐给"大德行者玄奘受用"。于是菩萨就慨然相送，分文不取，飘然而去。然后，太宗将玄奘招上朝廷，即着法师穿了袈裟，持了宝杖，又赐两队仪从，着多官送出朝门，教他上大街行道，往寺里去，就如中状元夸官的一般。玄奘再拜谢恩，在大街上，烈烈轰轰，摇摇摆摆。长安城里，行商坐贾、公子王孙、墨客文人、大男小女，无不争看夸奖（第十二回）。

这样，唐僧就成为锦襕袈裟的拥有者，得到长安城里所有人的承认。取经路上，锦襕袈裟始终伴随取经僧，实际上是为唐僧西天取经提供双重的合法性证明——神学上的证明，因为它来自如来佛所赐；世俗政权上的认可，因为它是大唐皇帝所与。

要知道，不是谁想上西天取经都可以去的。咸平六年（1003年）八月壬申，"知开封府陈恕言：'僧徒往西天取经者，诸蕃以其来自中国，必加礼奉。臣尝召问，皆罕习经义，而质状庸陋，或使外域反生轻慢。望自今先委僧录司实验经业，省视人材，择其可者送府，出给公据。'从之。"（李焘《续资治通鉴长编》卷五十五）不光世俗政权阻遏重重，佛教内部障碍实际上也很多。

六祖慧能的弟子神会说："从秀禅师以下出，将有二十余人说禅教人，并无传授付嘱，得说只没说；从二十余人以下，近有数百人说禅教人，并无大小，无师资情，共争名利，元无禀承，乱于正法，惑诸学道者。此灭佛法相也。慧能禅师是的的确确相传付嘱人，以下门徒道俗近有数万人，无有一人敢滥开禅门。纵有一人得付嘱者，至今未说。"佛教内部，异议蜂起，谁是正宗，莫衷一是。

神会说，有锦襕袈裟为证："法虽不在衣上，表代代相承，以传衣为信，令弘法者得有禀承，学道者得知宗旨不错谬。故，昔释迦如来锦

去西天取经前，要先进行考核面试以免让西天高僧大德轻慢。

襕袈裟见在鸡足山，迦叶今见持此袈裟，待弥勒出世，分付此衣，表释迦如来传衣为信。我六代祖师亦复如是。"① 即，六祖慧能所以是正宗，因为他有传法袈裟。

六祖所得的传法袈裟是哪里来的？《祖堂集》卷二载东土初祖达摩与惠可有一段对话：

> 达摩云："为邪法竞兴，乱于正法。我有一领袈裟，传授与汝。"惠可白和尚："法既以心传心，复无文字，用此袈裟何为？"大师云："内授法印，以契证心；外传袈裟，以定宗旨。虽则袈裟不在法上，法亦不在袈裟，于中三世诸佛递相授记。我今以袈裟亦表其信，令后代传法者有禀承，学道者得知宗旨。断众生疑故。"惠可便顶礼……达摩大师乃而告曰："如来以净法眼并袈裟付嘱大迦叶，如是展转乃至于我，我今付嘱汝。"

《祖堂集》卷一载：世尊在日，命坐付衣于大迦叶。世尊灭度后，阿难曾问大迦叶，"传佛锦襕袈裟外，别传个什么？"② 大迦叶临终，乃告阿难言："如来正法眼付嘱于我，我今年迈，持佛僧伽梨衣入鸡足山，待慈氏下生。汝受佛嘱，弘扬正法，勿令断绝。"神会说："一代只许一人，终无有二。纵有千万学徒，只许一人承后。……譬如一国唯有一王；言有二者，无有是处。譬如一四天下唯有一转轮王；言有二转轮王者，无有是处。譬如一世界唯有一佛出世；言有二佛出世者，无有是处。"（《菩提达摩南宗定是非论》）可见，传法袈裟历代相承，是禅宗正派的证明。

---

① 《菩提达摩南宗定是非论》，《神会和尚禅话录》，中华书局，2008年，第28—29页。杨曾文《神会及其禅法理论》中，认为传法必须"以传衣为信"，恐怕是神会编造的。就是说神会伪造历史，但不是我们这里关注的，不置词。
② 又见《佛果圆悟禅师碧岩录》卷二，《禅宗语录辑要》，上海古籍出版社，2011年，第725页。神会和尚说："达摩遂开佛知见，以为密契；便传一领袈裟，以为法信，授与惠可。惠可传僧璨，璨传道信，道信传弘忍，弘忍传惠能，六代相承，连绵不绝。"（《菩提达摩南宗定是非论》）

所以，当大家知道五祖把袈裟传给慧能后，有数百人追赶，欲夺衣钵，赶上慧能，此时慧能已到岭南。首先赶及的是惠明。慧能掷下衣钵于石上，曰："此衣表信，可力争耶？"惠明提掇不动，乃云："我为法来，不为衣来！"只好作罢，空手而回。（《坛经·行由品》）此后，仍有人觊觎慧能手里的传法袈裟。神会告诉大家："普寂禅师同学，西京清禅寺僧广济，景龙三年十一月至韶州，经十余日，遂于夜半入和尚（指慧能）房内，偷所传袈裟。和尚喝出。……和尚云：'非但今日，此袈裟在忍大师处三度被偷。忍大师言，其袈裟在信大师处一度被偷。所是偷者，皆偷不得。因此袈裟，南北道俗极甚纷纭，常有刀棒相向！'"（《菩提达摩南宗定是非论》）真是"袈裟未着愁多事，着了袈裟事更多！"（杨万里《送德轮行者》）① 鉴于此，六祖之后，袈裟不再传法，斩然而止。②

二

唐僧的锦襕袈裟，也不像如来佛所许诺的那样，或如当事人、旁观者想象的那样，神异灵验，能使取经人终始"免堕轮回，不遭毒害"（第八回）。虽然保证了唐僧取经的合法性，但一上来就招来无妄之灾。观音禅院的老和尚，一见锦襕袈裟，欲攫为己有，"以为传家之宝"，为子孙长久之计，阴谋趁熟睡之际，将唐僧烧死。若不是孙行者借得广目天王的辟火罩，唐僧早灰飞烟灭了（第十六回）。后来，锦襕袈裟又给黑熊怪偷去，劳动观音菩萨的大驾，才把锦襕袈裟重新收回。此后，锦襕袈裟倒没有怎么替唐僧惹祸上身。一者，人们知道那是量体裁就的东西，唐僧穿得，旁人无福消受，胆敢心存觊觎，有非分之想，恐怕只会落个金池长老的下场，死无葬身之地！再者，妖怪们的兴趣点给引导、

---

① 杨万里：《朝天集钞》，《宋诗钞》，中华书局，1996年，第2213页。
② 《指月录》卷四，五祖付衣给六祖时，告诫："昔达摩初至，人未之信，故传衣以明得法。今信心已熟，衣乃争端。止于汝身，不复传也。"

转移到唐僧这个人的肉身上，而不是他披的锦襴袈裟；就是要吃他的肉，而不是剥他的衣。

　　唐僧后来也意识到这一点，但锦襴袈裟究竟是佛门异宝，即使没有人来抢它，唐僧轻易也是舍不得穿的，要用"两层油纸裹定"，放在行李包袱内（第十六回）。如在宝象国朝廷倒换文牒的时候，唐僧似乎就没有想到要穿锦襴袈裟（第二十九回）。后来，他到宝林寺借宿，宝林寺僧官见"三藏光着一个头，穿一领二十五条达摩衣，足下登一双拖泥带水的达公鞋"，"看他那嘴脸，不是个诚实的，多是云游方上僧"，"油嘴滑舌"，毫不客气地把唐僧赶出门外（第三十六回）。从此，他得了教训，知道西天路上，行脚僧的姿态、作为是吃不开的。所谓，"佛是金装，人是衣装"。（《醒世恒言》卷一）此后，在重要场合，他就要披自己的锦襴袈裟，注重威仪。

　　首先是和当地世俗政权发生关系，办理过境手续，这种场合，取经的合法性被突出出来。而锦襴袈裟则是个理想的物证，表明唐僧取经的双重合法性。他往往在这种场合要穿袈裟。如，在车迟国，国王宠信道教，唐僧要去朝廷倒换关文，特意披了锦襴袈裟，让大徒弟带上通关文牒，二徒弟拿着锡杖，三徒弟捧着钵盂，列队前往（第四十五回）。去女儿国朝廷见驾，国王问哪个是唐僧，太师指点："那驿门外香案前穿襴衣者便是"（第五十四回）。由此，我们知道唐僧是穿了锦襴袈裟。去祭赛国朝廷倒换关文，唐长老赶紧穿了锦襴袈裟，戴上毗卢帽，整束威仪，拽步前进（第六十二回）。一到朱紫国都城，唐僧让"八戒急取出袈裟、关文"，三藏收拾整齐了进朝（第六十八回）。往比丘国朝廷倒换关文，唐僧"身上穿一领锦襴异宝佛袈裟，头戴金顶毗卢帽。九环锡杖手中拿，胸藏一点神光妙。通关文牒紧随身，包裹袋中缠锦套。行似阿罗降世间，诚如活佛真容貌"（第七十八回）。打扮得一丝不苟，威仪棣棣。

　　其次是别的重大场合，需要郑重其事。如，为答谢四大金刚、金头揭谛、六甲六丁、护教伽蓝、哪吒三太子、托塔李天王等神圣帮忙灭妖，三藏"换了毗卢帽，穿了袈裟"，拜迎众圣（第六十一回）。要进小雷音寺拜佛像，唐僧"命八戒取袈裟，换僧帽，结束了衣冠，举步前

和当地世俗政权发生关系时，锦襴袈裟则是个理想的物证，表明唐僧取经的双重合法性。他往往在这种场合要穿袈裟。

进"(第六十五回)。有时候,为去化一顿斋,唐僧也是"换了衣帽"才前往的。两下对照:七个蜘蛛精迎接这个衣帽光鲜的远来和尚,话不投机,一拥而上,"把长老扯住,顺手牵羊,扑的摜倒在地;众人按住,将绳子捆了,悬梁高吊——这吊有个名色,叫做'仙人指路'。"弄得唐僧哭哭啼啼(第七十二回)。由此,生成难得的喜剧性场面。

锦襕袈裟的穿着、使用,显示出唐僧是一个郑重其事的人,严肃认真,力求行为合宜,举止得体。社会交际中,只有充分地尊重重视别人,才能赢得相应的尊重重视,使行为可能朝着自己意图的方向较为顺畅地开展。穿衣戴帽虽是细事,唐僧也不敢掉以轻心。钱锺书说,"隐身适成引目之具,自障偏有自彰之效,相反相成,同体歧用。"① 就是,衣服不但有彰显自我的功能,而且还有遮蔽隐藏的效果。通过锦襕袈裟,唐僧彰显其取经的合法性、展览其对对方的礼貌敬重;在这锦襕袈裟的"霞光艳艳"里(第九十七回),也有意无意想掩藏行脚僧的资财贫乏、旅途辛劳、精神憔悴与性格软弱。

锦襕袈裟,确实使唐僧受益不小。当四众被误认为是强盗而押入大牢,禁子们来索要贿赂,唐僧无奈,把装着袈裟的行李包袱给了他们:

> 狱官见了,乃是一件袈裟,又将别项衣服,并引袋儿通检看了,又打开袋内关文一看,见有各国的宝印花押,道:"早是我来看呀!不然,你们都撞出事来了。这和尚不是强盗,切莫动他衣物,待明日太爷再审,方知端的。"众禁子听言,将包袱还与他,照旧包裹,交与狱官收讫(第九十七回)。

锦襕袈裟虽然没有穿在身上,却仍然能发挥效能,显示出所有者的非同寻常、大有来头。到底是如来"善口"(第四回),说穿我的袈裟,免堕轮回;持我的锡杖,不遭毒害(第八回),这一承诺,在很大程度上是真实可靠的——虽然也有一些水分,和人间的食言而肥者大有区别。像唐僧自己就有点言不由衷。通天河里的大白鼋把四众和白马驮

---

① 钱锺书:《管锥编》,三联书店,2007年,第10页。

到河对岸，求唐僧到西天后，问问如来，自己何时能脱本壳。"三藏响允：'我问，我问！'"（第四十九回）。但唐僧却没有问如来，岂非食言？（第九十九回）。出言践行，言必信，行必果，谈何容易！

三

《西游记》里的锦襕袈裟和历史上的禅宗中的传法袈裟的明显对应关系，说明《西游记》受到禅宗的深刻影响。还可以列举出其它一些受禅宗影响的地方，这里主要限于《金刚经》和《坛经》。

孙悟空拜师学艺，师父是须菩提祖师（第一回）。于是，憺漪子说："此即《金刚经》中之须菩提也。神仙、祖师合而为一，方是仙佛同源。"① 《金刚经》是禅宗所推崇的经典之一，它实际上是佛祖与弟子须菩提的问答。众弟子中，须菩提，号称解空第一，曾得诸天雨花赞叹。六祖慧能因《金刚经》"应无所住而生其心"，言下大悟。（《坛经·行由品》）

须菩提洞府在灵台方寸山，斜月三星洞。憺漪子说："斜月像一勾，三星像三点，也是心；言学仙不必在远，只在此心。"② 孙悟空的名字，即由须菩提解空而来。须菩提所重唯心。心，生万物，发万象，所以住在灵台方寸山，斜月三星洞。孙悟空即是心的外化，在《西游记》中被称为心猿。"心猿"二字见于回目者即达14次。③

五祖赠六祖偈云：

> 有情来下种，因地果还生；无情既无种，无性亦无生。（《坛经·行由品》）

<small>《西游记》里的锦襕袈裟和历史上的禅宗的传法袈裟明显对应说明《西游记》受到禅宗的深刻影响。

孙悟空即是心的外化，在《西游记》中被称为心猿。</small>

---

① 黄周星点评本：《西游记》，中华书局，2009年，第5页。
② 黄周星点评本：《西游记》，中华书局，2009年，第5页。
③ 分别见第七、十四、三十、三十五、三十六、四十一、四十六、五十一、五十四、七十五、八十、八十三、八十五、八十八回回目。

小说中，孙悟空自言："我无性。人若骂我，我也不恼，若打我，我也不嗔，只是陪个礼儿就罢了。一生无性。"而且他还"无生"、"无情"，因为他是从石头缝里蹦出来的（第一回）！祖师生气，大庭广众，走上前，将悟空头上打了三下，倒背着手，走入里面，将中门关了，撇下大众而去。

悟空一些儿也不恼，只是满脸陪笑。原来那猴王已打破盘中之谜，暗暗在心。祖师打他三下者，教他三更时分存心；倒背着手走入里面，将中门关上者，教他从后门进步，秘处传他道也（第二回）。

这和五祖来到碓房一节很相似：

> （五祖）乃问曰："米熟也未？"慧能曰："米熟久矣，犹欠筛在。"祖以杖击碓三下而去。慧能即会祖意。三鼓入室。（《坛经·行由品》）

《西游记》无非是把它翻成白话罢了。在黑风山，观音菩萨和悟空设计，观音变成黑熊怪的朋友妖精凌虚子，去蒙蔽对方。悟空见了道："妙啊，妙啊！还是妖精菩萨，还是菩萨妖精？"菩萨笑道："悟空，菩萨妖精，总是一念。若论本来，皆属无有。"行者心下顿悟（第十七回）。慧能云："前念迷即凡，后念悟即佛。""愚人忽然悟解心开，即与智人无别。"迷与悟，凡与佛，愚与智，二而一耳。所以，憺漪子说："宗门妙谛，未尝不可通玄。"[①] 瞿汝稷《指月录》卷二：

> 须菩提在岩中宴坐，诸天雨花赞叹。尊者曰："空中雨花赞叹，复是何人？云何赞叹？"天曰："我是梵天，敬重尊者善说般若。"尊者曰："我于般若，未说一字，云何赞叹？！"天曰："尊者无说，我乃无闻。无说无闻，是真说般若。"

《西游记》第九十三回，唐僧师徒关于《心经》的一段对话：

---

① 黄周星点评本：《西游记》，中华书局，2009年，第87页。

三藏道："《般若心经》是我随身衣钵。自那乌巢禅师教后，那一日不念，那一时得忘？颠倒也念得来，怎会忘得！"行者道："师父只是念得，不曾求那师父解得。"三藏说："猴头！怎又说我不曾解得！你解得么？"行者道："我解得，我解得。"自此，三藏、行者再不作声。旁边笑倒一个八戒，喜坏一个沙僧，说道："嘴脸！替我一般的做妖精出身，又不是那里禅和子，听过讲经，那里应佛僧，也曾见过说法？弄虚头，找架子，说什么晓得，解得！怎么就不作声？听讲！请解！"沙僧说："二哥，你也信他。大哥扯长话，哄师父走路。他晓得弄棒罢了，他那里晓得讲经！"三藏道："悟能悟净，休要乱说，悟空解得是无言语文字，乃是真解！"

此段师徒性格惟妙惟肖，活蹦乱跳的文字，无非是禅宗文献上诸天雨花一段的变本加厉。行者和唐僧还有一段参禅文字：

　　行者道："佛在灵山莫远求，灵山只在汝心头。人人有个灵山塔，好向灵山塔下修。"三藏道："徒弟，我岂不知？若依此四句，千经万典，也只是修心。"行者道："不消说了。心净孤明独照，心存万境皆清。差错些儿成惰懈，千年万载不成功。但要一片志诚，雷音只在跟下。似你这般恐惧惊惶，神思不安，大道远矣，雷音亦远矣。且莫胡疑，随我去。"那长老闻言，心神顿爽，万虑皆休（第八十五回）。

行者的四句偈语，不知是何人所作；① 但它体现的正是禅宗精神。就此而言，《西游记》就是禅宗定心的艰难心路历程的写实。作者在第七回的一首七律里已经挑明：

> 《西游记》就是禅宗定心的艰难心路历程的写实。

---

① 《销释金刚经科仪会要注解》中有此偈。释云："当面拈出本有之灵山，本有之佛性。要人莫向外求，远指佛在灵山，近指佛及灵山总在汝心。是谓心佛不二也。要人努力勤修，向五蕴身中，识取无位真人也。"

猿猴道体配人心，心即猿猴意思深。
大圣齐天非假论，官封弼马是知音。
马猿合作心和意，紧缚牢拴莫外寻。
万相归真从一理，如来同契住双林。

15. 取经：人性的救赎

十四年的艰难旅程，师徒负担着各自的罪，
风雨同舟，完成了救赎

    人的一个特点是，太以自我为中心了。这为人与人之间交流造成障碍，以至无法理解对方，也根本不想去了解对方，捕捉对方话语的真实意义。大家都是自说自话，相互指责，嘲笑对方，自以为是，乱成一锅粥。中国传统伦理学上的性善、性恶之辨，从孟子、荀子两位儒家台柱子开始，一直到今天的所谓新儒学，就是个典型的例子。我们也不想去凑热闹，只了解一点人性常识。

    性，据《说文解字》，是"人之昜（陽）气，性，善者也。"许慎这个说法，明显地受董仲舒阴阳灾异说、当时的谶纬之学影响，把性作为与情相对的概念，所以，许慎又说："情，人之会（陰）气，有欲者。"[①] 许慎的解释，把性与善等同，实质上是接受孟子的观点。但看上去意思模糊，好像同意重复（tautology）。我们略加疏通：许慎的意思是，性与善的范畴不一样，性是本体论层面的概念，善是道德层面的。不过，这说不上是性的本义；反不如和孟子论学的告子着实，告子说："生之谓性。"（《孟子·告子上》）我们不妨借鉴王安石的《字说》策略，来端详"性"。字面上，生心为性，可能也是字源上的（etymological）。就形而上学言，心属精神层面，要有物质的根基、支持，就是要有肉体存在，始能滋生、安置精神，即心（soul）。人的身体的直接来源是父母。我们的身体，包括毛发，一肌一肤，都是父母给的。（《孝经》）所以孝，严格说来，不但是人性所有的成分，也是一种人与生俱来的义务，必尽的责任。是孝，把人和动物区别开来，甚至把

---

① 段玉裁：《说文解字注》影印本，上海古籍出版社，2012年，第502页。

华夏与夷狄分开，它是中华文化特有的现象。

戴震说："禽兽知母而不知父，限于知觉也；然爱其生之者及爱其所生，与雌雄牝牡之相爱，同类之不相噬，习处之不相啮，进乎怀生畏死矣。一私于身，一及于身之所亲，皆仁之属也。私于身者，仁其身也；及于身之所亲者，仁其所亲也。"（《孟子字义疏证·卷中》）意思是，动物也知爱其母，爱其配偶，爱其同类，爱其自身。但动物不知有父，也就没有孝。所以，孝是人独有的，孝的承受者，主要是父亲，母亲是第二位的，这是人性的本质，也是人性善的表现。另外，这里说的"善""恶"，也需要加以界定。善（good），个体为了他人利益，自愿有限甚至无限地损害乃至牺牲个人及其利益的行为；恶（bad），正好与善相反，它是个人为了自家利益，不惜损害他人，甚至葬送整个世界！

一

唐僧师徒往西天取经的过程，就是实现各自人性救赎的艰难历程。

《西游记》中，唐三藏"投胎落地就逢凶，未出之前临恶党。出身命犯落江星，顺水随波逐浪泱。年方十八认亲娘，特赴京都求外长。总管开山调大军，洪州剿寇诛凶党。状元光蕊脱天罗，子父相逢堪贺奖"（第十一回）。三藏直到十八岁才认母，并为父报仇，最终一家团圆。其行为表明他在孝道上尽心尽力，虽然出家做了和尚，于孝圆满无亏欠。这为其性善提供了现实的基础。当然，不是说，有孝，就必然性善，如果不能正确像孟子说的扩而充之，仍可能执迷不悟地性恶、行恶。如，在号山火云洞为妖的圣婴大王红孩儿，对他父亲牛魔王，也算有孝心，能尽孝道；但沉迷本性，这点孝也挡不住，抵销不了他肆无忌惮为恶，贻害号山（第四十二回）。在平顶山莲花洞为妖的金角大王、银角大王，和红孩儿类似，虽然他们的母亲是干亲（第三十四回）。

至于唐僧只为无心听佛讲，转托尘凡苦受磨，降生世俗遭罗网；（第十一回）。或者如如来所言，"因为汝不听说法，轻慢我之大教，故贬汝之真灵，转生东土"（第一百回）。这和人性之善恶无关，"不听说法"只是个体的认识水平高低问题,求知的兴趣浓淡,学习态度端正与否;所以不妨唐僧多次被称为"十世修行的好人"(第三十二、三十三、四十、四十三、四十八、七十四、八十回),连如来佛都誉之为"圣僧"(第一百回),以致三藏行动处祥云缥缈,瑞气盘旋(第三十三回),暗中有那护法神祇保着他,空中又有那六丁六甲、五方揭谛、四值功曹、一十八位护教伽蓝护送(第二十九回)。

就是说,唐僧是性善论者。孙行者打死六贼,唐僧趁热打铁地训导徒弟:"出家人扫地恐伤蝼蚁命,爱惜飞蛾杀照灯。你怎么不分皂白,一顿打死?全无一点慈悲好善之心!"悟空反驳师父,我若不打死他,他却要打死你哩。三藏道:"我这出家人,宁死决不敢行凶。我就死,也只是一身,你却杀了他六人,如何理说"(第十四回)?苦口婆心劝悟空:"出家人行善,如春园之草,不见其长,日有所增;行恶之人,如磨刀之石,不见其损,日有所亏"(第二十七回)。唐僧看到被谋害的乌鸡国国王尸体,忽失声泪如雨下,八戒觉得可笑,问:"他死了可干你事?哭他怎的!"三藏道:"徒弟啊,出家人慈悲为本,方便为门,你怎的这等心硬"(第三十八回)?三藏听得比丘国国王要用小儿心做药引子,不觉大哭。八戒近前道:"师父,你是怎的起哩?专把别人棺材抬在自家家里哭!他伤的是他的子民,与你何干!"三藏滴泪道:"徒弟啊,你是一个不慈悯的!我出家人,积功累行,第一要行方便。无道之事,教我怎不伤悲"(第七十八回)!

> 唐僧是性善论者。

唐僧也是性善论的实行者。他在日常社会交际中的谦卑姿态,——我们在前文《唐僧取经成功的奥秘》中探讨过——就含有性善的预设。从发生学(genesis)的角度说,他的徒弟们的情况就大不相同。

> 唐僧也是性善论的实行者。

二

孙悟空,是花果山顶上那块仙石里崩裂出生的。他没有父母,自说无性(第一回)。如果真是这样,孝,在他身上就失去对象,没有承受者,无有着落。本体论层面,也就说不上他是性善或性恶。但他进入现象界，落入现实社会，从其作为看，一味放纵自我，贪口腹之欲，损人利己，目空一切，不顾大体，不知天高地厚。如来骂他是初世为人的畜生（第七回），说具天仙身份的孙悟空是畜生，那是含有道德评判的，已断定他是性恶者。

猪八戒同样是性恶者。他从猪胎转世，先不说背负着在天国所犯的罪。不打自招："是我咬杀母猪，可死群彘，在此处占了山场，吃人度日"（第八回）。这和如来佛的行为大相径庭。如来说：我在雪山顶上，修成丈六金身，被孔雀把我吸下肚去，剖开脊背，跨上灵山。认为伤孔雀如伤我母，故此留他在灵山会上，封他做佛母孔雀大明王菩萨（第七十七回）！八戒的行为，可说全无人心，只是畜生行径，和孙悟空诚是难兄难弟！

沙和尚这方面的情况，我们不太了解，他似乎只是行为上的过失，当权者对其处罚过于严厉，和性善性恶无干。但当他贬落流沙河时，就堕落为吃人的妖怪，自家辩解是没奈何，饥寒难忍，三二日间，出波涛寻一个行人食用，"我在此间吃人无数，向来有几次取经人来，都被我吃了。"其中九个是取经人（第八回）。即使他本来性善，也已在环境濡染下，变为性恶。

取经队伍中，还有唐僧骑的白马，本是西海龙王之子，是他父亲告他忤逆，犯了死罪（第八、十五、二十三回）。也是性恶者。

这四个性恶者，背负着各自的罪孽，需要救赎。并且，在观音菩萨的劝解下，确也良心发现，愿意清算、洗涤以前的罪恶，以求被社会接纳。于是，观音菩萨安排他们做性善者唐三藏的徒弟——唐僧虽然性善，同样有罪要救赎，只是如来说的唐僧不听说法的罪，并没有那么严重，非实质的——师徒相互扶持，通过取经的艰难之旅，锤炼精神，除掉恶，生发善，完善自我。

三

这样看来，西行路上，取经僧与妖怪的冲突，主要就是对一个完全的性善者妥善保存与千方百计地损害之间的冲突、斗争。斗争中，唐僧是双方争夺的焦点。由此，引起取经人内部矛盾，如何对付妖怪，本质上就是性善与性恶的冲突，体现在唐僧与孙悟空的纷争上。

孙悟空，本来是犯有严重罪恶的人①，被压在五行山下五百年，对自己的作为，应该是有足够的时间，比较充分地去考量，所以一见菩萨，就说"知悔"，表示认罪，愿做徒弟，保取经人上西天去（第八回）。菩萨满心欢喜，说，悟空这是"善"言。——善言，发于善心。就是说，从悟空悔悟时，善心出现，但恶心并未被除净尽，积习难改！

随意打死六个拦路抢劫的毛贼后，观音菩萨意识到孙悟空光有善心萌发是不够的，必须对这个性恶者和长期惯于恶行的人加以外部的约束；于是，让唐僧给他戴上紧箍儿（第十四回）。说明，性恶者在思想、行为上，必须无条件地接受性善者的引导。唐僧和孙悟空的师徒关系，其实是父子关系的变形。悟空曾两次说："一日为师，终身为父"（第七十二、八十一回）。又说，"与你做徒弟，就是儿子一般"（第八十一回）。强调，仁必以孝为先；个体对罪恶的救赎，必须在善——精神之父的指引下，监督下，推动下，才能有效地开展。但孙悟空的性恶，仍时时发露，犹如癫痫病患者。如，观音禅院着火，广目天王笑他还是这等起不善之心，只顾了自家，就不管别人！——这是说他消极为善。其实，更坏，可说是积极为恶，孙悟空坐在房脊上放风，助长火势；（第十六回）。黑熊怪说他是"行凶招风"！一点不假——我们不能因黑熊是妖怪就废了他的话吧。第一次被唐僧逐走，孙悟空回到花果山，一下打

> 西行路上，取经僧与妖怪的冲突，主要就是对一个完全的性善者妥善保存与千方百计地损害之间的冲突、斗争。

---

① 我们所认为的孙悟空的罪恶和神佛世界主要怨他犯上作乱不一样。他犯上作乱，说"皇帝轮流做明年到我家"（第七回）！那是他不屈服于现存制度，敢于反抗权威，挑战僵化的秩序，是革命精神的体现，倒是使我们佩服的。他的罪恶，我们认为主要体现在他无故杀人。如："不瞒师父说，我老孙五百年前，据花果山称王为怪的时节，也不知打死多少人"（第十四回）！"老孙在水帘洞里做妖魔时，若想人肉吃，便是这等。或变金银，或变庄台，或变醉人，或变女色。有那等痴心的，爱上我，我就迷他到洞里，尽意随心，或蒸或煮受用；吃不了，还要晒干了防天阴哩"（第二十七回）！

死上山打猎的千余人，鼓掌大笑："造化，造化！自从归顺唐僧，做了和尚，他每每劝我话道：千日行善，善犹不足；一日行恶，恶自有余。真有此话！我跟着他，打杀几个妖精，他就怪我行凶。今日来家，却结果了这许多猎户"（第二十八回）。所以，唐僧骂他："这泼猴多大惫懒！全无有一些儿善良之意，心心只是要撒泼行凶哩"（第四十回）！最后，恶性大发，又被唐僧逐走（第五十六回）！悟空找菩萨评理，菩萨谆谆告诫，语重心长："似你有无量神通，何苦打死许多草寇！草寇虽是不良，到底是个人身，不该打死，比那妖禽怪兽、鬼魅精魔不同。那个打死，是你的功绩；这人身打死，还是你的不仁。但祛退散，自然救了你师父，据我公论，还是你的不善"（第五十七回）！菩萨不光这么教导人，而且言行一致，身体力行，孙悟空也多次目睹菩萨慈悲为怀的善行，无微不至，① 终于动心改性。于是，六耳猕猴出现，——它其实是孙悟空恶性的具体化（embodiment），所以，他俩的能耐一样大，大家都难辨其真假，如来佛说这是二心竞斗。在如来的帮助下，孙悟空才举棒打死六耳猕猴，表明他终于克服恶性（第五十八回）。这是孙悟空人性救赎上的阶段性成果。恶性死去，善性萌发，犹如芸田除草，为善性自由舒展提供了必要条件。要实现人性的完善，道路还长着哩。

在比丘国朝廷上，孙悟空剖开肚皮取心：却都是些红心、白心、黄心、悭贪心、利名心、嫉妒心、计较心、好胜心、望高心、侮慢心、杀害心、狠毒心、恐怖心、谨慎心、邪妄心、无名隐暗之心、种种不善之心，更无一个黑心（第七十九回）。黑心，即恶心，恶性，六耳猕猴已死棒下，故无黑心。但行者尚有种种不善之心。不善之心，和恶心是

六耳猕猴其实是孙悟空恶性的具体化，孙悟空举棒打死六耳猕猴，表明他终于克服恶性。

---

① 菩萨收了黑熊怪，给他戴上箍儿，孙悟空说："诚然是个救苦慈尊，一灵不损。若是老孙有这样咒语，就念上他娘千遍！这回儿就有许多黑熊，都教他了帐"（第十七回）！在号山，放一海之水前，菩萨不惮其烦，先把三百里远近地方，打扫干净，"不许一个生灵在地，将那窝中小兽，窟内雏虫，都送在巅峰之上安生。"……孙大圣见了，暗中赞叹道："果然是一个大慈大悲的菩萨！若老孙有此法力，将瓶儿望山一倒，管什么禽兽蛇虫哩"（第四十二回）！

有区别的。恶心会驱使人主动、积极为恶；不善之心即使为恶，也是被动、消极的。比如，孙悟空在除掉恶性后，再也没有发生过打死平民的事，死在棒下的都是妖怪。但要实现救赎，还需要把种种心消灭掉，只剩一心，完全性善才行。

四

在对付妖怪上，唐僧和孙悟空的策略是截然不同的。唐僧坚持不杀生，慈悲为怀，即使对那些安心要吃他肉的妖精，也不忍心伤害；至少从来没有在解放后，因为绳捆索绑，受尽皮肉之苦而算计着报复，秋后算账。作为一个性善者，唐僧具有性善者共有的弱点，就是轻信。孔子所谓，君子"可欺也，不可罔也。"（《论语·雍也》）孟子所谓，"君子可欺以其方，难罔以非其道。"（《孟子·万章上》）唐僧面前的明明是妖精，但它善于伪装，花言巧语，头头是道，骗得你眼花缭乱。唐僧像智力被拆除，并重新设置了程序一样，对之深信不疑，言听计从。唐僧一则被蒙蔽于白骨夫人所化的村姑、老妇、老叟（第二十七回），再则受欺于银角大王假变的道士（第三十三回），三则上当于红孩儿伪装的落难童子（第四十回），四则相信半截观音杜撰的美女被劫落难史（第八十回）。因为唐僧是百分之百的性善者，假如有更多的机会，他一定会继续上当，毫不落空！

孙悟空则主动出击，降妖伏魔，而且斩草除根，扫荡无余。他在灭六耳猕猴，即恶心后，对于妖魔仍然是不分罪恶轻重，一概剿灭——可参看前文《妖怪的谱系学》。孙悟空的策略是除恶务尽，甚至在妖精尚未为恶时，预先除妖！如，对木仙庵的树精。

此真禅宗所谓无水脱鞋，先搔待痒！菩萨已经教导过这猴子："菩萨，妖精，总是一念"（第十七回）。所谓妖精，多是心迷而陷于性恶者，难道不能像你孙行者一朝幡然悔悟？！以将来要成大怪害人不浅为由而肆意滥杀，可见其"杀害心、狠毒心"犹存。

当然，我们也不反对除恶，但要适可而止。佛教虽有不杀生的戒律,但又有一杀多生的教导:就是允许杀一恶人,而救多人。① 如果难以权衡,还是老老实实像唐僧那样死守着不杀生的教条为是。这使唐僧显得非常迂腐,招人恨。② 但我们还是忍不住要向这个不单在《西游记》中是独一无二、虔诚到不可救药的性善论者致敬。

经过复杂的斗争和不懈的努力,孙悟空还是得了正果,成佛作祖,坐莲台。从一个罪行累累性恶的妖猴,转变为性善的斗战胜佛。这时候,那个限制他为恶的紧箍咒消失了,因为性恶销尽,是单一的善心、善性,没有必要再接受外来的善性引导和限制(第一百回)。在人性的救赎上,八戒和沙僧与悟空类似。我们不去细说,大致上,沙僧是个"好人"(第二十七回),八戒是个真人——袒露着人性的弱点,悟空是个能人,唐僧是个圣人。通过十四年的跋山涉水的艰难旅程,师徒负担着各自的罪,患难与共,彼此扶持,完成了人性的救赎。

> 沙僧是个好人,八戒是个真人,悟空是个能人,唐僧是个圣人。

---

① 《瑜伽师地论》卷四十一:"菩萨见劫盗贼为贪财故欲杀多生,或复欲害大德声闻独觉菩萨,或复欲造多无间业。见是事已,发心思惟:'我若断彼恶众生命,堕那落迦。(那落迦,地狱名)如其不断,无间业(恶业)成,当受大苦。我宁杀彼,堕那落迦。终不令其受无间苦。'"

② 1961年,郭沫若同志看了《三打白骨精》,写诗说:"千刀当剐唐僧肉!"具有革命浪漫主义精神的毛泽东,答诗曰:"僧是愚氓!"

学问 与 渊源

16.《西游记》里的大诗人

> 八戒的诗虽然拘谨于自身，缺乏现实关怀，但距离
> 唐诗大家的标准还是比唐僧、孙悟空近些

文学史家刘大杰把唐代称作中国诗歌史上的黄金时代，并说自帝王、贵族、文士、官僚，以至和尚、道士、尼姑、歌妓，都有作品；认为唐诗的主要特色，是内容丰富，反映的社会生活广阔，在诗歌艺术上，得到高度的成就。……无论大地山河、战场边塞、农村商市，以及社会各阶层人民的生活，政治的现状，历史的题材，阶级的对立，妇女的遭遇等，无不加以描写。因此扩大了诗的境界，丰富了诗的内容，加强了诗的生命，提高了诗的地位。[①] 这个论断，也适合于《西游记》里的唐代社会，自然是带着那么一点儿戏谑（parody）的味道。

一

我们先看《西游记》里有哪些人作过唐诗。当然，唐诗的唐是就时代而言，就是唐僧取经的十四年，或者说唐太宗在位期间。这里只有两个例外，就是须菩提祖师和他的徒弟孙悟空在五百多年前就已经进行唐诗写作——须菩提祖师甚至已经写出成功的词——这种要到晚唐，也就是唐僧取经后二三百年才大量出现的文体——为人所传唱。他们虽然可以称为唐诗先驱之先驱，因为这两位五百年前的诗歌不是很多，只好委屈一下，一并归拢在唐诗里讨论吧。

[①] 刘大杰：《中国文学发展史》，上海古籍出版社，1998年，第397—398页。参见笔者博士学位论文《唐宋诗里的孔子研究》。

表一：诗人与作品

	回数	体裁	说明
须菩提	1 2	词一首 七古一首：共2首	孙悟空的授业师父，居西牛贺洲
大众	8	七律三首	大众在盂兰盆会上向如来献诗，身份是菩萨，如来弟子
观音菩萨	8 11	七律一首 七律二首、杂言一首：共4首	
张稍、李定	9	词十首，七律二首，七古二首：共14首	此二位是泾河边上的隐士，所作诗词，属于传统的渔樵问答
玉帝	9	五绝一首	给泾河龙王的降雨敕文
崔珏	10	七绝一首	崔珏是地狱判官
唐太宗	11	五律一首	游览地狱、还魂后的感慨
李长庚	13 21 44	七绝一首 七绝一首 杂言一首：共3首	就是太白金星，一个和稀泥的老头子；虽然和后来让高力士脱靴的李太白重名，但二人风格很不一样
乌巢禅师	19	五古一首	
护法伽蓝	21	七绝一首	
流沙河碑文	22	五绝一首	
贾家庄寡妇	23	七律一首，七绝一首：共2首	不知是观音菩萨、黎山老母、文殊、普贤中的哪一位；待考
黄袍怪	30	七绝一首	他是奎星下凡，二十八宿之一，
宝林寺僧官	36	杂言诗一首	
宝鸡国王后	38	七绝一首	此诗有衬字
虎力大仙	45	杂言一首	祷词
鹿力大仙	45	杂言一首	祷词

(续表)

	回数	体裁	说明
车迟国王	46	七古一首	虽是八句，但不是律诗
陈清	47	七绝二首	他是通天河边陈家庄的财主
灵感大王	49	七古一首	他是观音菩萨荷花池里的金鱼成精
翠云山樵夫	59	七绝一首	翠云山就是铁扇公主修炼的地方
孤直公	64	七律二首	柏树成精
凌空子	64	七律二首	桧树成精
拂云叟	64	七律二首	竹子成精
十八公	64	七律二首	松树成精
杏仙	64	七律一首	杏树成精
小张太子	66	七古一首	泗州大圣弟子
驼罗庄老者	67	杂言二首	
朱紫国太医	68	七绝一首	
朱紫国王	70	七古一首	虽是八句，却非律诗
朱紫国王后	71	七古一首	虽是八句，却非律诗
赛太岁	71	七绝一首	他是观音菩萨的坐骑金毛成精
半截观音	81 82	七古一首 七律一首：共2首	她是金鼻白毛老鼠精
凤仙郡侯	87	七古一首	
天竺国翰林名士	94	七绝四首	
玉兔	95	七古一首	她在天竺国冒充该国公主
寇梁	97	杂言一首	其实是母亲口述，由他笔录的状词
南无宝幢光王佛	98	七古一首	虽是八句，却非律诗

表二：孙悟空作品

诗人小传	回数	五古	五律	七古	七律	七绝	杂言	总计
孙悟空，东胜神洲海外人也。自号天生圣人，玉皇大帝赐号齐天大圣。曾在天宫任弼马温，后因不堪吏事尘下，挂冠归隐花果山。玉帝终惜其大才非世所有，于天宫特设齐天大圣府以居之。因放浪形骸，不遵礼法，被压五行山。继则幡然悔悟，尽改前愆。以赫赫功业，晋位斗战圣佛。诗才敏捷，脱口而章，得风雅之正。	1		1					31首。其中发现水帘洞，他即兴作了首五律，学道归来，翻着筋斗云，作了首七律。这都是在五百年前作近体诗。——不但是唐初沈佺期、宋之问等摸索近体诗的老前辈，就是齐梁诗人沈约、庚信都瞠乎其后了。其它都是取经途中创作的，是名副其实的唐诗。
	2				1			
	7			1				
	35	1						
	36					1		
	37			1				
	38						1	
	39				1			
	41				1			
	44						1	
	46			1				
	51			1	1	1		
	63			1				
	66				1			
	67			1				
	68			2				
	70			1			1	
	71			1	1			
	73			1	1			
	77				1			
	81						1	
	85			1	1			
	88			1				
	94						1	
	总计	1	1	13	6	5	5	

表三：唐玄奘作品

诗人小传	回数	五古	五律	七古	七律	七绝	杂言	总计
唐玄奘，大唐太宗皇帝之御弟也。俗称唐僧，号三藏。有潘安之貌，宋玉之才。一生不近女色，坐怀不乱之柳下见之亦当有惭色也。其诗诸体皆善，享誉海外。一时奉为宗师，被认为最有盛唐气象。	20	1		1				28首。此外，还和十八公等老诗翁在木仙庵联句酬唱，顾盼自雄，文采风流，令人引领企踵，叹赏击节。我们就不计算它了。 五言排律，加衬字"此时"。
	23				1			
	32			1				
	36			1	1			
	37				1			
	46				1			
	48		1					
	49				1			
	56						1	
	64				2			
	65				1			
	68						1	
	70			1			1	
	73					1		
	80				1			
	81				1			
	85				1			
	92				1			
	93					1		
	94					4		
		1	1	4	13	6	3	

表四：猪悟能和沙悟净作品

诗人小传	回数	五古	五律	七古	七律	七绝	杂言	总计
猪刚鬣，曾为天蓬元帅。少时多能鄙事，不废食色，在福陵山以吃人为业，不久入赘卵二姐家。后又以高翠兰小姐续弦，夫唱妇随。孰知不为岳丈所喜！诚所谓诗人多穷，命运坎壈也。乃发愤而作，弃离妻子，毅然西行。归依佛教后，改名悟能，又称八戒；无号，自称老猪，被唐诗名家之齐天大圣称为呆子。其诗怨以思，哀而不伤；有真情，去雕饰。不为当时所重。谁知1883年后，文运昌盛，其诗作为半闻堂主重新发现，拂拭吹嘘，竭力揄扬，论定为第一大诗人，压倒乃师玄奘、乃兄行者。诗人猪刚鬣作为唐诗大家之经典地位从此稳如泰山。	19	1		2				12首。加有衬字"我说你"。
	23						1	
	36					1		
	41				1			
	44						1	
	46						1	
	49					1		
	61						1	
	85				1			
	94						1	
	总计	1		2	1	3	5	
沙悟净，曾为卷帘大将。归依佛教后，始得此名，又名沙和尚。因人成事，碌碌无为。所贵者，大事不糊涂耳。其诗聊备一格。	22			2				5首。
	36					1		
	49					1		
	94						1	
				2		2	1	

通过以上四表，可以看出，《西游记》中作诗最多的依次是孙悟空、唐三藏、猪八戒、沙和尚、观音菩萨。张稍、李定虽然作品多，但他们是一时造就，此后就没有再露面；而且严格说来词作占了绝大比例。所以，我们把这二位排除在外。《西游记》里人人能诗，人人作诗，当然，诗歌质量的高低是另外一回事儿。从玉皇大帝到如来身边的众菩萨，从隐居深山、打柴为生的樵夫，到地狱里的判官，都受大唐文化的浸润，把诗歌作为一种表情达意、传递意图的手段。

《西游记》里的诗歌，表现出这样两个鲜明的特点：

一是它的实用性，工具性。如玉帝所下的降雨敕书，就是一首五言绝句：

> 敕命八河总，驱雷掣电行；明朝施雨泽，普济长安城。（第九回）。

铜台府地灵县，寇洪家遭强盗，寇洪被踢死。其子寇梁的状词，是依母亲之言。写道：

> 唐僧点着火，八戒叫杀人。沙和尚劫出金银去，孙行者打死我父亲（第九十七回）。

佛教有所谓的"绮语戒"，作诗则是绮语之一端，至少是僧徒应该回避的。《西游记》中则不然，不但观音菩萨作诗，盂兰盆会上，大众感激如来赐给礼物，各献诗伸谢（第八回）。而且路标上的说明也是诗。如流沙河边的碑上就是一首五言绝句：

> 八百流沙界，三千弱水深。鹅毛飘不起，芦花定底沉（第二十二回）。

由此，可以说唐诗如日月雨露一样，不分中华、夷狄，不分妖精菩萨，不分皇帝、隐士，人人都离不了它。

二是它的游戏性。最典型的是一本正经的唐三藏作的那首药名七律：

> 自从益智登山盟,王不留行送出城。路上相逢三棱子,途中催趱马兜铃。寻坡转涧求荆芥,迈岭登山拜茯苓。防己一身如竹沥,茴香何日拜朝廷?(第三十六回)。

益智、王不留行、三棱子、马兜铃、荆芥、茯苓、防己、竹沥、茴香,都是药名。正因为如此,在凄凄惨惨、战战兢兢的心情下,说出来,竟然会听得孙悟空呵呵冷笑。再如,驼罗庄的老者描绘和尚降妖:

> 那个僧伽,披领袈裟。先谈《孔雀》,后念《法华》。香焚炉内,手把铃拿。正然念处,惊动妖邪。风生云起,径至庄家。僧和怪斗,其实堪夸:一递一拳搗,一递一把抓。和尚还相应,相应没头发。须臾妖怪胜,径直返烟霞,原来晒干疤。我等近前看,光头打的似个烂西瓜(第六十七回)!

还有一个特点,就是诗歌的好坏,和作诗者的尊贵程度、官阶高低,没有必然联系,甚至往往是成反比关系。所以,车迟国国王、朱紫国国王、朱紫国皇后,都炮制出七言八句的东西,貌似律诗,可惜根本就不是。古人云:纱帽底下好作诗!但绝不是纱帽底下作好诗!《西游记》里的皇帝,还没有那么处心积虑地狡猾。后世可就不同了,比如"十全老人"乾隆皇帝,就知道让沈德潜、钱载等人来"捉刀"作诗,真是无耻极矣!可见,人心不古,每况愈下呀。

(旁注:纱帽底下好作诗!但绝不是纱帽底下作好诗!)

二

明代的唐诗研究者,像高棅,将唐代重要诗人分为大家、名家。衡量下来,只有老杜算是大家,诗仙李白还要低一个档次,王孟韦柳只能算是名家了。一群人吵吵嚷嚷,热热闹闹,各执己见,不可开交,争得面红耳赤,揎拳捋袖。不过,实际上也并没有硬性的大家、名家标准。英国诗人奥登在《19世纪英国小诗人选集》序言中曾说"一位诗人要成为大诗人,在下列五个条件之中,必须具备三个半才行":

1. 他必须多产；
2. 他的诗在题材和处理手法上，必须范围广阔；
3. 他在洞察人生和提炼风格上，必须显示独一无二的创造性；
4. 在诗体的技巧上，他必须是一个行家；
5. 就诗人而言，我们分得出他的早期作品和成熟之作。就大诗人而言，成熟的过程一直持续到老死，所以读者面对大诗人的两首诗，价值虽相等，写作时序却不同，应能指出，哪一首写作年代较早。相反地，换了小诗人，尽管两首诗都好，读者却无法从诗歌本身判定其年代先后。①

说得有点玄乎，难怪外国人老把诗人和疯子等同起来！余光中在《谁是大诗人？》②中对此也有所探讨。认为名声和荣誉，应该是最不可靠的标准。多产也不能算一个标准，尽管天才的创造力应该比常人旺盛。某种程度的多产仍是必须的，但重复是没有意义的。影响力似乎也是一个标准。一个大诗人不但左右一代风尚，且泽被后世。独创性（originality），理论上说来，是大诗人需要具有的。另一种可能的标准，是普遍性：第一是雅俗共赏，第二是异地同感，也就是放诸四海而皆准。持久性是一个相当可靠的标准。真正的杰作历久不灭。最后，我们似乎应该考虑考虑博大性和深度。

中西合璧一下，我们隆重推出一个通俗、简约的大诗人标准，必须具备以下条件：作品数量要多，质量要高，影响要大。比如老杜，他就能满足这三个条件，是唐诗大家。但这只是成为大诗人的必要条件，而非充分条件。如果只满足这三个条件，就是大家，那么，李白也是大家了。然而不然，简单地说，李白诗歌缺少民胞物与、悲天悯人的情怀，他只是关心一己哀乐得失，是个个人主义者，在道德品格上与杜甫不能同日而语。二人的关系，犹如儒家孔子《论语》与道家庄周《庄

---

① 转引自蒋寅：《家数·名家·大家——有关古代诗歌品第的一个考察》（《东华汉学》，2012年6月第15期）http://blog.renren.com/share/260396773/15431917841

② 《余光中集》，第四卷，百花文艺出版社，2004年，第356—360页。

子》,《论语》是经,《庄子》是子;孔子是圣人,庄子只是诸子之一。这样,白居易也就成不了大家,因为他虽作品多,影响大,但质量要次一点。

有了这点铺垫,我们来看谁是《西游记》里的大诗人。从数量上看,孙悟空、唐三藏的诗最多。唐三藏的诗在当时很受推崇。和他联句唱和的拂云叟道:"我等皆鄙俚之言,惟圣僧真盛唐之作,甚可嘉羡"(第六十四回)。另外,唐三藏和翰林名士的《春景诗》等四首七绝,赢得天竺国王的称赏,并且"命教坊司以新诗奏乐,尽日而散"。就是说,唐三藏的诗,数量多,影响大,但它质量高吗?举他的一首古风长篇:

> 皓魄当空宝镜悬,山河摇影十分全。琼楼玉宇清光满,冰鉴银盘爽气旋。万里此时同皎洁,一年今夜最明鲜。浑如霜饼离沧海,却似冰轮挂碧天。别馆寒窗孤客闷,山村野店老翁眠。乍临汉苑惊秋鬓,才到秦楼促晚奁。庾亮有诗传晋史,袁宏不寐泛江船。光浮杯面寒无力,清映庭中健有仙。处处窗轩吟白雪,家家院宇弄冰弦。今宵静玩来山寺,何日相同返故园?(第三十六回)。

这大概是唐三藏质量最高的一首,但只是让人感到四平八稳,没什么太多的毛病罢了。缺少打动人心、触及灵魂的力量与诚挚,总像是缺铁元素的植物,贫血的人。所以唐三藏算不得唐诗大家。另一个候选人,孙悟空如何呢?数量、质量、影响方面,和唐三藏不相上下。但他另外有更严重的问题。在那个明月夜,见唐三藏诗兴大发作了首古风,悟空也作了首七绝:

> 前弦之后后弦前,药味平平气象全。采得归来炉里炼,志心功果即西天。

带些玄学的味道,当然也是诗歌风格多样性的一端。但问题是,这首诗是张伯端《悟真篇》里的诗!张伯端虽然是三百年后才发迹大红大紫地被尊为真人、神仙,但他在三百年前的《西游记》里也不时出没,和孙悟空有过来往(第七十一回)。谁知,孙悟空竟然不声不响地到

三百年后的诗集里做贼！真是陈亚所谓，"叵奈古人多意智，预先偷了一联诗！"（《古今谭概》）

偷那么一联半句，尚可以苏轼所谓的"江上之清风，山间之明月，耳得之而为声，目遇之而成色"之类滥调解嘲（《赤壁赋》），英雄所见略同或全同，况且在诗歌创作领域率先实行共产主义，也具有后现代派推重互文性（intertextality）的时髦，至少无甚大碍。

但孙悟空另外还有一点。他曾在玉帝金銮殿前，作诗记兴曰：

> 风清云霁乐升平，神静星明显瑞祯。河汉安宁天地泰，五方八极偃戈旌（第五十一回）。①

这完全是闭着眼睛为统治阶级歌功颂德，粉饰太平的东西，散发着罪恶的臭气，只堪扔到茅厕里！当时，兕大王在金兜山为妖，肆虐人间，搅得天翻地覆，孙悟空请来的各路神圣、天兵天将，都束手无策，他到天宫，也是来搬救兵的，却说什么"天地泰"、"偃戈旌"！这样的诗歌，毫无生命力，毫无意义。就好比周作人在抗日战争时期，接受傀儡政权的伪职一样②，整个地使自家名誉扫地。如果一个诗人，特别是一个大诗人，没有现实的批判锋芒，做社会的刺激者"牛虻"的自觉性，缺乏问题意识，对于社会和未来就没有任何价值，就没有尽到作为诗人的责任，根本就不要说什么大诗人！所以，孙悟空也不是《西游记》里的大诗人。

三

那么，《西游记》里就没有大诗人了？别急！我们需要逐个细谈，

---

① 憺漪子却把孙悟空的这首颂圣诗给删去了。大概是为贤者讳，代人藏拙之意。但这在客观上岂不是篡改历史吗？其行为甚不可取！（黄星周点评本：《西游记》，中华书局，2009年，第238页）
② 周作人在1939年1月接下汪精卫"南京政府国立"北京大学图书馆馆长的聘书，3月应聘兼任北京大学"文学院筹办员"，开学后兼任文学院院长。

才能下结论。猪八戒的诗歌数量居第三,也算是比较多的。他诗歌的影响,在当时不如唐三藏、孙悟空那么大。但有些诗人的影响是在后世才逐渐成长起来的,最著名的就是美国诗人狄金森(Emily Dickinson)。据我们看,八戒的诗歌也有这种倾向。而且我们以前考察过,他也是颇有学问的,所以,这在某种程度上保证了他诗歌的质量。但他的诗歌风格不像唐僧,并没有学者诗的特点,孤芳自赏,夜郎自大,好在诗歌里搬运典故,上引唐僧的古风就是典型。八戒的诗则是开口见喉咙式的直抒胸臆。如,在宝林寺的那个月夜,八戒也作了首咏月诗:

> 缺之不久又团圆,似我生来不十全。吃饭嫌我肚子大,拿碗又说有粘涎。他都伶俐修来福,我自痴愚积下缘。我说你取经还满三途业,摆尾摇头直上天(第三十六回)。

此诗除了"我说你"三个衬字,就是一首合格的七律。文字通俗,意思明白,有感而发,物我交融,有常州词派所谓的"寄托"哩。憺漪子于《西游记》里的诗极少许可,独于八戒此诗,批曰:"亦是本色家常语,不可以其呆而废之!"[①]

再如,八戒一心想做赘婿,对准丈母娘解释自己:

> 虽然人物丑,勤紧有些功。若言千顷地,不用使牛耕。只消一顿钯,布种及时生。没雨能求雨,无风会唤风。房舍若嫌矮,起上二三层。地下不扫扫一扫,阴沟不通通一通。家长里短诸般事,踢天弄井我皆能(第二十三回)。

应该说它是一首规矩的杂言诗,十句五言,接着是四句七言。文字简净,内容写实。所以,就品格上看,八戒的诗在悟空的诗之上。就个性刻露,独抒己见而言,又胜唐僧一筹。但他的诗,拘谨于自我,缺少现实的深切关怀,单薄,不厚重,没有积极的批评意识,那种个人式

---

① 但对此诗有删改。黄星周点评本:《西游记》,中华书局,2009年,第171页。

的牢骚不满，顶多也就能说他的批判意识是自发的，消极的，偶尔迸发的火花。所以，严格说来，八戒离大家的标准，也是有距离的；但他离大家的距离比唐僧、孙悟空都近，却无疑问。如果一定要在《西游记》里推举一位唐诗大家的话，只能是猪八戒了！唐三藏、孙悟空则是唐诗名家。观音菩萨嘛，因为是大领导，官位高，还不敢说她是业余诗人；而且她又是美女。——有大官、美女这样的双重引擎作保障，观音菩萨的诗不论好坏，都是会很火的，估计《西游记》里的大家、名家都望尘莫及！

如果谁对我们的说法持有异议。那么，在反驳之前，请回答一下奥登提的四个问题，你是否喜欢：

1. 长串的专名，比如《旧约》里的祖谱，或《伊利亚特》里船只的清单？

2. 谜语以及其它不直接说出的话语？

3. 技巧难以掌握的复杂诗歌形式，比如威尔士警句式四行诗、古冰岛语八行诗和六行诗，即使它们内容并不重要？

4. 自觉的戏剧夸张，巴洛克式的恭维，比如德莱顿对奥蒙德公爵夫人的欢迎？

如果这四个问题你都是肯定的回答，奥登说，他才可以决定相信你在所有文学问题上的判断力。[①] 也就是说，然后可以对《西游记》里的大诗人是猪八戒说三道四——真理愈辩愈明，我们也是乐于倾听那些有价值、有分量的不同声音。

---

① 迈克尔·格洛登等：《霍普金斯文学理论和批评指南》第二版，外语教学与研究出版社，2011年，第1168—1169页。

17. 从"四泉"到"五谷轮回所"

名号文化在《西游记》中也颇多彩,取经者有号,
妖精有号,连厕所都有号

一

《西游记》中很多人物是有号的。号是古人名字之外的别称,所以又叫别号。文化史研究者说:封建社会中的士大夫,特别是文人往往有自己的别号。本文对此稍加生发,简单梳理一下《西游记》产生前后号的演进。

宋代以后,取别号的风气尤盛,有的人别号多达十几、几十个,简直如现代作家的笔名。① 历史地看,别号大致有两种,一是外号,或者说绰号,多是外人给起的——像《水浒传》中的一百单八将,都是"江湖人称"。又如《金瓶梅》里西门庆的顶头上司夏提刑,巡按山东监察御史曾孝序上奏章弹劾他,"接物则奴颜婢膝,时人有丫头之称;问事则依违两可,群下有木偶之诮"。(《金瓶梅》第48回)。一下就赢得两个外号:丫头,木偶!这是夏提刑治下的百姓或下级给他恰切的考评。二是自号,自己命名,像陶渊明因为宅边有五棵柳树,因以为号焉。("五柳"是他老人家的自号,后世有时也就用这自号称呼他。)我们先考察《金瓶梅》中的自号。

清代赵翼断言:东汉人尚无别号(《陔余丛考》卷三十五),又说,别号当自战国时始,东西汉时尚少,别号之风越刮越盛,不过都是只是畸人逸士、好奇吊诡者喜欢弄的玩意儿。即使到唐代,这种状况也变化不大,"亦皆岩栖谷汲、隐君不仕或仕而归田者,乃有此号。至达

---

① 《中国文化史三百题》,上海古籍出版社,1987年,第335页。

官贵人,则自以官位相呼,不谋别署一号以摩高致也。达官贵人之有别号,盖始于宋之士大夫。相习成风,遂至贩夫牙侩,亦莫不各有一号。宋人小说载某官拿获一盗,责其行劫,盗辄曰:'守愚不敢!'诘之,则守愚者其别号也。盗贼亦有别号,更何论其他矣。"(《陔余丛考》卷三十八)赵翼说的是宋代以前的情况,那么明代又如何呢?明代郎瑛说:"昔黄慈湖曾有一书,与人辩道号之称,及世俗取者之多。予尝读之喟然。近世谄谀卑佞之习尤胜,似又非慈湖之时比也。二三十年之间,鲰生、小吏,亦各以道号标致,况有一命者乎,然皆忘其名与字,可笑也。旧有一诗云:孟子名轲字未言,如今道号却纷然。子规本名是阳鸟,更要人称作杜鹃。——正可以嘲今日。"(《七修类稿》卷五十一)郎瑛生活的时代,正是《金瓶梅》成书的时代,书里描绘的就是当时的社会生活,时人取号成风在《金瓶梅》中有充分的反映。

二

因是当朝太师蔡京的干儿子而被取为新科状元的蔡蕴,来清河县财主、也是蔡京干儿子之一的西门庆家打秋风,其人自号"一泉",一道来的还有同榜进士安忱,自号"凤山"。(《金瓶梅》,第四十八回,二、三、四节均略去书名)陕西巡按御史宋盘,就是蔡京的儿子蔡攸的妻兄,自号"松原",他对西门庆解释说是"松树的松,原泉的原"(第四十九回)。蔡太师门生、开封府府尹杨时,号"龟山"(第十四回)。钦差管砖厂的主事黄葆光,自号"泰宇"(第五十一回)。给死了的李瓶儿题铭旌的杜子春,原侍真宗宁和殿,曾任中书,号"云野"(第六十三回)。在京任中书之职的崔守愚,是西门庆的上司夏提刑的亲戚,自号"逊斋"(第七十回)。蔡京的第九个儿子、任九江知府的蔡修,号"少塘"(第七十回)。这些都是当官的士大夫,是文职官员。

像西门庆这样的武职官员,也都有号。荆忠,自写的履历是"山东等处兵马都监清河左卫指挥佥事""管理济州兵马"(第七十五回),荆都监,号"南江"(第三十一回)。继西门庆之后任清河县副千户的何太监侄儿,自号"天泉"(第七十六回)。西门庆的老上级夏延龄,除了"丫头"和"木偶"两个外号,又自号"龙溪"(第七十回)。而老夏的同僚,怀庆府提刑林承勋,号"苍峰"(第七十回)。西门庆死后娶了春梅的清河县守备周秀,号"菊轩"(第四十三回)。西门庆早在接待新科状元蔡蕴时,已经告诉东京来的贵客,他号"四泉"(第四十八回)。

做生意的人也都有号,而这些在外经商的人,多有逛妓院的嗜好。杭州贩绸绢的丁相公儿子丁二官人,来清河县,贩了千两银子绸绢在客店里,瞒着他父亲,拿十两银子、两套杭州重绢衣服,来丽春院中嫖娼。丁二官号"双桥"(第二十回)。和丁氏父子同船而来清河县的陈监生,帮助丁二官嫖娼,其人号"双淮"(第二十一回)。请应伯爵在四条巷内妓女何金蝉家吃花酒的何二蛮子,从湖州来,号"两峰"(第三十四回)。不但嫖客有号,而且妓女也有号。西门庆召来,服侍蔡御史的两个妓女董娇儿、韩金钏儿,一个号"薇仙",一个号"玉卿"(第四十九回)。《金瓶梅》里头号帮闲,常在妓院出没,惯于插科打诨的应伯爵,外号"应花子"(第一回),自号"南坡"(第六十七回)。

医生不论技术高明与否,也都有号。李瓶儿改嫁的蒋竹山太医,"竹山"就是号,他的真名蒋文蕙反倒不为人知,只出现在官府的诉状里(第十九回)。"专科看妇女"的赵太医,号"龙岗"(第六十一回)。何千户推荐给西门庆的医生,姓刘,"极看的好疮毒",号"橘斋"(第六十九回)。周守备推荐到西门庆府上的相面先生吴奭,道号"守真"(第二十九回)。西门庆家的西宾——负责书信往来——温必古,号"葵轩"(第五十八回)。夏提刑家的西宾倪鹏秀才,号"桂岩"(第五十一回)。西门庆生意上的伙计韩道国,号"西桥"(第八十一回)。西门庆的仆人汤来保,也有号,"双桥"(第八十一回)。

可以说,金瓶梅中的人物,不分三教九流,不论尊卑上下,无人不号。有不少人,我们甚至不知道他的名字,甚至以为他的号就是他的名字!比如,西门庆的第三房妾孟玉楼,她在娘家排行第三,所以潘金莲等人称她是"孟三儿""三姐",没人知道她的名字,"玉楼"其实是她的号,是她被西门庆娶后才有的(第七回)。她在西门庆死后嫁给李衙内,衙内的同房大丫头玉簪不了解内情,说"你小名叫玉楼"。玉簪不能知己知彼,难怪在后来的妻妾之争中,大败亏输,被李衙内发卖了(第九十二回)。

顾炎武说:严嵩之仆永年,号曰"鹤坡",张居正之仆游守礼,号曰"楚滨"。二人"不但招权纳贿,而朝中多赠之诗文,俨然与搢绅为宾主。名号之轻,文章之辱,至斯而甚。"(《日知录》卷十三)《金瓶梅》既然是当时社会生活的生动反映,它就免不了有一个蔡太师的大管家翟谦,也有个号"云峰",也和士大夫来往(第三十六回)。

三

那么名号有什么用处?传统文化中,称人名字是不礼貌的,对人不够尊重,尤其是牵扯到上下级、尊卑、长幼、贵贱,更是忌讳重重。于是,有避讳之说。西门庆刚被任命为山东提刑所理刑副千户,尚未到任,他的上级夏提刑"拿帖儿差了一名写字的",来向他的副手问上任日期,讨问字号(第三十一回)。二人本是有来往的,夏提刑这么郑重其事地来问西门庆的名字、号,可见这在日常交际中非常重要:问名字是为了避讳,问号是为了称呼方便。我们看西门庆初见夏提刑亲戚崔中书一段:

> 正值崔中书在家,即出迎接,至厅叙礼相见,与夏提刑道及寒温契阔之情。坐下茶毕,拱手问西门庆尊号。西门庆道:"贱号四泉。"因问:"老先生尊号?"崔中书道:"学生性最愚朴,名闲林下,贱名守愚,拙号逊斋。"因说道:"舍亲龙溪久称盛德,全仗扶持,同心协恭,莫此为厚。"西门庆道:"不敢。在下常领教诲,今又为堂尊,受益恒多,不胜感激。"夏提刑道:"长官如何这等称呼!便不见相知了。"崔中书道:"四泉说的也是,名分使然。"言毕,彼此笑了(第七十回)。

可见，号在明代中叶的日常宾主酬酢交往中是少不了的工具。

我们也注意到，《金瓶梅》中有些人的号和宋元时期一些道学家的号一样。如陈德永，学者称为"两峰先生"，(《宋元学案》卷八十二)前面提到过，从湖州来的何二蛮子，号"两峰"(第三十四回)。张栻号"南轩"，(《宋元学案》卷五十)周守备亦曾号"南轩"(第五十八回)。叶秀发，学者尊之曰"南坡先生"，(《宋元学案》卷七十二)和应伯爵同号。胡炳文，世号"云峰先生"，又和蔡京的大管家翟谦一样。(《宋元学案》卷八十九)这只能说是巧合，所谓太阳之下无新事；而且《金瓶梅》中的人物自己也会重号。杭州的丁二官和西门庆的家人来保，都号"双桥"，退休的杜中书和钞关上的钱主事，都号"云野"(第六十七回)。而且他们有时候还无缘无故地改号。比如，周守备，刚开始号"南轩"，后来号"菊轩"，荆都监，号"南江"，后来又号"南岗"——就像他们的官职会有升迁一样。

四

和两个同僚武官不一样，西门庆对自己的号，可谓始终以之。这和他生活中对女人喜新厌旧、朝三暮四的作风迥然相异。他说，自己所以号"四泉"，是"因小庄有四眼井之说"(第五十一回)。他的干儿子王寀本来号"三泉"，知道西门庆号"四泉"后，怕西门庆恼，改号"小轩"，因他死去的爹号"逸轩"故也(第七十七回)。

那么"四泉"真像西门庆说的那样是他小庄有四眼井吗？我们知道西门庆的父亲西门达，"原走川广贩卖药材，就在这清河县前开着一个大大的生药铺。现住着门面五间、到底七进的房子，家中呼奴使婢，骡马成群，虽算不得十分富贵，却也是清河县中一个殷实的人家"(第一回)。西门庆子承父业，经营商业，勾结官府，蒋竹山说他"专在县中包揽说事，广放私债，贩卖人口"(第十七回)。可以说，西门庆对经营土地，进行农业生产，勤劳节俭，即那种传统的生财致富方式，没有兴趣。我们只知道他在城南五里外有块祖坟(第四十八回)，别无土地，似乎也用不上什么四眼井。可见是西门庆西信口开河。

"四泉"到底有何微言大义？《禅真后史》第十五回有个新任县官简仁，号"五泉"，莅任不上月余，肆恶无极。百姓解释他的"五泉"之号是：

> 一曰全征，凡本年一应钱粮等项，尽行征收；二曰全刑，凡用刑杖，亲较筹目，数出于口，一下不饶，用刑时吊打拶夹，不拘罪之轻重，一例施行；三曰全情，凡词讼必听人情，不拘是非曲直，人情到者即胜；四曰全收，凡馈送之礼无有不收；五曰全听，凡词讼差拨之事，或人情或财物，先已停妥，他自随风倒舵的审发去了，那吏书、门皂俱获大利。故有"五泉"之号。

就是说，简仁的"五泉"，是无恶不作，五毒俱全的"五全"。泉者，全也。这是传统语言学上的"声训"之例。准此，西门庆的"四泉"，也就是"四全"之意。哪四全？酒、色、财、气！

酒色财气的说法，由来已久，"宋后赋咏益多"。[①] 金、元时期的全真派道士，如王重阳、马钰作的词中，"酒色财气"连篇累牍。《明神宗实录》卷二一八，大理寺左评事雒于仁万历十八年上疏，指出"皇上之病在酒色财气者也夫：纵酒则溃胃，好色则耗精，贪财则乱神，尚气则损肝。"皇帝尚且如此，社会上自然要上行下效，何况是西门庆这样趋炎附势之尤者。所以，《金瓶梅》作者一开始就说："单道世上人，营营逐逐，急急巴巴，跳不出七情六欲关头，打不破酒色财气圈子，到头来同归于尽，着甚要紧。虽是如此说，只这酒色财气四件中，惟有'财色'二者更为利害。"所以要创作此书，就是要通过西门庆的"四泉"，因为犯了酒色财气，主要是财色，"先前恁地富贵，到后来煞甚凄凉，权谋术智，一毫也用不着，亲友兄弟，一个也靠不着，享不过几年的荣华，倒做了许多的话靶"（第一回）。而王三官的"三泉"、何提刑的"天泉"、蔡状元的"一泉"，在本书中，也无非或是具体而微，或是尚

---

① 钱锺书：《管锥编》，中华书局，1991年，第857页。

《金瓶梅》是一部哀书，而非淫书。

未充分发展却也大有潜力的"四泉"而已。

所以，张潮在《幽梦影》中说《金瓶梅》是一部"哀书"，可谓一针见血。《金瓶梅》全书说的就是酒色财气的害处，苦口婆心地希望世人以西门庆为前车之鉴，这在西门庆的号"四泉"中已经表露无遗！而世人竟相以"淫书"诟病之，哀哉！

五

我们踏过《金瓶梅》的一地名号，转向《西游记》。这里的妖精也受时代风气感染，多是有名号的。黑风山黑熊精的朋友，那个成精的苍狼，号"凌虚子"，观音禅院的二百七十岁的长老，号金池。① （《西游记》第十七回，以下只标回数）太乙救苦天尊的坐骑九头狮子，下界为妖，号曰"九灵元圣"（第八十九回）。

再如：唐僧在木仙庵和众老相见：

> 三藏躬身道："敢问仙翁尊号？"十八公道："霜姿者号孤直公，绿鬓者号凌空子，虚心者号拂云叟，老拙号曰劲节。"

都有名号。后来来一女子，叫杏仙。事后，唐僧告诉行者："我曾问他之号，那老者唤做十八公，号劲节，第二个号孤直公，第三个号凌空子，第四个号拂云叟，那女子，人称他做杏仙"（第六十四回）。十八公是名字，号劲节。另外三个老头，皆未言其名字。所谓霜姿、绿鬓、虚心，是对各人体性特征的描述。杏仙，似名非名的，实即是号。前面说《金瓶梅》里妓女董娇儿号薇仙，杏仙、薇仙，看上去，俨然就是一对姊妹花呀。奇怪的是，除杏仙外，《西游记》中别的女子没有号，这和《金瓶梅》大不相同。当然，《金瓶梅》中有号的女子，多是妓女。

妖精有号，附庸风雅，也没有什么特别的。最奇的是孙悟空的号。

---

① 百岁算是上寿，如今最长寿的人是127岁。金池长老比最长寿者还多活143岁，依照古人的说法，算是物老为妖，成精了！

刚开始，未发迹的时候，他连名字都没有。拜师学艺，祖师须菩提赐给他孙悟空的名字，师兄弟也都这么称呼他（第二回）。到他衣锦还乡，灭了混世魔王，站稳脚跟，越闹越大，开始扬名立万。他先是到龙宫会近邻东海龙王，龙王终究是水陆阻隔，消息不灵。这个暴发户，对土财主似的东海龙王，自报家门："天生圣人，孙悟空"（第三回）！"天生圣人"，就是孙悟空自命的号。后人批云："天生圣人，如此名号从何处得来，亘古亘今，不可有两！"① 为什么这样说呢？我们知道孔子相信有生而知之者，但他并没有举出实例；他自己并不以生知自居。"我非生而知之者；好古，敏以求之者也。"（《论语·述而》）后世却一定要派他是生知！朱熹引尹氏曰："孔子以生知之圣。每云好学者，非惟勉人也；盖生而可知者义理尔，若夫礼乐名物，古今事变，亦必待学而后有以验其实也。"② 就是说，后世承认的"天生圣人"，只有孔子一人，但孔子并不敢自居，对此头衔屡次敬谢不敏。不料，竟被孙悟空捡去，随心所欲地舞弄起来！

但此后没有再称是"天生圣人"。他接受独角鬼王的建言献策，改称"齐天大圣"：

> 教四健将："就替我快置个旌旗，旗上写'齐天大圣'四大字，立竿张挂。自此以后，只称我为齐天大圣，不许再称大王。亦可传与各洞妖王，一体知悉"（第四回）。

但这妖猴似乎有些心虚，隐隐感到"齐天大圣"的合法性有问题，希望玉皇大帝金口玉言地加封自己是"齐天大圣"。在他的威力胁迫之下，玉帝只好答应。这样，"齐天大圣"就由自命的号，成为最高权威给予的封号，成了天上的官府："起一座齐天大圣府，府内设个二司：一名安静司，一名宁神司。司俱有仙吏，左右扶持。"此后，"齐天大圣"不光是孙悟空的号，而且也是他的官位。

---

① 黄周星点评本：《西游记》，中华书局，2009年，第13页。
② 朱熹：《四书集注》，岳麓书社，1995年，第140页。

但人家要损他的时候，就不叫他"齐天大圣"，而叫他"弼马温"。"弼马温"本来是孙悟空的官位，后来却如狗皮膏药一样，成了别人调侃他的号了，怎么都撕扯不清。简直像阿Q的癞头疮，一提到它，都会让主人发怒光火。真是庄子所谓，"名实未亏，喜怒为用！"（《庄子·齐物论》）齐天大圣也如此呀。

孙悟空不但关心自家的名号，而且还投射到别处。如在车迟国三清观，悟空要八戒把殿上三清塑像扛走：

> 行者道："我才进来时，那右手下有一重小门儿，那里面秽气畜人，想必是个五谷轮回之所。你把他送在那里去罢。"这呆子把三个圣像拿在肩膊上，扛将出来。到那厢，用脚登开门看时，原来是个大东厕，笑道："这个弼马温着然会弄嘴弄舌！把个毛坑也与他起个道号，叫做什么五谷轮回之所"（第四十四回）！

六

我们上面说，《金瓶梅》和《西游记》中，女人还没有号，或有号的很罕见，而且那些有号的女人，多是娼妓。但随着时间的推移，情况还是有变化的。大观园里的女才子们要起诗社：

> 黛玉道："既然定要起诗社，咱们都是诗翁了，先把这些姐妹叔嫂的字样改了才不俗。"李纨道："极是，何不大家起个别号，彼此称呼则雅。我是定了'稻香老农'，再无人占的。"探春笑道："我就是'秋爽居士'罢。"宝玉道："居士，主人到底不恰，且又累赘。这里梧桐芭蕉尽有，或指梧桐芭蕉起个倒好。"探春笑道："有了，我最喜芭蕉，就称'蕉下客'罢。"众人都道别致有趣。探春因笑道："当日娥皇女英洒泪在竹上成斑，故今斑竹又名湘妃竹。如今她（黛玉）住的是潇湘馆，又爱哭，以后都叫他作'潇湘妃子'就完了。"大家听说，都拍手叫妙。李纨笑道："我替薛大妹妹也早已想了个好的，也只三个字。"惜春迎春都问是什么。

李纨道:"我是封他'蘅芜君'了。"又道:"二姑娘四姑娘起个什么号?"迎春道:"我们又不大会诗,白起个号作什么?"探春道:"虽如此,也起个才是。"宝钗道:"他住的是紫菱洲,就叫他'菱洲',四丫头在藕香榭,就叫他'藕榭'就完了。"(《红楼梦》第三十七回)。

这里说得很明白,有号,彼此称呼则雅,而作诗则是雅事,所以诗人要有号,不论性别。像她们的老前辈,李清照、朱淑真都有号。① 《西游记》里的杏仙虽有号,但不知是自号,还是别人封她的。既然称仙,大约是就相貌而言。这和她才女的身份不太协调,可惜她出场仓促,没来得及告诉我们更多,就香消玉殒了。

整个说来,号是有些泛滥,以致茅厕都有了号,② 虽然听上去雅,却并不曾掩住它的臭气。这个要有号的传统,一直贯穿下去。甚至进入二十世纪的甲骨文四大权威,"四堂",也都是指他们的号。③ 传统对人的影响,真是太深远了,在那些无聊的小玩意儿上也表现出来,要和传统划清界限,就像从酱缸里捞上来而妄想能一尘不染,洁身自好,真是谈何容易!

---

① 李清照号易安,朱淑真号幽栖。
② 不但我们古人雅得这么俗,是无事忙。老外也不例外,甚至在讳饰方面,似乎深得我们古人的心传,而且青出于蓝!光厕所(bathroom)一词,在英文中就有87种优雅的说法。(刘纯豹:《英语委婉语词典》,商务印书馆,2001年,第277—290页)而且,这87种说法,没有一种和"五谷轮回所"类似——可见,进一步的讳饰空间是多么无边无际!但,谁愿在这一领域大有作为呢?
③ 罗振玉号雪堂,王国维号观堂,郭沫若号鼎堂,董作宾号平庐,彦堂是他的字。

18. 太宗朝廷上的辩论

《西游记》再现了唐朝朝廷上反佛和弘佛两派的辩论，但按照自己的意思改了皇帝的态度

一

《西游记》第十一回，唐太宗从地府还阳之后，热心佛教，要选有道高僧，上长安来做"水陆大会"，超度冥府孤魂。但遭到太史丞傅奕的反对，傅奕与萧瑀论辩，"言礼本于事亲事君，而佛背亲出家，以匹夫抗天子，以继体悖所亲，萧瑀不生于空桑，① 乃遵无父之教，正所谓非上者无亲。萧瑀但合掌曰：'地狱之设，正为是人。'"唐太宗又争询了太仆卿张道源、中书令张士衡的意见，遂着魏征与萧瑀、张道源，邀请诸佛，选举一名有大德行者作坛主，设建道场，众皆顿首谢恩而退。自此时出了法律：但有毁僧谤佛者，断其臂！

我们先对这一段略加笺注：

一、据《旧唐书》卷七十九，傅奕"晓天文历数"，高祖践祚，召拜太史丞，不久，迁太史令。太史丞、太史令，都是司天台官员，"掌观察天文，稽定历数；凡日月星辰之变，风云气色之异，率其属而占候之。"（《旧唐书》卷四十三）选举高僧这样的事务，自不在其职责范围内。但为了引出傅奕谏止佛教的议论，《西游记》就让太宗派他这个差事。实际上，傅奕在贞观十三年（639年）去世。他上疏请除佛教的奏章是在武德七年（624年），相距15年。

---

① 据传伊尹生于空桑，无父。但后人考定，空桑是地名，在杞县西二十里。（《顾颉刚读书笔记》卷五，中华书局，2011年，第331页。《辞海》第6版，缩印本，上海辞书出版社，2010年，第1043页）

二、历史上傅奕的真正表章是这样的：

> 佛在西域，言妖路远，汉译胡书，恣其假托。故使不忠不孝，削发而揖君亲；游手游食，易服以逃租赋。演其妖书，述其邪法，伪启三涂，谬张六道，恐吓愚夫，诈欺庸品。凡百黎庶，通识者稀，不察根源，信其矫诈。乃追既往之罪，虚规将来之福。布施一钱，希万倍之报；持斋一日，冀百日之粮。遂使愚迷，妄求功德，不惮科禁，轻犯宪章。其有造作恶逆，身坠刑纲，方乃狱中礼佛，口诵佛经，昼夜忘疲，规免其罪。且生死寿夭，由于自然；刑德威福，关之人主。乃谓贫富贵贱，功业所招，而愚僧矫诈，皆云由佛。窃人主之权，擅造化之力，其为害政，良可悲矣！……降自牺、农，至于汉、魏，皆无佛法，君明臣忠，祚长年久。汉明帝假托梦想，始立胡神，西域桑门，自传其法。西晋以上，国有严科，不许中国之人，辄行髡发之事。洎于苻、石，羌胡乱华，主庸臣佞，政虐祚短，皆由佛教致灾也。梁武、齐襄，足为明镜。昔褒姒一女，妖惑幽王，尚致亡国；况天下僧尼，数盈十万，剪刻缯彩，装束泥人，而为厌魅，迷惑万姓者乎！今之僧尼，请令匹配，即成十万余户，产育男女，十年长养，一纪教训，自然益国，可以足兵。四海免蚕食之殃，百姓知威福所在，则妖惑之风自革，淳朴之化还兴。（《旧唐书》卷七十九）

（旁注：责佛教与中国伦常相悖。责佛教信众愚妄，恶逆。责佛教威胁王权。从历史上论证佛教亡国。建议僧尼还俗婚配。）

可谓沉切痛快，事实清晰，义正词严，明于利病。《西游记》仅撮数句，又非精华，庸软无力，以致太宗将其表"掷付群臣议之"。其实，不待群臣议，一"掷"字，已显出太宗对傅奕的极度不满。但他不满的恐怕不是傅奕的词不达意、文字阘茸，而是不满属下颟顸没眼色，不会见风使舵，逢迎上意。

三、萧瑀确实与傅奕在朝廷上有辩论，但是在高祖的朝廷上，而非太宗。

> 中书令萧瑀与之争论曰："佛，圣人也。奕为此议，非圣人者

无法,请置严刑。"奕曰:"礼本于事亲,终于奉上,此则忠孝之理著,臣子之行成。而佛逾城出家,逃背其父,以匹夫而抗天子,以继体而悖所亲。萧瑀非出于空桑,乃遵无父之教。臣闻非孝者无亲,其瑀之谓矣!"瑀不能答,但合掌曰:"地狱所设,正为是人。"(《旧唐书》卷七十九)

不过,太宗与傅奕确实就佛教问题曾讨论过:

太宗常临朝谓奕曰:"佛道玄妙,圣迹可师,且报应显然,屡有征验,卿独不悟其理,何也?"奕对曰:"佛是胡中桀黠,欺诳夷狄,初止西域,渐流中国。遵尚其教,皆是邪僻小人,模写庄、老玄言,文饰妖幻之教耳。于百姓无补,于国家有害。"太宗颇然之。(《旧唐书》卷七十九)

可见,历史上,李氏家族虽有佞佛传统,[①]但太宗是认同傅奕非佛。

四、据《旧唐书》卷一百八十七(上),张道源在武德七年卒官。所以被拉扯上,是因为在武德七年,傅奕所上非佛奏章,"高祖付群官详议,唯太仆卿张道源称奕奏合理"。(《旧唐书》卷七十九)到《西游记》里,他却改变立场!

五、张士衡在《旧唐书》卷一百八十九(上)有传。他是李承乾——太宗长子,时为太子——的老师,官朝散大夫、崇贤馆学士。《西游记》给他个中书令的高位!承乾曾问他,佛教布施财物,营造功德,到底有果报没有?回答:事佛主要在于清净无欲,仁恕为心云云。对太子的问题没有正面回答。言外之意是佞佛是无功无用的。可见张士衡是个消极反对佛教的人。《西游记》却拉壮丁一样,让他发言支持佛教!反正死无对证。

六、二张以下的话,都是《西游记》编造的。实际上,张士衡没有说这样的话。"周武帝以三教分次",是指周武帝建德二年(573年),

---

[①] 参见笔者博士学位论文《唐宋诗中的孔子研究》,第42页。

十二月癸巳，招集群官及和尚道士等，武帝亲自到场，升高座，辨论儒释道三教先后次序。结果以儒教为先，道教次之，佛教靠后。（《北史》卷十）他是历史上有名的"三武灭佛"之一。《西游记》把周武帝抬出来，放在这里，显然不合适。

七、大慧禅师，大概是指僧一行，他死后谥大慧禅师。但他开元年间人，不是贞观时候的人。（《佛祖统纪》卷四十，《旧唐书》卷一百九十一）

八、五祖投胎，乃禅宗传说。据《指月录》卷四：

> 五祖弘忍大师者，蕲州黄梅人也。先为破头山中栽松道者。尝请于四祖曰："法道可得闻乎？"祖曰："汝已老，脱有闻，其能广化耶？傥若再来，吾尚可迟汝。"乃去，行水边，见一女子浣衣，揖曰："寄宿得否？"女曰："我有父兄，可往求之。"曰："诺！我即敢行。"女首肯之。即回策而去。女，周氏季子也，归辄孕。父母大恶，逐之。女无所归。日佣纺里中，夕止于众馆之下。已而生一子，以为不祥，因抛浊港中。明日见之，泝流而上，气体鲜明。大惊，遂举之。成童，随母乞食。里人呼为无姓儿。逢一智者，叹曰："此子缺七种相，不逮如来。"后遇信大师得法。

九、达摩现象，也是禅宗传说。菩提达摩圆寂后，葬熊耳山。"其年魏使宋云葱岭回，见祖手携只履翩翩而逝。云问师何往？祖曰，西天去。云归具说其事。及门人启圹，棺空，惟只履存焉。"（《指月录》卷四）

十、张道源的这一段话，东拉西扯，无中生有，前言不搭后语，八竿子打不着！太宗听了，不但大喜，而且说"合理"。因为《西游记》的作者或编者要它来推动情节，委以重任，不管它承担得起，承担不起！不讲水到渠成，只是强拉硬拗。大得明代采秀女的野蛮风气，可算是主题先行的一个例子。

十一、朝廷辩论的结果是"出了法律：但有毁僧谤佛者，断其臂！"这里显示出太宗是一个热心的佛教拥护者。实际上，并非如此。

不但唐太宗没有"毁僧谤佛者，断其臂"的法律，似乎历朝历代都没有因为毁僧谤佛，定下这么严酷的条例。太宗对佛教的真实看法，在他给佛教徒萧瑀的一封信里，透漏出来：

> 至于佛教，非意所遵，虽有国之常经，固弊俗之虚术。何则？求其道者，未验福于将来；修其教者，翻受辜于既往。至若梁武穷心于释氏，简文锐意于法门，倾帑藏以给僧祇，殚人力以供塔庙。及乎三淮沸浪，五岭腾烟，假余息于熊蹯，引残魂于雀鷇。子孙覆亡而不暇，社稷俄顷而为墟，报施之征，何其缪也。而太子太保、宋国公瑀践覆车之余轨，袭亡国之遗风。弃公就私，未明隐显之际；身俗口道，莫辩邪正之心。修累叶之殃源，祈一躬之福本，上以违忤君主，下则扇习浮华。（《旧唐书》卷六十三）

不但指责萧瑀的佞佛行为，而且把梁武帝的覆灭归结为"倾心佛氏""锐意法门"的恶果，引为鉴戒。

二

<small>《西游记》作者对唐代那段特定历史是熟悉的。但他并未被历史缚住手脚，而是根据小说的需要，自由地、毫不手软地裁割历史。</small>

由上面的相关史料与《西游记》行文的对比，我们发现作者或编者对唐代那段特定历史是熟悉的。但他并未被历史缚住手脚，而是根据小说的需要，自由地、毫不手软地裁割历史，使历史来就小说之范。就是说，在作者面前，小说是第一位的，此外的一切，包括历史，都只是等待加工的原材料。《西游记》在这方面，比《三国演义》《水浒传》等走得更远。

《三国演义》的作者或编者，实际上是处于历史与虚构之间，半间不界，不尴不尬，仿佛一个从船上落水的人，在岸与船之间挣扎。因为当时对章回小说，尚没有明确界定，人言人殊。对虚构也无自觉意识。何况，传统文化中，特别注重历史、真实，所以小说评点者不自觉地以历史真实为标准，来衡量小说，拿小说比附历史。职是之故，金圣叹努力在其腰斩的《水浒传》中发掘"太史公笔法"，进而批评《西游记》"太无脚地了，只是逐段捏捏撮撮。譬如大年夜放烟火，一阵一阵过，中间全没贯串，便使人读之，处处可住。"（金圣叹《读第五才子书法》）[1]一方面是批评《西游记》的流浪汉小说式结构（picaresque novel），另一方面就是不满它没有历史根据地捏撮虚构。

这种随意捏撮，在《西游记》中遍地开花。上面那一段朝廷辩论是这样。此回说的大相国寺的由来也是这样。据《西游记》说，太宗魂游阴司，由崔珏作保，借善人相良的一库金银。还阳后，要还此债，相良不受。太宗无奈，即用此一库金银造大相国寺，由尉迟敬德监工：

> 遂将金银买到城里军民无碍的地基一段，周围有五十亩宽阔，在上兴工，起盖寺院，名"敕建相国寺"。左有相公相婆的生祠，镌碑刻石，上写着"尉迟公监造"，即今大相国寺是也。（《西游记》第十一回）。

实际上，相国寺的名称，始于唐睿宗。据魏泰《东轩笔录》卷十三：旧传东京相国寺乃战国四公子之一魏公子无忌之家宅。唐初，此处成为歙州司马郑景的宅园。僧慧云用募化来的钱买下郑宅，于景云二年（711年）兴建寺院，并根据施工中从地下挖出的北齐建国寺旧碑，命名为建国寺。延和元年（712年），相王李旦说他梦见该寺弥勒佛像显灵，遂将建国寺改名"相国寺"，并亲题匾额"大相国寺"。[2]和《西游记》里的老善人相良毫无瓜葛，而且太宗时候尚无此寺。

再如，唐太宗的《大唐三藏圣教序》（《全唐文》卷十）全文插入《西游记》第一百回，只是小心翼翼地点窜数字。原序说玄奘"周游西宇，十有七年"，《西游记》把"七"改成"四"。原序说玄奘"爰自所历之国，总将三藏要文，凡六百五十七部，译布中夏"。《西游记》作"总得大乘要文，凡三十五部，计五千四十八卷，译布中华，宣扬胜业。"此回还插入了太宗《答玄奘谢御制三藏序敕》：

---

[1] 《水浒传》，齐鲁书社，1991年，第19页。
[2] 胡世厚等：《河南风物志》，河南人民出版社，1985年，第376页。

> 朕才谢珪璋，言惭博达。至于内典，尤所未闲。昨制序文（《西游记》改为"口占叙文"），深为鄙拙。唯恐秽翰墨于金简，标瓦砾于珠林。忽得来书，谬承褒赞。循躬省虑，弥益厚颜。善不足称，空劳致谢！（《全唐文》卷九）

这本来是写给玄奘的一封信。但《西游记》的作者或编者另有用心，为突出太宗的天纵英明，咬定这是在玄奘朝见时，太宗口谕。并说《圣教序》也是太宗口述，中书官笔录的！

这种随意的捏造，或者说虚构，是有两面性的。当它虽然违背历史之实相，但具有逻辑上的合理与现实中的可能性的时候，它是有生命力的，在小说中，它甚至比历史还更真实。用吴尔芙的话说，小说比历史包含更多的真实。(Fiction is likely to contain more truth than fact.)① 比如，太宗为玄奘饯行：

> 接了酒，方待要饮，只见太宗低头，将御指拾一撮尘土，弹入酒中。三藏不解其意，太宗笑道："御弟呵，这一去，到西天，几时可回？"三藏道："只在三年，径回上国。"太宗道："日久年深，山遥路远，御弟可进此酒：宁恋本乡一捻土，莫爱他乡万两金"（第十二回）。

这个细节显然是虚构的，却那么打动人心。也就是吴尔芙强调的，小说要关注细节，越细微越好。(Fiction must stick to facts, and the truer the facts the better the fiction.)② 相反，当作者主观意图太强，主题先行，这种虚构显得苍白，无法在读者心中实现作者意图。前面引文说，《西游记》一定要说《圣教序》《答玄奘敕》都是太宗口占的锦绣文章，意图自然是要把太宗树立成一位圣主。实际上，《西游记》在这方面是失败的。

---

① Virginia Woolf, *A Room of One's Own*, The Norton Anthology of English Literature, volume 2, 7th edition, 2000:2154.

② 同上。

19.《西游记》里的法律问题

不但取经者们动辄谈法律，连妖精都会援引律条，
这不是法治社会的映像，倒更有可能是丛林社会的
变形

一

《西游记》里的法律问题，非常复杂，为了弄清它，我们有必要先做一些文献上的梳理。这是一些琐碎、枯燥的工作。

1. 孙悟空打死六个武装抢劫的强盗。三藏道："他虽是剪径的强徒，就是拿到官司，也不该死罪。你怎么就都打死？这却是无故伤人的性命！早还是山野中无人查考，若到城市，倘有人一时冲撞了你，你也行凶，执着棍子，乱打伤人，我可做得白客，怎能脱身？"悟空道："师父，我若不打死他，他却要打死你哩。"三藏道："我这出家人，宁死决不敢行凶。我就死，也只是一身，你却杀了他六人，如何理说？此事若告到官，就是你老子做官，也说不过去"（第十四回）。按照唐代法律，诸强盗——就是通过恐吓或暴力，取他人财物的行为。结果虽不得财物，但有强盗行为，处徒刑二年；得财物，其价值相当于一尺丝织物的，处徒刑三年；价值相当于二匹丝织物的，罪加一等；价值相当于十匹丝织物，及伤人者，处绞刑；因强盗行为而杀人者，斩首。实施强盗行为时，带有棍棒等凶器者，虽不得财物，也要处流放三千里的刑罚；得财物价值相当于五匹丝织物的，处绞刑；伤人者，斩首。（《唐律·盗贼律》）唐僧知道得很清楚，六个带凶器的强盗，应得的刑罚是流刑，到三千里外去服苦役。

> 唐律中抢劫时，是否携带凶器是量刑的一个重要参数。

2. 孙悟空在五庄观偷摘三个人参果。道童清风骂悟空："你偷吃了我的仙果，已该一个擅食田园瓜果之罪"（第二十五回）。按照唐代法律，对于公私田园，有人擅自摘取并啖食其中瓜果的，按照赃物论处；弃毁

瓜果者，也这样处理。(《唐律·杂律》) 这不是什么重罪，多是按价值赔偿受害者损失罢了。唐僧也默认清风的说法，所以，在师徒逭走时，唐僧特别嘱咐行者：不可伤清风、明月性命；不然，又多一个得财伤人的罪了（第二十五回）。得财伤人，情节就严重了。"诸本以他故殴击人，因而夺其财物者，计赃，以强盗论，至死者加役流。"（《唐律·贼盗律》）就是说，得财伤人，情节严重者，可能被处死刑。

3. 乌鸡国死去的国王托梦给唐僧，要请高徒孙悟空帮助夺回帝位、昭雪冤抑。唐僧有些顾虑："倘被多官拿住，说我们欺邦灭国，问一款大逆之罪"（第三十七回）。所谓"大逆"，就是"十恶"的第一条"谋反——谓谋危社稷"。（《唐律·卫禁律》）钱大群说：封建社会忌讳直说谋害皇帝，故按君为神主的说法，婉称谋危社稷。① "诸谋反及大逆者，皆斩。父子年十六以上皆绞，十五以下及母女妻妾、祖孙、兄弟、姊妹若部曲、资财、田宅并没官。"（《唐律·贼盗律》）刑罚如此残酷，② 唐僧怎能不犹豫？

4. 八戒看亡灵之宅无人，拿出来三件纳锦背心，要穿上身暖和暖和。三藏道："不可，不可！律云：'公取窃取皆为盗。'倘或有人知觉，赶上我们，到了当官，断然是一个窃盗之罪"（第五十回）。唐僧所引的法律条文，见《唐律·贼盗律》。"公取，谓行盗之人，公然而取其财；窃取，谓潜行隐面，私窃其财。"（《唐明律合编》卷二十）杜甫《茅屋为秋风所破歌》里说几个顽童 "公然抱茅入竹去，忍能对面为盗贼"！就是公取；像《水浒传》里时迁半夜潜入徐宁家偷出雁翎甲，神不知鬼

---

① 钱大群：《唐律译注》，江苏古籍出版社，1998年，第5页注④。
② 比如清代一柱楼文字狱。有人揭发徐述夔《一柱楼诗》内，有"明朝期振翮，一举去清都"之句。显寓欲复兴明朝之意。大逆不道，至此已极。其子徐怀祖孽种相承，辄将伊父所著逆书，公然刊刻流传。于是乾隆四十三年十一月癸丑上谕："逆犯徐述夔、徐怀祖，俱着照议戮尸。……至徐述夔之孙徐食田、徐食书，及列名校对之徐首发、沈成濯，并陶易之幕友陆炎，俱着从宽，改为应斩监候，秋后处决！"（《徐述夔史料》，《八洞天》，书目文献出版社，1985年，第174—175页）徐述夔无非是个有点牢骚的书呆子，死后莫名其妙地被安上大逆的罪名，自己和儿子被戮尸，枭首示众，而且两个孙子和一些干连者也被杀头了！乾隆皇帝真是面目狰狞，行为令人发指！

不觉，就是私窃。八戒不听，说："你不穿，且待老猪穿一穿，试试新，晤晤脊背。等师兄（悟空化斋未回）。来，脱了还他走路。"因为八戒也精通法律，知道虽然公取窃取皆为盗，但"器物钱帛之类，须移徙已离盗所"，（《唐明律合编》卷二十）如是，罪名才能成立；但他猪八戒穿着锦背心，并未离开现场，你还不能定他是盗窃罪！

以上主要是唐僧的知法守法的表现。我们再来看孙悟空。

5. 孙悟空打破火云洞前门，红孩儿问："打破我门，你该个什么罪名？"行者刚才冒充牛魔王，让红孩儿误以为是其父；行者反问："我儿，你赶老子出门，你该个什么罪名"（第四十二回）？"若毁损人房屋墙垣之类，计合用修造雇工钱，坐赃论，各令修立；误毁者，但令修立，不坐罪。"（《唐明律合编》卷十三上）"官吏人等坐赃致罪，赃五百贯之上，罪止杖一百，徒三年。"（《唐明律合编》卷十一）可见，打破大门也不是什么大罪，花点钱给他新装一个就行了，最多不过杖一百下，徒刑三年。红孩儿赶老子出门，罪就重了。"诸詈祖父母、父母者，绞；殴者，斩。""诸子孙违犯教令，及供养有阙者，徒二年。"（《唐律·斗讼律》）但可惜行者是冒名顶替的。

6. 兕大王用金刚琢把金箍棒套走，孙悟空趁他欢庆胜利宴乐之时，又把它偷出来。兕大王质问："你怎的白昼动我物件？"孙悟空反唇相讥，说对方弄圈套白昼抢夺（第五十二回）。其实，二人说的都是明朝法律上的白昼抢夺。"凡白昼抢夺人财物者，杖一百，徒三年；伤人者，斩。"（《唐明律合编》卷十九）沈家本说："唐无白昼抢夺之文，明别立此条。"（《明律目笺》卷三）这是明代特有的。

7. 孙悟空在西天打死六耳猕猴，争辩说："他打伤我师父，抢夺我包袱，依律问他个得财伤人，白昼抢夺，也该个斩罪哩"（第五十八回）！得财伤人、白昼抢夺，都可以导致判处死刑。悟空的意思是，二罪并罚，当场施行，还便宜这六耳猕猴了！

8. 悟空要去给朱紫国国王看病，唐僧怕他撞祸。悟空说："就是医死了，也只问得个庸医杀人罪名，也不该死"（第六十八回）。"诸医为人合药及题疏、针刺，误，不如方，杀人者，徒二年半。"（《唐律·杂律》)即,因医生用药、施治过失,致病人死亡,处徒刑二年半。可见,庸医杀人,处刑甚轻。

9. 唐僧执意要救妖怪变的落难美女。行者笑师父不曾见王法条律:"这女子生得年少标致,我和你乃出家人,同他一路行走,倘或遇着歹人,把我们拿送官司,不论什么取经拜佛,且都做奸情。纵无此事,也要问个拐带人口。师父追了度牒,打个小死,八戒该问充军,沙僧也问摆站,我老孙也不得干净,饶我口能,怎么折辩,也要问个不应"(第八十回)。这里牵扯到两项罪罚:出家人犯奸和拐带人口。"凡和奸,杖八十,有夫,杖九十,刁奸,杖一百;强奸者,绞。""若僧尼道士女冠犯奸者,各加凡奸罪二等。"(《唐明律合编》卷二十六)所谓和奸,大概是两厢情愿,类似通奸;刁奸,谓巧言诱哄而成就①;强奸,谓实施暴力。除强奸是死罪,其他都只皮肉受点儿苦而已。"诸略人、略卖人——不和为略——为奴婢者,绞;为部曲者,流三千里,为妻妾子孙者,徒三年。"(《唐律·贼盗律》)所谓略,就是当事人不同意的情况下,抢夺人口;略卖,就是通过把抢夺的人口出手,赚取钱财。——孙悟空吓唬唐僧:人家会说我们略人,而且是师徒共同犯罪。"诸共犯罪者,以造意为首,随从减一等。若家人共犯,止坐尊长……诸共犯罪而本罪别者,虽相因为首从,其罪各依本律首从论。""若于其师,与伯叔父母同,其于弟子,与兄弟之子同。"(《唐律·名例律》)共同犯罪中,为首的处罚最重,故唐僧罪最重,悟空虽不赞成其事,也恐怕有"不应"之罪。"诸不应得为而为之者,笞四十。"(《唐明律合编》卷二十七)悟空劝唐僧少管闲事,是为师父着想哩。

10. 师徒四人被误认为强盗,打入大牢。行者质问官府:"枉拿平人做贼,你们该个甚罪"(第九十七回)?"诸官司入人罪者,若入全罪,以全罪论。从轻入重,以所剩论。"(《唐律·断狱律》)所谓全罪,就是其人无罪,而判有罪;那么,该官员就要受到同样的罪罚。所谓剩论,是应该判轻罪,结果予了重罚,比如当笞十而实际笞了四十,那么

---

① 沈之奇:《大清律辑注》卷十一:"奸夫诱引妇女,离本家而至别所通奸者,曰刁奸。"

多笞的三十，也应该落实到责任官员身上！

11. 阿难、迦叶向取经僧索要人事，未遂，于是把无字经本传给四众。孙悟空说要"问他掯财作弊之罪"（第九十八回）！"诸监临之官，受所监临财物者，一尺笞四十，一匹加一等，八匹徒一年，八匹加一等，五十匹流二千里。乞取者，加一等，强乞取者，准枉法论。""枉法者，二十匹，绞。"（《唐律·职制律》）大概相当于现在所谓的吃拿卡要，收受贿赂，严重的就是职务犯罪、渎职罪。但问题是，阿难、迦叶并无赃物到手！恐怕无法定罪，只能给以道德上的谴责，或者让如来给他们记大过！

下面我们再来看看八戒在法律方面的表现；参看前文《八戒的学问》。

12. 孙悟空把云栈洞的大门打得粉碎，八戒大怒，说："打进大门而入，该个杂犯死罪哩！"行者笑道："你强占人家女子，又没个三媒六证，又无些茶红酒礼，该问个真犯斩罪哩"（第十九回）！这里牵扯到两个法律术语：杂犯死罪和真犯死罪。在唐律中，杂犯死罪并非专门术语，是指上文已列举出的死罪之外那些未列的死罪；真犯死罪也非专门术语。真犯是指实施犯罪。（《唐律·名例律》）在明律中，这两个词成了法律术语。大致是杂犯死罪，"惟监守及常人盗犯者颇多"，（薛允升语，《唐明律合编》卷四）可赦或赎。真犯死罪则否："十恶等一应真犯，皆出于有心故犯，其心可诛，其情可恶，虽会赦并不原宥。"（《大清律辑注》卷一）好像真犯是故意犯罪。真犯死罪的实质是它威胁到皇权、统治秩序。所以明代有这么一个条例："盗内府财物者，系杂犯死罪准赎外，若盗乘舆服御物者，仍作真犯死罪。"（《唐明律合编》卷十九）真犯死罪，那是死定了；杂犯死罪，多有回旋余地。二者轻重大有分别。

13. 行者打死白骨精化的女、母二人，八戒向唐僧进谗言："师父，你便偿命，该个死罪；把老猪为从，问个充军；沙僧喝令，问个摆站；那行者使个遁法走了，却不苦了我们三个顶缸"（第二十七回）？八戒用的也是共犯罪的条文，可参考9。

14. 悟空、八戒半夜翻过乌鸡国的御花园。悟空大呼小叫，唬得八戒上前扯住道："哪见做贼的乱嚷！似这般吆喝，惊醒了人，把我们拿住，发到官司，就不该死罪，也要解回原籍充军"（第三十八回）。"诸窃盗，不得财，笞五十，一尺，杖六十，一匹加一等，五匹徒一年，五匹加一等，五十匹加役流。"（《唐律·贼盗律》）盗窃罪，很寻常，刑罚也不重，所以那个毛躁的猴子才那么满不在乎。

另外，还有托塔李天王这样的天神、危害一方的灵感大王那样的妖怪，主动拿起唐代或明代的法律武器，要请君入瓮哩，一并列在这里：

15. 李天王的干女儿老鼠精把唐僧摄入无底洞，孙悟空在玉帝面前告御状。李天王忘了有这么一个干女儿，说："莫说我是天上元勋，封受先斩后奏之职，就是下界小民，也不可诬告。律云：诬告加三等"（第八十三回）。控告的言词不实，就是诬。（《大清律辑注》卷二十五）捏造虚无事情，声称是被告的罪行，这就是诬告。（《大清律辑注》卷二十二）李天王征引的是明律。"凡诬告人笞罪者，加所诬罪二等；流、徒、杖罪，加所诬罪三等。各罪止杖一百，流三千里。"薛允升说："唐律诬告者反坐，并不加等；诬告尊长及本属府主，始行加等。"① （《唐明律合编》卷二十四）八戒引常言道，告人死罪得死罪，说的就是诬告；尚是有唐律精神，只以牙还牙，没有明律那么加三等的"过重"！

16. 悟空、八戒变成童男女陈关保、一秤金，献祭给灵感大王。灵感大王怨这和尚"冒名顶替"（第四十九回）！此罪在唐律中有多项条款："诸于宫城门外，若皇城门守卫，以非应守卫人冒名自代及代之者，各徒一年。""诸不应度关而给过所，若冒名请过所而度者，各徒一年。""诸于宫殿门无籍，及冒承人名而进入者，以阑入论。""阑入宫门，杖八十。""诸宿卫者，以非应宿卫人冒名自代及代之者，入宫内，流三千里；殿内，绞。"（《唐律·卫禁律》）"诸征人，冒名相代者，徒

---

① "诸告期亲尊长、外祖父母、夫、夫之祖父母，虽得实，徒二年，其告事重者，减所告罪一等，即诬告重者，加所诬罪三等。"（《唐律·斗讼律》）告发长辈，即使属实，也要受法律制裁，这就是中国古代法律中的亲亲互隐的原则。

二年。"(《唐律·擅兴律》)幸亏花木兰不是唐人,不然她是标准的冒名顶替,要徒刑二年。不过,总的说来,冒名顶替,罪罚不算重。

二

《西游记》是演绎唐太宗时的事儿,但它实用的并非唐律,而是明律。所以与唐律不但不悖而且合辙,是因为明律以唐律为范本。刑部尚书刘惟谦等洪武七年《进明律表》:历代法律,至于唐代可谓集其大成;明律篇目都以唐代为准的、依据。但明律还是有不少地方是唐律没有的。这在《西游记》里也充分地体现出来。前面6说过,白昼抢夺,就是明代始有的罪名。八戒让悟空,"且去看看律条"(第十九回)!律条是指法律与条例;但唐无条例,那是明代才有的。《唐明律合编·例言》:"唐律之外有令,而不载于律;明律有令,又有条例,盖以补律之未备。"

又如"摆站"(第二十七、三十三、八十回),在《汉语大词典》、《汉语大词典订补》中都无词条!但"摆站"在明代白话小说中,经常出没。如《金瓶梅》第五十二回等。而《醒世姻缘传》第八十八回说得甚为详细,由此,我们知道,摆站是罪人被发配到驿站去服苦役,和充军有些类似,只是一般讲来,充军的罪行更重些。充军,也常见于《西游记》,和摆站像一条绳上的蚂蚱似的。沈家本《充军考》引《读律佩觽》:充军之令,从古未有,始自明代;解释明代所以充军盛行,是因为明自京师到地方上的郡县,军伍经常虚空缺人,所以才发配谪官、罪人去充实;充军不在五刑之内(五刑指笞刑、杖刑、徒刑、流刑和死刑),其意图,主要是编管无业之人,充实行伍,并驱遣恃顽挟诈之类的光棍、流氓,用军法去约束他们。

再,《西游记》中的人物,大都精通法律,并且自觉地以法律维护自己!八戒想把锦背心攫为己有,又不想被缚以偷窃的罪名,就知道运用人、物未离开现场的条文来辩解,简直是口角生风,哪有一点儿呆相?!(详见4)

更常见的情况是，为维护自己的利益，而拿法律去指责别人。如狮子精化成的乌鸡国假国王，他要怪罪唐僧师徒无礼，拿那个临时加入取经队伍的行童做文章：不说唐僧师徒是私度僧人，而是拐带人口，"那行童断然是拐来的"（第三十九回）！为什么？因为拐带人口，罪重，甚至可能被处死刑；(详见9) 而"诸私入道及度之者，杖一百"，（《唐律·户婚律》）就是说，不经官府许可，作道士、和尚的人，以及私自收徒弟的，杖刑，一百下，比死刑轻多了。这个假国王在指责别人的时候，并不想他自己是在逃犯、杀人犯！而灵感大王在指责八戒冒名顶替时（详见16），就不想想自己每年吃掉两个童男女的昭彰罪行！

而把法律作为武器，使用起来得心应手，出神入化的，是孙悟空。除了上面列举的实绩外，他还指责菩萨：你怎么又把那有罪的孽龙，送在此处（鹰愁涧）成精，教他吃了我师父的马匹？这又是纵放歹人为恶，太不善了（第十五回）！指责太上老君："纵放家属（金炉、银炉童子）为邪，该问个铃束不严的罪名"（第三十五回）！质问太上老君："纵放怪物（青牛），抢夺、伤人，该当何罪"（第五十二回）？甚至亲自断案：将两只活捉的犀牛精，"明究其由，问他个积年假佛害民，然后的决"（第九十二回）。这猴子说的"的决"，也是法律上的专门术语。①的决，《汉语大词典》列有词条：受杖刑，按判定数施行，谓之的决，并引孙悟空的这句话作例。但按我们的理解，的决不光是受些皮肉之苦的杖刑；准确说，大概是省略正常法律程序，迅速定案，就地正法，不俟上报。所以，一到金平府，两只犀牛精就被宰杀，"的决"了。

和孙悟空一味在别人头上挥舞法律的大棒主动出击不同，唐僧总

----

① 《金史》卷一百一："山东盗贼起，承晖言：'捕盗不即获，比奏报或迁官去官，请权行的决。'"《续资治通鉴》卷一百六十二："金南渡后，监察御史多被的决，参知政事张行信上言曰：'大定间，监察坐罪，大抵收赎，或至夺俸，重则外降而已；间有的决者，皆有为而然，当时执政程辉已面论其非。近日无论事之大小，情之轻重，一概的决，以为大定故实，先朝明训，过矣。'"

（边注：把法律作为武器，使用起来得心应手，出神入化的，是孙悟空。）

是小心翼翼地拿法律的条条框框来规范自家的行为。结果也截然不同。孙悟空总是能得心应手，无往而不利。比如，黑水河小鼍掠去唐僧，要请其舅舅西海龙王敖顺来吃唐僧肉，暖寿。悟空截得请帖，得知此情，竟奔水晶宫，先是威胁敖顺：要将简帖为证，上奏天庭，问你个通同作怪，抢夺人口之罪。接着，又给敖顺台阶下，说：我且饶你这次：一则是看你兄弟们分上，二来只该怪你外甥年幼无知，你也不甚知情。最后，要求敖顺：你快差人擒小鼍来，救我师父（第四十三回）！孙悟空不用动一刀一枪，事情顺顺当当就解决了。而模范守法的好公民唐三藏，则步步荆棘，危机四伏。

不由令人想起古希腊梭伦（Solon）的话：法律是个蛛网，只能捉住小虫蚁儿，遇见强横有力的，只好被他破围逍遥了！中外概莫能外！唐僧软弱无力，光遵守法律是不行的。孙悟空能"口含天宪"，（刘陶语，《后汉书》卷四十三）发挥法律威力，是因为他同时手握金箍棒！

《西游记》中的人物，都知道拿法律去指责别人，并能头头是道地为自家辩解。这又说明了什么？说明《西游记》的社会是法治社会吗？未必！我们认为，这正表明，那个社会法律很不健全，条文意义模糊，漏洞百出，所以大家才各执一词，都想钻法律的空子，使之为自己的利益服务。结果怎样？表面上的法律社会，遵循的却是丛林原则（jungle principle）！

> 《西游记》中的人物，都知道拿法律去指责别人，表明那个社会法律很不健全，条文意义模糊，漏洞百出，所以大家才各执一词。

20.《西游记》里的地理学

> 《西游记》里的地理学背后，透漏出来的是一种浓厚的独特的民族性，我们姑且称之为中华情结

《西游记》并没有专门谈地理学，但因为一些人物的历程，不可避免地牵连到作为背景的地理学。这些历程主要有三条：一是孙悟空求仙访道的路线，二是观音菩萨从西天到长安"半云半雾""踏看路道"（第八回），三是唐僧师徒从长安出发往西天取经的行程。

一 消失的西海

按照佛教的说法，世界以须弥山——就是《西游记》所谓的西天，灵鹫山，如来所在的大雷音寺——为中心，四方是：东胜神洲、南赡部洲、西牛贺洲、北俱卢洲；这些洲在大海中，须弥山在大海中央，海按方位称东西南北四海，实际上是相互连通的。《西游记》采取佛教的这一说法，但它隐去须弥山为世界中心；从后文的缕述中，我们将发现这个文化地理学上的中心被搬到大唐长安了。

<small>文化地理学上的中心被搬到大唐长安了。</small>

孙悟空的出生地，东胜神洲海外有一国土，名曰傲来国，国近大海，海中有一座名山，唤为花果山，乃十洲之祖脉，三岛之来龙（第一回）。所谓十洲、三岛，是秦皇汉武以来求仙方士耸动视听、附会神异之虚无缥缈处，都堕在东洋大海冥茫烟雾里。花果山在傲来国西面，有二百里水面阻隔（第三回）。类似于对马岛到日本本州之下关一带。[①] 为便于理解，就方位上，我们不妨把日本的本州假做东胜神洲，十洲、三

---

① 《参考地图册》中学地理复习用，中国地图出版社，2002年，第19页。

岛也就在东海某些人难至迹罕见、神仙羽人栖居的不确定处吧。

悟空当年离开花果山，驾着竹筏子，尽力撑开，飘飘荡荡，径向大海波中，趁天风来到南赡部洲地界，"连日东南风紧，将他送到西北岸前，乃是南赡部洲地界"（第一回）。就是说，花果山在南赡部洲的东南方向，二者之间是东洋大海。在南赡部洲，人模人样的猴王串长城，游小县，不觉八九年有余，后来发现竟然行至西洋大海边，他想着海外必有神仙，于是独自依前作筏，又飘过西海，直至西牛贺洲地界。登岸遍访多时，最后来到一座高山前。就是说悟空自东向西，横穿南赡部洲，来到西海边，对岸是西牛贺洲。假如用南赡部洲比拟亚欧大陆，西海比拟大西洋，悟空到西牛贺洲求学，就好比我们的高材生或高财生到北美去拿洋学位！①

悟空求学的灵台方寸山，大概在西牛贺洲东部，甚至东海岸，相当于美国东部阿巴拉契亚山。无奈悟空追随须菩提祖师专心修道，十多年②一心用功，没有和外面的花花世界打交道，对周围环境、风物、人情、世故，完全懵懂、空缺，留下不小的遗憾，无法给我们提供一些留学札记式的花边新闻、风流艳情、奇闻秘史，这可都是文化地理学上的干货、硬货呀。如果灵台方寸山附近真的像阿巴拉契亚山边上有纽约、费城、华盛顿这类超级的花花世界，就真要遗憾得让我们吐血了。

西牛贺洲和南赡部州之间有西海隔开③，这是《西游记》里的地理常识。然而，这个西洋大海，五百年后，在唐僧取经时，竟然从原来的地方消失了，显得琢磨不定！憺漪子说：四大部洲，皆有大海限隔，不能相通。而天竺国在震旦国之西印度中，原属南赡部地界。观唐僧取经，未尝过海可验。篇中乃以西牛贺洲为佛地，岂真传闻之误耶？大抵

> 悟空到西牛贺洲求学，就好比我们的高材生或高财生到北美去拿洋学位！

> 西牛贺洲和南赡部州之间有西海隔开，这个西洋大海，五百年后，在唐僧取经时，竟然从原来的地方消失了。

---

① 《参考地图册》中学地理复习用，中国地图出版社，2002年，第7—8页。
② 祖师驱逐悟空时，悟空说："我也离家有二十年矣。"悟空回到花果山，告诉猴子们说，"云游了八九年更不曾有道""幸遇一老祖，传了我与天同寿的真功果，不死长生的大法门"（第二回）。所以知道他在灵台方寸山学艺有十多年。
③ 悟空自己说，"又渡西洋大海，到西牛贺洲地界访问"（第二回）。须菩提祖师也知道，东胜神洲到西牛贺洲，"隔两重大洋，一座南赡部洲"（第一回）。

庄生寓言耳。①

憺漪子的地理知识还是不错。他意思是说，现实中，印度和中国挨着，在中国西边，在同一块陆地上。而《西游记》中，唐僧要去的天竺国，和中国隔一大海。认为只是虚构。我们认为虚构当然是可以的，主要是你得把它贯穿始终，不能时有时无。瞎话也需要说得圆满呢。观音菩萨东行访取取经人时，隔在西牛贺洲和南赡部洲之间的西海，就已经移走了，只有那八百里的流沙河，南达乌戈、北通鞑靼（第八回），成为洲界。西洋大海依然存在——龙王敖顺和太子摩昂及龙子龙孙、虾兵蟹将等水族安居于此（第四十三回），而且和黑水河相连通——黑水河东部是红孩儿称霸的号山，西边是车迟国——但我们却无法确定西海在《西游记》中的地理位置，好像二战时候，法国戴高乐"自由法国"流亡政府一样，在着，却不知到底在哪儿。

二　乌烟瘴气的西方

唐三藏西天取经，从长安出发西行，到大唐的西部边界，他自说有五千余里（第十六回）。这五千余里，畅通无阻；在巩州和河州卫都受到地方官的隆重接待。②唯一的磨难是在河州卫，离开福原寺，陷入虎穴，两个侍从被妖怪吃了，唐僧本人倒是毫发未损（第十三回）。

孙悟空就被镇压在两界山，当地土著刘伯钦对唐僧现场讲解政治地理学：东半边属我大唐所管，西半边乃是鞑靼③的地界（第十三回）。这

---

① 黄星周点评本：《西游记》，中华书局，2009年，第38页。
② 明代无巩州，有巩昌府，在今甘肃陇西。（谭其骧：《中国历史地图集》第七册，中国地图出版社，1996年，第59页）唐代有巩州，但在今宜宾南偏东约150里处。（郭沫若：《中国史稿地图集》下册，中国地图出版社，1990年，第67页）河州在兰州西南约160里处。（谭其骧：《中国历史地图集》第七册，第59页；郭沫若：《中国史稿地图集》下册，第67页）
③ 鞑靼就是被朱元璋从北京赶出去的蒙古，势力仍很强大，明代中期，它甚至控制着青海、新疆的大部分地区。（郭沫若：《中国史稿地图集》下册，中国地图出版社，1990年，第81页）

不光是个政治地理学上的界限，而且是人与妖、文明与野蛮、中华与夷狄的界限！随着唐僧远离长安，妖怪越来越多，遭遇越来越凶险。

我们把唐僧往西进入鞑靼，仍在南赡部洲的遭际简要列举一下：鹰愁涧他的马被玉龙吃了，不过，玉龙自己变成马来赔补他（第十五回）。这交易倒挺合算。然后是哈咇国①，观音派人专门送给唐僧精致的鞍辔；行有两个月太平之路，遇见的都是些房房、回回，直到观音禅院。至此，离开两界山也有五六千里（第十六回）。就在禅院附近，黑风山的熊罴怪把唐僧的锦襕袈裟偷走了。再往西，就到了乌斯藏②的高老庄（第十八回），在这里取经队伍增加新的生力军，猪八戒入伍，再往前是浮屠山，有乌巢禅师向唐僧致敬，并传授心经（第十九回），都算顺利。再往前就到南赡部洲西边，黄风岭。在这里，唐僧遭遇到第一个要吃他肉的妖怪，但并不觉得大唐和尚的肉有什么异常功能，虎先锋只是凑巧拿住他要给黄风大王做案酒，唐僧和凡夫并无区别（第二十回）。

再西去就是流沙河，收沙和尚加入取经队伍（第二十二回）。过了河，就到新大陆了。西牛贺洲和南赡部洲的洲界，好像流沙河对应着乌拉尔河！③南赡部洲和西牛贺洲仍是铁板一块，和五百年前孙悟空留学时的情形大相径庭，虽然说沧海桑田，也有点太突飞猛进了吧。

---

① 哈咇就是哈密。（严从简：《殊域周咨录》卷十二）
② 乌斯藏就是西藏。实际上，从哈咇再往西是走不到乌斯藏的，因为乌斯藏在哈咇的南部。（《中国史稿地图集》下册，中国地图出版社，1990年，第81页）但唐僧师徒既然走到那里，我们也并不必大惊小怪。唐僧自己说是"唐朝海州弘农郡聚贤庄人氏"（第十四回）。唐代海州、明代海州，都是今连云港一带。（《中国史稿地图集》下册，中国地图出版社，1990年，第13页；《中国历史地图集》第七册，中国地图出版社，1996年，第48页）唐代确有弘农郡，它在今三门峡一带（《中国史稿地图集》下册，中国地图出版社，1990年，第19页），明代有弘农卫，和唐代弘农郡位置相当。（《中国历史地图集》第七册，中国地图出版社，1996年，第57页）海州和弘农郡那是两头牛也把它拉不到一块儿的，唐僧就这么上嘴唇一碰下嘴唇，硬是把两地联姻了！而且住在两界山附近、被唐僧认为"华宗"的老头子，对这样的地理学知识，竟也信以为真，"十分欢喜"（第十四回）。就《西游记》里的地理学，我们只有努力向"华宗"的老头子看齐吧。
③ 《参考地图册》中学地理复习用，中国地图出版社，2002年，第15页。

唐僧在西牛贺洲的遭际，我们只能像看《樱桃的滋味》那样冗长的电影或读《战争与和平》碰见啰里啰嗦的历史论一样，快进一下，或翻过去。贾寡妇庄（第二十三回）、万寿山五庄观（第二十四回），白虎岭遇见要吃唐僧肉求长生不老的白骨精（第二十七回），这样的狠角色，全都在西牛贺洲，使南赡部洲稀稀拉拉的几个妖怪相形见绌。碗子山波月洞、宝象国（第二十八回）、平顶山（第三十二回）、宝林寺、乌鸡国（第三十七回）、号山火云洞（第四十回）、黑水河（第四十三回）、车迟国（第四十四回）、通天河（第四十七回）。到通天河，往西天十万八千里的路程走了一半。

剩下的五万四千里，仍然全在西牛贺洲。

时间上，取经已七年，还有七年的磨难在西方路上，等唐僧去领受。从时间和地理距离上说，这都是一个分水岭。接下来，第一站是通天河，观音菩萨莲花池里的金鱼在那里作怪（第四十七回）；接着是金兜山，太上老君的青牛在这里为害（第五十回）；挨着女儿国的是毒敌山的蝎子精，在西天听过如来佛法，却全无向善之心（第五十五回）；然后是火焰山（第五十九回），祭赛国（第六十二回），荆棘岭（第六十四回），小雷音寺（第六十五回），陀罗庄、稀柿衕（第六十七回），朱紫国（第六十八回），盘丝洞（第七十二回），黄花观（第七十三回），狮驼国（第七十四回），比丘国（第七十八回），无底洞（第八十一回），灭法国（第八十四回），隐雾山（第八十五回）。此后，再西行进入天竺国地面，凤仙郡、玉华县、竹节山（第八十七－九十回），金平府、青龙山（第九十一、九十二回），然后到天竺国都城，竟然妖氛不断（第九十三回）！再西进是铜台府地灵县（第九十六回），由此直上灵山！

由以上列举可见：西天取经，在中国境内的路程有五千里，魔难只有一处。西天路上，妖怪猖獗，不光是在深山大泽人迹罕至处，有好多妖怪占领城市，甚至篡夺王位，至少也干预国家政权。为什么？

在大唐西界的刘伯钦家，老爷子因唐僧念经超度，灵魂往中华富地长者人家托生去了，全家皆大欢喜，对唐僧感激不尽（第十三回）。在西牛贺洲天竺国金平府慈云寺，寺僧听说唐僧是中华唐朝来者，急忙倒身下拜，道：我这里向善的人，看经念佛，都指望托生到你中华福地，才见老师丰采衣冠，果然是前生修来的，方得此受用，故当下拜（第九十一回）。中华福地，岂止是没有妖邪出没，那简直是遍地黄金的福乐之乡，四夷仰慕，八方莫及。观音菩萨到长安之后的感受是："真个是天朝大国，果胜娑婆，赛过祇园舍卫，也不亚上刹招提"（第十二回）。娑婆，堪忍之义，娑婆世界为三千大千世界之总名，一佛摄化之境土也，就是如来佛所亲自教化的世界。佛在世时，曾居舍卫国城外祇园精舍。菩萨的意思是，中国比西天佛土都好！如来佛也金口玉言地说："生中国难！"（《四十二章经》第三十六章）

可见，妖怪在《西游记》中这种地理学上的严重失衡式分布，是理所当然！阿塔纳修斯·基歇尔（1620—1680）在《中国图说》（1667年）中说：中华帝国是世界上最强大的国家；它有一位拥有绝对权力的君主，比今日世界上其他国君的权力都大；而且在地理位置上，它也同世界其它部分相隔离，与世界上任何地方都不同。大自然阻隔了进入它的通道。中国人确实有理由把他们居住的地方称作中国，或中华，相信他们居于世界中央。这里土壤肥沃，物产丰饶。[①] 十七世纪中期的德国人都这样说，所以天竺国的和尚对唐朝和尚的下拜、对中华上国的仰慕实乃发于赤诚。哎呀呀！

三 中华情结

《西游记》里的地理学背后，透漏出来的是一种浓厚的独特的民族性，我们姑且称之为中华情结。此一情结，从时间上看，非常悠久，连孔子都曾说过，"夷狄之有君，不如诸夏之亡也。"（《论语·八佾》）孟子谈到当时南边的楚国，轻蔑地称为"南蛮鴂舌之人"。（《孟子·滕

---

① 阿塔纳修斯·基歇尔：《中国图说》，大象出版社，2010年，第307页。

文公上》）我们的至圣和亚圣身处中原，在当时都有一种文化上的优越感，对周围断发纹身的少数民族充满鄙夷与悲悯。圣贤尚且如此，何况统治阶级上层。在赵武灵王主张的胡服骑射改革上，这种中华情结得到集中的充分展露。

为提高军队战斗力，赵武灵王在即位近三十年后，要求上下胡服、骑射，并且身体力行，士大夫为之哗然；赵武灵王虽握有绝对权力，但朝臣竭力反对，试图阻挠。连赵武灵王的叔父公子成都说：

> 臣闻之，中国者，聪明睿知之所居也，万物财用之所聚也，贤圣之所教也，仁义之所施也，诗书礼乐之所用也，异敏技艺之所试也，远方之所观赴也，蛮夷之所义行也。今王释此，而袭远方之服，变古之教，易古之道，逆人之心，畔学者，离中国，臣愿大王图之！（《战国策·赵二》）

因为这种中华情结，其他民族那些文化、文明上的优胜也被无条件地拒斥。

要知道《西游记》所代表的文化，不是精英文化，而是明代的民间文化、大众文化，表达的是草根情绪，是底层的声音。而就在这里，我们看到中华情结，显得自然而然、无所不在，像呼吸着的透明空气一样弥散着，流动着，一点都不为人所察觉。这时的中华情结已成为民族意识的组成部分，像我们的黄色肌肤、黑色直发一样充地饱和在不分高低贵贱男女老少一个个个体上。

长此以往，中华情结逐渐形成佛教上所谓的我慢，自高自大，以为中华，真是花园、天国，中华之外都是暗无天日，饥寒交迫，根本不愿意了解、学习、接受异域的新鲜事物、文明、文化，终成增上慢。这在康乾盛世更是发展到极致。1793年，英王乔治二世派马戛尔尼使团来北京商谈派专人驻京，减免英国商人关税，扩大双边贸易等事务。"马戛尔尼使节团到达天津后，中国清政府的官员不分青红皂白，就把一面'英吉利贡使'的旗帜，插到他们的船只上，宣称马戛尔尼前来朝贺皇帝弘历（乾隆皇帝）的八十寿诞；其实，弘历的八十寿诞，于三年前已经过

《西游记》所代表的文化，不是精英文化，而是草根情绪，是底层的声音。而就在这里，我们看到中华情结，显得自然而然、无所不在。

去了。"①

事后，乾隆皇帝给英王的诏书说：

> 咨尔国王，远在重洋，倾心向化，特遣使赍表章，航海来庭，叩祝万寿。朕披阅表文，辞意诚恳，具见国王恭顺之诚，深为嘉许。

"叩祝"的意思是说英王派使来给我磕头祝寿。当时马戛尔尼参见乾隆皇帝，和珅等满大人要他按中国礼仪磕头，马戛尔尼被迫屈从。据他自家的回忆录说，是单膝下跪，但据满大人的笔记，这位洋鬼子是双膝下跪。乾隆在此用"叩祝"一词，行文中中华情结是那么浓厚，得意洋洋，悲悯为怀，恐怕马戛尔尼真是双膝下跪，至少这位八十三岁老眼昏花的皇帝以为对方是诚惶诚恐双膝下跪吧。

乾隆皇帝接着说：

> 向来西洋各国，及尔国夷商，赴天朝贸易，悉在澳门互市，历久相沿，已非一日。天朝物产丰盈，无所不有，原不借外夷货物，以通有无。特因天朝所产茶叶、瓷器、丝斤，②为西洋各国及尔国必需之物，是以加恩体恤，在澳门开设洋行，俾得日用有资，并沾余润。③

可见，乾隆皇帝，甚至当时大部分中国人都认为如果西洋没有中国的茶叶等特产、物资，他们的日常生活都成问题。天朝出于人道主义的考虑，才和洋鬼子贸易哩。

这绝不是我们无中生有，空穴来风，臆测编造。马戛尔尼来华46年后，1839年，即道光十九年正月二十七日，乾隆皇帝的孙子道光皇帝，给在广东禁烟的钦差大臣林则徐的上谕："其茶叶、大黄果否为该夷所必需，倘欲断绝，是否堪以禁止（鸦片），不至偷越之处？并著悉心访

---

① 柏杨：《中国人史纲》，时代文艺出版社，1987年，第890—891页。
② 丝斤，大概是指丝绸。《汉语大词典》说：丝斤，"指蚕丝，蚕丝以斤计量，故称"。
③ 范文澜：《中国通史简编》，人民出版社，2010年，第784页。

查,据实奏来!"①道光皇帝所以问林则徐这样的问题,是因为禁止鸦片损坏了洋商的利益,他们没有积极配合禁烟行动,阻力很大。道光皇帝想到他伟大的爷爷乾隆皇帝都相信的那条格物致知——茶叶、大黄是洋鬼子的生活必需品,又必需由天朝才能供应。由此,就有一条制夷的有效策略:断绝茶叶、大黄供应,夷人必然就范!

二月二十九日,即林则徐接谕的两天后,上奏:"至茶叶、大黄两项,臣等悉心访察,实是外夷所必需,且夷商购买出洋,分售各路岛夷,获利尤厚。果能悉行断绝,固可制死命而收利权。"②林则徐是当时高官中的顶尖、精英,悉心访察后,竟然相信茶叶、大黄"悉行断绝",可制夷"死命而收利权"!

我们再来看看林则徐在中华情结的作用下,是怎么看待他的对手英国人的:

> 夫震于英吉利之名者,以其船坚炮利而称其强,以其奢靡挥霍而艳其富。不知该夷兵船笨重,吃水深至数丈,只能取胜外洋,破洋乘风,是其长技。惟不与之在洋接仗,其技即无所施。至口内则运掉不灵,一遇水浅沙胶,万难转动……且夷兵除大炮之外,击刺步伐,俱非所娴,而其腿足缠裹,结束紧密,屈伸皆所不便,若至岸上,更无能为,是其强非不可制也。该夷性奢而贪,不务本富,专以贸易求赢,而贸易全赖中国畀以马头,乃得借为牟利之薮。设使闭关封港,不但不能购中国之货,以赚他国之财,即彼国之洋布棉花等物亦皆别无售处。故贸易者,彼之所以为命,而中国马头,又彼国贸易者之所以为命;有断断不敢自绝之势。该国所都兰顿地方来至中华,须历海程七万里,中间过峡一处,风涛之恶,四海所无,行舟至此,莫不股栗。是则越国鄙远,尤知其难,迥非西北口外,得以纵辔长驱之比。(道光十九年七月二十四

---

① 《鸦片战争档案史料》第一册,上海人民出版社,1987年,第499页。
② 同上书,第512页。

日，林则徐奏折）①

林则徐观察到的英国兵打着行縢，——那本是为便于行军迅捷、克服障碍，他却认为因此"屈伸皆所不便"！民间更进而认为洋人膝盖不会弯曲，走路像僵尸！后来，阿Q看到从东洋回来的假洋鬼子，说假洋鬼子"腿也直了"，（鲁迅《阿Q正传》第三章）即是此意。林则徐整个奏折的意思，表明他相信如果英夷不和中国做生意，他们都活不下去！

林则徐都如此见识，鸦片战争成了清政府在国际上表演的一场悲伤的闹剧，也没有什么不可理解的。这可以说是中华情结结出的一枚苦果！中华情结的表现是，一方面自大，另一方面轻视、俯视、低视对方。1840年签订的《南京条约》上，英国人要求写上这么一条："中英两国地位平等，中国不得再称英国为英夷。"虽是白纸黑字，但三千年的文化培养成的中华情结就那么容易解开？十八年后，1858年，英法与清政府签订《天津条约》，其中有："中国重申不得再称呼西洋人为夷狄。"②

重申也并不意味着当即改变。我们知道在阿Q那里这种中华情结还很浓厚。而且作为一个乡村流氓无产者，这种情结又显出他个人特色：他"很自尊""更自负"，看不起未庄人，又很鄙薄城里人：

> 譬如用三尺三寸宽的木板做成的凳子，未庄人叫"长凳"，他也叫"长凳"，城里人却叫"条凳"，他想：这是错的，可笑！油煎大头鱼，未庄都加上半寸长的葱叶，城里却加上切细的葱丝，他想：这也是错的，可笑！然而未庄人真是不见世面的可笑的乡下人呵，他们没有见过城里的煎鱼！（鲁迅：《阿Q正传》第二章）

就是说，中华情结，在个人身上表现为唯我独尊，自以为是，固步自封。

---

① 《鸦片战争档案史料》第一册，上海人民出版社，1987年，第673—674页。
② 柏杨：《中国人史纲》，时代文艺出版社，1987年，第901页。

附：《水浒传》里的地理学[①]

一

用常人眼光来看，《水浒传》中的地理都是有问题的，而从头到尾，错得毫无商量余地的彻底——和宋公明那种打打再商量招安的半推半就策略，风格截然不同。

史进离开华阴县的少华山，"取路投关西五路，望延安府路上来"。（《水浒传》第二回）。饥餐渴饮，夜住晓行，半个月后，史进却来到渭州。要知道，渭州，就是今天的甘肃平凉，在延安西南，渭州到延安直线距离280公里。（郭沫若主编：《中国史稿地图集》下册，中国地图出版社，1990，第39页）而出发地华阴在延安南略偏东，两地直线距离240公里，华阴与渭州直线距离330公里。（《中国史稿地图集》下册，第55页）三地关系，可以用△示意。延安在顶点A，渭州在左点B，华阴在右点C。按照常理，史进应该采取CA线，但他实际上走了CBA的线，绕远得有点说不过去。就是说，渭州根本不在史进行程路线之内。

鲁智深离开五台山，投奔东京大相国寺，路过青州地面桃花山。（《水浒传》第四回）。青州属京东路，（《宋史》卷八十五）离渤海湾只有一百多里地。五台山则在河东路代州雁门县。（《宋史》卷八十六）青州在五台山东南，两地直线距离约500公里，东京在五台山南略偏东520公里，东京距离青州420公里。（《中国史稿地图集》下册，第44页）这又是一个三角关系。我们用A指五台山，B指东京，C指青州。鲁智深去东京，当取AB路线，他却是ACB路线。现实中是根本不行的。

[①] 此文发表于2013年9月30日《光明日报》国学版，当时尚未正式展开本书的写作。虽然是针对《水浒传》的，但所持的研究方法也正是本书所采纳，贯彻到字里行间的，故把它附在此处。《水浒传》的地理错误，顾颉刚也注意到了，认为是："作者之地理知识之贫乏，盖彼时不易见到地图，而自南宋迁都临安之后，对于北方地理更不了解，说书人任意敷衍，遂出许多大漏洞也。（顾颉刚：《汤山小记》二二，《顾颉刚读书笔记》卷九，中华书局，2011年，第423页）这自是历史学家的看法。

《西游记》里的地理学

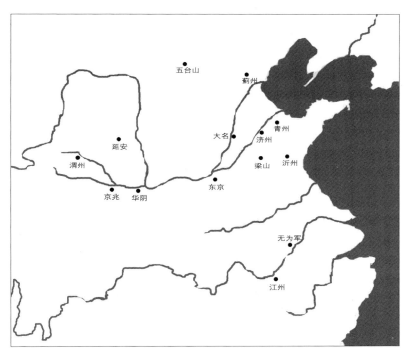

文中提到地点的大致位置。

庆历二年（1042年），建大名府为北京，（《宋史》卷八十五）就是说，《水浒传》中的北京，是现在的河北大名。杨志押送的蔡太师的生辰纲由此出发，目的地是东京。北京大名府去东京直线距离204公里。（《中国史稿地图集》下册，第44页）杨志只要朝南偏西走就行了，但他的路线大大地往东偏了，一直偏到济州的黄泥岗！（《水浒传》第十五回）。北京去济州，138公里，东京去济州180公里。（《中国史稿地图集》下册，第44页）仍用三角形来说明：A是北京，B是东京，C是济州。杨志本当采取AB线，但实采取ACB线。

江州蔡九知府派神行太保戴宗到东京给他爹蔡京送生日礼物和家书，叮嘱戴宗"切不可沿途耽阁（搁），有误事情"！戴宗因为还想到东京为押在大牢里的宋江走走门路，所以也是力求尽快赶路。（《水浒传》第三十八回）。但他竟然来到梁山泊边上的朱贵酒店里打尖！要知道梁山泊并不在江州去东京的线路上。江州去梁山泊直线距离660公里，江州去东京600公里；东京在江州的北偏西；梁山泊在江州北；而且梁山泊又在东京的东北，两地120公里。（《中国史稿地图集》下册，第45—46页）三地又生出三角关系，而且是钝角三角形。假设：A东京，B江州，C梁山泊。戴宗当走BA线，实际上却是BCA线！

无为军，是在太平兴国三年（978年）设立的，"以庐州巢县无为镇建为军，以巢、庐江二县来属"。（《宋史》卷八十八）无为军靠近长江，在江州的下游，与江州的直线距离是252公里。（《中国史稿地图集》下册，第50页）《水浒传》却告诉我们，"这江州对岸，另有个城子，唤做无为军"，而且无为军的闲通判黄文炳能一叶扁舟，三天两头地从无为军过江来频繁地探望江州蔡九知府。（《水浒传》第三十八回）。也就是说，江州与无为军之间这二三百公里的距离，包括长江，在《水浒传》中给抹得干干净净，截断，扔掉了！

蓟州，就是现在的河北蓟县一代。它在宋代，先是辽国属地，后是金国属地，根本不在宋的版图之内。直到宣和五年（1123年）四月，"蓟州来归"。（《宋史》卷二十二）而《水浒传》明白地说，宣和二年四月一日，梁山泊英雄排座次。在这以前，不但公孙胜老早在蓟州居住，而且杨雄也在蓟州城里做"两院押狱"。似乎蓟州本就是大宋的一角河山，而且中央政府进行着有条有理地管治，毫无问题。这就罢了，奇怪的是，戴宗从梁山泊出发往蓟州，他绕道的老毛病又犯了，他要从沂水县边上过！（《水浒传》第四十三回）。沂水是沂州的辖县，（《宋史》卷八十五）沂州在梁山泊的东南198公里，蓟州在梁山泊北部偏东，距离510公里。（《中国史稿地图集》下册，44页）戴宗又制造出一个钝角三角形。假设A是梁山泊，B是沂州（沂水），C是蓟州。戴宗当取AC线，但他实际上行的是ABC线。

以上是梁山泊英雄招安前的一些地理问题。此后征辽、征王庆、平方腊，我们不暇一一列举。实际上，早有人注意到水浒传对梁山附近地理描述是不正确的，归结为"为情节需要而随便改动"，或者"传抄错误"。(刘华亭:《水浒传中梁山附近的地理描述》,载1998年第5期《济宁师专学报》)虽言之有理,但过于简略。

二

我们知道梁山泊英雄奔赴目的地时,和常人一样遵循就近原则,尽量走两地间的直线,避免曲折绕远。也就是说,《水浒传》暗示,他们并没有绕远,现实中看去之字路线,在小说中是不存在的!渭州,就在从华阴到延安之间的路上,是个必经的中间站。无为军就在江州的对岸,隔江相望,而不是在江洲下游几百里外。

如何解释它与现实的牵连与纠结?对于诗文中的风物与现实中的风物不相吻合这一现象,钱锺书解释说:"诗文风景物色,有得之当时目验者,有出于一时兴到者。出于兴到,故属凭空向壁,未宜缘木求鱼,得之目验,或因世变事迁,亦不可守株待兔。"(钱锺书《管锥编》,三联书店,2007,第154页)在诗史、文史的传统下,诗文风物尚且与现实龃龉不合。何况小说,何况小说中的地理怎能与现实贴切?这也可以解释《水浒传》中的地理学问题。但仍然有点笼统,好像袁中郎所谓"一个八寸三分的帽子人人戴得"(袁宏道《与张幼宇书》)!

宋元时候,演义小说刚刚兴起,作为一种文体,它没有明确的规定性,可以天马行空,自由发挥作者才情。因为先出现的是《三国演义》,它是七分真实三分虚。它影响极大,效果强烈,所以,不知不觉形成一种思维定势,认为历史演义,都应该注重历史真实,人们对后出现的《水浒传》自然也这样要求。比如金圣叹就拼命把它和《左传》《史记》拉扯到一起,大谈历史的"精严"。(金圣叹《批评水浒传序三》)其实,《水浒传》已经走上一条与《三国演义》截然不同的路子,《水浒传》只剩下一个框架是有点历史根据的,可以说十之八九都是虚构。

其实,不光我们的历史演义小说受到不合历史真实这样的非分责难,莎士比亚的历史剧、司各特的历史小说,都曾受到同样的非议。历史小说,为了和现实划清界限,不少小说家,为他的小说人物创造出完全的新世界作为活动空间，比如英国作家托尔金《指环王》三部曲（*The Lord of the Rings*），美国作家乔治·马丁《冰与火之歌》四部曲（*A Song of Ice and Fire*）。

我们的《水浒传》作者由于历史的局限和传承，当然无法使小说和历史现实完全隔绝，也没有将其中的地理和现实划出明确的界限；有误导看官的嫌疑。但在小说有着明确规定性的今天，我们不应该再将之混淆在一起，纠缠不清。所以，不能用现实的尺度去衡量《水浒传》中的地理学。或者说，《水浒传》中的地理学是真的（true），但不是实的（not real），它和现实没有对应关系，只在《水浒传》设定的领域内具有有效性与正确性。一出界，它就失效了。如果一定要拿它做别的用途，那也是各人的自由，《水浒传》的作者对此并不负有什么责任。就好比阿司匹林本来是退烧的处方药，后来却作为非处方药，拿去降血压。但拿《水浒传》中的地理学去到现实中用，是否会产生阿司匹林那么幸运的效果，可就难说了。还是凯撒的归凯撒，上帝的归上帝吧！

21.《西游记》里的时间

取经故事在现实和虚构两套时间参照系中展开，
其间的时间错位就难以避免了

《西游记》里的时间问题比较复杂，我们分为三条来看。

一　取经时间

《西游记》郑重其事地告诉我们，三藏自贞观十三年九月望前三日，蒙唐王与多官送出长安关外，踏上西天取经的征程（第十三回）。取经成功，唐僧启奏太宗：经过十四遍寒暑，整整十四年。太宗笑道："今已贞观二十七年矣"（第一百回）。按玄奘《还至于阗国进表》："遂以贞观三年四月，冒越宪章，私往天竺"历览周游一十七载。（《全唐文》卷九百六）就是说，《西游记》对取经时间做了改动，这种改动，在其它版本的取经故事里已经出现。如，《大唐三藏取经诗话》最后说，取经一共花了三年时间。

杨景贤《西游记杂剧》言玄奘生于贞观三年十月十五日（第一本第三出），贞观二十一年三月朔日，菩萨显灵："长安城中，今夏大旱。可着玄奘赴京师，祈雨救民。我佛有五千四十八卷《大藏金经》，要来东土，单等玄奘来取经"（第一本第四折）历时十七年，唐僧归来（第五本第二十三出）就是说，唐僧是十八岁出门远行，贞观四十九年回到祖国，三十五岁。《西游记》则把取经时期唐僧的年龄设置在三十一到四十五岁之间是比较合理的，参看前文《唐僧取经成功的奥秘》。那么，它取十四年，而不是十七年的实际时间或《诗话》里的三年，应该是颇费斟酌的。

孙楷第曾说："凡小说戏曲，皆随意敷衍，固难认真。吾辈今日，当以小说还之小说，史传还之史传；若拘泥史实，执此非彼，便为笨伯，非通论也。"（《日本东京所见小说书目》卷四）我们同意小说不当严格束缚于史实，但说小说随意敷衍，则难苟同。比如，取经时间设置为十四年。因为，十四是二七之数，二来复耳。《易·复》："反覆其道，七日来复，天行也。"就是说，十四年取经成功，和我们传统的宇宙论相合。而十四年，是5048天，此合于取得的经卷数（第九十八回）。《大唐三藏取经诗话》中，取得经卷数也是5048卷，但它没有将之和时间连络起来，《西游记杂剧》未提及取经卷数。

由此，我们可以说，取经时间设置，《西游记》是认真的，不是随意的。认真到文本中一个个的细节，虽然不足以保证它成为经典，但经典肯定不会马虎随意地处置重要的地方，即使是微细处。也就是说，经典有认真的品性。

> 经典有认真的品性。

胡适写定于1934年的一篇小说《西游记的第八十一难》，可以说是《西游记》续作中的精品，给它添了一个豹尾，遗憾的是它说唐僧取经历时十七年[①]——无意中亮出这位《西游记》研究上的大宗师的疏忽。惜哉！

二 孙悟空的年龄

《大唐三藏取经诗话》中，唐僧好奇地问悟空年龄，行者答曰："九度见黄河清"（第三）[②] 后来又说："我八百岁时，到此中偷桃吃了，至今二万七千岁"（第十一）自说作贼时是"小年"，小时候，即八百岁。但我们不知道他年龄是二万七千岁，还是三万五千岁，其间有

[①] 刘荫柏：《西游记研究资料》，上海古籍出版社，1990年，第266—277页。《西游记》出现以后，唐僧取经用了十四年时间，已为民间所认可。如清代小曲儿集《白雪遗音》卷一《马头调·西游记》："唐僧取经……来到雷音寺，封佛传经了心愿，正正十四年。"（《明清民歌时调集》下册，上海古籍出版社，1999年，第488页）

[②] 郑国子驷引周诗："俟河之清，人寿几何！"（《左传·襄公八年》）意思是，人生百年，难得看到浊流滔滔的黄河水变清亮。行者说九见河清，其生命的长度非常人所可想象。

八百年的误差!《西游记杂剧》孙行者登台即云:"一自开天辟地,两仪便有吾身"(第三本第九出)在《杂剧》中孙行者说话往往不着边际,带有明显的江湖流气。比如他自诩是什么"摆锡鸡巴",一遇见女儿国的婆娘,就成了"腌软的黄瓜"(第五本第十七出)!所以,他与天地同始的话不可信。

《西游记》里,孙悟空实诚得多,不过并不记得自家年龄,但阎王的生死簿上登记着"该寿三百四十二岁,善终"(第三回)。他勾销死籍,上了天,在天上当弼马温,花果山的猴子说有"十数年";(第四回)。又升成齐天大圣,直到搅乱蟠桃会,重回花果山,有"百十年";(第五回)。被二郎神捉住,老君把悟空放在八卦炉中锻炼了四十九日——就是下界的四十九年;(第七回)。最终被如来压在五指山,有五百年(第八回)。于是产生一道加法题:

$$342+15+110+49+500=1016（岁）$$

这是孙悟空参加取经队伍时的年龄,14年后,取经成功,他1030岁。《西游记》里,年龄最长的凡人是观音禅院的老和尚,270岁(第十四回),可惜他后来迫于形势,自杀了。——我们不知道正常情况下,他到底能活多久。和俗人比较,孙悟空确实很长寿,但要知道,他修成"太乙金仙"(第七十六回),早就超凡脱俗,只该和神仙比年龄才是!

与世同君镇元子的两个最小的徒弟:清风只有1320岁,明月才过1200岁生日(第二十四回)。年龄和孙悟空仲伯之间,但他俩的本领和孙行者比差得太远,望尘莫及,也许他俩只是地仙的缘故。孙行者结义的大哥牛魔王,号称"混世","活够有一千余岁"(第四十二回),猪八戒曾对山里人家吹嘘"神仙还是我们的晚辈哩"(第五十八回),可能是为嘴,希图多捞些斋饭吃,但也不全是胡说。我们看他在五庄观和寿星老儿的熟络劲儿,应该和寿星、福星、禄星——三星年岁相当。而悟空称三星是"老弟"(第二十六回),后来再次称寿星是"老弟"(第七十九回),可见并非口误(slip),说明悟空确实比这三个"神仙"岁数要大。(三星语,第二十六回)。他那位财色兼好的师弟上面说神仙还是我们的晚辈，也不是吹牛！

但老猴子和天上的头面人物，比如太上老君、玉皇大帝比，就成小屁孩儿了。那么他们有多少年纪？太上老君烧火的童子说："混沌初分，天开地辟，有一位太上老祖，解化女娲之名，炼石补天，普救阎浮世界"（第三十五回）。据《西游记》开头的宏大宇宙论，天地有一个成住坏空的过程，历时129,600年，称为一元，毁灭后再从新开始（第一回）。想来，太上老君年龄不会超过此一元，因为四众取经时，天地尚不见毁灭迹象。如来的岁数和太上老君差不多，他对悟空说，混沌初分时，我在雪山顶上修成丈六金身（第七十七回）。这算是仙佛界的二位老前辈。和二位大老比，玉皇大帝的年龄，更是不可思议，如来曾给孙悟空出过一道算术题："玉皇上帝，自幼修持，苦历过一千七百五十劫，每劫该十二万九千六百年。你算，他该多少年数"（第七回）？算出来，吓你一跳：

$$129,600 \times 1750 = 226,700,000（年）$$

简直是天文学或地质学上的数字，对于我们百年的人生，它就是无限大。据《道藏》所收《高上玉皇本行经》，玉皇大帝修道行三千二百劫，始证金仙，号曰清净自然觉王如来，教诸菩萨悟大乘正宗，又经亿劫，始证玉帝！[①] 所以，如来对玉帝的岁数还是大打折扣的！

像仙佛界的头脑领袖，并没有一个确切的年龄数，——玉帝是个例外，只是给人无限大的（$+\infty$）印象，实际上也有他们的难言之隐。这在假神仙中最足窥见端倪。如《太平广记》卷二百八十九引《玉堂闲话》：

> 长安完盛之时，有一道术人，称得丹砂之妙，颜如弱冠，自言三百余岁，京都人甚慕之。至于输货求丹，横经请益者，门如市肆。时有朝士数人造其第，饮啜方酣，有阍者报曰："郎君从庄上

[①] 转引自马书田《中国道教诸神》，团结出版社，2002年，第40页。

来，欲参觐。"道士作色叱之。坐客闻之，或曰："贤郎远来，何妨一见？"道士颦蹙移时，乃曰："但令入来。"俄见一老叟，鬓发如银，昏耄佝偻，趋前而拜。拜讫，叱入中门，徐谓坐客曰："小儿愚骏，不肯服食丹砂，以至于是。都未及百岁，枯槁如斯，常已斥于村墅间耳。"坐客愈更神之。后有人私诘道士亲知，乃云："佝偻者即其父也！"好道术者，受其诳惑，如欺婴孩矣。

方士为让人信他是神仙，把他三百多岁的年纪做实，称他鬓发如银的老爹是自己不求上进的儿子！这和神佛不言确切年龄，只用无限大来镇唬人，不是异曲同工吗？！

三　天上一日

玉帝道："天上十三日，下界已是十三年"（第三十一回）。这和花果山的小猴子们说天上一日，就是下界一年哩（第四回），是一个意思。章学诚认为，《西游记》中这个说法虽属寓言，却有至理：

> 假令天上果有帝庭仙界，则天上一日，必是人间一年，无差错也。盖天体转运于上，列宿依之，一岁一周，而日月右旋，附天左退，一日才过一度，人世所谓一日，但见日周三百六十五度而复其原次也。若由天上观之，则天日俱运，而一日十二时间，日仅行天一度，则必周三百六十五日而始复其原次也。"（《丙辰札记》）

钱锺书因此称赞章学诚"于旧解能出新意矣"。[①]的确是旧解，还是地心说呢。其实用哥白尼的日心说，很好解释：天体自己转动一周算是一天；天（太阳）转动一周，算天上一天，这时，地（球）绕天一周，它自转了360周，就是地上一年。但我们要知道，天上的一天，和地上的一天，内涵是不同的，各天其天：在天地之外的第三个点上看，它

---

① 钱锺书：《管锥编》，三联书店，2007年，第1031页。

们的绝对时间并没有区别，就是在计时器上走过的空间是一样的。

"天上一日，地上一年"的说法，不能彻底贯彻下去，在《西游记》中造成一些混乱。在蟠桃园里，"那七衣仙女自受了大圣的定身法术，一周天方能解脱，各提花篮，回奏王母"（第五回）。一周天，就是我们说的二十四小时。从天上说，孙悟空偷御酒、金丹，按常理，也就不过个把钟头，然后就回花果山了，又过了二十多个钟头，仙女们才去回报。依照"天上一日，地上一年"计算，天上二十个钟头，就是地上三百天！按理，孙悟空已在花果山与群猴饮酒作乐大半年了，七仙女才醒过劲儿去向王母娘娘汇报。而实际上，《西游记》的叙事在时间上是天上、地上同步的。鬼王领玉帝之旨，去灌江口请二郎神来降孙悟空，"不消半个时辰，直至真君之庙"（第六回）。鬼王当然不是地上走的，是天上飞的，半个时辰是一个钟头，天上一个钟头，花果山已过去半个月了！孙悟空为降兕怪，第一次到天上要求玉帝帮助查看是否有星宿下凡作怪，后来又到天上，水德星君说，昨日可韩司查点我这里（第五十一回）。昨日今日之间只是有八小时的黑夜，这天上八小时，在地上是十五天。就是说唐僧、八戒、沙僧已经被捉入金兜洞半个月了！

以上三例都表明天上时间和地上时间是同步的，绝对时间一样。所以，玉帝和花果山的猴子所谓的"天上一日，下界一年"，只能是心理时间。不然，如来说"山中（灵鹫山）方七日，世上几千年"（第七十七回），就成为不可理解的玄虚、胡说。这种心理时间在日常生活中并不少见。如：张生急于晚上赴莺莺之约，觉得天上的太阳迟迟不落，简直是"生根"了，恨不得有后羿弓，一箭把它射下来！（王实甫《西厢记》第三本第二折）

钱锺书解释"天上一日，下界一年"，说：

> 这种神话，确实反映着人类的心理。天上比人间舒服欢乐，所以神仙活得快，人间一年在天上只当一日过。（《写在人生边上·论快乐》）

在《西游记》中设置"天上一日，人间一年"这样一个规则，并不是不可以，主要是它没有被彻底地贯彻下去。只是把它作为设计情节的便利工具，这在奎木狼身上得到集中体现：他逃到人间和百花羞公主做了十三年夫妻，天师向玉帝汇报奎木狼旷工："四卯不到。三日点卯一次，今已十三日了"（第三十一回）。局部地看，它是合理的，但和前面例子暗示的天上时间和人间时间是一样的，大相矛盾。这二者之间存在一种无法消弭的缺陷。实际上，它本来是可以避免的，但作者没有这种高度的自觉，他的写作只是一种消费天才的自发式写作，没有从理性的层面去把握汩汩滔滔的文字，只是因地赋形，并没有规划线路开挖渠道的焦虑、艰辛。结果就造成现实和虚构的混淆与渗透。

当然，《西游记》的作者是在几百年前进行写作，而且小说也不是欧几里德几何，出现这些逻辑上的漏洞，也是可以理解、通融的，我们不该吹毛求疵，心知其义可矣。

22. 碑刻的特点及其在《西游记》里的别用

《西游记》中的碑碣反映了明代民间社会里
碑碣功能的变迁

一

严格地说，碑刻是石刻的一种。石刻一般泛指以石料为加工对象，琢磨后形成的人工制品。它或者是在打磨的石上镌刻文字、图案的碑碣，或者直接随物赋形，成为雕塑或摩崖石壁，等等。《碑刻文献学通论》说：在碑碣、石壁上刻写、雕镌有文字、图案或宗教造像等，赋予其文化信息，这样的石质载体，即是碑刻，或称石刻。它有三个要素：一是石质材料，二是刻写、雕镌手段，三是文字符号、图案、造像等文化信息。凡是符合这三个要素的都应该称作碑刻。[1] 段玉裁云：秦人但说刻石，不说碑；所以后世只要是刻石，都可以叫碑。[2] 碑刻与石刻在本文中没有严格的区别。

碑刻在中国起源非常早。《说文解字》："碑，竖石也。"桂馥《说文解字义证》卷二十九中说："宫必有碑，所以识日景，引阴阳也。凡碑，引物者，宗庙则丽牲焉，以取毛血，其材，宫庙以石，窆用木。……在宫庙之中，一为宾揖之碑，一为丽牲之碑者也。碑之字，从石，窆用木者，取其便于事也。"

桂馥又引徐锴之说：古代宗庙立有碑，是用来拴系未宰杀的牺牲，并不是石质的。后人因于其上纪功德业绩，才改用石材，以求永久，则碑字从石，意思也发生变化。碑是秦以来才有的体制。《史记·秦始

---

[1] 毛远明：《碑刻文献学通论》，中华书局，2009年，第7页。
[2] 段玉裁：《说文解字注》，上海古籍出版社，1988年，第450页。

皇本纪》刻石颂秦功德。《玉篇》：碑，铭石，又卧石。桂馥说："卧当为竖；竖石谓宫庙之碑，铭石为墓隧之碑。《释名》：碑，被也，此本（王）莽时所设也。施辘轳以绳被其上，以引棺也。臣子追述君父之功美以书其上，后人因焉。故建于道陌之头，显见之处，名其文，就谓之碑也。"

可知，碑在春秋战国时期，甚至更早就有了。但它和后世的碑大相径庭，无论是设置的位置、目的，还是用途、意义都截然不同。① 《汉语大词典》对"碑"有简要明确的总结：一是古代竖立在宫、庙门前用以识日影的石头；二是古代树立在宗庙大门内系牲口的石头；② 三是古代引棺木入墓穴的木柱，后改用石。

《不列颠百科全书》对碑（stela）的解说是："古代竖立的石板，主要作为墓碑，也作为纪念和定界用。起源不详，但早在迈锡尼和几何形时期（前900—前700年）东方和希腊都已习用石板为墓碑。早期墓碑为矩形高石柱，刻有浮雕，顶上有凹圆线脚和狮身怪兽像，常有矩形底座。前530年左右，墓碑趋向简化，碑身较矮，顶仅作棕榈叶形顶端饰，碑面刻有印文像并加施彩色。4世纪，碑身矮而宽，雕刻较复杂，还有近似立体的群像圆浮雕。墓碑上所刻死者像均按生前形象，男子表现为战士、力士，妇人周围有儿童，儿童身边有爱畜、玩具，很少有悲哀的表示。人物呈静态，恍如梦境。"即是说，西方碑刻虽然体制、风格与我们不同，但意图、目的极为相似。在西方历史之父希罗多德的《历史》中，有14处对碑刻的描述；对碑文有详细的记载。如，为纪念温泉关战役中牺牲的李敖尼达等勇士，立碑，碑文云：

Here did four thousand men from Peoples' land

---

① 参看王银忠：《论碑文的形成》，《邯郸学院学报》，2006年第1期。
② 很奇怪，为什么要树一通笨重的大石头来系牲口。揳个木橛子不是又省事又方便嘛。前面徐锴已说过"以系牲者，非石也"，所以这条释义是不准确的。但多数学者都附和石碑系牲，也就只能仍旧了。

Against three hundred myriads bravely stand.①

西亚又有Moabite碑，于1868年发现，碑上刻有34行碑文，伽南文字写成。碑高1.1米，黑色玄武岩。所记事迹发生在公元前8世纪——就是春秋初期。② 古代美洲玛雅人，也有碑。碑文主要记述历史、天文和宗教事务。不像埃及、亚述、巴比伦王国的碑文那样记载个人的荣耀，它是那么彻底地无个人化，以致纪念碑上从来都找不到一个具体人的名字。③ 这些都比汉碑要古老得多，甚至也比石鼓文之类刻石古老。

所谓的古代，大概是在秦汉以前；那时的碑和文字尚没有密不可分的联系。碑也不是为记录文字，以期流传久远，它还只是实用性的工具，如在院子里作为系马的桩子，就很说明问题。施蛰存说：大约在西汉晚期，有人开始利用这块石板，刻上了文字，记述墓中人的姓名官位，卒葬年月，就放在墓前，不再撤除。并说最早的是现存河平三年（公元前26年）八月《麃孝禹阙铭》。④ 《越缦堂读书记》云："三老碑于咸丰二年（1852年）新出余姚客星山中。当是中元、永平（56—75年）所立。浙中刻石，向以嘉庆间会稽跳山新出建初元年（76年）大吉山买山题记为最古，此石更在其前。"⑤ 就是说，浙中最早的刻石是在东汉初年。《碑刻文献学通论》则说：碑刻自名为碑的最早实物，是东汉永建三年（128年）《王孝渊墓志》，1966年于四川省郫县一座东汉残墓出土。⑥ 马衡说："刻石之风流行于秦汉之世，而极盛于后汉。"⑦

---

① *Herodotus Histories*, Wordsworth Editions, 1996:596.
② 《不列颠百科全书》国际中文版，中国大百科全书出版社，2001年，第11册，第275页。叶昌炽在《语石》卷二中说到此碑："英人斯宾塞尔所著《群学肄言》，余尝得严又陵观察译本读之。云《摩阏伯断碑》，出土于亚西之大版，系腓尼加古文。皆中国周初时事。今其石在法之鲁维。"
③ [美]西·G.莫莱：《全景玛雅》，国际文化出版公司，2003年，第198页。
④ 施蛰存：《金石丛话》，中华书局，2005年，第4页。
⑤ 李慈铭：《越缦堂读书记》，中华书局，2006年，第1070页。
⑥ 毛远明：《碑刻文献学通论》，中华书局，2009年，第8页。
⑦ 马衡：《中国金石学概论》，时代文艺出版社，2009年，第83页。

可以说，碑刻在中国起源虽然没有西方文化中如古希腊和印度那么早，但它在东汉大量出现，数量众多，体制完备。这在世界历史上蔚为奇观，则是其它文明所无法比拟的。

二

汉碑，其实多是东汉时期的，大量出现，和当时厚葬奢靡的社会风气关系密切。

到桓帝、灵帝时，厚葬奢靡之风遍布社会上下，人们趋之若鹜，举国若狂。最奇怪的是崔寔，他作为知识精英，在《政论》中旗帜鲜明地反对厚葬之风，曰："送终之家，亦大无法度，至用楩梓黄肠，多藏宝货，飨牛作倡，高坟大寝——是可忍也，孰不可忍！……竭家尽业，甘心而不恨。穷厄既迫，起为盗贼，拘执陷罪，为世大戮。痛乎，俗之刑陷愚民也。"[①] 但，到他老爹死了，他也是要实行厚葬，低价变卖田宅，不惜代价，起冢茔，立碑颂。丧事办完，资产竭尽，因穷困，以酤酿贩鬻为业，成了小商贩！时人多以此讥嘲他言行不一。[②] 知识精英尚且如此，何况他人。可见，皇帝、贵戚、大官僚带头的丧葬奢靡，遍及社会各个阶层，连知识精英都不免苟同流俗，甘心合污。此一陋习劳民伤财，造成人力、物力的巨大浪费，社会财富白白地被埋葬到黑暗的地下，听任它无作为地默默静静腐烂掉！

在厚葬奢靡风气之下，汉人对丧葬的高度重视已经不仅体现在物质的追求，如陵墓的宏大壮观，随葬物的丰厚，墓上建筑的奢丽，各种仪式的隆重。在儒家思想影响下，丧葬的精神意义日益凸显。于是，人们在墓前大树墓志，用文字表示对逝去的生命的礼赞，颂扬亡者德绩，抒

---

① 《全后汉文》卷46，严可均：《全上古三代秦汉三国六朝文》影印本，中华书局，1995年，第724页；孙启治：《政论校注》，中华书局，2012年，第89页。
② 王先谦：《后汉书集解》影印本，中华书局，1984年，第606页。

发悼念之情，以崇孝子之心。① 可以说，厚葬之风，是汉碑大量出现的前提条件之一。这也算是厚葬之风在历史上惟一有价值的地方！

三

汉碑的数量在历史上是空前地众多。宋代赵明诚《金石录》著录其所目见的汉碑共有一百一通。② 清代翁方纲《两汉金石记》，收西汉石刻三种，东汉石刻95种。施蛰存说他收集的《汉碑目录》，西汉22种，东汉有388种，而其中最多的当然是碑刻。③

汉碑，作为一种文体，也是在东汉确立的。我们看范晔《后汉书》相关记载，可知，汉代碑文作者，不但有蔡邕、孔融、崔瑗这样公认的文学大家，也有马融、服虔那样的经学大师，甚至还有皇甫规之类在边境驰骋立功的武将。可见，到东汉中后期，碑文写作成为显示文学才能所不可少的一个参数，也是衡量作者文学水平的重要标尺之一。

汉碑另一个突出特点：就是多数是由死者的门生故吏鸠资树立的。汉碑绝大多数都是在正面记载死者的生平，在碑的背面罗列出资者的名字及出资数额。如：赵明诚《汉冀州刺史王纯碑阴跋》说，此碑门生故吏题名者共二百八十余人，云："各发圣心，共出义钱，埤（裨）碑石直（值），刊纪姓名。"④

从现存的汉碑来看，得以被树碑颂德的死者，多数是中下级官员，尤其以地方官刺史、郡守、县令（长）为多。王静芬因此说，"树碑是汉代官员的特权之一"。⑤ 实际上，我们在文献中看不到汉代朝廷限制民间树碑，或对够资格树碑的人做出明确规定。而且，汉碑的传主也不一定就是官员。说树碑是汉代官员的特权，不能成立。立碑需要一大笔钱，

---

① 何如月：《汉碑文学研究》，博士学位论文，陕西师范大学，2008年，第13页。
② 赵明诚：《金石录》，齐鲁书社，2009年，第2—11页。
③ 施蛰存：《金石丛话》，中华书局，2005年，第33页。
④ 赵明诚：《金石录》，齐鲁书社，2009年，第126页。
⑤ 王静芬：《中国石碑》，商务印书馆，2011年，第61页。

那不是整天在为解决温饱而疲于奔命辛苦劳作的平民所能负担得起的。所以，立碑是一个能力问题，而不是一个特权问题。①

我们简要说一些作为物质的存在的汉碑的体制。汉碑是竖立的整块石板，以分离的基石作为支撑。它通常由花岗岩、石灰石、大理石、砂岩或其它质地的石头切割而成。单体碑分三个部分：碑首、碑身和碑趺。碑身与碑首相连，碑身呈现出多种形制：顶部呈三角形，或圆形，或平行，等等。有些碑的上部还有浮雕的图案，如螭头，龙蛇。东汉初期，那种方尖碑比较流行，但很快就过时了。②石碑又分为阴阳两面。在石碑阳面，碑首留有题目的位置，通常以篆书来书刻。碑文刻在题目下方，在碑身的位置，从右至左，从上到下，也是传统的书写、阅读顺序。侧面和碑阴通常刻有赞助人的姓名与捐献钱的数额。碑的基石为方趺或龟趺。王静芬说："最威严的一种是螭首龟趺，仅为高级官员所用。"汉碑高一至三米，也有三米以上的巨型石碑。③

作为文体、文字的汉碑，又是什么样子呢？它一般由两个部分组成。先是正文，然后是"辞曰"。正文部分多是散文语言，对墓主的生平有一全面的总结、评价。"辞曰"部分，紧随正文之后，多是四字韵文，对墓主一生作点睛式的赞扬、致敬、示哀。整个体式，和司马迁所开创的列传体个人传记非常相似。惟一重要的区别是，太史公的传记被后世异口同声地称为"实录"④，而汉碑在这方面却瞠乎其后！

四

用作为实物的汉碑，是正正史。这是宋代以来的学者都自觉地实行着的一条治学原则。宋代赵明诚曾指责《后汉书》的《冯绲传》"首尾

---

① 参看拙文《汉碑的价格考》。(载《寻根》2013年第6期)
② 王静芬：《中国石碑》，商务印书馆，2011年，第51页。
③ 同上。
④ 班固在《汉书》卷62中，称赞司马迁的《史记》，"其文直，其事核，不虚美，不隐恶，故谓之实录"。

颠倒错谬"，认为可以用碑文是正之。因为"石刻当时所书，其名字、官爵不应差误，可信无疑。"①

对比汉碑与正史文字，汉碑固然可以像赵明诚所说的那样，是正正史，纠其误罔。但正史也有汉碑所不可替代的地方。比如，《冯绲传》中还收有皇帝给冯绲的诏册。因为正史乃是史家呕心沥血，汇集史料，爬梳剔抉，重加剪裁而成。文字上更为生动，远非一般汉碑文字所能望其项背。即如冯绲的碑文，和范晔的叙事相比，②实在是过于质木，就是个官员的履历表而已。

另一方面，有些汉碑上的人物，在正史中，甚至整个历史文献中都无影无踪。这时的汉碑失去比较对象，也就无所谓是正正史，但它的史料价值反因此而提升。比如，在荥阳发现的《韩仁铭》。它是为熹平五年死去的闻熹长（县令）韩仁立的碑。这通碑，现在被列入河南省第一批重点文物，加以保护，因为它是研究汉末政治斗争的一件很有价值的历史文物。③

所以，一般认为，汉碑所载皆当时人记当时事，谬误少，难篡改，不易损坏。故对汉代典籍具有补充功能，而且能纠正、订正典籍中人事之误，或为典籍中相关人事提供佐证。

我们已经说过，汉碑成为一种独立的文体，许多文人学者都投身于这一实用性文体的写作，从而赋予汉碑以文学价值。

经过文人的不断努力，汉碑形成一种相对固定的语言形式、文章体式，以前序后铭、前散后韵为文体结构，以叙颂生平，为主要内容，以歌功颂德、留名不朽为撰写目的的文体。六朝时碑文创作受当时整体风气影响，不断加大骈化，更讲究用典，辞采华丽，声律工整，而格式与

---

① 赵明诚：《金石录》，齐鲁书社，2009年，第130页。
② 《全后汉文》卷100，严可均：《全上古三代秦汉三国六朝文》影印本，中华书局，1995年，第1015页；王先谦：《后汉书集解》影印本，中华书局，1984年，第451—453页。
③ 参看张明申、秦文生：《汉〈韩仁铭〉碑考释及历史价值》，《中原文物》，1984年第2期。

汉碑无异。尽管后世韩愈、柳宗元等提倡古文写作，对碑文写作力图破除窠臼，但是从韩柳的创作实绩看，其碑文与以往并无本质区别，仍是带着镣铐跳舞，其创新程度有限。可以说，汉代所确立的碑文的内容规范和文体形式，在后世基本上得到继承与遵守，从而成为古代各类文体中体制最为固定缺少变化的种类。"蔡邕碑文作为正体的典范作用一直持续到清代，汉碑的创体之功实不可没。"①

五

由上面拉拉杂杂的考察可知，自汉代以来，碑刻主要是作为记录死者生平的，树在墓前，基本上没有什么变化。然而，在《西游记》中，它却别有用处。

1. 石猴跳入水帘，发现水帘洞：

> 正当中有一石碣，碣上有一行楷书大字，镌着"花果山福地，水帘洞洞天"（第一回）。

2. 石猴漂洋过海，来到西牛贺洲须菩提祖师道场：

> 崖头立一石碑，约有三丈余高，八尺余阔，上有一行十个大字，乃是"灵台方寸山，斜月三星洞"（第一回）。

3. 孙行者追赶高老庄的妖怪女婿，直到其洞府：

> 在这洞门外看有一座石碣，上书"云栈洞"三字（第十九回）。

---

① 何如月：《汉碑文学研究》，陕西师范大学，2008年，第169页。"汉碑的文学价值"可参看该文第168—170页。清人李兆洛《骈体文钞》墓碑类选碑文5人21篇，而蔡邕一人就有14篇入选。(何如月：《蔡邕碑文创作成就再认识》，《陕西师范大学学报》，2009年第4期。

4. 取经僧来到万寿山五庄观前：

见那山门左边有一通碑，碑上有十个大字，乃是"万寿山福地，五庄观洞天"（第二十四回）。

5. 悟空、八戒来到枯松涧火云洞前：

行到门前，见有一座石碣，上镌八个大字，乃是"号山枯松涧火云洞"（第四十一回）。

6. 孙行者在青龙山寻找妖怪踪迹：

见那洞边有一石崖，崖下是座石屋，屋有两扇石门，半开半掩。门旁立有石碣，上有六字，却是"青龙山玄英洞"（第九十一回）。

这些树立在洞府门口的碑碣，就像今天家家户户的门牌号，或像企业、单位的招牌。

7. 取经僧来到流沙河边：

见岸上有一通石碑。三众齐来看时，见上有三个篆字，乃流沙河，腹上有小小的四行真字云：八百流沙界，三千弱水深。鹅毛飘不起，芦花定底沉（第二十二回）。

8. 取经僧来到通天河边：

一面石碑。碑上有三个篆文大字，下边两行，有十个小字。三个大字乃"通天河"，十个小字乃"径过八百里，亘古少人行"（第四十七回）。

9. 孙悟空赶到万圣龙王住处，见

潭边有一座石碣，碣上有六个大字，乃"乱石山碧波潭"（第六十回）。

10. 荆棘岭上，取经僧见：

> 当路上有一通石碣，上有三个大字，乃"荆棘岭"，下有两行十四个小字，乃"荆棘蓬攀八百里，古来有路少人行"。八戒见了笑道："等我老猪与他添上两句：自今八戒能开破，直透西方路尽平"（第六十四回）！

这几处碑碣，都是地标，功能好似今天公路边的指示牌，一看知道身在何处。这都和传统意义上的碑碣相去甚远。不过，也有一类碑碣保留着传统功能：

11. 太宗让尉迟敬德在开封起盖寺庙：

> 遂将金银买到城里军民无碍的地基一段，在上兴工，起盖寺院，名"敕建相国寺"。左有相公相婆的生祠，镌碑刻石，上写着"尉迟公监造"（第十一回）。

12. 凤仙郡郡侯为报答取经僧求得甘霖，解除干旱，

> 买治民间田地，起建寺院，立四众生祠，勒碑刻名，四时享祀（第八十七回）。

13. 四众为东平府除去假佛害民的犀牛精，当地官民

> 买民间空地，起建四星降妖之庙；又为唐僧四众建立生祠，各各树碑刻文，用传千古，以为报谢（第九十二回）。

想来四众这两所生祠前的碑，自是有文记其降妖除害的功德，作为树碑立祠的缘起。大概也是请当地大文豪的手笔？《西游记》于此语焉不详，惜夫！赵翼说：当官的造福地方，有遗爱，死后，治下百姓为他立祠，这大概从自汉代文翁、朱邑开始的。（《陔余丛考》卷三十二）可见，立生祠的历史和碑刻同其悠久。《涌幢小品》卷四十三云：

> 地方官生祀，自上达下，往往有之，惟学院绝无。盖教以严为

主，不欲苟悦于人情也。惟南京有陈督学一祠。余友刘幼安见之必嘻曰："提学乃有生祠！"又谭有秉宽政者，嘻曰："秀才为汝造生祠矣。"此言甚有意。习俗相沿，宁独提学为然？

明代建生祠的确实不少，都是地方官，有一定爱民政绩。比如：饶州民为陶安建生祠，(《明史》卷一百三十六) 南中民为顾成立生祠，(卷一百四十四) 吴人为周忱立生祠，(卷一百五十三) 江阴人为周斌立生祠，(卷一百六十二) 泰和人为陆震立生祠。(卷一百八十九)

所以，《西游记》中唐僧师徒的生祠，实在是时代风气影响的结果，虽然他们的生祠不是建在中华，而是在西牛贺洲！可以说，《西游记》里碑碣有路标、门牌功能，也同样反映出碑碣功能在明代民间社会的变迁、异化，虽然它是细微的，但不宜忽略。

23.《西游记》与王磐的《野菜谱》

就让我们把铲子叫做铲子,把文学史上那些久借不还的东西郑重地交回主人手里吧

钱锺书抱怨说:在一切诗选里,老是小家占便宜,那些总共不过保持了几首的小家,更占尽了便宜。因为他们只有这点点好东西,可以一股脑儿陈列在橱窗里,读者看了会无限神往,不知道他们的样品就是他们的全部家当。①这只是一个方面;纵观文学史,小家也有吃亏的时候,其作品的所有权往往遭受损害,简直是有苦说不出,也无处说。明代的王磐就是一个例子。

我们都知道他那首小曲《[朝天子]咏喇叭》:"喇叭,锁哪,曲儿小腔儿大。官船来往乱如麻,全仗你抬声价。军听了军愁,民听了民怕。哪里去辨甚么真共假。眼见的吹翻了这家,吹伤了那家,只吹的水尽鹅飞罢!"脍炙人口。几乎所有文学史的明代部分都绕不过它,以致这小曲产生晕轮效应(halo effect),使我们认为王磐只有这么一首作品,对他一生所知甚少。清代《高邮州志》卷十《文苑》有王磐传:

> 磐,字鸿渐,有隽才。好读书,洒落不凡。少为诸生,恶其拘也,弃之。纵情山水诗画间。其画长于写意,评者称其天机独到,另有一种风趣,非学力可及。尤精音律,与金陵陈大声,并为南曲之冠。每风月佳胜,则丝竹觞咏,彻夜忘倦。性好楼居,构楼于城西僻地,坐卧其中,自号西楼。兴到时,或登高临水,幅巾藜杖,飘然若神仙。一时名重海内,文人学士咸至高邮造访,愿纳交焉。

---

① 钱锺书:《宋诗选注·序》,《钱锺书论学文选》,第六卷,花城出版社,1990年,第47页。

所著《西楼乐府》《西楼诗集》。又以年饥，人食野菜多病，乃著《野菜谱》，于世尤有裨益云。①

就是说，王磐是明正德、嘉靖时期的一个地方作家，隐逸诗人，能诗能画，多才多艺。作品有诗歌专集、散曲集，还有《野菜谱》。但他身后萧条，诗集散佚，散曲和《野菜谱》的所有权（authorship）和著作权（copyright）都遭肆意侵害。

一

《西游记》就侵犯过王磐的《野菜谱》。唐僧过西牛贺洲——离天竺国已很近——隐雾山时，被花皮艾叶豹子精和手下群妖捉进折岳连环洞。悟空、八戒费了一番周折，解救出老师父，连带把本地一个樵夫给解放了。樵夫母子甚是感激唐僧师徒的救命之恩，就地取材，采集山里的野菜，备了顿斋供，招待四人。不厌其烦地把这份菜谱给罗列出来，招待普天下看官。实际上，这份异域的野菜谱并不具海外风味，而是实实在在的本地风光，因为它们都来自高邮人王磐的《野菜谱》。王磐《野菜谱》罗列60种野菜，我们依次把它们编上序号，下表左栏《西游记》引文括号内的数字，就是它在《野菜谱》里的序号。如下页表。

从表中可以看出，《西游记》这一段提到39种野菜。其中，"莴菜荠"可能是"蒿柴荠"的传写之误。因为莴菜和荠菜是不同的种类，不可能有什么"莴菜荠"。"野落荤"大概就是《野菜谱》中的"野落篱"。由此，可见，它们无不来自《野菜谱》，毫无疑问。

---

① 《高邮州志》影印本，成文出版社，1970年，第1405页。

《西游记》第八十六回	王磐《野菜谱》
嫩焯黄花菜（37），酸薤白鼓丁（1），浮蔷（6），马齿苋（24），江荠（12），雁肠英（25），燕子不来香（13），芽儿拳（8），烂煮马蓝头（21），白爁狗脚迹（9），猫耳朵（16），野落荜（26？），灰条（29），剪刀股（2），牛塘利（5），倒灌（28），窝螺（18），扫帚荠（44），碎米荠（51），蒿菜荠（39？），油炒乌英花（30），菱科（46），蒲根菜（20）并茭儿菜（27），看麦娘（8），破破衲（10），苦麻薹（33）下藩篱架（23），雀儿绵单（45），猢狲脚迹（14），油灼灼（41），斜蒿（11），青蒿（22），抱娘蒿（31），灯蛾儿（47）飞上板荞荞（50），羊耳秃（34），枸杞头（32）加上乌蓝（19）	1白鼓钉，2剪刀股，3猪殃殃，4丝荠荠，5牛塘利，6浮蔷，7水菜，8看麦娘，9狗脚迹，10破破衲，11斜蒿，12江荠，13燕子不来香，14猢狲脚迹，15眼子菜，16猫耳朵，17踏地菜，18窝螺蒿，19乌蓝担，20蒲儿根，21马蓝头，22青蒿儿，23藩篱头，24马齿苋，25雁肠子，26野落篱，27茭儿菜，28倒灌荠，29灰条，30乌英，31抱娘蒿，32枸杞头，33苦麻薹，34羊耳秃，35水马苋，36野苋菜，37黄花儿，38野荸荠，39蒿柴荠，40野绿豆，41油灼灼，42雷声菌，43蒌蒿，44扫帚荠，45雀儿绵单，46菱科，47灯蛾儿，48荠菜儿，49芽儿拳，50板荞荞，51碎米荠，52天藕儿，53老鹳筋，54鹅观草，55牛尾瘟，56野萝葡，57兔丝根，58草鞋片，59抓抓儿，60雀舌草

《西游记》的定本出现于1592年。①《野菜谱》出现于何时？《四库全书总目》卷一〇二《子部·农家类存目》有《野菜谱》一卷：旧本题高邮王磐撰。所记野菜共六十种，标题下有注，注后系以诗歌，又各绘图于其下。其诗歌多寓规戒，似谚似谣，颇古质可诵。李时珍在《本草纲目》的序例中说，"嘉靖中，高邮王磐著《野菜谱》一卷，绘形缀语，以告救荒"。《本草纲目》写成于1578年②，由此可见，王磐《野菜谱》出现于十六世纪中期。

---

① 陈大康：《明代小说史》，人民文学出版社，2007年，第680页。
② 《不列颠百科全书》（国际中文版）中国大百科全书出版社，2001年，第10册，第50页。

此书在当时及明末颇有影响。1591年，李时英为《遵生八笺》作叙，就是说此书至迟成就于此时。该书《饮馔服食笺》中卷《野蔌类》高濂子注："余所选者，与王西楼远甚，皆人所知可食者，方敢录存；非王所择，有所为而然也。"可见，高濂也是见过王磐《野菜谱》的。二人的野菜谱所以不同，是因为，高濂是讲究养生者，野蔌是表现隐逸情趣，奢望追求延年。而王磐的野菜谱，是出于救荒疗饥，聊充口腹，以保性命。正因为此一仁人用心，所以菜名也就不为高邮之外的人所知，都是本乡土语俗称。王磐本来也就是为他饥肠辘辘的老乡着想的。1622年鲍山在《野菜博录》的序中说："及阅王西楼《野菜谱》若干种，每访采其异于家圃以供野味，惜其种类局而未广。"就是受王磐《野菜谱》的启发，扩编撰就《野菜博录》，共四百多种。

所以，《西游记》的作者或编者对王磐《野菜谱》是熟悉的，带着一种游戏精神，把菜名罗列起来，重新组合，成为《西游记》中插入的韵文里的上乘之作。也可以说，这是《西游记》用自己的方式向王磐这位具有仁爱情怀的艺术家致敬。限于章回小说的体例，它没有提到《野菜谱》，也没有提到王磐，也是可以理解的。用现代的眼光看，却是不太妥当。

我们说王磐的著作权受到严重侵害，并不是指《西游记》的作者或编者，而是别有所指，就是《食物本草》[①]。该书在1638年出现，有李时珍、陈继儒的序，声称李时珍编纂。但可能是一个自称"蒿莱野人"的姚可成杂纂而成。该书卷首是《救荒野谱》，分《救荒六十种》、《补遗六十种》。《救荒六十种》就是王磐《野菜谱》，原封不动地照搬、照抄。

这对后世的影响非常恶劣，简直是混淆视听。1991年中华书局出版的《丛书集成初编》有《救荒野谱》署"明姚可成辑"。其实，就是《食物本草》中抽出的卷首《救荒野谱》。竟完全和王磐《野菜谱》脱

---

① 《食物本草》有人民卫生出版社1994年校点本，但并没有对《救荒野谱》的来源做出考察。

离干系！我们也不是说姚可成居心险恶，要篡取别人著作。这大概是因为古人著作权意识淡薄，甚至丝毫也没有这样的意识造成的。

二

不但王磐《野菜谱》被人久假不还，他还有一首曲子给人冒用了。我们先看下表：

《封神演义》第八十九回	《隋唐演义》第十一回	王磐[南吕·一枝花]《久雪》
才飞燕塞边，又洒向城门外。轻盈过玉桥去，虚飘临阆苑来。攘攘挨挨，颠倒把乾坤玉载。冻的长江上鱼沉雁杳，空林中虎啸猿哀。凭天降，冷祸胎，六花飘堕难禁耐，砌漫了白玉阶。宫帏里冷侵衣袂，那一时暖烘烘红日当头晒，扫彤云四开，现青天一派，瑞气祥光拥出来。	乱飘来燕塞边，密洒向孤城外，却飞还梁苑去，又回转灞桥来。攘攘挨挨颠倒把乾坤压，分明将造化埋。荡摩得红日无光，威逼得青山失色。长江上冻得鱼沉雁杳，空林中饿得虎啸猿哀。不成祥瑞反成害，侵伤了垄麦，压损了庭槐。暗昏柳眼，勒绽梅腮，填蔽了锦重重禁阙官阶，遮掩了绿沉沉舞榭歌台。哀哉苦哉，河东贫士愁无奈！猛惊猜，忒奇怪，这的是天上飞来冷祸胎，教人遍地下生灾。几时守得个赫威威太阳真火当头晒，暖溶溶和气春风滚地来。扫彤云四开，现青天一块，依旧祥光瑞烟霭。	乱飘来燕塞边，密洒向程门外；恰飞还梁苑去，又舞过灞桥来。攘攘皑皑，颠倒把乾坤碍，分明将造化埋。荡磨的红日无光，限逼的青山失色。[梁州]冻的个寒江上鱼沉雁杳，饿的个空林中虎啸猿哀，不成祥瑞翻成害。侵伤陇麦，压损庭槐；眩昏柳眼，勒绽梅思。遮蔽了锦重重禁阙宫阶，填塞了绿沉沉舞榭歌台。把一个正直的韩退之拥住在蓝关，将一个忠节的苏子卿埋藏在北海，把一个廉洁的袁邵公饿倒在书斋。哀哉，苦哉！长安贫者愁无奈。猛惊猜，忒奇怪。这的是天上飞来的冷祸胎，遍地下生灾。[尾声]有一日赫威威太阳真火当头晒，有一日暖拍拍和气春风滚地来，就有千万座冰山一时坏。扫彤云四开，现青天一块，依旧晴光瑞烟霭。

《封神演义》中，那是妖狐妲己唱给荒淫的纣王，助他赏雪雅兴。竟然征用了几千年后高邮隐士王磐的套曲，肆意剪截，蒙混昏君，博得纣王大喜，连饮三杯！对于媚人的妖狐，我们后世自然无法口诛笔伐。《隋唐演义》就不同了。它是加入小说中的一段韵文，自是作者或编者所为，也该由他负责。而我们知道《隋唐演义》的作者或编者是褚人获，另外还编有《坚瓠集》，读书挺多的。竟然见猎心喜，把前朝隐士的文字收编了！真是胆大妄为。要知道《久雪》是王磐的得意之作。所以，他的外孙张守中在《刊王西楼先生乐府序》中特别指出："《久雪》之词，刺阴邪也。"

> 后人对于王磐的作品肆意地巧取豪夺，显示出对文学史上小家的轻视、不尊重。

后人对于王磐的作品肆意地巧取豪夺，显示出对文学史上小家的轻视、不尊重。也正因为这种轻视，使其作品逐渐散佚。今天见到的《西楼乐府》共收有王磐的套曲9套，小令65首。[1]《列朝诗集·丙集》卷十四收入王磐诗歌四首。[2]《高邮州志》收有王磐诗歌八首。就是说王磐现存诗歌只有十一首（因其中一首重复）[3]。

这种攘夺，并不是只发生在王磐一个人身上。它可以说在古代文学

---

[1] 《王西楼先生乐府》，《散曲丛刊》，凤凰出版社，2013年，第571—592页。
[2] 钱谦益：《列朝诗集》，中华书局，2007年，第3759—3760页。
[3] 我们把王磐的十一首诗辑录于此，算是对这位具有人民性的诗人的尊敬，也是防止牛浦郎之流觊觎的措施。《列朝诗集·丙集》卷十四：

1.《同友人泛湖》：细柳新蒲绿未齐，楼船春泛五湖西。帆樯影里鱼争跃，箫鼓声中鸟杂归。宿雨暗添山色重，晴云轻度水容低。人家只在风烟外，面面天开罨画溪。（《高邮州志》也载此诗，只是标题作"泛湖"）

2.《元宵漫兴》：天风吹散赤城霞，散落人间作九华。夹路星球留去马，烧空火树乱归鸦。笙歌醉月家家酒，帘幕窥春处处花。一派云韶天外迥，不知仙驭过谁家。（此诗首句袭用张亶，张亶有绝句云："天风吹散赤城霞，染出连云万树花，误入醉乡迷去路，傍人应笑忘还家。"（《诗话总龟·后集》卷四十））

3.《雨中同古淮作》：东风小阁陡生凉，尽日浓薰柏子香。好雨逡巡留客住，浮云南北为谁忙。青春未老看花眼，白首犹抄种菊方。湖上草生堤柳活，酒魂诗梦两茫茫。

4.《寄陈光哲》：煮雪炉边夜坐痴，踏青驴上晓行迟。不知多少相思味，换得春来两鬓丝！

《高邮州志·艺文志·诗》卷十一：

5.《游张墩寺赠程上人》：几年传偈到空门，今日来参老发髡。流水五湖清入寺，白云前古结成墩。欲将诗话咀禅味，愿借机锋断俗根。古衲向予轻一指，潭中水月淡无痕。

史已成为一种现象。《儒林外史》第二十一回，写牛布衣死后，牛浦郎把他的整本诗集攘为己有，四处招摇撞骗。固是小说，却非空穴来风。清初岭南三家之一的屈大均曾指责诗僧大汕盗窃自己的诗句："将他人之镂心雕肾、呕出精血而得者，不难攫取以为己有，或全用，或半用，或句中改一二字而点金成铁，或全章改五六字以鱼目混珠！"（《艺风堂杂钞》卷四《屈翁山与石濂书》）但并不是所有的诗人都能发现自家呕心沥血的诗文被盗窃，尤其是诗人身后，所以，主持诗人作品所有权的任务，就落在文学研究者身上，成为义不容辞的责任。

对此所有权的有意识维护，是我们追求真理，维护真相在文学研究领域的具体表现；也是对作家文学独创性（originality）的尊重。就让我们把铲子叫做铲子（call a spade a spade），把文学史上那些久假不还的东西郑重地交回主人手里吧！

（续上页）

6.《上巳谒四贤祠》：谁排阊阖借天风，满地尘埃一洗空。万卷文章光海岳，千年神爽积鸿蒙。兰亭旧迹浮云外，甓社浓春细雨中。一瓣心香初莫罄，倚栏呼酒送飞鸿。

7.《盂城晚眺，赠云目子还江东》：大袖麻衣短葛裳，一官已了一身康。东坡往日皆春梦，北海今朝是醉乡。赤手江湖真钓隐，白头天地老诗狂。晚来忽起苏门兴，长啸青天正渺茫。

8.《珠湖吊古》：昔年湖上有神物，夜夜流光照百川。一宵风雨不复见，千载江淮空惘然。书舍沉沦烟水外，神灯寂寞古祠前。惟余亭畔三更月，犹照沙头万里船。

9.《珠湖吊古，用陈后山韵，时黄、萧、张三郡博在坐同赋》：几时西风浪拍城，晚来云雾夕阳明。沙头蚌泣珠遗彩，水底龙吟剑有声。廊庙诸公欣得计，烟波一叟愧逃名。请看湖水年年绿，来往销沉万古情。

10.《游贾雪舟湖南精舍》：野云低掠短墙飞，座上荷衣杂锦衣。喜见图书堆屋满，已知边檄到门稀。蚌胎午夜珠扬彩，龙窟千年剑发辉。纵是麒麟勖业好，凯归争似劝农归？！

11.《锦香池馆游倪氏水亭作》：三十六湖围高沙，中有遁迹神仙家。绿云堕水飞不去，红香万朵芙蓉花。水晶宫阙熟龙脑，云母洞天堆彩霞。玉井峰头失颜色，瑶池水面无精华。鲛人尽归迷海窟，越女夜夜游若耶。白鸥徘徊缘萍藻，锦鲤出没青蒹葭。清风徐来嗅不已，明月倒影清无瑕。翠房露冷结琼子，玉根水静生灵芽。蜀机吴杼互钩匝，旃檀熏陆相交加。藕丝任雪不须买，荷蕙满吸谁云赊。煮石山翁月作艇，玉冠道士星为槎。随舟三尺葛公竹，里头一幅东坡纱。浩歌沧浪忽汹涌，起舞星斗随横斜。相将采莲献真宰，迅览八极穷天涯。

24.《西游记》与《棋经十三篇》和《事林广记》

一

《西游记》第十回,一开头就写唐太宗和大臣魏征在便殿对弈,一递一着,摆开阵势。接着还引用了一段《烂柯经》,其实是《棋经十三篇》之《合战篇第四》,略有不同而已。我们把《烂柯经》和《棋经》的《合战篇》引在这里,做一比勘:

烂柯经	棋经·合战篇
博弈之道,贵乎严谨。高者在腹,下者在边,中者在角,此棋家之常法。法曰:"宁输一子,勿失一先。"击左则视右,攻后则瞻前。有先而后,有后而先。两生勿断,皆活勿连。阔不可太疏,密不可太促。与其恋子以求生,不若弃之而取胜,与其无事而独行,不若固之而自补。彼众我寡,先谋其生,我众敌寡,务张其势。善胜者不争,善阵者不战,善战者不败,善败者不乱。夫棋始以正合,终以奇胜。凡敌无事而自补者,有侵袭之意,弃小而不救者,有图大之心。随手而下者,无谋之人,不思而应者,取败之道。诗云:"惴惴小心,如临于谷。"此之谓也。	博弈之道,贵乎谨严。高者在腹,下者在边,中者在占,此棋家之常然。法曰:"宁输数子,不失一先。"有先而后,有后而先。击左则视右,攻后则瞻前。两生勿断,皆活勿连。阔不可太疏,密不可太促。与其恋子以求生,不若弃之而取势,与其无事而强行,不若因之而自补。彼众我寡,先谋其生,我众敌寡,务张其势。善敌者不争,善阵者不战,善战者不败,善败者不乱。夫棋始以正合,终以奇胜,必也。四顾其地,牢不可破,方可出人不意,掩人不备。凡敌无事而自补者,有侵袭之意也,弃小而不救者,有图大之心也。随手而下者,无谋之人也,不思而应者,取败之道也。诗云:"惴惴小心,如临于谷。"

显而易见，是《西游记》的作者或编者，把《棋经十三篇》之《合战篇第四》略加点窜，直接植入第十回，标新立异，另起个名字叫《烂柯经》。为什么叫《烂柯经》？这牵扯到中国历史上一个流传久远的遇仙故事。南朝任昉《述异记》中载，信安郡（今天衢州）石室山有个著名的故事，这个故事说，王质在山中看两个仙人下棋，一局未完，斧柄都朽烂了，世上已沧海桑田。这和华盛顿·欧文的《李伯大梦》（Rip Van Winkle）情节类似，主旨都是如来佛所谓的"山中方七日，世上几千年"（《西游记》第七十七回），由此慨叹人世短暂，进而歆羡仙家日月长。所以，《西游记》的作者或编者把《棋经》换成《烂柯经》，实际上，不由透漏出其对人生营营扰扰、打打杀杀、时光流逝，犹如一局棋的幻灭感。

　　当然，这只是把《棋经》改称《烂柯经》的一个原因。另外，还有一个更重要的原因是《棋经》在明代一直处于若有若无，严格说是不为人知的状态。

　　我们知道《棋经十三篇》最初被收入宋人李逸民编著的《忘忧清乐集》中，并没有单行本。据《忘忧清乐集》，《棋经十三篇》是"皇祐中张学士拟撰"。所谓"拟撰"，是说它模仿著名的兵书《孙子十三篇》，故"拟"并非张学士的名字。就是说，单从《忘忧清乐集》，我们无法知道《棋经十三篇》的作者名字，不过，南宋人所编的《事林广记》标明作者是张靖。清代藏书家钱遵王在1690年曾见过"宋椠本《棋谱》"，就是指《忘忧清乐集》。（《读书敏求记》）[①] 1802年，藏书家黄丕烈重睹此书，欣喜竟日，以为自己所遇之奇与巧，无过于此，于是特为之作跋，以志其流传。可知《忘忧清乐集》宋以后再无刻本，明清少有人知，也没有几个人见过《忘忧清乐集》，所以，《四库全书》中也未曾著录。

　　既然如此稀少，难道《西游记》的作者或编者竟然得睹此书？我们

---

① 　冯惠民：《藏园批注读书敏求记校证》，中华书局，2012年，第341—343页。

虽然不知道《西游记》的作者或编者是谁，但说他是下层文人，生活在民间是可以成立的。所以，他能见到稀缺的宋版书的机会几乎是没有。那么他怎么能把《棋经十三篇》之《合战篇第四》原封不动地搬进《西游记》呢？它需要一个桥梁，这个桥梁就是《事林广记》。胡道静说：《事林广记》是一部日用百科全书型的古代民间类书，南宋末年陈元靓编。宋季原本，今不可见。现存的元、明刊本，都是经过增广和删改的。(中华书局影印版《事林广记》前言)此书在明代民间有不少翻本，很通俗，常见。所以，《四库全书》的编者把此书剔除，只收了陈元靓编的另一部书《岁时广记》。(《四库全书总目》卷六十七)然而，就是在《事林广记》的第四卷《文艺类·棋》中收有《棋经十三篇》，而《合战篇第四》赫然列于其中[①]。《事林广记》中的《合战篇》和《忘忧清乐集》中的《合战篇》正文只有一字之异：《忘忧清乐集》中"两生勿断，皆活勿连"，"皆"字，《事林广记》作"俱"。[②]由此可以说，《西游记》里的《烂柯经》乃源于《事林广记》。

在《事林广记》中，虽全文收录《棋经十三篇》，但它却少一个总的标题，可能是漏掉了。这样一来，《西游记》的作者或编者，自然无从知道它们合起来称作《棋经十三篇》，于是，就越俎代庖，拟了一个玄而又玄的名字《烂柯经》安在正文前面。

这样说并非空穴来风，在《西游记》中有更坚强的证据，表明其作者或编者对《事林广记》是熟悉的。《西游记》第九十六回，西牛贺洲

---

① 《事林广记》影印本，中华书局，1963年，第五册，第106—107页。
② 《棋经十三篇》又见于元末出现的《玄玄棋经》，此书前有虞集、欧阳玄等人序。其中"弃小不救"的"救"，《玄玄棋经》作"就"。其它文字与《忘忧清乐集》全同。它标出《棋经十三篇》是"皇祐中学士张拟撰"，把张字从学士前边搬到后边。按照我们的文法习惯，它显然是把拟作为张学士的名字了，这是误读！我们断定它是从《忘忧清乐集》摘抄来的。据说，此书在明代有刻本。(《玄玄棋经新解》，人民体育出版社，1988年，《前言》、第6、9页)不过，这类书受众狭窄，《西游记》的作者或编者对围棋只是附庸风雅，看不出有太大兴趣。所以，它的存在不碍本文《西游记》里的棋经是来自《事林广记》这一看法。

天竺国铜台府地灵县的寇秀才，曾对唐僧师徒说："我看《事林广记》上，盖天下只有四大部洲。"倒不是这个天竺国的秀才有特异功能，真看到六百多年以后才在中原编纂出来的《事林广记》。只是透漏其作者或编者对《事林广记》了若指掌。

由此，我们可以断言，《西游记》中的《烂柯经》，是从《事林广记》中抄撮的《合战篇第四》而已。而在抄撮的时候，《西游记》的作者或编者，并不知道这是《棋经十三篇》中的一篇，甚至根本没有听说过《棋经十三篇》这个名字，于是就另外给它加了《烂柯经》的标题！

二

和《事林广记》相关的决不止这些。《西游记》的第二十六回，有三首诗，与《事林广记》和道教文献《黄箓斋[①]十洲三岛拔度仪》大体相同，如下页表。

我们认为，《西游记》里的这三首诗，是从《事林广记》里搬运来的，因为《西游记》的作者或编者，见到《黄箓斋十洲三岛拔度仪》的可能性不大。或者进一步说，《事林广记》里的这三首诗，是从道教文献《黄箓斋十洲三岛拔度仪》而来，而《西游记》又从《事林广记》中转抄过来。参看后文《西游记与道教文献·一·表14》

---

① 黄箓斋，是道教一种度亡禳解的科仪，重在超度亡灵。（詹石窗：《道教文化十五讲》，北京大学出版社，2012年，第248页）马钰：《满庭芳·赵登州黄箓大醮》："人来，求追荐，千言万语，苦苦相邀。便加持斋戒，遥拜云寮。祷告重阳师父，救亡灵，得上青霄，鸾鹤引，孤魂沉魄，相从总逍遥。"（《洞玄金玉集》卷十，蜂屋邦夫：《金代道教研究：王重阳与马丹阳》，中国社会科学出版社，2007年，第732页）就是对黄箓斋醮的具体描绘。

《西游记》第二十六回	《事林广记·前集》卷六	《黄箓斋十洲三岛拔度仪》
[蓬莱仙境]：大地仙乡列圣曹，蓬莱分合镇波涛。瑶台影蘸天心冷，巨阙光浮海面高。五色烟霞含玉籁，九霄星月射金鳌。西池王母常来此，奉祝三仙几次桃。	[蓬莱山]：大帝仙乡列圣曹，蓬山分命镇波涛。瑶台影蘸天心冷，具阙光浮海面高，五色雪霜浮玉籁，九清星月射金鳌。东方曼倩曾来此，偷摘林中数颗桃。	[蓬丘之岛]：蓬莱分命镇洪涛，大帝仙卿列圣曹。五色雪霜浮玉籁，九清星月射金鳌。瑶台影蘸天心冷，玉阙光浮海面高。愿度神仪超此处，亲陪王母赏蟠桃。
[方丈仙山]：方丈巍峨别是天，太元宫府会神仙。紫台光照三清路，花木香浮五色烟。金凤自多栖蕊阙，玉膏谁逼灌芝田？碧桃紫李新成熟，又换仙人信万年。	[方丈山]：方丈巍峨别是天，太元宫府会神仙。楼台光照三清路，花木香浮五色烟。金凤自多盘□阙，玉当谁逗灌芝田。碧桃紫李新成熟，又换人间□万年。	[方丈之岛]：海中方丈会神仙，地势巍峨别是天。金凤自多巢蕊阙，玉膏谁引灌芝田。楼台光莹三清路，花木香浮五色烟。愿度神仪超此处，不须回首慕尘缘。
[瀛洲海岛]：珠树玲珑照紫烟，瀛洲宫阙接诸天。青山绿水琪花艳，玉液锟铻铁石坚。五色碧鸡啼海日，千年丹凤吸朱烟。世人罔究壶中景，象外春光亿万年。	[瀛洲]：珠树玲珑照紫烟，瀛洲宫阙接诸天。青江翠水山川异，玉酒昆吾铁石坚。五色碧鸡啼海日，千金丹凤吸朱烟。世人罔究壶中景，象外春光亿万年。	[瀛洲]：瀛洲宫阙接诸天，象外春光不记年。五色碧鸡啼晓日，千金丹凤吸朱烟。青丘翠水山川异，玉醴昆吾铁石坚。愿度亡灵超彼处，亲闻经法悟真诠。

《西游记》第七回："圆陀陀，光灼灼，亘古常存人怎学？入火不能焚，入水何曾溺？光明一颗摩尼珠，剑戟刀枪伤不着。也能善，也能恶，眼前善恶凭他作。善时成佛与成仙，恶处披毛并带角。"《事林广记》载了悟禅师《悟心颂》："迷则披毛从此得，悟之作佛也由他。"又载《三教归一图》："圆陀陀，光烁烁，明了了，活泼泼，如百千灯光无坏无杂。"[1] 二者显有联系。再如《西游记》第五十九回的"斯哈里

---

[1] 《事林广记》影印本，中华书局，1963年，第五册，第78、70页。

国",本于《事林广记·前集》卷五之"茶弼沙国"。参看前文《八戒的学问·四》。《事林广记·前集》卷五:女人国云:"其国无男,母视井即生也。"则生发出《西游记》第五十三回的"子母河"与"落胎泉"井水的情节。

25.《西游记》和《封神演义》里的韵文雷同

早有人发现《西游记》和《封神演义》中有些韵文雷同。有人还想借此来论证是谁抄袭了谁。[①] 究竟莫衷一是，揎拳捋袖，唾沫四溅，纷纭而已。我们先把两书雷同的韵文列举出来，做一对照，略加笺释。

一

《封神演义》中写天堂景貌，这是哪吒来所见，他还没有进门，所以是"乍见"笼罩全文。《西游记》中，是孙悟空接受招安，由太白金星引领进南天门，故曰"乍入"，移步换形。哪吒是个七岁的孩子，他眼里，天堂多是辉煌建筑，奇物异禽，两座桥，四根大柱，三十三

[①] 1958年，柳存仁在《新亚学报》第二卷第三期发表《毗沙门天王父子与中国小说之关系》，认为《封神演义》早于《西游记》，后者深受影响，但它并未举出两书中雷同的诗词。黄永年则不以为然，在1984年第3期《陕西师范大学学报》发表《今本〈西游记〉袭用〈封神演义〉说辨正》，以为《西游记》在先，也未涉及其中雷同的诗词。方胜在1985年8月27日《光明日报》发表《〈西游记〉〈封神演义〉因袭说证实》，列举了两书中五篇雷同的诗词，认为《封神演义》"抄袭"《西游记》。徐朔方在1986年第1期《徐州师范大学学报》（哲学社会科学版）发表《再论〈水浒〉和〈金瓶梅〉不是个人创作》，另外又列举了20则《封神演义》和《西游记》韵文雷同的例子，稳健地认为方胜的"抄袭说"不能成立。方胜对徐朔方的批判作出回应，在1988年第4期《徐州师范大学学报》发表《再论〈封神演义〉因袭〈西游记〉》，又增加了5则两书韵文雷同的例子。

表1：

《封神演义》第十二回	《西游记》第四回
初登上界，乍见天堂，金光万道吐红霓，瑞气千条喷紫雾。只见那南天门，碧沉沉琉璃造就，明晃晃宝鼎妆成。两旁有四根大柱，柱上盘绕的是兴云步雾赤须龙；正中有二座玉桥，桥上站立的是彩羽凌空丹顶凤。明霞灿烂映天光，碧雾朦胧遮斗日。天上有三十三座仙宫：遗云宫、昆沙宫、①紫霄宫、太阳宫、太阴宫、化乐宫，一宫宫脊吞金犰狳；又有七十二重宝殿：乃朝会殿、凌虚殿、宝光殿、聚仙殿、传奏殿，一殿殿柱列玉麒麟。寿星台、禄星台、福星台，台下有千千年不卸奇花、炼丹炉、八卦炉，水火炉，炉中有万万载常青的绣草。朝圣殿中绛纱衣，金霞灿烂；彤廷阶下芙蓉冠，金碧辉煌。灵霄宝殿，金钉攒玉户；积圣楼前，彩凤舞朱门。伏道回廊，处处玲珑剔透；三檐四簇，层层龙凤翱翔。上面有紫巍巍、明晃晃、圆丢丢、光灼灼、亮铮铮的葫芦顶；左右是紧簇簇、密层层、响叮叮、滴溜溜、明朗朗的玉佩声。正是天宫异物般般有，世上如他件件稀。金阙银鸾并紫府，奇花异草暨瑶天。朝王玉兔坛边过，参圣金乌着底飞。若人有福来天境，不堕人间免污泥。	初登上界，乍入天堂。金光万道滚红霓，瑞气千条喷紫雾。只见那南天门，碧沉沉琉璃造就，明幌幌宝玉妆成。两边摆数十员镇天元帅，一员员顶梁靠柱，持铣拥旄；四下列十数个金甲神人，一个个执戟悬鞭，持刀仗剑。外厢犹可，入内惊人：里壁厢有几根大柱，柱上缠绕着金鳞耀日赤须龙；又有几座长桥，桥上盘旋着彩羽凌空丹顶凤。明霞幌幌映天光，碧雾蒙蒙遮斗口。这天上有三十三座天宫，乃遣云宫、毗沙宫、五明宫、太阳宫、化乐宫……一宫宫脊吞金稳兽；又有七十二重宝殿，乃朝会殿、凌虚殿、宝光殿、天王殿、灵官殿……一殿殿柱列玉麒麟。寿星台上，有千千年不卸的名花；炼药炉边，有万万载常青的瑞草。又至那朝圣楼前，绛纱衣星辰灿烂，芙蓉冠金璧辉煌。玉簪珠履，紫绶金章。金钟撞动，三曹神表进丹墀；天鼓鸣时，万圣朝王参玉帝。又至那灵霄宝殿，金钉攒玉户，彩凤舞朱门。复道回廊，处处玲珑剔透；三檐四簇，层层龙凤翱翔。上面有个紫巍巍，明幌幌，圆丢丢，亮灼灼，大金葫芦顶；下面有天妃悬掌扇，玉女捧仙巾。恶狠狠掌朝的天将，气昂昂护驾的仙卿。正中间，琉璃盘内，放许多重重迭迭太乙丹；玛瑙瓶中，插几枝弯弯曲曲珊瑚树。正是天宫异物般般有，世上如他件件无。金阙银銮并紫府，琪花瑶草暨琼葩。朝王玉兔坛边过，参圣金乌着底飞。猴王有分来天境，不堕人间点污泥。

---

① 原文如此。（参看《封神演义》，齐鲁书社，1980年，第121页；《封神演义》，三秦出版社，1997年，第113页；《封神演义》中州古籍出版社，2009年，第137页。）

宫,七十二殿,一一列举,正是少儿扳着指头数数的阶段。花果山中得道的老猴子自然比小孩子老练得多。他不光看见物,而且一上来就注意到把门的"镇天元帅""金甲神人"。最后,哪吒的视角显得很琐碎凌乱,像一挂点燃的爆竹,噼噼啪啪地,很快只剩下一地碎屑。孙悟空则不然,他后来关注的是决定他命运的地方,凌霄宝殿——末后的二百来字,全是描述凌霄殿,有序,细致,有动有静,有声有色。文字上的高低,由此可见。另,《封神演义》作"伏道回廊",《西游记》则为"复道回廊"。说明前者对"复道"是不了解的,所以用了别字。①

> 《西游记》在此处展示出技艺上要胜过《封神演义》一筹。

表2:

《封神演义》第二十三回	《西游记》第一回
登山过岭,伐木丁丁。随身板斧,砍劈枯藤。崖前兔走,山后鹿鸣。树梢异鸟,柳外黄莺。见了些青松桧柏,李白桃红。无忧樵子,胜似腰金。担柴一石,易米三升。随时菜蔬,沽酒一瓶。对月邀饮,乐守孤林。深山幽僻,万壑无声。奇花异草,逐日相侵。逍遥自在,任意纵横。	观棋柯烂,伐木丁丁,云边谷口徐行。卖薪沽酒,狂笑自陶情。苍径秋高,对月枕松根,一觉天明。认旧林,登崖过岭,持斧断枯藤。收来成一担,行歌市上,易米三升。更无些子争竞,时价平平。不会机谋巧算,没荣辱,恬淡延生。相逢处,非仙即道,静坐讲《黄庭》。

两书中,这都是樵夫所唱,只是《西游记》中,樵夫自言是《满庭芳》词。

---

① 复道是古代建筑学术语,类似现在的天桥。杜牧《阿房宫赋》:"有复道行空,不霁何虹?"在皇家或大型建筑群中,复道很常见。

表3：

《封神演义》第三十七回	《西游记》第一回
烟霞散彩，日月摇光。千株老柏，万节修篁。千株老柏，带雨满山青染染；万节修篁，含烟一径色苍苍。门外奇花布锦，桥边瑶草生香。岭上蟠桃红锦烂，洞门茸草翠丝长。时闻仙鹤唳，每见瑞鸾翔。仙鹤唳时，声振九泉霄汉远；瑞鸾翔处，毛辉五色彩云光。白鹿玄猿时隐现，青狮白象任行藏。细观灵福地，果乃胜天堂。	烟霞散彩，日月摇光。千株老柏，万节修篁。千株老柏，带雨半空青冉冉；万节修篁，含烟一壑色苍苍。门外奇花布锦，桥边瑶草喷香。石崖突兀青苔润，悬壁高张翠藓长。时闻仙鹤唳，每见凤凰翔。仙鹤唳时，声振九皋霄汉远；凤凰翔起，翎毛五色彩云光。玄猿白鹿随隐见，金狮玉象任行藏。细观灵福地，真个赛天堂！

《封神演义》中，这是姜子牙重上学道地昆仑山之所见；《西游记》中，则是孙悟空访道拜师来到灵台方寸山上。《封神演义》"仙鹤唳时，声振九泉霄汉远"，九泉是在地下。《西游记》则作"九皋"，皋者，泽也。本于《诗经·鹤鸣》。所以，《西游记》用"九皋"，准确。细加揣摩，《西游记》略胜一筹。

表4：

《封神演义》第三十八回	《西游记》第一回
千峰排戟，万仞开屏；日映岚光明返照，雨收黛色冷含烟。藤缠老树，雀聒危岩；奇花瑶草，修竹乔松。幽鸟啼声近，滔滔海浪鸣；重重壑芝兰绕，处处崖苔藓生。起伏峦头龙脉好，必有高人隐姓名。	千峰列戟，万仞开屏。日映岚光轻锁翠，雨收黛色冷含青。枯藤缠老树，古渡界幽程。奇花瑞草，修竹乔松。修竹乔松，万载常青欺福地；奇花瑞草，四时不谢赛蓬瀛。幽鸟啼声近，源泉响溜清。重重谷壑芝兰绕，处处巉岩苔藓生。起伏峦头龙脉好，必有高人隐姓名。

《封神演义》写的是姜子牙从昆仑山往西岐的路上所经的一座无名之山，言此山与海岛相连，故韵文中有"滔滔海浪鸣"。《西游记》所咏的是灵台方寸山，须菩提祖师修道所，故云："欺福地""赛蓬瀛"，不

近海,故有"源泉响",无"海浪鸣"。二者都能贴合各自的背景。

表5:

《封神演义》第四十三回	《西游记》第一回	《封神演义》第七十五回
势镇汪洋,威灵摇海。潮涌银山鱼入穴,波翻雪浪蜃离渊。水火方隅高积土,东西崖畔耸危巅。丹岩怪石,峭壁奇峰。丹崖上彩凤双鸣,峭壁前麒麟独卧。峰头时听锦鸾啼,石窟每观龙出入。林中有寿鹿仙狐,树上有灵禽玄鸟。瑶草奇花不谢,青松翠柏长春。仙桃常结果,修竹每留云。一条涧壑藤萝密,四面原堤草色新。正是百川会处擎天柱,万劫无移大地根。	势镇汪洋,威宁瑶海。势镇汪洋,潮涌银山鱼入穴;威宁瑶海,波翻雪浪蜃离渊。水火方隅高积土,东海之处耸崇巅。丹崖怪石,削壁奇峰。丹崖上,彩凤双鸣;削壁前,麒麟独卧。峰头时听锦鸡鸣,石窟每观龙出入。林中有寿鹿仙狐,树上有灵禽玄鹤。瑶草奇花不谢,青松翠柏长春。仙桃常结果,修竹每留云。一条涧壑藤萝密,四面原堤草色新。正是百川会处擎天柱,万劫无移大地根。	势镇东南,源流四海。汪洋潮涌作波涛,滂渤山根成碧阙。蜃楼结彩,化为人世奇观;蛟蜃兴风,又是沧溟幻化。丹山碧树非凡,玉宇琼宫天外。麟凤优游,自然仙境灵胎;鸾鹤翱翔,岂是人间俗骨。琪花四季吐精英,瑶草千年呈瑞气。且慢说青松翠柏常春;又道是仙桃仙果时有。修竹拂云留夜月,藤萝映日舞清风。一溪瀑布时飞雪,四面丹崖若列星。正是百川浍注擎天柱,万劫无移大地根。

《封神演义》第四十三回,这是对东海中金鳌岛的描绘;《西游记》则是对花果山的描绘。字句大同。前者有"锦鸾啼"。鸾,凤之一种,羽毛没有那么鲜亮,这和前面的"采凤双鸣",意思重复。《西游记》中是"锦鸡鸣",避免意思重复,而且更合理。《封神演义》中"树上有灵禽玄鸟",后者作"树上有灵禽玄鹤"。玄鸟,就是玄鹤。[①]据说鹤,千岁则灰,再过千年,则玄(黑),意思虽同,但鹤较鸟,上下文中在声韵上更和谐些。《封神演义》第七十五回,则是对蓬莱山的描绘。

---

① 张衡:《思玄赋》:"子有故于玄鸟兮"。李善注:"玄鸟,谓鹤也。"

《封神演义》中这种自身的重复,暗示出它是从外部搬运来的——如果是自家呕心沥血,一般会避开这种机械的重复,不至于那么健忘吧。①

表6:

《封神演义》第四十五回	《西游记》第五十回
嵯峨蠢蠢,峻险巍巍。嵯峨蠢蠢冲霄汉,峻险巍巍碍碧空。怪石乱堆如坐虎,苍松斜挂似飞龙。岭上鸟啼娇韵美,崖前梅放异香浓。涧水潺潺流出冷,巅云黯淡过来凶。又见飘飘雾,凛凛风,咆哮饿虎吼山中。寒鸦拣树无栖处,野鹿寻窝没定踪。可叹行人难进步,皱眉愁脸把头蒙。	嵯峨蠢蠢,峦削巍巍。嵯峨蠢蠢冲霄汉,峦削巍巍碍碧空。怪石乱堆如坐虎,苍松斜挂似飞龙。岭上鸟啼娇韵美,崖前梅放异香浓。涧水潺潺流出冷,巅云黯淡过来凶。又见那飘飘雪,凛凛风,咆哮饿虎吼山中。寒鸦拣树无栖处,野鹿寻窝没定踪。可叹行人难进步,皱眉愁脸把头蒙。

两者只有三个字不同。《西游记》说四众冒寒冲雪,和这里的"飘飘雪,凛凛风"吻合。《封神演义》"雪"作"雾",也和其背景一致。

表7:

《封神演义》第四十九回	《西游记》第十七回
烟霞袅袅,松柏森森。烟霞袅袅瑞盈门,松柏森森青绕户。桥踏枯槎木,峰巅绕薜萝。鸟衔红蕊来云壑,鹿践芳丛上石苔。那门前时催花发,风送香浮。临堤绿柳转黄鹂,傍岸夭桃翻粉蝶。虽然别是洞天景,胜似蓬莱阆苑佳。	烟霞渺渺,松柏森森。烟霞渺渺采盈门,松柏森森青绕户。桥踏枯槎木,峰巅绕薜萝。鸟衔红蕊来云壑,鹿践芳丛上石台。那门前时催花发,风送花香。临堤绿柳转黄鹂,傍岸夭桃翻粉蝶。虽然旷野不堪夸,却赛蓬莱山下景。

《封神演义》所写的是三仙岛。《西游记》所写的是黑熊精所居的黑风山,一为神仙所居,一为妖精盘踞,竟然环境相仿。

---

① 不过,《西游记》中也有自相蹈袭的地方,譬如第二十回写黄风岭与第四十回写号山的文字。

表8:

《封神演义》第五十二回	《西游记》第十八回
竹篱密密,茅屋重重。参天野树迎门,曲水溪桥映户。道傍杨柳绿依依,园内花开香馥馥。夕照西沉,处处山林喧鸟雀;晚烟出灶,条条道径转牛羊。正是那食饱鸡豚眠屋角,醉酣邻叟唱歌来。	竹篱密密,茅屋重重。参天野树迎门,曲水溪桥映户。道旁杨柳绿依依,园内花开香馥馥。此时那夕照沉西,处处山林喧鸟雀;晚烟出爨,条条道径转牛羊。又见那食饱鸡豚眠屋角,醉酣邻叟唱歌来。

二者高度一致,只有晚烟出"灶"与"爨"之异。《西游记》诗文都通俗流畅,少用难字,这里却用"爨",值得注意。《西游记》中,这是唐僧、悟空走近高老庄,"春过半"的时节,"杨柳依依,花开馥馥",正与之绾合。《封神演义》中,则是闻仲率领败军逃窜,"见一村舍,有簇人家",欲去借顿饭充饥,插入此赞。闻仲等惶惶如漏网之鱼,竟还有如此雅兴,其心情和赞里的闲逸自是反差鲜明。

表9:

《封神演义》第五十二回	《西游记》第三十二回
巍巍峻岭,崒嵂峰峦。溪深涧陡,石梁桥天生险恶;壁峭崖悬,虎头石长就雄威。奇松怪柏若龙蟠;碧落丹枫如翠盖。云迷雾障,山巅直透九重霄;瀑布奔流,潺湲一泻千百里。真个是鸦雀难飞,漫道是人行避迹。烟岚障目,采药仙童怕险;荆榛塞野,打柴樵子难行。胡羊野马似穿梭,狡兔山牛如布阵。正是:草迷四野有精灵,奇险惊人多恶兽。	巍巍峻岭,削削尖峰。湾环深涧下,孤峻陡崖边。湾环深涧下,只听得唿喇喇戏水蟒翻身;孤峻陡崖边,但见得崒嵂嵂出林虎剪尾。往上看,峦头突兀透青霄;回眼观,壑下深沉邻碧落。上高来,似梯似凳;下低行,如堑如坑。真个是古怪巅峰岭,果然是连尖削壁崖。巅峰岭上,采药人寻思怕走;削壁崖前,打柴夫寸步难行。胡羊野马乱撺梭,狡兔山牛如布阵。山高蔽日遮星斗,时逢妖兽与苍狼。草径迷漫难进马,怎得雷音见佛王?

中间不同的地方,《西游记》写得有声有色,动感十足;《封神演义》则显得古板,其中说"荆榛塞野",本来也无不可,但牵扯到后句"打柴樵子难行",就显得不太顺畅。

表10：

《封神演义》第五十四回	《西游记》第三十七回
淅淅萧萧，飘飘荡荡。淅淅萧萧飞落叶，飘飘荡荡卷浮云。松柏遭摧折，波涛尽搅浑。山鸟难栖，海鱼颠倒。东西铺阁，难保门窗脱落；前后屋舍，怎分户牖倾欹。真是无踪无影惊人胆，助怪藏妖出洞门。	淅淅潇潇，飘飘荡荡。淅淅潇潇飞落叶，飘飘荡荡卷浮云。满天星斗皆昏昧，遍地尘沙尽洒纷。一阵家猛，一阵家纯。纯时松竹敲清韵，猛处江湖波浪浑。刮得那山鸟难栖声哽哽，海鱼不定跳喷喷。东西馆阁门窗脱，前后房廊神鬼嗔。佛殿花瓶吹堕地，琉璃摇落慧灯昏。香炉尚倒香灰迸，烛架歪斜烛焰横。幢幡宝盖都摇拆，钟鼓楼台撼动根。

《封神演义》说风吹得"门窗脱落""户牖倾欹"，其实是一个意思，合掌了。《西游记》跟在"门窗脱"后面的是，"神鬼嗔"，虽然有些牵强，但避免了《封神演义》中的合掌毛病。

表11：

《封神演义》第五十五回	《西游记》第二十八回
扬尘播土，倒树摧林。海浪如山耸，浑波万叠侵。乾坤昏惨惨，日月暗沉沉。一阵摇松如虎啸，忽然吼树似龙吟。万窍怒号天噎气，飞沙走石乱伤人。	扬尘播土，倒树摧林。海浪如山耸，浑波万迭侵。乾坤昏荡荡，日月暗沉沉。一阵摇松如虎啸，忽然入竹似龙吟。万窍怒号天噫气，飞砂走石乱伤人。

同是写风，《封神演义》说"吼树似龙吟"，有语病。《西游记》作"入竹似龙吟"，顺畅而有诗意，逻辑上也没问题。

表12：

《封神演义》第五十五回	《西游记》第三十六回
山顶嵯峨摩斗柄，树梢仿佛接云霄。青烟堆里，时闻谷口猿啼；乱翠阴中，每听松间鹤唳。啸风山魅立溪边，戏弄樵夫；成器狐狸坐崖畔，惊张猎户。八面崔嵬，四围险峻。古怪乔松盘翠岭，槎枒老树挂藤萝。绿水清流，阵阵异香忻馥馥，巅峰彩色，飘飘隐现白云飞。时见大虫来往，每闻山鸟声鸣。巅鹿成群，穿荆棘往来跳跃；玄猿出入，盘溪涧摘果攀桃。伫立草坡一望，并无人走；行来深凹，俱是采药仙童。不是凡尘行乐地，赛过蓬莱第一峰。	山顶嵯峨摩斗柄，树梢仿佛接云霄。青烟堆里，时闻得谷口猿啼；乱翠阴中，每听得松间鹤唳。啸风山魅立溪间，戏弄樵夫；成器狐狸坐崖畔，惊张猎户。好山！看那八面崔巍，四围险峻。古怪乔松盘翠盖，枯摧老树挂藤萝。泉水飞流，寒气透人毛发冷；巅峰屹立，清风射眼梦魂惊。时听大虫哮吼，每闻山鸟时鸣。麂鹿成群穿荆棘，往来跳跃；獐犯结党寻野食，前后奔跑。伫立草坡，一望并无客旅；行来深凹，四边俱有豺狼。应非佛祖修行处，尽是飞禽走兽场。

　　《封神演义》中，写的是凤凰山，是神仙龙吉公主的修炼所，所以最后说它"赛过蓬莱"，但其中有"啸风山魅"、"成器狐狸"，环境不免险恶——显是文字打磨未莹洁。《西游记》写的是乌鸡国宝林寺所在的大山。此地虽无妖怪，自不妨有猛兽恶禽，令唐僧心惊。此段描写与唐僧心里忐忑不安，相互发明。

表13：

《封神演义》第五十八回	《西游记》第六十六回
巨镇东南，中天胜岳。芙蓉峰龙耸，紫盖岭巍峨。百草含香味，炉烟鹤唳踪。上有玉虚，朱陆之灵台。舜巡禹祷，玉简金书。楼阁飞青鸾，亭台隐紫雾。地设名山雄宇宙，天开仙境透三清。几树桃梅花正放，满山瑶草色皆舒。龙潜涧底，虎伏崖前。幽鸟如诉语，驯鹿近人行。白鹤伴云栖老桧，青鸾丹凤向阳鸣。火云福地真仙境，金阙仁慈治世公。	巨镇东南，中天神岳。芙蓉峰竦杰，紫盖岭巍峨。九江水尽荆扬远，百越山连翼轸多。上有太虚之宝洞，朱陆之灵台。三十六宫金磬响，百千万客进香来。舜巡禹祷，玉简金书。楼阁飞青鸟，幢幡摆赤裾。地设名山雄宇宙，天开仙境透空虚。几树榔梅花正放，满山瑶草色皆舒。龙潜涧底，虎伏崖中。幽鸟如诉语，驯鹿近人行。白鹤伴云栖老桧，青鸾丹凤向阳鸣。玉虚师相真仙地，金阙仁慈治世门。

《封神演义》写的是火云洞，不是《西游记》里红孩儿的火云洞，乃是三圣，伏羲、神农、黄帝所在的山场，但未明确说出位置。《西游记》描绘的则是武当山。"幽含如诉语，驯鹿近人行。"不可解。《封神演义》"含"作"鸟"，"幽鸟"与下句"驯鹿"正堪作对。大概是《西游记》传写之误。[①] 二者都提到"朱陆之灵台"，也颇难索解。

---

① 人民文学版《西游记》，作"幽含"（《西游记》，人民文学出版社，2013年，第770页）。齐鲁书社本《西游记》，作"幽舍"（李卓吾批评本《西游记》，齐鲁书社，1991年，第898页）。上海古籍本《西游记》，作"幽禽"（李卓吾评本《西游记》，上海古籍出版社，2012年，第885页）。大概《西游记》的作者或编者原意是幽禽，后世文本辗转致误。绝不是仅此一例。

表14：

《封神演义》第五十九回	《西游记》第五十六回
顶巅松柏接云青，石壁荆榛挂野藤。万丈崔嵬峰岭峻，千层峭险壑崖深。苍苔碧藓铺阴石，古桧高槐结大林。林深处处听幽鸟，石磊层层见虎行。涧内水流如泻玉，路傍花落似堆金。山势险恶难移步，十步全无半步平。狐狸麋鹿成双走，野兽玄猿作对吟。黄梅熟杏真堪食，野草闲花不识名。	顶巅松柏接云青，石壁荆榛挂野藤。万丈崔巍，千层悬削。万丈崔巍峰岭峻，千层悬削壑崖深。苍苔碧藓铺阴石，古桧高槐结大林。林深处，听幽禽，巧声睍睆实堪吟。涧内水流如泻玉，路旁花落似堆金。山势恶，不堪行，十步全无半步平。狐狸麋鹿成双遇，白鹿玄猿作对迎。忽闻虎啸惊人胆，鹤鸣振耳透天庭。黄梅红杏堪供食，野草闲花不识名。

《西游记》明确说写的是夏景，蛮有诗情画意，但也就在此遇见三十多个拦路抢劫的贼。《封神演义》写的是殷洪往西岐途中，见"一座古古怪怪的高山"，也在这里遇见两个强盗。

表15：

《封神演义》第六十一回	《西游记》第一回
大觉金仙不二时，西方妙法祖菩提。不生不灭三三行，全气全神万万慈。空寂自然随变化，真如本性任为之。与天同寿庄严体，历劫明心大法师。	大觉金仙没垢姿，西方妙相祖菩提。不生不灭三三行，全气全神万万慈。空寂自然随变化，真如本性任为之。与天同寿庄严体，历劫明心大法师。

《封神演义》中，这是准提道人，相当于佛教的须菩提，这是他的自咏。《西游记》咏的是须菩提祖师，孙悟空的业师。

表16：

《封神演义》第六十一回	《西游记》第八十五回
那山真个好山，细看处色斑斑。顶上云飘荡，崖前树影寒。飞鸟睍睆，走兽凶顽。凛凛松千干，挺挺竹几竿。吼叫是苍狼夺食，咆嚎是饿虎争飧。野猿常啸寻鲜果，麋鹿攀花上翠岚。风洒洒，水潺潺，暗闻幽鸟语间关。几处藤萝牵又扯，满溪瑶草杂香兰。磷磷怪石，磊磊峰岩。狐狸成群走，猿猴作对顽。行客正愁多险峻，奈何古道又湾还。	那山真好山，细看色班班。顶上云飘荡，崖前树影寒。飞禽淅沥，走兽凶顽。林内松千干，峦头竹几竿。吼叫是苍狼夺食，咆哮是饿虎争餐。野猿长啸寻鲜果，麋鹿攀花上翠岚。风洒洒，水潺潺，时闻幽鸟语间关。几处藤萝牵又扯，满溪瑶草杂香兰。磷磷怪石，削削峰岩。狐狢成群走，猴猿作队顽。行客正愁多险峻，奈何古道又湾还！

《封神演义》中，是马元追赶姜子牙，途中所见的不知名大山。《西游记》中，是豹子精所盘踞的隐雾山。

表17：

《封神演义》第六十二回	《西游记》第八十六回
高峰掩映，怪石嵯峨。奇花瑶草馨香，红杏碧桃艳丽。崖前古树，霜皮溜雨四十围；门外苍松，黛色参天三千尺。双双野鹤，常来洞口舞清风，对对山禽，每向枝头啼白昼。簇簇黄藤如挂索，行行烟柳似垂金。方塘积水，深穴依山。方塘积水，隐千年未变的蛟龙；深穴依山，生万载得道之仙子。果然不亚玄都府，真是神仙出入门。	削峰掩映，怪石嵯峨。奇花瑶草馨香，红杏碧桃艳丽。崖前古树，霜皮溜雨四十围；门外苍松，黛色参天二千尺。双双野鹤，常来洞口舞清风，对对山禽，每向枝头啼白昼。簇簇黄藤如挂索，行行烟柳似垂金。方塘积水，深穴依山。方塘积水，隐穷鳞未变的蛟龙；深穴依山，住多年吃人的老怪。果然不亚神仙境，真是藏风聚气巢。

《封神演义》中，仍是一座不知名的高山，山中有"一山洞，甚是清奇"，这一段就是对山洞的赞词。《西游记》写的是豹子精的折岳连环洞，固然雅得很，未免和以吃人为事业的一窝妖怪不协调。"霜皮溜雨四十围，黛色参天二千尺"是老杜的诗句，（《全唐诗》卷二二一《古柏行》）《封神演义》的作者或编者不知是不知道呢，还是嫌这苍松不够

高，擅自给它加了一千尺！

表18：

《封神演义》第六十三回	《西游记》第六十五回
琼楼玉阁，上界昆仑。谷虚繁地籁，境寂散天香。青松带雨遮高阁，翠竹依稀两道傍。霞光缥缈，彩色飘飘。朱栏碧槛，画栋雕梁。谈经香满座，静闭月当窗。鸟鸣丹树内，鹤饮石泉傍。四时不谢奇花草，金殿门开射赤光。瑶台隐现祥云里，玉磬金钟声韵长。珠帘半卷，炉内烟香。讲动黄庭方入圣，万仙总领镇东方。	珍楼宝座，上刹名方。谷虚繁地籁，境寂散天香。青松带雨遮高阁，翠竹留云护讲堂。霞光缥缈龙宫显，彩色飘飘沙界长。朱栏玉户，画栋雕梁。谈经香满座，语箓月当窗。鸟啼丹树内，鹤饮石泉旁。四围花发琪园秀，三面门开舍卫光。楼台突兀门迎嶂，钟磬虚徐声韵长。窗开风细，帘卷烟茫。有僧情散淡，无俗意和昌。红尘不到真仙境，静土招提好道场。

《封神演义》写的是昆仑山景致。昆仑山，已描写过一回，那是姜子牙所见，见表4。这是杨戬所见，同一座山，聚焦点不太一样。姜子牙注意的多少自然风景，杨戬更关注其中的人文因素。当然也涉及到自然风景，都有松、竹、鸟、鹤，和他师叔姜子牙的描绘并无矛盾。《西游记》写的是小雷音寺所在的山林。

表19：

《封神演义》第六十三回	《西游记》第七十回
冲天占地，碍日生云。冲天处尖峰蠢蠢，占地处远脉迢迢；碍日的，乃岭头松郁郁；生云的，乃崖下石磷磷。松郁郁，四时八节常青；石磷磷，万年千载不改。林中每听夜猿啼，涧内常见妖蟒过。山禽声咽咽，走兽吼呼呼。山獐山鹿，成双作对纷纷走；山鸦山雀，打阵攒群密密飞。山草山花看不尽，山桃山果应时新。虽然崎险不堪行，却是神仙来往处。	冲天占地，碍日生云。冲天处，尖峰蠢蠢；占地处，远脉迢迢。碍日的，乃岭头松郁郁；生云的，乃崖下石磷磷。松郁郁，四时八节常青；石磷磷，万载千年不改。林中每听夜猿啼，涧内常闻妖蟒过。山禽声咽咽，山兽吼呼呼。山獐山鹿，成双作对纷纷走；山鸦山鹊，打阵攒群密密飞。山草山花看不尽，山桃山果映时新。虽然倚险不堪行，却是妖仙隐逸处。

《封神演义》中仍是不知名的高山。《西游记》写的是麒麟山,此山有赛太岁作怪。所以,此段前半有妖蟒、猿獐,妖气纷纷;后半写"山桃山果映时新",是阴历五六月份儿的风物,和前面行文曾道及"又值炎天",吻合。(《西游记》第六十八回)。

表20:

《封神演义》第六十四回	《西游记》第十六回
黑烟漠漠,红焰腾腾。黑烟漠漠,长空不见半分毫;红焰腾腾,大地有光千里赤。初起时,灼灼金蛇;次后来,千千火块。罗宣切齿逞雄威,恼了刘环施法力。爆干柴烧烈火性,说甚么燧人钻木;热油门上飘丝,胜似那老子开炉。正是那无情火发,怎禁这有意行凶。不去弭灾,返行助虐。风随火势,焰飞有千丈余高;火逞风威,灰迸上九霄云外。乒乒乓乓,如同阵前炮响,轰轰烈烈,却似锣鼓齐鸣。只烧得男啼女哭叫皇天,抱女携儿无处躲。姜子牙总有妙法不能施;周武王德政天齐难逃避。门人虽有,各自保守其躯;大将英雄,尽是獐跑鼠窜。正是灾来难避无情火,慌坏青鸾斗阙仙。	黑烟漠漠,红焰腾腾。黑烟漠漠,长空不见一天星;红焰腾腾,大地有光千里赤。起初时,灼灼金蛇;次后来,威威血马。南方三炁逞英雄,回禄大神施法力。爆干柴烧烈火性,说什么燧人钻木;熟油门前飘彩焰,赛过了老祖开炉。正是那无情火发,怎禁这有意行凶。不去弭灾,反行助虐。风随火势,焰飞有千丈余高;火趁风威,灰迸上九霄云外。乒乒乓乓,好便似残年爆竹;泼泼喇喇,却就如军中炮声。烧得那当场佛象莫能逃,东院伽蓝无处躲。胜如赤壁夜鏖兵,赛过阿房宫内火!这正是星星之火,能烧万顷之田。须臾间,风狂火盛,把一座观音院,处处通红。你看那众和尚,搬箱抬笼,抢桌端锅,满院里叫苦连天。孙行者护住了后边方丈,辟火罩罩住了前面禅堂,其余前后火光大发,真个是照天红焰辉煌,透壁金光照耀!

《封神演义》所说的"罗宣、刘环",是两个殷商的将领,二人用法术在西岐城内放火。《西游记》是观音禅院的僧人自家放火,意欲烧死唐僧、悟空。两处都有"不去弭灾,反(返)行助虐"。《西游记》是说孙悟空坐在屋脊上,吹风鼓动火势蔓延。《封神演义》中,这个职责却无着落,因为这火本是罗宣、刘环所放。

表21：

《封神演义》第六十四回	《西游记》第四十一回
潇潇洒洒，密密沉沉。潇潇洒洒，如天边坠落明珠；密密沉沉，似海口倒悬滚浪。初起时如拳大小，次后来瓮泼盆倾。沟壑水飞千丈玉，涧泉波浪万条银。西岐城内看看满，低凹池塘渐渐平。真是武王有福高明助，倒泻天河往下倾。	潇潇洒洒，密密沉沉。潇潇洒洒，如天边坠落星辰；密密沉沉，似海口倒悬浪滚。起初时如拳大小，次后来瓮泼盆倾。满地浇流鸭顶绿，高山洗出佛头青。沟壑水飞千丈玉，涧泉波涨万条银。三叉路口看看满，九曲溪中渐渐平。这个是唐僧有难神龙助，扳倒天河往下倾。

《封神演义》中，是龙吉公主施雨救西岐火灾；《西游记》中是四海龙王降雨要灭红孩儿的三昧真火，为孙悟空助阵。《西游记》多"满地浇流鸭顶绿，高山洗出佛头青"这一联，甚有文采。《封神演义》中，末尾"倒泻天河往下倾"，复沓，有语病，不如《西游记》中"扳倒天河往下倾"爽利。

表22：

《封神演义》第六十五回	《西游记》第九十八回
顶摩霄汉，脉插须弥。巧峰排列，怪石参差。悬崖下瑶草琪花，曲径傍紫芝香蕙。仙猿摘果入桃林，却似火焰烧金；白鹤栖松立枝头，浑如苍烟捧玉。彩凤双双，青鸾对对。彩凤双双，向日一鸣天下瑞；青鸾对对，迎风跃舞世间稀。又见黄澄澄琉璃瓦叠鸳鸯，明晃晃锦花砖铺玛瑙。东一行，西一行，尽是蕊宫珍阙；南一带，北一带，看不了宝阁琼楼。云光殿上长金霞，聚仙亭下生紫雾。正是，金阙堂中仙乐动，方知紫府是瑶池。	顶摩霄汉中，根接须弥脉。巧峰排列，怪石参差。悬崖下瑶草琪花，曲径旁紫芝香蕙。仙猿摘果入桃林，却似火烧金；白鹤栖松立枝头，浑如烟捧玉。彩凤双双，青鸾对对。彩凤双双，向日一鸣天下瑞；青鸾对对，迎风耀舞世间稀。又见那黄森森金瓦迭鸳鸯，明幌幌花砖铺玛瑙。东一行，西一行，尽都是蕊宫珠阙；南一带，北一带，看不了宝阁珍楼。天王殿上放霞光，护法堂前喷紫焰。浮屠塔显，优钵花香。正是地胜疑天别，云闲觉昼长。红尘不到诸缘尽，万劫无亏大法堂。

《封神演义》中，这是南极仙翁来到金母——西王母的瑶池，看到的景观。按照道教的说法，西王母，后来的王母娘娘，她的瑶池假使不像《西游记》说的那样搬到了天上，也该在昆仑山，如何"根接须弥"？跑去和如来争道场。《西游记》中描写的是如来的道场所在地，"根接须弥脉"，名正言顺。

表23：

《封神演义》第六十六回	《西游记》第八十一回
刮地遮天暗，愁云照地昏。鹿台如泼墨，一派靛妆成。先刮时扬尘播土，次后来倒树推林。只刮得嫦娥抱定梭罗树，空中仙子怎腾云。吹动昆仑顶上石，卷得江河水浪浑。	黑雾遮天暗，愁云照地昏。四方如泼墨，一派靛妆浑。先刮时扬尘播土，次后来倒树摧林。扬尘播土星光现，倒树摧林月色昏。只刮得嫦娥紧抱梭罗树，玉兔团团找药盆。九曜星官皆闭户，四海龙王尽掩门。庙里城隍觅小鬼，空中仙子怎腾云？地府阎罗寻马面，判官乱跑赶头巾。刮动昆仑顶上石，卷得江湖波浪混。

《西游记》多出的六句，使《封神演义》相形见绌。它实际体现出《西游记》的作者或编者的游戏精神，追求一种喜剧效果，这是《封神演义》甚至整个古典文学都缺乏的。

表24：

《封神演义》第六十六回	《西游记》第二十八回
烟波荡荡，巨浪悠悠。烟波荡荡接天河，巨浪悠悠连地脉。潮来汹涌，水浸湾环。潮来汹涌，犹如霹雳吼三春；水浸湾环，却似狂风吹九夏。乘龙福老，往来必定皱眉行；跨鹤仙童，反复果然忧虑过。近岸无村舍，傍水无渔舟。浪卷千层雪，风生六月秋。野禽凭出没，沙鸟任浮沉。眼前无钓客，耳畔只闻鸥。海底鱼游乐，天边鸟过愁。	烟波荡荡，巨浪悠悠。烟波荡荡接天河，巨浪悠悠通地脉。潮来汹涌，水浸湾环。潮来汹涌，犹如霹雳吼三春；水浸湾环，却似狂风吹九夏。乘龙福老，往来必定皱眉行；跨鹤仙童，反复果然忧虑过。近岸无村社，傍水少渔舟。浪卷千年雪，风生六月秋。野禽凭出没，沙鸟任沉浮。眼前无钓客，耳畔只闻鸥。海底游鱼乐，天边过雁愁。

《封神演义》中,这是龙吉公主来到北海边所见。《西游记》写的则是东洋大海。两者都一口咬定"潮来汹涌,犹如霹雳吼三春"。按照我们北温带的气候,一般是夏季才有霹雳,春雷固然也有,但不至于气势汹汹地"吼"吧。

表25:

《封神演义》第七十一回	《西游记》第四十一回
炎炎烈焰迎空燎,赫赫威风遍地红。却似火轮飞上下,犹如火鸟舞西东。这火不是燧人钻木,又不是老君炼丹,非天火,非野火,乃是火灵圣母炼成一块三昧火;三千火龙兵勇猛,风火符印合五行,五行生化火煎成,肝木能生心火旺,心火致令脾土平,脾土生金金化水,水能生木彻通灵,生生化化皆因火,火燎长空万物荣。烧倒旗门无拦挡,抛锣弃鼓各逃生,焦头烂额尸堆积,为国亡身一旦空。正是洪锦灾来难躲避,龙吉公主也遭凶。	炎炎烈烈盈空燎,赫赫威威遍地红。却似火轮飞上下,犹如炭屑舞西东。这火不是燧人钻木,又不是老子炮丹。非天火,非野火,乃是妖魔修炼成真三昧火。五辆车儿合五行,五行生化火煎成。肝木能生心火旺,心火致令脾土平。脾土生金金化水,水能生木彻通灵。生生化化皆因火,火遍长空万物荣。妖邪久悟呼三昧,永镇西方第一名。

《封神演义》中,这是火灵圣母放的火;《西游记》中,是红孩儿放的火。都称"三昧火"。这是雷同韵文中《封神演义》唯一比《西游记》长的。

表26:

《封神演义》第七十八回	《西游记》第七回
大仙赤脚枣梨香,足踏祥云更异常。十二莲台演法宝,八德池边现白光。寿同天地言非谬,福经洪波语岂狂。修成舍利名胎息,清闲极乐是西方。	大仙赤脚枣梨香,敬献弥陀寿算长。七宝莲台山样稳,千金花座锦般妆。寿同天地言非谬,福比洪波话岂狂。福寿如期真个是,清闲极乐那西方。

《封神演义》所咏的是接引道人，就是后来的如来佛，不如《西游记》贴切。《西游记》中，赤脚大仙向如来敬献"交梨两颗、火枣数枚"，扣合首联。

表27：

《封神演义》第七十八回	《西游记》第七回
混元正体合先天，万劫千番只自然。渺渺无为传大法，如如不动号初玄。炉中久炼金非汞，物外长生尽属乾。变化无穷还变化，西方佛事属逃禅。	混元体正合先天，万劫千番只自然。渺渺无为浑太乙，如如不动号初玄。炉中久炼非铅汞，物外长生是本仙。变化无穷还变化，三皈五戒总休言。

《封神演义》中，这是通天教主自言神通，变化无穷，"佛事属逃禅"，言外甚不以佛教为然也。《西游记》中则是咏孙行者神通。

表28：

《封神演义》第七十八回	《西游记》第七十三回
腾腾黄雾，艳艳金光。腾腾黄雾，诛仙阵内似喷云；艳艳金光，八卦台前如气罩。剑戟戈矛，浑如铁桶；东西南北，恰似铜墙。此正是截教神仙施法力，通天教主显神通。晃眼迷天遮日月，摇风喷火撼江山。	森森黄雾，艳艳金光。森森黄雾，两边胁下似喷云；艳艳金光，千只眼中如放火。左右却如金桶，东西犹似铜钟。此乃妖仙施法力，道士显神通。幌眼迷天遮日月，罩人爆燥气朦胧；把个齐天孙大圣，困在金光黄雾中。

按照《封神演义》的行文，诛仙阵上，"老子随手发雷，黄雾腾起"，而韵文中有"艳艳金光"，显然不能啮合。《西游记》的行文，多目怪"两胁下有一千只眼，眼中迸放金光"，固然没有提到黄雾，但韵文中说是"两边胁下似喷云"，也算有个交代。说"左右却如金桶，东西犹似铜钟"，意思是放出的黄雾金光，四面八方地罩着孙悟空，使他难以逃脱，如入金桶、铜钟一样。《封神演义》说"东西南北，恰似铜墙"，还勉强说得过去，但说"剑戟矛戈，浑如铁桶"，未免不通。

表29：

《封神演义》第八十回	《西游记》第七回
这几个赤胆忠良名誉大；他两个要阻周兵心思坏。一低一好两相持，数位正神同赌赛。降魔杵，来得快，正直无私真宝贝。这一边哪吒、杨戬善腾挪；那一边吕岳、陈庚多作怪。刀枪剑戟往来施，俱是玄门仙器械。今日穿云关外赌神通，各逞英雄真可爱。一个凶心不息阻周兵；一个要与武王安世界。苦争恶战岂寻常，地惨天昏无可奈。	赤胆忠良名誉大，欺天诳上声名坏。一低一好幸相持，豪杰英雄同赌赛。铁棒凶，金鞭快，正直无私怎忍耐？这个是太乙雷声应化尊，那个是齐天大圣猿猴怪。金鞭铁棒两家能，都是神宫仙器械。今日在灵霄宝殿弄威风，各展雄才真可爱。一个欺心要夺斗牛宫，一个竭力匡扶玄圣界。苦争不让显神通，鞭棒往来无胜败。

《封神演义》写的是吕岳、陈庚与哪吒、杨戬大战。《西游记》写的是孙悟空从八卦炉中逃出，与王灵官动手。

表30：

《封神演义》第八十三回	《西游记》第四十二回
根源出处号帮泥，水底增光独显威。世隐能知天地性，灵惺偏晓鬼神机。藏身一缩无头尾，展足能行即自飞；苍颉造字须成体，卜筮先知伴伏羲。穿萍透荇千般俏，戏水翻波把浪吹；条条金线穿成甲，点点装成玳瑁齐。九宫八卦生成定，散碎铺遮绿羽衣。生来好勇龙王幸，死后还驼三教碑。要知此物名何姓，炎帝得道母乌龟。	根源出处号帮泥，水底增光独显威。世隐能知天地性，安藏偏晓鬼神机。藏身一缩无头尾，展足能行快似飞。文王画卦曾凭卜，常纳庭台伴伏羲。云龙透出千般俏，号水推波把浪吹。条条金线穿成甲，点点装成彩玳瑁。九宫八卦袍披定，散碎铺遮绿灿衣。生前好勇龙王幸，死后还驮佛祖碑。要知此物名和姓，兴风作浪恶乌龟。

《封神演义》写的是龟灵圣母，乌龟成精。《西游记》写的是南海里托观音净瓶上岸的乌龟。

表31：

《封神演义》第八十五回	《西游记》第九十六回
清和天气爽，池沼芰荷生。梅逐雨余熟，麦随风景成。草随花落处，莺老柳枝轻。江燕携雏习，山鸡哺子鸣。斗南当日永，万物显光明。	清和天气爽，池沼芰荷生。梅逐雨余熟，麦随风里成。草香花落处，莺老柳枝轻。江燕携雏习，山鸡哺子鸣。斗南当日永，万物显光明。

二者在行文中，都交代"正是春尽夏初时节"。"麦随风景成"，《西游记》"景"作"里"，和上句"清和天气爽"对得工切些。《西游记》"草香花落处"，是诗歌中常用的倒装句，正常次序是"花落处草香"，蛮有诗意的。《封神演义》中"草随花落处"，实在不通。草这东西，难道能像动物一样乱跑，可以去"随花"？

表32：

《封神演义》第八十八回	《西游记》第四十八回
重衾无暖气，袖手似揣冰。败叶垂霜蕊，苍松挂冻铃。地裂因寒甚，池平为水凝。鱼舟空钓线，仙观没人行。樵子愁柴少，王孙喜炭增。征人须似铁，诗客笔如零。皮袄犹嫌薄，貂裘尚恨轻。蒲团僵老衲，纸帐旅魂惊。莫讶寒威重，兵行令若霆。	重衾无暖气，袖手似揣冰。此时败叶垂霜蕊，苍松挂冻铃。地裂因寒甚，池平为水凝。渔舟不见叟，山寺怎逢僧？樵子愁柴少，王孙喜炭增。征人须似铁，诗客笔如菱。皮袄犹嫌薄，貂裘尚恨轻。蒲团僵老衲，纸帐旅魂惊。绣被重裀褥，浑身战抖铃。

《西游记》写将近天晓，八戒被冻醒了，唐僧说"果然冷"，用这段韵文形容一番。"重衾无暖气""纸帐旅魂惊"，可说字字有着落。《封神演义》写周军"离了渑池县，前往黄河而来，时近降冬天气"，"寒气甚深"。大白天地，王师行军，这些描写就没有针对性。

表33：

《封神演义》第八十八回	《西游记》第四十七回
洋洋光侵月，浩浩影浮天。灵派吞华岳，长流贯百川。千层凶浪滚，万叠峻波颠。岸口无渔火，沙头有鹭眠。茫然浑似海，一望更无边。	洋洋光浸月，浩浩影浮天。灵派吞华岳，长流贯百川。千层汹浪滚，万迭峻波颠。岸口无渔火，沙头有鹭眠。茫然浑似海，一望更无边。

《封神演义》写的是周军来到黄河边上，所以"灵派吞华岳"一句是有根据的，但首句分明是夜景，似乎与大军行程不合。《西游记》写的是四众傍晚来到通天河边，所以首句和"岸口无渔火，沙头有鹭眠"的描述相合，但"灵派吞华岳"却成问题，因为这不但不是大唐，而且是在西牛贺洲，那里有什么"华岳"！

表34：

《封神演义》第八十九回	《西游记》第四十八回
彤云密布，冷雾缤纷。彤云密布，朔风凛凛号空中；冷雾缤纷，大雪漫漫铺地下。真个是，六花片片飞琼，千树株株倚玉。须臾积粉，顷刻成盐。白鹦浑失素，皓鹤竟无形。平添四海三江水，压倒东西几树松。却便似战败玉龙三百万，果然是退鳞残甲满空飞。但只见几家村舍如银砌，万里江山似玉图。好雪！真个是柳絮满桥，梨花盖舍。柳絮满桥，桥边渔叟挂蓑衣；梨花盖舍，舍下野翁煨榾柮。客子难沽酒，苍头苦觅梅。洒洒潇潇裁蝶翅，飘飘荡荡剪鹅衣。团团滚滚随风势，飕飕冷气透幽帏。丰年祥瑞从天降，堪贺人间好事宜。	彤云密布，惨雾重浸。彤云密布，朔风凛凛号空；惨雾重浸，大雪纷纷盖地。真个是六出花，片片飞琼；千林树，株株带玉。须臾积粉，顷刻成盐。白鹦歌失素，皓鹤羽毛同。平添吴楚千江水，压倒东南几树梅。却便似战退玉龙三百万，果然如败鳞残甲满天飞。那里得东郭履，袁安卧，孙康映读；更不见子猷舟，王恭氅，苏武餐毡。但只是几家村舍如银砌，万里江山似玉团。好雪！柳絮漫桥，梨花盖舍。柳絮漫桥，桥边渔叟挂蓑衣；梨花盖舍，舍下野翁煨榾柮。客子难沽酒，苍头苦觅梅。洒洒潇潇裁蝶翅，飘飘荡荡剪鹅衣。团团滚滚随风势，迭迭层层道路迷。阵阵寒威穿小幕，飕飕冷气透幽帏。丰年祥瑞从天降，堪贺人间好事宜。

都是写大雪。《封神演义》少了那么几句，像"东郭履""袁安卧""子猷舟""王恭氅"，那都不是纣王时候有的。但《西游记》也有毛病，它说"平添吴楚千江水"，要知道这雪不是落在中国的土地上，而是西牛贺洲的通天河边！

二

由以上罗列的材料和图表，我们对这一奇怪现象做点分析。就韵文的质量来说，《西游记》相对流利俊爽，比《封神演义》胜一筹。《封神演义》反因其朴拙占了便宜，有人就印象性地认为原作总是文采差些，改造之后，自然会通畅疏朗，后来居上，持一种文本进化、进步的观点。其实，未必，点铁成金的固然有，弄巧成拙的大有人在。由此，说《西游记》抄袭《封神演义》当然占不住脚，说《封神演义》抄袭《西游记》，在当前所掌握的有限文献材料下，也是信口开河，过于武断！

在说谁抄袭谁之前，要明确一个必要的前提，时间上，被抄袭者要早于抄袭者。《西游记》《封神演义》的面世时间，我们无法确定其先后。而且，就是能够确定时间先后，仅此也不能证明在后者就确实抄袭了前者。时间的先后，并不是抄袭的充分条件。而且抄袭这个说法，在古典小说领域——诗歌除外，是不存在的。抄袭，是西方文艺复兴以来，随着著作权、版税、作者权益的维护与完善而发展明确起来。所以，用"抄袭"（plagiarism）这样激烈的言辞来指摘古典小说，好像深宫里的晋惠帝听见饿死人了，责备人家"何不食肉糜"！整个就是近视眼看匾，无中生有，故意耸人听闻，甚至别有用心。我们认为"借用"更符合历史情境。

如果一定要说谁借用了谁的话，我们只能在私下里，倾向于是《封神演义》借用了《西游记》里的韵文。先来看两个图表：

1. 《西游记》与《封神演义》雷同韵文回数对照表：

《西游记》回数	《封神演义》回数
1	23、37、38、43、61、75
4	12
7	47、78（二处）、80
16	64
17	49
18	52
28	55、66
32	52
36	55
37	54
41	64、71
42	83
47	88
48	88、89
50	45
56	59
65	63
66	58
70	63
73	78
81	66
85	61
86	62
96	85
98	65

2. 《封神演义》与《西游记》回数雷同韵文对照表：

《封神演义》回数	《西游记》回数
12	4
23	1
37	1
38	1
43	1
45	50
47	7
49	17
52	18、32
54	37
55	28、36
58	66
59	56
61	1、85
62	86
63	65、70
64	16、41
65	98
66	28、81
71	41
78	7（二处）、73
80	7
83	42
85	96
88	47、48
89	48

通过这两个韵文对照表看得很清楚：如果说是《西游记》借用《封神演义》，它第一回就借用了《封神演义》中的6处韵文，密度之高实是绝后！按照阅读、写作心理，一部书的开头部分，总是会被读者、作者认真对待，特别重视。作者或编者不大可能如此胆大妄为，铤而走险。只此一项，即可推翻《西游记》借用《封神演义》中韵文的观点。

如果说《封神演义》借用《西游记》倒有点像哩。《封神演义》的前11回和后11回，都没有韵文与《西游记》雷同。雷同的韵文都被插入居中的八十多回里，其中一回有一处与《西游记》雷同韵文的有18回，一回有两处与《西游记》雷同韵文的有7处，只有一回有三处与《西游记》雷同的韵文，这样避免它被轻易地看穿。

但我们绝不能因此断定《封神演义》借用了《西游记》。因为还有第三种情况，就是这些韵文来自一个类似于今天的描写辞典那样的大杂烩文本。《封神演义》和《西游记》都借用了这个文本里面的东西，按照各自的能力、需要做了一些加工、改造。就好比两个现代的唐诗选本，里面总有N首诗是会重的，却不会有人猜测是在后的抄袭在前的，因为它们极有可能是各自从《全唐诗》里按自家口味选出来的。有重复没有什么奇怪，全不重复倒是怪事儿呢！

我们说的这个"大杂烩文本"，未必是纸质的存在物。也可能是民间艺人口头演唱的片段。所以这样说是因为，那些雷同的韵文，类似的声音，在《封神演义》和《西游记》中却写成不同的字。

《封神演义》与《西游记》韵文谐音表：

	《封神演义》	《西游记》
表1	**伏**道回廊	**复**道回廊
表5	威**灵**摇海	威**宁**瑶海
表8	烟霞**袅袅**	烟霞**渺渺**
表17	大觉金仙**不二时**	大觉金仙**没垢姿**
表23	迎风**跃**舞；瓦**叠**鸳鸯	迎风**耀**舞；瓦**迭**鸳鸯
表25	近岸无村**舍**	近岸无村**社**

似乎暗示着不同的耳朵对同一声音的接受与复写。

总之，在目前的条件下，我们没有权力来讨论《封神演义》和《西游记》是谁借用了谁，更别说谁抄袭了谁。在研究古典文学时，我们要考虑当时的历史背景，不要带着现代的有色眼镜，去削足适履，要充分地尊重我们的文化遗产，怀着敬畏与热爱去亲近她们。

本文可归结为两句话：《西游记》与《封神演义》中有雷同的韵文，但《西游记》中的韵文并不来自《封神演义》，基本可以确定；《封神演义》中的韵文可能来自《西游记》，这是个伪命题！——在目前有限的文献下，它无法得到证实，因此讨论这一问题只会是毫无结果，白费精力。

26.《西游记》与道教文献

一

《西游记》牵扯到不少道教文献,我们先把它们逐条列举出来,和原出处做一对比,略加解说。

表1:

《西游记》第八回	《鸣鹤余音》卷二冯尊师《苏武慢》[①]
试问禅关,参求无数,往往到头虚老。磨砖作镜,积雪为粮,迷了几多年少?毛吞大海,芥纳须弥,金色头陀微笑。悟时超十地三乘,凝滞了四生六道。谁听得绝想崖前,无阴树下,杜宇一声春晓?曹溪路险,鹫岭云深,此处故人音杳。千丈冰崖,五叶莲开,古殿帘垂香袅。那时节,识破源流,便见龙王三宝。	试问禅关,参求无数,往往到头虚老。磨砖作镜,积雪为粮(《鸣鹤余音》作粱),迷了几多年少。毛吞大海,芥纳须弥,金色头陀微笑。悟时超十地三乘,疑滞四生六道。谁听得、绝想岩前,无阴树下,杜宇一声春晓。曹溪路险,鹫岭云深,此处故人音杳。千丈冰崖,五叶莲开,古殿帘垂香袅。免葛藤丛里,老婆游子,梦魂颠倒。

这是回前词。原词末云:"五叶莲开,古殿帘垂香袅。"是指禅宗传道故事。世尊在灵山会上,拈花示众。是时众皆默然,唯迦叶尊者破颜微笑。世尊曰:"吾有正法眼藏,涅槃妙心,实相无相,微妙法门,不立

---

① 《全金元词》,中华书局,2000年,第1240页;《道藏辑要》,巴蜀书社,1995年,第八册,第92页。

文字,教外别传,付嘱摩诃迦叶。"(《指月录》卷一)达摩偈云:"吾本来兹土,传法救迷情。一花开五叶,结果自然成。"(《坛经·付嘱品第十》)冯尊师词云:"免葛藤丛里,老婆游子,梦魂颠倒。"言禅悟不可为语言文字所束缚。《西游记》则云:"识破源流,便见龙王三宝。"和原文意趣大不相同。我们不妨联系孙悟空的修炼做点臆解。孙悟空,首先修仙,取得"混元一气上方太乙金仙"(通天河中鼋婆语,第四十九回)。地位,长生不死,在《西游记》的修炼体系中,只是打个基础,是预流,算不得本源。他必须在此基础上继续努力,由仙而佛,功德圆满,始成正果。此即"识破源流,便见龙王三宝"之的解。《西游记》第八回之后到第一百回,西天取经,也是孙悟空的寻源。全书涵盖于此四字。

表2:

《西游记》第十四回	《悟真篇·即心是佛颂》
佛即心兮心即佛,心佛从来皆要物。若知无物又无心,便是真如法身佛。法身佛,没模样,一颗圆光涵万象。无体之体即真体,无相之相即实相。非色非空非不空,不来不向不回向。无异无同无有无,难舍难取难听望。内外灵光到处同,一佛国在一沙中。一粒沙含大千界,一个身心万法同。知之须会无心诀,不染不滞为净业。善恶千端无所为,便是南无释迦叶。	佛即心兮心即佛,心佛从来皆妄物。若知无佛(《金丹秘要》本"佛"作"物")复无心,便是真如法身佛。法身佛,没模样,一颗圆光含万象。无体之体即真体,无相之相即实相。非色非空非不空,不动不静不来往。无异无同无有无,难舍难取难听望。内外圆通到处通,一佛国在一沙中。一粒沙含大千界,一个身心万个同。知之须会无心法,不染不滞为净业。善恶千端(《金丹秘要》本"端"作"般")无所为,便是南无及迦叶。[①]

---

① 《悟真篇三家注》,董德宁、刘一明、朱元育注,华夏出版社,1989年,第180—181页;《金丹秘要》,宗教文化出版社,2013年,第378页。

这是回前词，和原作意思大相径庭。原作开头云："佛即心兮心即佛，心佛从来皆妄物。若知无佛复无心，便是真如法身佛。"不承认心，也不承认佛，二者是妄想（illusion）。实际上，要扫除佛教与禅宗，排除佛教与禅宗对道教的影响，这是在理论层面上而言。最后说，"善恶千端无所为，便是南无及迦叶"。则是要求修道者在现实中遵循的原则：不得刻意为善，更不能有心为恶。回复到老子所主张的"自然"，就像迦叶见如来拈花，自以为有所悟，破颜一笑一般，无做作。《西游记》则云："心佛从来皆要物。"既承认心，也承认佛，绝不否认心、佛。"善恶千端无所为，便是南无释迦叶。"字句相同，但和原作旨趣不同。是说，道德上的善恶，现实中的作为，在万法唯心的关照下，终是虚空，空无（void），此乃禅宗之祖迦叶意趣所在。

表3：

《西游记》第二十九回	《悟真篇·西江月·妄想不复强灭》
妄想不复强灭，真如何必希求？本原自性佛前修，迷悟岂居前后？悟即刹那成正，迷而万劫沉流。若能一念合真修，灭尽恒沙罪垢。	妄想不复强灭，真如何必希求？本源自性佛齐修，迷悟岂居（《金丹秘要》本"居"作"拘"）前后？悟即刹那成正，迷而万劫沉流（《金丹秘要》本此句作"迷兮万劫沧流"）。若能一念契真修，灭尽恒沙罪垢。①

回前词。何为"真如"？真，言其不虚、不假，如，言其本来，本然，恒久如此。真如，即《心经》所谓"诸法空相，不生不灭，不垢不净，不增不减"（第十九回）。"妄想不复强灭，真如何必希求？"意思是强灭妄想固然不得，即使有意追求真如，也是不行。——强灭妄想，希求真如，结果都会劳而无功。真是跋前疐后，动辄得咎！这就好比唐三

---

① 《悟真篇三家注》，董德宁、刘一明、朱元育注，华夏出版社，1989年，第190页；《金丹秘要》，宗教文化出版社，2013年，第382页。

藏被百花羞公主从波月洞中解放出来，拿着公主的信赶往宝象国朝廷，不知道把信送到国王手中，还是不送这封可能召殃的信！① 送与不送，都不对！因为，唐僧，包括八戒、沙僧此时处于一种"迷误"状态，失心，把孙悟空驱逐走了。只有当取经队伍决定将心猿召回，事情才会有转机。"一念合真修，灭尽恒沙罪垢！"就是说，《西游记》借用这首词，概括了第28、29、30回的意旨。

表4：

《西游记》第三十六回	《悟真篇·七绝·前弦之后后弦前》
前弦之后后弦前，药味平平气象全。采得归来炉中炼，志心功果即西天。	前弦之后后弦前，药味平平气象全。采得归来炉里煅，炼（《金丹秘要》本"炼"作"煅"）成温养自烹煎。①

这是孙悟空月夜兴怀作的一首诗，借以对唐僧讲，"月乃先天法象之规绳"。这位大师兄解释说："月至三十日，阳魂之金散尽，阴魄之水盈轮，故纯黑而无光，乃曰晦。此时与日相交，在晦朔两日之间，感阳光而有孕。至初三日一阳现，初八日二阳生，魄中魂半，其平如绳，故曰上弦。至今十五日，三阳备足，是以团圆，故曰望。至十六日一阴生，二十三日二阴生，此时魂中魄半，其平如绳，故曰下弦。至三十日三阴备足，亦当晦。此乃先天采炼之意。"全本宋代道士薛道光注。③

---

① 八戒后来私下对沙僧说："兄弟，你还不教下书哩，这才见了下书的好处"（第二十九回）。可见师徒三人对下书与否是有激烈争议。
② 《悟真篇三家注》，董德宁、刘一明、朱元育注，华夏出版社，1989年，第34页；《金丹秘要》，宗教文化出版社，2013年，第329页。
③ 《悟真篇》，《南宗仙籍》，宗教文化出版社，2014年，第41页。薛注可能是伪托，实际上和翁葆光注是一回事儿。翁葆光是南宋人。（《悟真篇约注杂义》，陶素耜：《悟真篇约注》，《道言五种》，中华书局，2011年，第160页）

表5:

《西游记》第四十一回	《悟真篇·西江月·善恶一时忘念》
善恶一时忘念,荣枯都不关心。晦明隐现任浮沉,随分饥餐渴饮。神静湛然常寂,昏冥便有魔侵。五行蹭蹬破禅林,风动必然寒凛。	善恶一时妄念,荣枯都不关心。晦明隐显任浮沉。随分饥餐渴饮。神静湛然常寂,不妨坐卧歌吟。一池秋水碧仍深,风动鱼惊尽恁。③

回前词。原词意旨,主张自然而然。"不妨坐卧歌吟",即是现实生活中自然无为主张的体现,犹如"风动"则"一池碧水"必然波动,而波动必引得"鱼惊"。《西游记》将之改为"昏冥便有魔侵!"意思大变,要求时时处处用心提防,惺惺憬憬,一刻放松不得。《西游记》中遇魔、魔难,皆由放心所致。取经四众,人人不例外。即如此回中的八戒,往南海请观音菩萨,半路上看到妖怪变的假菩萨,一点都不觉蹊跷,"见像作佛",被妖怪骗去,装在皮袋内,要蒸吃,作按酒!全不知"风动必然寒凛"。

表6:

《西游记》第五十回	马钰《无调名·赠众道友》
[南柯子]:心地频频扫,尘情细细除。莫教坑堑陷毘卢。常净常清净,方可论元初。 性烛须挑剔,曹溪任吸呼。勿令猿马气声粗。昼夜绵绵息,方显是功夫。①	心地频频扫,尘情细细除。莫教坑堑陷毗卢。常静常清,方可论元初。性烛频挑剔,曹溪任吸呼。勿令喘息气声粗。昼夜绵绵,端的好功夫。②

---

① 《金丹秘要》,宗教文化出版社,2013年,第383页。
② 《西游记》标明词牌是"南柯子"。实际上并不合体。参看万树《词律》,上海古籍出版社,1988年,第64页。
③ 《全金元词》,中华书局,2000年,第327页。

回前词。原词"勿令喘息气声粗",是讲道教修炼时调匀呼吸,令其绵长悠久。《西游记》改为"勿令猿马气声粗",似欲挽合心猿意马,指涉孙行者,因为,书中曾点破,"猿猴道体配人心,心即猿猴意思深。大圣齐天非假论,官封弼马是知音。马猿合作心和意,紧缚牢拴莫外寻"(第七回)。自然,猿马也可指各人之心。此回,孙悟空去化斋,划了个圈子,让唐僧、八戒、沙僧、白马都坐在里边。但三人掉以轻心,走出圈外,把自家送到妖怪门上。正如回目所云,是"神昏心动遇魔头"!不能"昼夜绵绵息",取经僧尚欠火候,功夫。

表7:

《西游记》第五十八回	《太上升玄消灾护命妙经》[①]
不有中有,不无中无。不色中色,不空中空。非有为有,非无为无。非为色,非空为空。空即是空,色即是色。色无定色,色即是空。空无定空,空即是色。知空不空,知色不色。名为照了,始达妙音。	天尊告曰:汝等众生,从不有中有,不无中无;不色中色,不空中空。非有为有,非无为无;非色为色,非空为空。空即是空,空无定空。色即是色,色无定色。即色是空,即空是色。若能知空不空,知色不色,名为了照。始达妙音识。

此是如来在西天当众讲道的内容。谁知他老人家不动声色,托梁换柱,拾取道教牙慧,响应天尊常谈!而且中云:"色无定色,色即是空。空无定空,空即是色。"变乱次序,似乎不如原文,顺畅,有味。

[①] 道教中派大师李道纯曾为此经作注。《中和正脉》,宗教文化出版社,2013年,第290—292页。

表8：

《西游记》第六十四回	《鸣鹤余音》卷九冯尊师《升堂文》[①]
[唐僧]：至德妙道，渺漠希夷，六根六识，遂可扫除。菩提者，不死不生，无余无欠，空色包罗，圣凡俱遣。访真了元始钳锤，悟实了牟尼手段。发挥象罔，踏碎涅槃。必须觉中觉了悟中悟，一点灵光全保护。放开烈焰照婆娑，法界纵横独显露。至幽微，更守固，玄关口说谁人度？我本元修大觉禅，有缘有志方能悟。 [拂云叟]：道也者，本安中国，反来求证西方。空费了草鞋，不知寻个什么？石狮子剜了心肝，野狐涎灌彻骨髓。忘本参禅，妄求佛果，都似我荆棘岭葛藤、谜语、萝薜、浑言。此般君子，怎生接引？这等规模，如何印授？必须要检点见前面目，静中自有生涯。没底竹篮汲水，无根铁树生花。灵宝峰头牢着脚，归来雅会上龙华。	夫至道渺漠，妙道希夷。先地先天，不拘文字。光明虚彻，遍满十方。清净灵通，周流三界。千变万化，统摄阴阳。体用真常，无穷极矣。……纵横旷漠，坦荡无何。动止无为，混成纯素。遂可扫除萨埵，游戏菩提。不死不生，无余无欠。圣凡俱遣，空色包罗。……放开元始钳锤，缩却牟尼手段。发挥象罔，踏碎涅槃。截断曹溪，闲居郑圃。达磨罗什未生，已有南华御寇。奈何学者忘本逐末，弃主怜宾。不叩冲虚，执持梵语。本安中国，求证西方。空费草鞋，寻个甚么。石狮子剜了心肝，野狐涎灌彻骨髓。在欲行禅，望成佛果，葛藤谜语，敢把人瞒。此般君子，怎生接引？举扬本分生涯，点检见前面目。露些消息，分付知音，这段家风，是何曲调？……个人会得，即便归来，不夜楼台，同登雅会。无底篮儿汲水，无根铁树开花。此个规模，如何印绶？浑沦邦畔，不许商量。灵宝峰前，孰能着脚。直须洒洒落落，休要纷纷纭纭。顿悟玄风，逍遥宇宙。

冯尊师《升堂文》在《西游记》里化为唐僧与拂云叟的辩论。唐僧是主张佛教，拂云叟则维护源于中土的道教。拂云叟和冯尊师主张一致。唐僧其实是冯尊师所批评的那种重佛倾向和主张。唐僧"访真了元始钳锤，悟实了牟尼手段"，就是说，要通彻地了解道教，也要下工夫了解佛旨，修证佛法。冯尊师对佛教不以为然，主张"放开元始钳锤，缩

---

① 《道藏辑要》，巴蜀书社，1995年，第八册，第116页。

却牟尼手段"——即使不完全摒弃佛教,也要把它放到次要地位,要大力提倡道教。唐僧把冯尊师的这两句话,改窜了几个字,意思大不相同。

有意思的是,拂云叟虽生在西方,倒能维护中土,这大概因为和他追求长生修为的兴趣相合。"石狮子剜了心肝,野狐涎灌彻骨髓。"意思是说,唐僧往西天取经,精神错乱,颠倒狂迷。拂云叟不光善于鹦鹉学舌,而且能够就地取材,用难以通行的荆棘岭作比喻。拂云叟虽然如此旗帜鲜明,但最后表示要"雅会上龙华"。表明佛教的影响已深入骨髓,一个修仙者虽然神通广大,但像一个筋斗云十万八千里的孙行者,不自知其难出如来佛的手心!

表9:

《西游记》第七十八回	《鸣鹤余音》卷九三于真人《心地赋》①
为僧者,万缘都罢;了性者,诸法皆空。大智闲闲,澹泊在不生之内;真机默默,逍遥于寂灭之中。三界空而百端治,六根净而千种穷。若乃坚诚知觉,须当识心;心净则孤明独照,心存则万境皆清。真容无欠亦无余,生前可见;幻相有形终有坏,分外何求?行功打坐,乃为入定之原;布惠施恩,诚是修行之本。大巧若拙,还知事事无为;善计非筹,必须头头放下。但使一心不行,万行自全;若云采阴补阳,诚为谬语,服饵长寿,实乃虚词。只要尘尘缘总弃,物物色皆空。素素纯纯寡爱欲,自然享寿永无穷。	世事无穷,观来尽空。既向玄门受教,便于心地下功。大智闲闲,澹泊在不生之内;真机默默,逍遥于寂灭之中。原夫要长灵苗,先持心地。六根净而千种灭,三界空而百端治。……若乃坚成学道,须当了心。心静则孤明独照,心存则万境皆侵。真容无欠亦无余,生前可见;幻相有形终有坏,分付何求?行功打坐,乃道之狂。布惠施恩,即德之诈。大巧若拙,还知事事无为;善计非筹,直要头头放下。但使一心不动,万行自全。是知物物皆空,尘尘总弃。……浅智少识者,则曰不然不然;高明广见者,乃云如是如是。故悟则处处平夷,迷则头头踏刺。大抵欲修天外大成功,莫挂人间些子事。

---

① 《道藏辑要》,巴蜀书社,1995年,第八册,第114页。

这是唐僧在比丘国朝廷上宣扬佛教的好处。三于真人《心地赋》原文云:"行功打坐,乃道之狂。布惠施恩,即德之诈。"以为行功打坐,无益于修道;布惠施恩,不算有德,难免虚伪。唐僧将之改为:"行功打坐,乃为入定之原;布惠施恩,诚是修行之本。"意思与原来针锋相对;由愤世嫉俗,一变而和光同尘!须菩提祖师称,采阴补阳并服饵之类,并为"水中捞月"(第二回)!正与唐僧所见略同。

表10:

《西游记》第七十八回	《鸣鹤余音》卷九宋仁宗《尊道赋》①
修仙者骨之坚秀;达道者神之最灵。携箪瓢而入山访友,采百药而临世济人。摘仙花以砌笠,折香蕙以铺裀。歌之鼓掌,舞罢眠云。阐道法,扬太上之正教;施符水,除人世之妖氛。夺天地之秀气,采日月之华精。运阴阳而丹结,按水火而胎凝。二八阴消兮,若恍若惚;三九阳长兮,如杳如冥。应四时而采取药物,养九转而修炼丹成。跨青鸾,升紫府;骑白鹤,上瑶京。参满天之华采,表妙道之殷勤。比你那静禅释教,寂灭阴神,涅槃遗臭壳,又不脱凡尘!三教之中无上品,古来惟道独称尊。	三教之内,惟道至尊。……摘仙花而砌笠,折野草以铺茵。吸甘泉而漱齿,啖松柏以延龄。歌之鼓掌,舞罢眠云。……携箪瓢而入廛化饭,采百药以临世济人。修仙者骨之坚秀,达道者神之最灵。阐道法扬太上之正教,施符箓除人世之妖氛。颐真默坐,静室存神。夺天地之秀气,采日月之华精。运阴阳以炼性,按水火以胎凝。二八阴消兮,若恍若惚;三九阳长兮,如杳如冥。应四时而采取,养九转以丹成。跨青鸾,便冲紫府,骑白鹤,直谒玉京。参满天之秀气,表妙道之殷勤。比儒教兮,官高职显,富贵浮云;比释教兮,寂灭为乐,岂脱凡尘。朕观三教,惟道至尊。

这是比丘国国丈在朝廷上驳斥唐僧尊佛言论,主张修仙,以道为尊。他本是寿星老儿的坐骑白鹿成精,下凡后,习气难涤洗,对追求长

---

① 《道藏辑要》,巴蜀书社,1995年,第八册,第115页。

生,拼命维护,精神可嘉。所以,老寿收复他时,对这个脱逃的坐骑,并未予以惩创(第七十九回)。但此物终究是妖怪,歪门邪道地剽窃后世人间帝王的唾余!

表11:

西游记第八十七回	《鸣鹤余音》卷二冯尊师《苏武慢·七》[1]
大道幽深,如何消息,说破鬼神惊骇。挟藏宇宙,剖判玄光,真乐世间无赛。灵鹫峰前,宝珠拈出,明映五般光彩。照乾坤上下群生,知者寿同山海。	大道幽深,如何消息,说破鬼神惊骇。挟藏宇宙,剖判玄元,真乐世间无赛。灵鹫峰前,宝珠拈出,明显玉般光彩。照乾坤、上下群生,知者寿同山海。

回前词。意思不全,只是装个样子。所以,叶昼说:"凡《西游》诗赋,只要好听,原为只说而设。若以文理求之,则腐矣。"[2]虽然以偏盖全,但用在这里倒恰当。

表12:

《西游记》第九十一回	马钰《瑞鹧鸪·赠众道契》
修禅何处用工夫?马劣猿颠速剪除。牢捉牢拴生五彩,暂停暂住堕三途。若教自在神丹漏,才放从容玉性枯。喜怒忧思须扫净,得玄得妙恰如无。	修行何处用工夫?马劣猿颠速剪除。牢捉牢擒生五彩,暂停暂住免三途。稍令自在神丹漏,略放从容玉性枯。酒色财气心不尽,得玄得妙恰如无。

原词末云:"酒色财气心不尽,得玄得妙恰如无。"马钰词中用"酒色财气"极多。如:《清心镜·得遇》:"大丈夫,志勇猛。肯为酒色财

---

[1] 《全金元词》,中华书局,2000年,第1240—1241页;《道藏辑要》,巴蜀书社,1995年,第八册,第92页。《西游记》只采取了此词的上阕;下阕为:"最至极、翠霭轻分,琼花乱坠,空裹结成华盖。金身玉骨,月帔星冠,符合水晶天籁。清净门庭,圣贤风范,千古俨然常在。愿学人、达此希夷微理,共游方外。"
[2] 李卓吾评本:《西游记》,上海古籍出版社,2012年,第4页。

气茬苒?仗慧刀,割断攀缘。"《满庭芳·孤鹰》:"为酒色财气,一向粘惹,瞒心昧已。不算前程,幻躯有限,待作千年之计。"《满庭芳·立誓状外戒》:"永除气财酒色,弃荣华,戒断腥膻。"《满庭芳·寄兴平杜公》:"酒色财气历遍,好休心,也好舍弃。"《南柯子》:"自恨从前,酒色气兼财;四害于身苦,人心竟不亏。"《无梦令·赠景公》:"物外先生姓景,酒色财气常警。"(参看《从"四泉"到"五谷轮回所"》四)《西游记》独摆脱流俗,要"扫净""喜怒忧思"!

表13:

《西游记》第九十六回	《悟真篇·西江月·法法法元无法》
色色原无色,空空亦非空。静喧语默本来同,梦里何劳说梦。有用用中无用,无功功里施功。还如果熟自然红,莫问如何修种。	法法法原(《金丹秘要》本"原"作"元")无法,空空空亦非空。静喧语默本来同,梦里何劳说梦。有用用中无用,无功功里施功。还如果熟自然红,莫问如何修种。[①]

回前词。主旨就是但求耕耘,莫问收获。《西游记》中,唐僧取经,目的明确,不管万难险阻,道途险夷,只是一味埋头西行,水到渠成,自然成功,"果熟自然红"。即如此回斋僧的寇员外,并不存心要求回报,最终自得善果,死而复生,延寿一纪(第九十七回)。

以上就是《西游记》所征用的道教文献。另外还有佛教文献,不多,我们一并列在下面。第十九回收有《般若波罗蜜多心经》,人人共知。另外,还有:

---

① 《悟真篇三家注》,董德宁、刘一明、朱元育注,华夏出版社,1989年,第191—192页;《金丹秘要》,宗教文化出版社,2013年,第383页。

表14：

《西游记》第二十六回	[宋]惟白《文殊指南图赞》①
海主城高瑞气浓,更观奇异事无穷。须知绝隐千般外,尽出希微一品中。四圣授时成正果,六凡听后脱樊笼。少林别有真滋味,花果馨香满树红。②	海住城高瑞气浓,更观奇特事无穷。须知隐约千般外,尽出希微一器中。四圣授时成圣果,六凡食后脱凡笼。少林别有真滋味,花果馨香满木红。③
[观音菩萨]：玉毫金象世难论,正是慈悲救苦尊。过去劫逢无垢佛,至今成得有为身。几生欲海澄清浪,一片心田绝点尘。甘露久经真妙法,管教宝树永长春。	夷夷相好世难伦,正是当年个女人。过去劫逢无垢佛,至今成得有为身。几生欲海澄清浪,一片心田绝点尘。求法既云未休歇,朱颜应不惜青春。④

《文殊指南图赞》是经卷式的，全卷绘善财童子五十三图，图占画面的2/3，下部是七言八句的赞语。本图是南宋版画。⑤ 上海书店1994年出版的《丛书集成续编》（第97册子部）收有《佛国禅师文殊指南图赞一卷》，题作张商英撰。我们认为这些诗出自惟白。罗凌有《〈佛国禅师文殊指南图赞〉作者考略》（《图书与情报》2005年第3期）一文，也持此见解；可参看。

再有医书：

---

① 文前有张商英"述序"。其实是善财童子五十三参的赞词。这是善财童子第十四诣海住城中，参见足优婆夷的赞词。
② 这是悟空到南海普陀岩，"见观音菩萨在紫竹林中与诸天大神、木叉、龙女，讲经说法。有诗为证"。
③ 《中国美术全集》绘画编20版画，上海人民美术出版社，1988年，第11页。
④ 这是善财童子第二十诣安住城。参不动优婆夷的赞词。
⑤ 陈骧龙：《版画集》，天津杨柳青画社出版，1993年，第12—13页。

表15：

《西游记》第六十九回	《雷公药性赋》卷二[①]
大黄味苦，性寒无毒，其性沉而不浮，其用走而不守，夺诸郁而无壅滞，定祸乱而致太平，名之曰将军。	大黄味苦，性寒无毒，其性沉而不浮，其用走而不守，夺土郁而无壅滞，定祸乱而致太平，名之曰将军。
巴豆味辛，性热有毒，削坚积，荡肺腑之沉寒，通闭塞，利水谷之道路，乃斩关夺门之将，不可轻用。	巴豆味辛，性热有大毒，……削坚积，荡脏腑之沉寒，通闭塞，利水谷之道路，乃斩关夺门之将，不可轻用。

《西游记》里，这是八戒、沙僧嘴里的话，和金人李杲的《雷公药性赋》数字之异。此回孙悟空论朱紫国皇帝寸关尺脉征的话，和李时珍《濒湖脉学》中文字类似。[②] 《西游记》第六十七回驼罗庄的老者说："古云柿树有七绝：一益寿，二多阴，三无鸟巢，四无虫，五霜叶可玩，六嘉实，七枝叶肥大，故名七绝山。"和苏颂《图经本草》一样。[③]

二

我们把《西游记》征用的文献做一总表：

《西游记》回数	征用文献
8	冯尊师《苏武慢》（《鸣鹤余音》卷二），词，一首
10	《合战篇》（《事林广记》卷四），文，一首[④]
14	张伯端《即心是佛颂》（《悟真篇》），诗，一首
19	《般若波罗蜜多心经》，全文

---

① 李杲：《雷公药性赋》，中国中医药出版社，1996年，第43、51页。
② 李时珍：《濒湖脉学》，中国中医药出版社，1996年，第368—384页。
③ 《本草纲目》引苏颂《图经本草》云："柿树有七绝：一益寿，二多阴，三无鸟巢，四无虫蠹，五霜叶可玩，六嘉实，七枝叶肥大，滑，可以临书。"
④ 参看前文《〈西游记〉与〈棋经十三篇〉和〈事林广记〉》一。

(续表)

《西游记》回数	征用文献
26	惟白《文殊指南图赞》，诗，二首
26	《三神山》（《事林广记·前集》卷六），律诗，三首20
29	张伯端《西江月·妄想不复强灭》（《悟真篇》），词，一首
36	张伯端《七绝·前弦之后后弦前》（《悟真篇》），诗，一首
41	张伯端《西江月·善恶一时忘念》（《悟真篇》），词，一首
50	马钰《无调名·赠众道友》，词，一首
58	《太上升玄消灾护命妙经》，文，一首
64	冯尊师《升堂文》（《鸣鹤余音》卷九），文，一首
78	三于真人《心地赋》（《鸣鹤余音》卷九），文，一首
78	宋仁宗《尊道赋》（《鸣鹤余音》卷九），文，一首
86	王磐《野菜谱》，野菜名21
87	冯尊师《苏武慢·七》（《鸣鹤余音》卷二），词，半首
91	马钰《瑞鹧鸪·赠众道契》，词，一首
96	张伯端《西江月·法法法元无法》（《悟真篇》），词，一首
100	唐太宗《大唐三藏圣教序》、《答玄奘谢御制三藏序敕》，文，二首

值得注意的是，《西游记》征用的道教文献，有5篇来自《鹤鸣余音》，有5篇诗词来自张伯端《悟真篇》，有2首词来自马钰的别集。柳存仁曾写过一篇《全真教和小说〈西游记〉》，讨论过两者的关系③，所以，我们不再讨论《鹤鸣余音》与全真道士马钰。我们仅就张伯端《悟

---

① 参看《〈西游记〉与〈棋经十三篇〉和〈事林广记〉》二。
② 参看《〈西游记〉与王磐的〈野菜谱〉·一》。
③ 在该文中，柳存仁指出《西游记》第八回《苏武慢》出自《鹤鸣余音》，第五十回《南柯子》出自马钰，第九十一回《瑞鹧鸪》出自马钰，第七十八回比丘国丈人的话来着《鹤鸣余音》。（《中国古典小说论谈》，书目文献出版社，1987年，第69—99页）徐朔方《评〈全真教和小说西游记〉》也引用了这四首诗文。（《文学遗产》，1997年，第6期）

真篇》与《西游记》关系做点探讨。

首先，我们要知道，《西游记》的作者或编者，对道教并不怎么尊崇。四众在车迟国与全真道士们斗法就是个典型例子，并且让八戒把三清塑像都丢在茅厕里，实在对道教教主也毫无敬畏之心。而且，作者或编者，对道教典籍也并不怎么熟悉，以致说车迟国的道士们"齐念一卷《黄庭道德真经》"（第四十五回）。道教经典有《黄庭经》，也有《道德真经》，但并没有什么"黄庭道德真经"。

在这样的背景下，全书大量征用道士张伯端的诗词，显得颇不寻常。而且唐僧取经五百年后才出生的张伯端，本人也在《西游记》中出没，干预人事，推动情节。像朱紫国金圣宫娘娘身上那件叫獬豸洞赛太岁不敢触摸的棕衣，就是此人给的（第七十一回）。而且，此人出现时，大张旗鼓，特别隆重，有一段说词：

> 肃肃冲天鹤唳，飘飘径至朝前。缭绕祥光道道，氤氲瑞气翩翩。棕衣苦体放云烟，足踏芒鞋罕见。手执龙须蝇帚，丝绦腰下围缠。乾坤处处结人缘，大地逍遥游遍。此乃是大罗天上紫云仙，今日临凡解魇。

张伯端，这位"大罗天上紫云仙"，在现实中，何许人也？张伯端（984—1082），字平叔，号紫阳，天台人。1069年，在成都遇异人授以金液还丹之诀，这时已经85岁。学术上，认为三教虽分，道仍归一。主张以神仙命脉诱其修炼，次以诸佛妙用广其神通，终以真如觉性遭其梦幻，以达究竟空寂之本源。修炼层面上，道禅双修，主张先命后性，由道入禅，从内丹命术入手修炼，循序渐进，以人身中的精、炁、神三宝为药物，经筑基、炼精化炁，炼炁化神，炼神合虚而结"金丹"。他所作的《悟真篇》专言内丹，与《周易参同契》齐名，号称丹经之王。为道教南宗五祖之首。

除了《西游记》引用《悟真篇》中5首诗词外，还可以发现两者关联的蛛丝马迹。《西游记》第二回，须菩提祖师告诉悟空："相盘结，性命坚，却能火里种金莲。"可能是本自《悟真篇》之七律第十三首："不识玄中颠倒颠,争知火里好栽莲。"第三回和第十七回都说:"凡有九窍者,皆可修仙,"或"修行成仙。"《悟真篇》之七律第六首云:"人人本有长生药,自是迷途枉摆抛。"就是说,理论上,人人可以成仙。第二十九回"道高龙虎伏,德重鬼神钦"的句子,可能是本自《悟真篇》之七律第十首:"可谓道高龙虎伏,堪言德重鬼神钦。"

可见,《西游记》的作者或编者,对《悟真篇》很熟悉,而且也是颇为推崇。但并不迷信它,征用入书,有时把它的意思改得面目全非,甚至直接与原意针锋相对!这在前面的分析中,已经谈到,此处不赘。

元明时候,道教南宗没有"全真派"声势浩大。全真派由王重阳开创,丘处机因得到成吉思汗的赏识,使该派在元代长期得官方赞助而声威煊赫,在民间多有特权和不法行为。马钰就是全真派的重要人物,是全真七子之一,《西游记》征用了他两首词,似乎对他颇有好感。但《西游记》对全真教道士就不是那么温和了。平顶山的土地告诉孙悟空,金角大王和银角大王,"爱的是烧丹炼药,喜的是全真道人"(第三十三回)。篡夺乌鸡国王位的是"锺南山来了一个全真,能呼风唤雨,点石成金"(第三十七回)。车迟国的虎力大仙言其幼时在锺南山学的武艺(第四十六回)。① 可见《西游记》的作者或编者是讨厌全真教道士的。

由此,我们得出如下结论:《西游记》的作者或编者,对道教文献和理论并无全面充分认识与了解,只是特别熟悉张伯端的《悟真篇》,但并不完全赞同道教南宗,对全真教也有一定的尊重,② 而对在世俗社会上势力强大的全真道士则是厌恶的。

> 《西游记》的作者或编者,对《悟真篇》很熟悉,而且也是颇为推崇。但并不迷信它。

---

① 终南山,是全真道创始人王重阳修道的地方。(《辞海》第6版 缩印本,上海辞书出版社,2010年,第2493页)《西游记》里皆作锺南山。证明其作者或编者于此全真教圣地视听不真。
② 参见郭武:《丘处机学案》,其中引丁原明之说:张伯端的道教南派主张"先命后性";王重阳的全真派主张"先性后命"。(《丘处机学案》,齐鲁书社,2011年,第72页)正可印证我们的结论。另可参看蜂屋邦夫:《金代道教研究:王重阳与马丹阳》,中国社会科学出版社,2007年,第12页;后文《〈西游记〉里的成仙成佛》。

27.《西游记》里的成仙成佛

最终极的长生是精神的长生，
符号的长生

一

天上的太白金星告诉玉帝："三界中，凡有九窍者，皆可修仙"（第三回）。要理解这个命题的含义，我们要知道什么是"三界""九窍"。"三界"是个佛教词语，按照丁福保《佛学大词典》的解释，三界是欲界、色界和无色界的合称。"欲界，有淫欲与食欲二欲之有情住所也。上自六欲天，中自人界之四大洲，下至无间地狱，谓之欲界。色界，色为质碍之义，有形之物质也。此界在欲界之上，离淫食二欲之有情住所也。谓为身体，谓为宫殿，物质的物，总殊妙精好——故名色界。无色界，此界无一色，无一物质的物，无身体，亦无宫殿国土，唯以心识住于深妙之禅定——故谓之无色。此既为无物质之世界，则其方所，非可定。但就果报胜之义，谓在色界之上。"过于玄妙，不好领悟。但既然经过道教白胡子老神仙的转述，三界的内涵不是那么严格得不可捉摸，就是天上、人间、地下，是个泛化的空间概念。"九窍"，是上部的七窍——两眼、两耳、两鼻孔、嘴巴，加上下部大小便二窍。《庄子·知北游》："九窍者胎生，八窍者卵生。"九窍者，都是哺乳动物。太白金星所以这样说，是为孙悟空着想。因为，孙悟空本是个猴子——悟空自说是"兽类"（第十七回），但也顶天履地，服露餐霞，而且业已修成仙道，有降龙伏虎之能，不光与人无异，而且神通广大，远胜常人——不该有物种（species）歧视！应该降一道招安圣旨，把他宣来上界，大小授他一个官职，使他籍名在箓，这才是收仙有道。玉帝从谏如流，确实按太白金星的意思，把孙悟空召到天上做了弼马温，官儿虽小，却正经八百地得了"天仙之位"。此一命题可以推出一个子命题：人人可修仙。①

玉帝后来对观音菩萨重述这句话时，却成了："三界之间，凡有九窍者，可以成仙"（第六回）。"修仙"之于"成仙"，这中间的区别就大了。因为修仙是一种行为（deed），甚至动机（motive）、意图（intention），成仙则是结果（consequence）、成就（fulfillment）或完满（completion）。玉帝所以这么说，大概是孙悟空，这个猴子修成的天仙，是个摆在眼前的活现实，却又让他束手无策，大伤脑筋，一筹莫展。玉帝的个人感受、一肚皮苦水，我们不去管它。孙悟空倒是为这一命题贡献了一个例证，生成一个原子命题（atomic proposition）。

虽然有九窍者可以成仙，但成仙的途径是什么？《西游记》没有明说，我们不妨归纳一下：很简单，就是获得内丹或外丹。先说外丹。它有两种，天生的和人工合成的。像天上的蟠桃园，后面一千二百株，紫纹缃核，九千年一熟，人吃了与天地齐寿，日月同庚（第五回）。对于寿命不过百年的凡人，活九千年，那是不折不扣的神仙——这是天生的外丹，吃了可以成仙。地上也有这种外丹，那就是人参果，生长在西牛贺洲万寿山五庄观的后花园里，三千年一开花，三千年一结果，再三千年才得熟。似这万年，只结得三十个果子。吃一个，就活四万七千年。四大部洲，只有这一棵（第二十四回）。但这些天生的外丹，凡人太难到手。一是凡人无法上天，而天上的神仙又抠搜得紧，不要说一颗桃子不曾失手掉落人间，就连那吃不得的桃核儿也不见扔下来哩——王母娘娘的蟠桃就甭想了。二是五庄观的人参果树，镇元大仙把它垄断着，不要说对付大仙，就是他手下看门的清风明月两道童，都那么伶牙俐齿，神通广大的齐天大圣都有些招架不住，何况你我——再说了，你得等

_{有九窍者可以成仙，成仙的途径是获得内丹或外丹。}

_{外丹如蟠桃、人参果，以及炼制的金丹。}

---

① 萧廷芝：《金丹大成集》注吕洞宾《沁园春》引古云："神仙只是凡人做。"（《南宗仙籍》，宗教文化出版社，2014年，第369页）白衣道者《安乐歌》："神仙也是凡人做。"（《南宗仙籍》，宗教文化出版社，2014年，第486页）这和鸠摩罗什引经云："一切众生，皆有佛性，学得成佛。"（《出三藏记集》卷五）王阳明《林汝桓以二诗寄次韵为别》："尧舜人人学可齐。"又说："见满街人都是圣人。"同是具有革命性的命题。

九千年到果子成熟吧。你等得及？！

再就是炼金丹，人工合成。住在三十三天上离恨天兜率宫中的太上老君，他老人家炼有不少金丹。门户不慎，让孙悟空白日撞进来摸进丹房，拿金丹"如吃炒豆相似"，"都吃了"（第五回）。这些丹，活人吃一丸，大概也是可以成仙的。为什么这样说呢？因为，从太上老君那里得来的一粒金丹，竟把已死并且在井里浸了三年的乌鸡国国王救活了（第三十九回）！太上老君倒是很敬业，勤奋，老当益壮，自强不息。那回孙悟空找去要金丹，"入门，只见太上老君正坐在那丹房中，与众仙童执芭蕉扇扇火炼丹哩"（第三十九回）。但，他老人家的金丹，是救济凡人成仙的？不！他自己对玉帝唠叨："炼了些九转金丹，伺候陛下做丹元大会"（第五回）。

你看，这些天上、地下的外丹，不论天然的还是人工的，《西游记》里的众生都无法染指，他们只好另想门道，独辟蹊径。比丘国国丈要用一千一百一十一个小儿心肝作药引子的"仙药"，据说可使国王"延寿千年"（第七十八回）。真是伤天害理！比路易十五说的"老子死后，哪管它洪水泛滥！"（After me, the flood!）还惊心动魄。值得庆幸的是比丘国王、路易十五都是外国人，非我中华所产！真是孔老圣人说的"夷狄之有君，不如诸夏之无！"呀——后来国丈又决定拿唐僧的心肝作药引，合成仙药，说是效果更好，"可延万万年"！就是说，要拿唐僧作外丹的材料。《西游记》里那些千方百计要吃唐僧肉的众生，和比丘国国丈一样，都是想借此轻松自如地成仙，可这是死路一条。比丘国国王合不成外丹，但国王就是与众不同，所以，到底有缘，遇见寿星老儿，能够放下身份，舍得低三下四，

> 近前跪拜，求祛病延年之法。寿星笑道："我因寻鹿，未带丹药。欲传你修养之方，你又筋衰神败，不能还丹。我这衣袖中，只有三个枣儿，是与东华帝君献茶的，我未曾吃，今送你罢。"国王吞之，渐觉身轻病退。后得长生者，皆原于此（第七十九回）。

寿星老儿的意思是，你沉溺美色，纵欲过度，让狐狸精把身体掏空

_{这些天上、地下的外丹，众生都无法染指，他们只好另想门道，独辟蹊径。}

了，肾虚阴亏得厉害，基础太差，连内丹都炼不成！三个火枣，虽然没有使国王成仙，但能长生，够幸运了。不能都是国王，都那么幸运，都有机会向寿星老儿求援，也不能那么伤天害理，心狠手辣，要拿别人的心肝之类作丹，忍心把自家长生建立在他人死亡上。那就炼一点效能相对薄弱的金丹吧。比如，凌虚子——一只文明的苍狼，炼的仙丹，献出来，给黑熊精作生日礼物（第十七回）。吃了，不能长生，也可强壮筋骨，算保健品，补药，至少像安慰剂（placebo），让你宽怀吧。但炼外丹，需要人力、物力、财力的支持和投入，不光《西游记》里的众生办不到，就是现实世界的人也会束手，所以炼外丹被历史学家称为"官绅豪贵的专利品"。①

二

外丹既然障碍重重，那就炼内丹。《西游记》中，炼内丹有一个前提条件，那就是不近女色！这一点，在寿星说比丘国国王的话里已蕴涵着了。孙悟空、猪八戒、沙和尚，他们都是这样炼就内丹而成仙的。八戒自述修仙云：

> 自小生来心性拙，贪闲爱懒无休歇。不曾养性与修真，混沌迷心熬日月。忽然闲里遇真仙，就把寒温坐下说。劝我回心莫堕凡，伤生造下无边孽。有朝大限命终时，八难三途悔不喋。听言意转要修行，闻语心回求妙诀。有缘立地拜为师，指示天关并地阙。得传九转大还丹，工夫昼夜无时辍。上至顶门泥丸宫，下至脚板涌泉穴。周流肾水入华池，丹田补得温温热。婴儿姹女配阴阳，铅汞相投分日月。离龙坎虎用调和，灵龟吸尽金乌血。三花聚顶得归根，五气朝元通透彻。功圆行满却飞升，天仙对对来迎接（第十九回）。

炼内丹有一个前提条件，那就是不近女色！

---

① 任继愈：《中国道教史》，上海人民出版社，1990年，第495页。

再看沙和尚的自述：

> 自小生来神气壮，乾坤万里曾游荡。英雄天下显威名，豪杰人家做模样。万国九州任我行，五湖四海从吾撞。皆因学道荡天涯，只为寻师游地旷。常年衣钵谨随身，每日心神不可放。沿地云游数十遭，到处闲行百余趟。因此才得遇真人，引开大道金光亮。先将婴儿姹女收，后把木母金公放。明堂肾水入华池，重楼肝火投心脏。三千功满拜天颜，志心朝礼明华向（第二十二回）。

至于说八戒好色，那是蟠桃会上见了嫦娥之后才染上的毛病，并且一发不可收拾，大概是尝到甜头了，像粘缠的烟瘾，要清戒，难呐！我们再来看看须菩提祖师是怎么教导孙悟空的：

> 显密圆通真妙诀，惜修性命无他说。都来总是精气神，谨固牢藏休漏泄。休漏泄，体中藏，汝受吾传道自昌。口诀记来多有益，屏除邪欲得清凉。得清凉，光皎洁，好向丹台赏明月。月藏玉兔日藏乌，自有龟蛇相盘结。相盘结，性命坚，却能火里种金莲。攒簇五行颠倒用，功完随作佛和仙（第二回）。

须菩提祖师的话，更有可操作性。它其实是宋元以来内丹派——比如张伯端开创的道教南派和王重阳开创的道教北派——的共同看法和炼内丹以成仙的途径、做法。理论上，大致是这样：父母交合之时，感动先天一点阳气进入胎中，十月怀胎，生而为人，通体皆阴。人在自然历程中有生老病死的变化，这叫顺之则凡。如今，要改变这个过程，想逆而成仙，你必须拿这一点体内的先天阳气做文章，结成粟粒大的内丹，用它去克化阴气，使之转化为阳。经过复杂艰难的修炼，通体皆阳的时候，也就成仙了，摆脱生死轮回而长生。具体步骤是，先炼精化气，再炼气化神，再炼神合虚。而和女人发生性关系，必然要损精，精不饱满，要化气就难，更别说成仙了。

唐三藏那么战战兢兢不敢和女人发生性关系，神经质得谈女色变，有人说他"是怕尿和尚"!①原因之一就是,保持贞操是成仙的前提条件!你会说,唐僧在五庄观吃了人参果,不是已经通过外丹,成仙了吗?(第二十六回)。为解决这个问题,我们先要了解《西游记》里的神仙分类与等级。

三

如来说:"周天之内有五仙,乃天、地、神、人、鬼"(第五十八回)。鬼仙、人仙、地仙、神仙、天仙。既是类别(class),也是等级(step)。②"阴神至灵而无形者,鬼仙也。"③五庄观的土地神,承认自家"是个鬼仙",对人参果"就是闻也无福闻闻"(第二十四回)。因为人参果有形有质,鬼仙只是聚气如烟雾,所以他无法消受。"处世无诸疾恼而寿永者,人仙也。"④《西游记》里最具人仙品质的是观音禅院的老当家,他已经270岁了,可惜他贪欲难除,最后一头撞死,自己不活了(第十四回)。所以,《西游记》里竟没有一位合格的人仙!地仙的神通比人仙就大得多了。"飞空走雾,不饥不挠,寒暑不侵,遨游海岛,长生不死者,地仙也。"⑤类似于庄子向往的藐姑射山神人。五庄观的观主"镇元子乃地仙之祖"(第二十六回)。但据说,地仙仍然"身形重浊,故不能离于地而升虚无之天也"。⑥镇元子虽然能升天,神通广大,但仍是肉身。神仙就不同了,"离重浊之形,以无形之神变化,或有或无,皆由一神之妙用,故曰神仙。"⑦《西游记》里,福寿禄三星,自说是"神仙之宗"(第二十六回),层次比地仙高。再往上就是天仙,"形神俱

---

① 李卓吾评本:《西游记》,上海古籍出版社,2012年,第727页。
② "五仙"分类,在道教实为寻常。如《葛仙翁太极冲玄至道心传》有《五品仙说》。(《仙道口诀》,宗教文化出版社,2012年,第353—354页)
③ 翁葆光:《悟真篇注释》,《南宗仙籍》,宗教文化出版社,2014年,第88页。
④ 同上。
⑤ 同上。
⑥ 伍冲虚:《天仙正理增注直论》,《伍柳仙宗》,九州出版社,2013年,第118页。
⑦ 同上。

妙，与道合真，步日月无影，入金石无碍，变化无穷，或老或少，或隐或显，或存或亡，聚则成形，散则成气，蓍龟莫能测，鬼神莫能知。"①《西游记》里，天仙就多了。孙悟空、猪八戒、沙和尚都曾是天仙。太白金星、奎木狼也是天仙。同是天仙，能力、神通却不一样。

那么，这些等级，由谁确定，授予呢？《西游记》没有明白说。福寿禄三星曾奚落悟空："你虽得了天仙，还是太乙散数，未入真流"（第二十六回）。语焉不详，但肯定不是说悟空神通小。为弄清这一点，我们必须征用其它资源。《三宝太监西洋记》第五十七回，张守成也说到五等仙：

> 惟有天仙最难，道高行全，得了正果，上方注了仙籍，却又要下方人王帝主，金书玉篆敕封过，他方才成得天仙，方才赴得蟠桃大宴。若总然得道，没有人王敕封，终久上不得天，只是个地仙而已。

《西游记》虽然没有像《西洋记》那么谄媚人间帝王，要他敕封了才算天仙。虽然免了世俗的认证手续，仍然需要一个权威来认定，这个权威就是玉帝。由此，我们就能理解福寿禄三星奚落悟空的意思：就能力而言，你孙悟空是天仙，本来你是弼马温也罢、齐天大圣也罢，在天上都是有一定执掌的，这保证了你天仙的级别。后来你大闹天宫，天仙的级别自然给玉帝取消了，就只是"太乙散仙"（第二十五回）、"散数"。②

没有玉帝的认定，就不能成为天仙。

一般说来，下一级的仙，能力神通比上一级的仙要弱。所以，作为天仙的孙悟空动不动"就念一个咒"，把土地神、山神招来，因为他们是鬼仙，层次低，见了神通广大的天仙，得叩头跪接，就这，孙悟空还口口声声要打哩（第七十二回）！像四海龙王，介于鬼仙、人仙之间，等级也很低，也免不了受孙悟空的使唤。孙悟空曾骂北海龙王是"带角的蚯蚓，有鳞的泥鳅"！龙王喏喏连声，不敢回嘴（第四十六回）。

---

① 翁葆光：《悟真篇注释》，《南宗仙籍》，宗教文化出版社，2014年，第89页。
② 《西游记》中"太乙"是天仙的别名。

这就是说，神仙的等级和类别，是个动态体系，不是一劳永逸，一成不变。增强自己的能力，提升自己的等级，于自己在神仙世界，甚至三界，受尊重程度，发号施令，实际被听从到何种程度，都密切相关。像孙悟空，在花果山称王称霸，自消死籍，算是地仙，被召上天，弼马温也罢，齐天大圣也罢，是天仙。不但神仙的等级会变动，其神通能力更是具有无限的开放性，而神仙的神通，与其等级虽然没有必然联系，但也是一个重要参数。孙悟空通过偷吃仙桃、仙丹这些外丹，使能力神通强大到整个天宫都无敌手，连八卦炉的火力都奈何不得他（第七回）！真正不生不灭。

所以，《西游记》里的神仙，都很有上进心，千方百计地提升自己的神通。福寿禄三星曾告诉孙悟空，他们虽然是神仙，却不及作为地仙的镇元子，因为后者有人参果吃："我们的道，不及他多矣！他得之甚易，就可与天齐寿。我们还要养精、炼气、存神，调和龙虎，捉坎填离，不知费多少工夫"（第二十六回）。地上的妖怪，为提高自己的神通能力，更是处心积虑，不择手段。要吃唐僧肉即是一端。像金角大王、银角大王，本是天仙——虽然操业低下，只是太上老君炼丹的两个童子（第三十五回），却仍执意要吃唐僧肉。悬空山的金鼻白毛老鼠精，她已修得人身，别有天地，是个货真价实、自由自在的地仙，却不满足，要捉拿唐僧，和他性交，成太乙金仙（第八十回）。

我们再回到唐僧身上。他吃了人参，确实算成仙，准确地说，那至少保证他长寿，四万七千岁！但在这种神仙社会不断进取的风气影响下，他就不想把自己的能力潜能再开发开发，推进一步？这是一。而且要保持神仙的身份和"圣僧"——李世民金口玉言，首先称唐僧是"圣僧"（第十二回）。——的名誉，同样要求他不近女色。八戒就因为犯了色戒，才被贬到人间，失去了天仙的身份。

要知道天仙身份和天仙能力是两回事。我们前面说过，天仙身份是由权威机构，具体到《西游记》，就地点，是天上、天宫，就权威、个体，是玉帝，授予或认可。而天仙能力，是个体修炼，通过外丹或内丹而具有，外部权威可以影响或削弱这个能力，但无法完全把它抹去。

所以，八戒虽贬落人间，仍具神通。沙僧、孙悟空都是这样。孙悟空被革掉天仙，是因为大闹天宫，实质上是犯了"气"（anger），酒色财气的"气"，八戒是犯了其中的"色"（lust），都好理解。沙僧"是灵霄殿下侍銮舆的卷帘大将，只因在蟠桃会上，失手打碎了琉璃盏，被打了八百，贬下界来，又教七日一次，将飞剑来穿其胸胁百余下方回"（第八回）。不但失了天仙之位，而且受到如此严重的惩罚，用世俗的眼光看，不可理喻。我们必须要把它放在天国的背景下看，打破琉璃盏固是小事，但性质非常严重。它表明行为主体的懈怠、懒散、敷衍、漫不经心、不思进取（languor）。这是人性所有的弱点，绝非天仙所应该表现的！而竟然在具有天仙身份的卷帘大将身上出现，这就使堕落下界成为必然，还要受到应有惩罚，没有任何权威、个人阻挡得了——除非当事人醒悟、悔改、救赎。惩罚之严厉，也决非玉帝个人能够随心所欲地增减。所谓祸福无门，唯人自招！玉帝只是必然性手里的工具罢了——如果不是这样，玉帝像人间帝王那样喜怒由己，朝三暮四，他就不可能是玉帝，也不配"高天上圣大慈仁者玉皇大天尊玄穹高上帝"（第一回），如此堂皇的称号！

唐僧所以贬落人间，是因为犯了和沙僧类似的毛病。用如来的话说："因为汝不听说法，轻慢我之大教"（第一百回）。这种轻慢懈怠，一出现，就使金蝉子失去佛的弟子的身份。同样，唐僧的浮沉人世间，也不是如来佛个人意志的结果，而是唐僧自家行为招致的必然。

他们犯这些错误，不是神仙或罗汉（唐僧是如来佛的二徒弟，道行、等级上至少是个罗汉）能力神通问题，而是思想认识问题。用道教术语说，不是命，而是性的问题。

四

张伯端说："一粒灵丹吞入腹，始知我命不由天。"[①] 就是说，通过

---

① 张伯端：《悟真篇》，《南宗仙籍》，宗教文化出版社，2014年，第50页。

内丹或外丹，人已成仙，具有长生不死的能力，生命完全掌握在自己手里，不受外来因素干预。孙悟空所谓"超出三界外，不在五行中"（第三回）。李涵虚曾说：

> 仙重命，而其中亦有教内真传；非不言性也，特约言耳。其重命学者，盖欲人即命了性，能使命根永固，历万劫而无尽无穷也。

> 佛重性，而其中实有教外别传。非不有命也，特密言之耳。其重性功者，盖欲人从性立命，能使性量恢宏，照十方而无边无际也。①

所以这样说，是因为佛（buddha），本意就是"觉者"、"智者"（Enlightened One）。② 仙的本意是"老而不死"。③ 在修仙者看来，"性命本不相离，道释实无二致。彼释迦生于西土，亦得金丹之道，性命兼修，是为最上乘法。故曰金仙"（张伯端语）④。所以，金鼻白毛老鼠精认为和唐僧性交，可以使自己成为"太乙金仙"，简直是无稽之谈，一厢情愿，只显出这位美女的无知，道听途说罢了。西海龙王太子摩昂对他为非作歹的表弟说，孙悟空是"上方太乙金仙"（第四十三回），大概是想恐吓鼍怪，让他知难而退。其实，孙悟空的行为表明他在取经完成之前，是不配称"金仙"的。因为他虽然了命，但尚未了性。取经四众，甚至包括白龙马——他是西海龙王之子，也是仙，但纵火烧殿上明珠，犯了忤逆（第八回），和孙悟空一样动了气（anger）——亟需了性。菩提达摩东渡，在少林寺面壁九年，只履西归，道教说他此行是了命。西天取经，正好与之相反，是了性。了命，使人长生；了性，则使人蹈乎大方，合于大道，犹孔子所谓"七十而从心所欲不踰矩"。（《论语·为政》）

通过梳理，我们可以看出《西游记》和现实世界中道教修仙的一

---

① 徐兆仁：《道窍谈》，《涵虚密旨》，中国人民大学出版社，1990年，第40页。
② *Webster's New Explorer Desk Encyclopedia*, 2003:183.
③ 段玉裁：《说文解字注》，上海古籍出版社，2012年，第383页。
④ 转引自任继愈《中国道教史》，上海人民出版社，1990年，第498页。

个重大区别。现实世界修炼，成仙是终极目标。《西游记》中，成仙是容易的事儿，它不是终极，只是为更高层次的修炼提供了一个必要的基础。那个更高层次的修炼是什么？就是成佛。用道教术语来说《西游记》主张性命双修，它的程序是，先成仙，这是立命；还须了性，了性后自然成佛、"成真"（第一百回）。就方向说，立命是指向个体自身的，了性是朝向社会与他人的。性命问题，就是如何处置自己，如何和社会、他人互动，就是完满的人生。

> 《西游记》中，成仙不是终极，是成佛。

用世俗的话说，就是你首先要保证个体生命有足够的长度，以免中途夭折，弄得苗而不秀、华而不实，"出师未捷身先死！"白白引人洒泪，惋惜，哀伤，追悔，又有什么用呢？而我们所能做的，就是，也仅仅是珍爱自家的生命，不斲丧，不暴殄，这也就是"身体发肤，受之父母，不敢毁伤"（《孝经·开宗明义章》）的实质，如此就是尽命；而了性，就是对个体、人生、社会的参悟，对生命的意义的探求与明了、确知。——须知人生本无意义，毫无意义，需要你用心经营，摩顶放踵，去赋予它意义，给予它价值。就好比一张白纸，我们会依照自己的趣味与经验、智慧与爱好，填充不同的色彩，描画异样的图案。就像一块崭新的橡皮泥，在不同孩子的手上，呈现多姿多彩的形态，绝不重复，永远新颖，始终唯一！任何生命个体，只有认真对待，刻苦追求，积极探寻，必然会有结果，——所谓"雨露之所濡，甘苦齐结实。"（杜甫《北征》）——昭示其尊严与完满，也值得他人尊重与关注。[①]

> 先尽命，再了性。尽命是要活得足够长久，用这么长久的生命去探求人生的意义。

五

现实世界的修仙和《西游记》的性命双修，虽然迥异。但它们都强

[①] 哀叹人生毫无意义，是中西文学的共同主题之一。比如，莎士比亚《麦克白》第五幕第五场中，麦克白诵的五行诗："人生不过是一个行走的影子，一个在舞台上指手画脚的可怜伶人，登场片刻，就在无声无臭中悄然退下。它是一个愚人所讲的故事，充满着喧哗和骚动，却找不到一点意义。"（朱生豪译文）但它至少对一个人有意义，就是这个兴高采烈的讲述者，愚人。

调对世俗社会的干预与关怀,而且这是一个必要条件,这一条件缺少,就无法成正果!

张伯端《西江月十二首》之十一:"德行修逾八百,阴功积满三千;均平物我与亲怨,始合神仙本愿。"①张伯端《七绝六十四首》之五十六:"若非积行施阴德,动有群魔作障缘。"②薛道光注《悟真篇》时引锺离权云:"有功无行如无足,有行无功目不前。功行两全足目备,谁云无计作神仙。"③都是主张要成仙,必须积德,对社会有所贡献。稍后的全真教也强调这一点:

> 全真道以修"真行"为成仙的必要条件。《晋真人语录》说:"若要真行,须要修仁蕴德,济贫拔苦,见人患难,常怀拯救之心,或化诱善人入道修行。所为之事,先人后己,与万物无私,乃真行也。"并说:"有功无行,道果难成,功行两全,是谓真人。"全真道所倡"真行",在道教传统的行善积德以立"仙基"说的基础上,兼有取于儒释,而较平易切实。金元全真道徒颇有实践"真行",做了一些有益于民的好事。④

<small>道家认为要成仙,必须积德,对社会有所贡献。</small>

《西游记》中,成仙与积德关系不大,但要成佛,就必须积德。我们先看什么叫"积德"?陈致虚《与至阳子赵伯庸》云:"经曰:孝悌之道,通乎神明,此积德于其亲也。诸恶莫作,众善奉行,此积德于外也。持其志,毋暴其气,此积德于其身也。毋不敬,俨若思,此积德于内也。德充道备,行满则功成矣。"⑤可见积德就是道德上追求自我完善,有积极和消极之分。所谓消极,就是我不为恶;所谓积极,就是主动为善。

<small>《西游记》中,成仙与积德关系不大,但要成佛,就必须积德。</small>

取经四众中,唐僧对积德有深刻明确的认识,积极主动的行为,时

---

① 《悟真篇》,《南宗仙籍》,宗教文化出版社,2014年,第60页。
② 同上书,第51页。
③ 同上书,第53页。
④ 任继愈:《中国道教史》,上海人民出版社,1990年,第544页。
⑤ 《金丹秘要》,宗教文化出版社,2013年,第142页。

时处处以身作则，劝告徒弟，苦口婆心，用他自己的话说是，"朝朝教诲，日日叮咛"（第四十七回）。他说，"出家人行善，如春园之草，不见其长，日有所增；行恶之人，如磨刀之石，不见其损，日有所亏"（第二十七回）。孙悟空所以两次被不留情面地逐出取经队伍（第二十七、五十六回），都是因为唐僧认为这位高徒"不仁"，"毫无善念"（第五十六回）。孙悟空对积德的重要性，并没有什么认识。上西天取经，只是完成救赎，恢复大闹天宫前的自由自在状态。所以，凡事任性，任意而为，完全不考虑取经队伍之外的他人、社会。直到慧眼观物的如来告诉悟空，"功成归极乐，汝亦坐莲台"（第五十八回）！就是悟空将来也要成佛。这不是如来个人意志的体现，而是行为者了性的必然结果，如来只是具有前瞻性罢了。

从此，孙悟空开始在西天路上自觉行善积德，而不是消极地保护唐僧的人身安全。比如，在祭赛国为夺回被九头驸马窃去的佛宝，拯救受难的本地僧人，孙悟空和八戒不畏艰难，大闹龙宫（第六十三回）。在比丘国，悟空施展神通，主动拯救一千一百一十一个小儿。不但唐僧忍不住赞扬行者的见义勇为，《西游记》的作者或编者都忍不住作诗赞扬："万圣千真皆积德，三皈五戒要从和。行者因师同救护，这场阴骘胜波罗"（第七十八回）。在凤仙郡，为纾解当地旱情，孙悟空两次上天求雨，并且遵照天师教导，"劝化郡侯等众作善，以为人有善念，天必从之"（第八十七回）。这都是造福一方的伟大事业，章章可表！

最后如来说悟空，"汝隐恶扬善，在途中炼魔降怪有功，全终全始，加升大职正果，汝为斗战胜佛"，那令他头疼的紧箍咒也无影无踪，获得绝对自由的人生境界，也就是孔子所谓的"从心所欲不逾矩"。——此一境界，比他做齐天大圣是天仙的时候高得多！这是成佛、了性的必然结果。八戒、沙僧境界就次一点。八戒听得师父、师兄都成佛，自己只是"净坛使者"，口中嚷道："他们都成佛，如何把我做个净坛使者"（第一百回）？！这种愤愤不平，一味挑剔别人的作风，表明他去了性的境界尚远，连点君子之风都没有哩！沙僧、白龙马所以不能成佛，则是他们自身能力薄弱，因人成事，不能独当一面，而且也

八戒因未了性而不能成佛，沙僧、白龙马因能力薄弱亦未能成佛。

"积德"不够。不过,这三位只是当时,即贞观二十七年,未成佛。我们知道"士别三日,即更刮目相待"(《三国志》卷五十四),主体精神具有无限的提升能力和永远的开放性。至于八戒、沙僧、白龙马随后是否继续修炼,了性、成佛,我们也不好臆测。——看他们再也不到人世间抛头露面,招惹是非,无声无息,遗弃名利,当是悟得无生了。

六

悟空既已修仙立命,最后也了性成佛,我们不妨回头看看花果山的通背猿猴最初告诉美猴王的话:有三等人,"乃是佛与仙与神圣三者,躲过轮回,不生不灭,与天地山川齐寿"(第一回)。到底是个不曾识文断字的家伙,虽有"一把子年纪"(第三十三回),这个命题的表达上是有毛病的。前提是三等人,佛、仙都没什么歧义,神圣就有点问题,因为神可归入仙或佛,所以这个"神圣"准确说是圣。于是,此一命题可表述如下:"有三等人,佛与仙与圣,不灭,长生。"由此,再推出一个子命题:"释迦牟尼、老子和孔子,不灭,长生。"

如来佛与老子长生不灭,好理解,他们都在《西游记》里活跃着。圣人,孔子的墓那是在曲阜,明明死了。说他长生不灭,岂不是我们乡下俗话所谓"睁着俩眼说瞎话"!这是我们对长生不灭的理解有偏差。实质上,它并不是指肉体的永世长存。唐僧成佛前,首先摆脱自己的肉体,"死尸","脱却胎胞骨肉身,相亲相爱是元神"(第九十八回)。实现他从肉体存在向精神——元神的转变。道教成仙,讲蝉蜕,最终要把自家肉体像蝉衣一样抛弃掉。肉体是精神的住所、宅院,成仙,就是摆脱肉体,像蝉脱下壳,这样精神绝对自由才有可能,避免像列子御风一样,"犹有所待也"。(《庄子·逍遥游》)道教也相信孔子是神仙。[①] 但孔子

[①] 参看笔者博士学位论文《唐宋诗中的孔子研究》中"道教对孔子的误读:神仙"一节。相信肉体不死,并且追求肉体不死,这是人的贪婪的充分展现,也是人性愚昧之一端。古人说过,生为劳役,死为休息。(《抱朴子内篇》卷八:"以存活为徭役,以殂殁为休息。")长生不死,那是怎么一种无尽的折磨与残酷惩罚?!车迟国的和尚说长寿

大可不必先要修成神仙才能实现其不灭长生。那就是说，作为圣人的孔子，他的长生，不是肉体的长生，而是精神的长生，或者用后现代的术语，那是符号化的存在状态。

孔子所以成圣，实现精神的长生，是因为他的言行，这些言行以文字的形式，以书籍为载体而存在。它本身并非一种活的血肉存在。只有当一个温热的精神存在个体，通过书籍，对这些符号进行破解的时候，才被激活，孔子就像得了水的千年莲子一样，活生生地呈现，迸发生命与魅力。这就是孔子的长生，圣人的长生。应该说，这是长生的终极形式。即使性命双修的齐天大圣，何尝不是如此？他在《西游记》中成仙成佛，作为一种现实没有人知道。只有通过我们求知的目光对书页多情的抚爱，在我们精神中持续发酵，他才最终实现自己的长生。终极地看，孙悟空也是符号化的长生。我们爱他，是因为他是我们生命的缩影、标本，那是一个比较完满的人生。所以，《西游记》所说的正是我们自己的故事，我们是其中改头换面的角色。

（续上页）是"长受罪"（第四十四回）！其他可参看拙文《〈格列佛游记〉与〈镜花缘〉在前文学遗产继承上的比较》（《南都学坛》，1996年第1期，第54—55页）。

跋

本书是计划中的"字里行间"系列之一,是对古典小说进行细读的尝试。

罗兰·巴特1967年发表过一篇《作者之死》(*The Death of the Author*),主张文本生成,意味着作者死亡。我们中国人,是最忌讳死的;原封不动地搬过来,不免骇人听闻,有些晦气哩。要使它具有中国特色,就得改成,文本生成,作者隐退!意思是,文本生成之后,作者的生存状态从那种抠搜字句、呕心沥血的苦恼中,调换成陶渊明式的"采菊东篱下,悠然见南山"的随遇而安。但就作者与文本的关系而言,在感情上,作者对文本具有无限责任,像一位合格的父亲心甘愿意地为他的儿子使碎一生心。实际上,并非如此。因为文本生成之后,就像剪断脐带的孩子,和母体不再同呼吸共循环。它有它自己的生命,有它自己的趣味,有它自己的历险,有它自己的命运。孩子是这样,文本也是这样。就是说,文本与作者毫无关系,作者对文本即使满怀深情,但也爱莫能助;文本对作者,就像耶稣被捕的那个晚上,三次否认老师的彼得(Matthew 26: 72: I do not know the man!),划清界限,撇开干系。

既然如此,我对这本书的旨趣也就没有什么可说的。只是说些与成书有关的。"素酒与荤酒",写于2010年初,当时尚在华东师大读博。因为那学期选陈大康老师的"古典小说研究方法"课程,要交一篇作业。我就炮制出此文,陈老师认为不错,给打了90分;我的导师胡晓明也认为此文有点意思,逢人说项,把它推荐给《文史知识》,发表在该年第7期上。没有学术上的前辈热心指导与关照,自己想开垦出一片自己的园地，那可太难了。所以，在此我再次向他们表示真诚的谢意，无论他们知道或不知道。有一篇"《西游记》里的成仙成佛"是在孔夫子诞辰那一天——9月28日完成的；这种巧合并无特别的深意，只是沾了圣人的光，容易记住它。

　　佛教上讲因缘和合。这本书能够面世，也决不是作者一个人就能实现的。它主要得力于王立刚先生的大力提携与推进。立刚先生此前并不认识我，但我认识他——他翻译过牟复礼《中国思想之渊源》（北京大学出版社，2009年），我做博士学位论文时，对他翻译的这本书作有读书札记，所以印象特深，后来才知道他年轻有为。他从《文史知识》上看见《唐僧肉》等几篇文章，觉得有点意思，屈尊直接写信和我联系。——太史慈告诉刘备，北海孔融派自己来请他去解围。刘备听说大名人孔融有求于没没无闻的自己，大受感动，敛容，答曰："孔北海知世间有刘备邪？"（《三国志》卷四十九）——我看到立刚先生的信，那种心情和当年的刘备很像，竟然还有人知道我?！因为除了一把年纪外，我一无所有。投出去的稿件，十有八九是老赵送灯台，有去无回，风筝断线，杳无下文！不能总说是点儿背，自家能力差吧。虽然是这样，立刚先生仍鼓励我，要主题集中，写一本《西游记里的奥秘》。我也就不知天地厚地煞有介事起来，好像秦显家的接手了大观园里的小厨房，热心张罗开了！（《红楼梦》第六十二回）。借此，谨向王立刚先生郑重致谢！

　　《文史知识》的编辑刘淑丽，自2010年来，在该刊刊发拙稿7篇，其中5篇是关于《西游记》的。《博览群书》的编辑谢宁，今年在该刊刊发拙稿4篇，其中3篇是关于《西游记》的。这些文章都收入本书。只是，在杂志上出现时，根据版面需要，文字有删节。这些文章在"中国知网"上可以找到，有兴趣的可以链接：http://epub.cnki.net/kns/brief/default_result.aspx比勘本书。为刊发拙文，刘淑丽老师、谢宁老师所做的宝贵劳动，令我感激，在此谨向她们郑重致谢！

　　序言是家姐所赐。我是第一读者。看完了，有点莎士比亚的卡列班（Caliban）照镜的意外，原来此人是这么一副尊容，怪模怪样（monster）！再努把力，恐怕可以同《儒林外史》里"戴着高白夏布孝帽""大布袖子晃荡晃荡，在街上脚高步低的撞"的权勿用称兄道弟，把臂入林了。不过，也只是家姐言眼中的老弟罢。好在来日方长，我不是走在进化的路上嘛！有则改之，无则加勉。也谢谢家姐对不成器的老弟的殷切期望。

2014年10月6日于半閒堂
11月11日改定

本书书名、分辑都是王立刚先生制定、裁决的；为让读者醒目，他还在书边和标题下添加了不少批语；第187页的地图，也是立刚先生添加的。

——半閒堂复志

图书在版编目(CIP)数据

想不到的《西游记》/ 周岩壁著. —北京：北京大学出版社，2015.5
(沙发图书馆)
ISBN 978-7-301-25762-3

Ⅰ.①想… Ⅱ.①周… Ⅲ.①《西游记》-古典小说评论 Ⅳ.① I207.419

中国版本图书馆 CIP 数据核字（2015）第 084923 号

书　　　名	想不到的《西游记》
著作责任者	周岩壁 著
责任编辑	王立刚
标准书号	ISBN 978-7-301-25762-3
出版发行	北京大学出版社
地　　　址	北京市海淀区成府路 205 号　100871
网　　　址	http://www.pup.cn　　新浪微博:@北京大学出版社
电子信箱	sofabook@163.com
电　　　话	邮购部 62752015　发行部 62750672　编辑部 62755217
印　刷　者	北京中科印刷有限公司
经　销　者	新华书店
	880 毫米×1230 毫米　A5　9 印张　240 千字
	2015 年 5 月第 1 版　2015 年 9 月第 2 次印刷
定　　　价	35.00 元

未经许可，不得以任何方式复制或抄袭本书之部分或全部内容。
版权所有，侵权必究
举报电话: 010-62752024　电子信箱: fd@pup.pku.edu.cn
图书如有印装质量问题，请与出版部联系，电话: 010-62756370